Ueberreuter Großdruck

Arundhati Roy

Der Gott der kleinen Dinge

Aus dem Englischen
von Anette Gruber

UEBERREUTER

ISBN 978-3-8000-9263-5

Titel der Originalausgabe: »The God of Small Things«
Originalverlag: Harper Collins, London

Aus dem Englischen von Anette Gruber

Umschlaggestaltung von Agentur C21 unter Verwendung eines Fotos
von Jupiter Images
Druck: Druckerei Theiss, A-9431 St. Stefan i. L.
Gedruckt auf Salzer EOS 1,3 x Vol., naturweiß, 80g
1 3 5 7 6 4 2

www.ueberreuter-grossdruck.com
www.ueberreuter.at

Für Mary Roy, die mich aufzog.
Die mich lehrte, zuerst »Entschuldigung« zu sagen,
wenn ich sie in der Öffentlichkeit unterbrach.
Die mich genug liebte, um mich gehen zu lassen.
Für LKC, der, wie ich, überlebt hat.

Nie wieder wird eine
einzige Geschichte so erzählt werden,
als wäre sie die einzige

John Berger

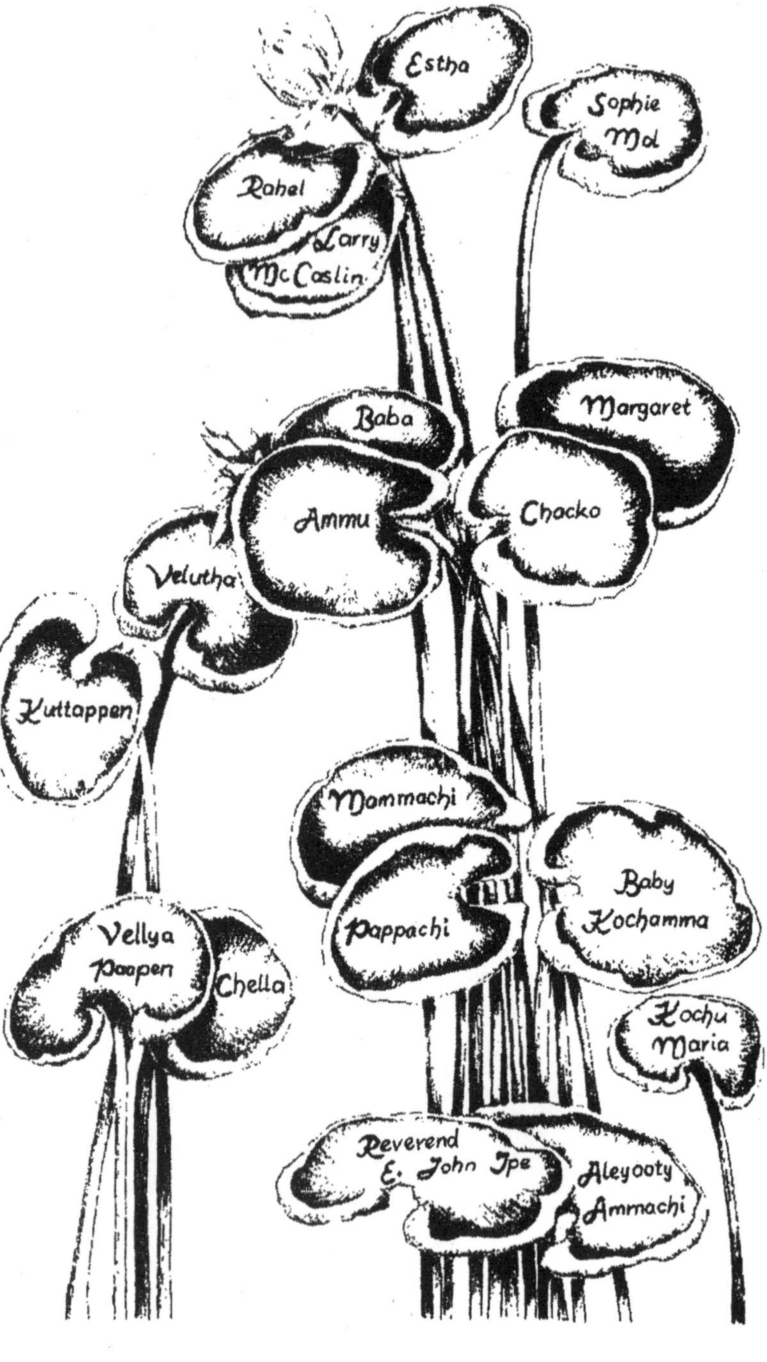

Illustration: Lucia Obi

Paradise Pickles & Konserven

Der Mai in Ayemenem ist ein heißer, brütender Monat. Die Tage sind lang und feucht. Der Fluß schrumpft, und schwarze Krähen laben sich an leuchtenden Mangos in reglosen, staubgrünen Bäumen. Rote Bananen reifen. Jackfrüchte platzen auf. Schmeißfliegen brummen stumpfsinnig in der nach Früchten duftenden Luft. Dann prallen sie gegen Fensterscheiben und sterben verdutzt in der Sonne.

Die Nächte sind klar, jedoch durchdrungen von Trägheit und dumpfer Erwartung.

Anfang Juni setzt dann der Südwestmonsun ein, und es folgen drei Monate voll Wind und Wasser, unterbrochen von kurzen Intervallen grellen glitzernden Sonnenlichts, das sich begeisterte Kinder schnappen, um damit zu spielen. Die Landschaft wird schamlos grün. Grenzmarkierungen verwischen, wenn Tapiokazäune Wurzeln schlagen und Blüten treiben. Ziegelmauern werden moosgrün. Pfeffersträucher winden sich an Strommasten empor. Rabiate Kriechpflanzen sprengen den Lateritboden und schlängeln sich über die überschwemmten Straßen. Boote schippern durch die Basare. Und in den Pfützen, die die Schlaglöcher in den großen Landstraßen ausfüllen, tauchen kleine Fische auf.

Es regnete, als Rahel nach Ayemenem zurückkehrte. Schräge, silberfarbene Schnüre prallten auf die lockere Erde, wühlten sie auf wie Geschützfeuer. Das alte Haus auf dem Hügel trug sein steiles Giebeldach tief über die Ohren gezogen wie einen Hut. Die von Moos überwachsenen Mauern waren aufgeweicht und platzten fast vor Feuchtigkeit, die aus dem Boden aufstieg. Im wilden, wuchernden Garten wisperten und raschelten kleine Lebewesen. Eine Rattenschlange rieb sich im Unterholz an einem glänzenden Stein. Gelbe Ochsenfrösche kreuzten hoffnungsvoll im schaumigen Teich und suchten nach Weibchen. Ein durchnäßter Mungo flitzte über die mit Laub bedeckte Einfahrt.

Das Haus wirkte verlassen. Türen und Fenster waren verschlossen. Die vordere Veranda war kahl. Unmöbliert. Aber der himmelblaue Plymouth mit den Heckflossen aus Chrom stand noch immer davor, und drinnen war Baby Kochamma noch immer am Leben.

Sie war Rahels kleine Großtante, die jüngere Schwester ihres Großvaters. Eigentlich hieß sie Navomi, Navomi Ipe, aber alle Welt nannte sie Baby. Zu Baby Kochamma wurde sie, als sie alt genug war, eine Tante zu sein. Rahel war allerdings nicht gekommen, um sie zu besuchen. Weder Nichte noch kleine Großtante gaben sich diesbezüglich irgendwelchen Illusionen hin. Rahel war gekommen, um ihren Bruder Estha zu sehen. Sie waren zweieiige Zwillinge. »Dizygotisch«, wie die Ärzte es nannten. Gezeugt aus zwei verschiedenen, jedoch gleichzeitig befruchteten Eiern. Estha – Esthappen – war um achtzehn Minuten älter.

Sie hatten sich noch nie sehr ähnlich gesehen, Rahel und Estha, und auch als sie dünnarmige Kinder gewesen waren, flachbrüstig, wurmverseucht, mit Elvis-Presley-Tolle, fragte keiner das übliche »Wer ist wer?« oder »Welches ist welches?«, weder die übermäßig lächelnden Verwandten noch die syrisch-orthodoxen Bischöfe, die das Haus in Ayemenem häufig aufsuchten, um Spenden zu erbitten.

Konfusion herrschte an einem tieferen, geheimeren Ort.

In jenen frühen amorphen Jahren, als das Gedächtnis gerade einsetzte, als das Leben nur aus Anfängen bestand und nichts ein Ende hatte, als alles für immer war, hielten sich Esthappen und Rahel, wenn sie an sich beide dachten, für ein einziges Ich, und einzeln waren sie ein Wir oder Uns. Als wären sie eine seltene Art siamesischer Zwillinge, mit getrennten Körpern, aber mit einer gemeinsamen Identität.

Jetzt, Jahre später, erinnert sich Rahel daran, wie sie eines Nachts aufwachte und leise über Esthas komischen Traum lachte.

Sie hat auch andere Erinnerungen, die zu haben sie kein Recht hat.

Sie erinnert sich zum Beispiel daran (obwohl sie nicht dabei war), was der Orangenlimo-Zitronenlimo-Mann im Abhilash Talkies mit Estha gemacht hat. Sie erinnert sich an den Geschmack der Tomatensandwiches – *Esthas* Sandwiches, die *Estha* gegessen hat – im Madras-Expreß nach Madras.

Und das sind nur die kleinen Dinge.

Wie auch immer, jetzt denkt sie an Estha und Rahel als an *sie,* denn einzeln betrachtet sind *sie* nicht mehr das, was *sie* einmal waren oder was *sie* dachten, daß *sie* jemals sein würden.

Jemals.

Ihr Leben hat jetzt eine Größe und eine Form. Estha hat seines und Rahel ihres.

Ecken, Kanten, Grenzen, Ränder und Schranken sind an ihren getrennten Horizonten aufgetaucht wie ein Trupp Kobolde. Kleine Gestalten mit langen Schatten, die als Wachtposten am nebelhaften Ende stehen. Zarte Halbmonde haben sich unter ihren Augen gebildet, und sie sind so alt, wie Ammu war, als sie starb. Einunddreißig.

Nicht alt.

Nicht jung.

Aber ein lebensfähiges, sterbensfähiges Alter.

Beinahe wären sie im Bus geboren worden, Estha und Rahel. Der Wagen, in dem Baba, ihr Vater, Ammu, ihre Mutter, ins Krankenhaus nach Shillong bringen wollte, als es soweit war, brach in Assam auf der kurvenreichen Straße durch die Teeplantage zusammen. Sie ließen den Wagen zurück und hielten einen überfüllten öffentlichen Bus an. Mit dem eigentümlichen Mitgefühl der Armen für die vergleichsweise Wohlhabenden – oder vielleicht nur, weil sie sahen, daß Ammu hochschwanger war – überließen sitzende Fahrgäste ihre Plätze dem Paar, und während der restlichen Fahrt mußte Esthas und Rahels Vater den Bauch ihrer Mutter (mit ihnen darin) festhalten, um die Erschütterungen aufzufangen. Das war, bevor sie sich scheiden ließen und Ammu nach Kerala zurückkehrte.

Estha behauptete, wenn sie im Bus geboren worden wären, hätten sie für den Rest ihres Lebens umsonst mit dem Bus fahren dürfen. Es war nicht klar, woher er diese Information hatte oder wie er auf derartige Dinge kam, aber die Zwillinge hegten jahrelang einen leisen Groll gegen ihre Eltern, weil sie sie um den lebenslangen Genuß von Freifahrten mit dem Bus gebracht hatten.

Außerdem glaubten sie, daß die Regierung ihre Beerdigung bezahlen würde, sollten sie auf einem Zebrastreifen überfahren werden. Sie waren fest davon überzeugt, daß Zebrastreifen nur aus diesem Grund existierten. Kostenlose Beerdigungen. Natürlich gab es in Ayemenem keine Zebrastreifen, auf denen man umkommen konnte, und auch nicht in Kottayam, der nächsten Stadt, aber in Cochin, das eine zweistündige Autofahrt entfernt war, hatten sie aus dem Autofenster welche gesehen.

Die Regierung kam nicht für Sophie Mols Beerdigung auf, weil sie nicht auf einem Zebrastreifen getötet wurde. Die Trauerfeier fand in Ayemenem in der alten Kirche mit dem neuen Anstrich statt. Sophie Mol war Esthas und Rahels Cousine, die Tochter ihres Onkels Chacko, und sie war auf Besuch aus England da. Estha und Rahel waren sieben Jahre alt, als sie starb. Sophie Mol war fast neun. Sie bekam einen Kindersarg.

Mit Satin ausgeschlagen.

Mit schimmernden Messinggriffen.

Sie lag darin in ihrer gelben Schlaghose aus Polyester, mit einem Band im Haar und ihrer schikken kleinen Handtasche made in England, die sie heiß und innig liebte. Ihr Gesicht war bleich und so runzlig wie der Daumen eines Wäschers, weil sie zu lange im Wasser gelegen hatte. Die Trauergemeinde versammelte sich um den Sarg, und vom Klang der traurigen Lieder schwoll die gelbe Kirche an wie ein Hals. Priester mit lockigen Bärten schwangen Weihrauchtöpfe an Ketten und lächelten kein einziges Mal die Babys an, so wie sie es an gewöhnlichen Sonntagen taten. Die langen Kerzen auf dem Altar waren verbogen. Die kurzen nicht.

Eine alte Dame, die so tat, als wäre sie eine entfernte Verwandte (die niemand erkannte), und häufig bei Beerdigungen neben dem Leichnam auftauchte (ein Beerdigungsjunkie? Eine latent Nekrophile?), träufelte Kölnischwasser auf einen Wattebausch und betupfte damit Sophie Mols Stirn mit andächtiger und leise herausfordernder Miene. Sophie Mol roch nach Kölnischwasser und dem Holz des Sarges.

Margaret Kochamma, Sophie Mols englische Mutter, ließ nicht zu, daß Chacko, Sophie Mols leiblicher Vater, tröstend den Arm um sie legte.

Die Familie stand beieinander. Margaret Kochamma, Chacko, Baby Kochamma und neben ihr ihre Schwägerin Mammachi – Esthas und Rahels (und Sophie Mols) Großmutter. Mammachi war fast blind und trug stets eine dunkle Brille, wenn sie aus dem Haus ging. Ihre Tränen tropften dahinter hervor und rannen zitternd an ihrem Unterkiefer entlang wie Regentropfen an einer Dachkante. In ihrem steifen, eierschalenfarbenen Sari sah sie klein und krank aus. Chacko war Mammachis einziger Sohn. Ihr eigener Schmerz peinigte sie. Seiner brach ihr das Herz.

Zwar war es Ammu, Estha und Rahel gestattet, an der Beerdigung teilzunehmen, aber sie mußten abseits vom Rest der Familie stehen. Niemand würdigte sie eines Blickes.

In der Kirche war es heiß, und die weißen Ränder der Aronstabblüten kräuselten und wellten sich. In einer Blume im Sarg starb eine Biene. Ammus Hände zitterten und mit ihnen ihr Gesangbuch. Ihre Haut war kalt. Estha stand neben ihr, halb schlafend, die schmerzenden Augen glitzernd wie Glas, und drückte seine heiße Wange an die bloße Haut von Ammus zitterndem, gesangbuchhaltendem Arm.

Rahel dagegen war hellwach, grimmig und wachsam und gereizt und erschöpft vom Kampf gegen das wirkliche Leben.

Sie bemerkte, daß Sophie Mol ihre Beerdigung in wachem Zustand miterlebte. Sophie machte Rahel auf zwei Dinge aufmerksam.

Ding eins war die frisch gestrichene Kuppel der gelben Kirche, die Rahel noch nie von innen betrachtet hatte. Sie war blau wie der Himmel, bemalt mit vorbeiziehenden Wolken und winzigen, schwirrenden Flugzeugen, die kreuz und quer durch die Wolken flogen und weiße Kondensstreifen hinterließen. Es stimmt (und muß gesagt werden), daß es zweifellos leichter war, diese Dinge zu bemerken, wenn man in einem Sarg lag und nach oben blickte und nicht in einer Kirchenbank stand, eingekeilt zwischen gramgebeugten Hüften und Gesangbüchern.

Rahel dachte an denjenigen, der sich die Mühe gemacht hatte und dort hinaufgestiegen war, mit Eimern voll Farbe – Weiß für die Wolken, Blau für den Himmel, Silber für die Flugzeuge –, mit Pinseln und Verdünner. Sie stellte ihn sich dort oben vor, jemanden wie Velutha, mit glänzendem nackten Oberkörper, wie er auf einem Brett saß, das am Gerüst in der hohen Kirchenkuppel hing, und silberne Flugzeuge auf den blauen Kirchenhimmel malte.

Sie überlegte, was passieren würde, falls ein Seil riß. Sie stellte sich vor, wie er wie ein schwarzer Stern aus dem Himmel fiel, den er geschaffen hatte. Wie er zerschmettert auf dem heißen Kirchenboden lag und dunkles Blut aus seinem Schädel sickerte wie ein Geheimnis.

Zu diesem Zeitpunkt hatten Esthappen und Rahel bereits gelernt, daß die Welt über andere Möglichkeiten verfügt, um Menschen zu zerbrechen. Der Geruch war ihnen bereits vertraut. Faulig süß. Wie verblühte Rosen im Wind.

Ding zwei, das Sophie Mol Rahel zeigte, war das Fledermausbaby.

Während des Gottesdienstes beobachtete Rahel eine kleine schwarze Fledermaus, die an Baby Kochammas teurem Trauer-Sari hinaufkletterte, sich mit gebogenen Krallen vorsichtig festklammerte. Baby Kochamma schrie auf, als das Tier die Stelle zwischen Sari und Bluse, ihren Wulst der Traurigkeit, ihre nackte Taille, erreichte, und schlug mit dem Gesangbuch um sich. Der Gesang brach ab für ein »Wasistlos? Wasistpassiert?«, für ein Flügelsurren und ein Sariflattern.

Die traurigen Priester entstaubten mit goldberingten Fingern ihre lockigen Bärte, als hätten Spinnen ganz unerwartet Netze darin gesponnen.

Das Fledermausbaby flog zum Himmel empor und wurde zu einem Flugzeug, allerdings ohne Kondensstreifen.

Nur Rahel bemerkte, wie Sophie Mol in ihrem Sarg heimlich ein Rad schlug.

Der traurige Gesang setzte wieder ein, und sie sangen dieselbe traurige Strophe zum zweitenmal. Und erneut schwoll die gelbe Kirche von den vielen Stimmen an wie ein Hals.

Als sie Sophie Mols Sarg auf dem kleinen Friedhof hinter der Kirche in das Grab hinunterließen, wußte Rahel, daß sie noch nicht tot war. Sie hörte (an Sophie Mols Stelle) den leisen Aufprall des roten Lehms und den lauten Aufprall der orangefarbenen Lateritklumpen, die den Hochglanz des Sarges ruinierten. Sie hörte die dumpfen Geräusche durch das polierte Holz des Sarges, durch sein Satinfutter. Die Stimmen der traurigen Priester waren gedämpft von Lehm und Holz.

In deine Hände legen wir, barmherziger Vater,
die Seele dieses verstorbenen Kindes.
Ihren Körper übergeben wir der Erde,
Erde zu Erde, Asche zu Asche, Staub zu Staub.

Unter der Erde schrie Sophie Mol, zerfetzte mit den Zähnen Satin. Aber durch Erde und Steine sind Schreie nicht zu hören. Sophie Mol starb, weil sie keine Luft bekam.

Ihre Beerdigung brachte sie um. *Staub zu Staub zu Staub zu Staub zu Staub.* Auf ihrem Grabstein stand: *Ein Sonnenstrahl, der nur flüchtig auf uns fiel.*

Ammu erklärte ihnen später, daß »flüchtig« »vorübergehend« und »kurz« bedeutete.

Nach der Beerdigung brachte Ammu die Zwillinge zurück zum Polizeirevier von Kottayam. Das Revier kannten sie bereits. Dort hatten sie den größten Teil des vorhergehenden Tages verbracht. Sie wußten schon, daß Wände und Möbel einen scharfen, beißenden Gestank nach altem Urin verströmten, und hielten sich vorsorglich die Nase zu.

Ammu fragte nach dem verantwortlichen Polizeioffizier, und nachdem man sie in sein Zimmer geführt hatte, sagte sie, es liege ein schrecklicher Irrtum vor, und sie wolle eine Aussage machen. Sie bat darum, Velutha sehen zu dürfen.

Inspektor Thomas Mathews Schnurrbart war so adrett wie der des freundlichen Air-India-Maharadschas, aber seine Augen blickten verschlagen und gierig.

»Dafür ist es ein bißchen spät, nicht wahr?« sagte er in dem ungehobelten Dialekt des Malayalam, den man in Kottayam sprach. Während er redete, starrte er auf Ammus Brüste. Er sagte, die Polizei wisse alles, was sie wissen müsse, und daß die Polizei in Kottayam keine Aussagen von *veshyas* und ihren illegitimen Kindern aufnehme. Ammu erwiderte, das würden sie schon sehen. Inspektor Thomas Mathew ging um den Schreibtisch und näherte sich Ammu mit seinem Schlagstock.

»Wenn ich Sie wäre«, sagte er, »würde ich ganz still sein und nach Hause gehen.« Dann berührte er mit dem Schlagstock ihre Brüste. Sachte. *Tapp, tapp.* Als würde er Mangos in einem Korb auswählen. Diejenigen bestimmen, die er verpackt und nach Hause geliefert haben wollte. Inspektor Thomas Mathew schien zu wissen, wen er schikanieren konnte und wen nicht. Polizisten haben diesen Instinkt.

Auf einem rot-blauen Schild an der Wand hinter ihm stand:

P flichtbewußtsein
O rdnungsliebe
L oyalität
I nformation
Z ucht
E ffizienz
I ntegrität

Als sie das Polizeirevier verließen, weinte Ammu, deshalb fragten Estha und Rahel sie nicht, was *veshya* bedeutete. Oder *illegitim.* Es war das erste Mal, daß sie ihre Mutter weinen sahen. Sie schluchzte nicht. Ihre Miene war hart wie Stein, aber Tränen füllten ihre Augen und liefen ihr über die starren Wangen. Die Zwillinge waren krank vor Angst. Ammus Tränen machten alles, was ihnen bislang unwirklich erschienen war, wirklich.

Sie fuhren mit dem Bus zurück nach Ayemenem. Der Schaffner, ein schmaler, in Khaki gekleideter Mann, kam auf sie zu und hielt sich dabei an den Haltestangen fest. Er lehnte sich mit seiner knochigen Hüfte an die Kante eines Sitzes und knipste mit seinem Fahrkartenlocher in Ammus Richtung. *Wohin?* sollte das Knipsen bedeuten. Rahel roch das Bündel Fahrkarten und den säuerlichen Geruch der eisernen Haltestangen an den Händen des Schaffners.

»Er ist tot«, sagte Ammu leise zu ihm. »Ich habe ihn umgebracht.«

»Ayemenem«, sagte Estha schnell, bevor der Schaffner die Geduld verlor.

Estha holte das Geld aus Ammus Börse. Der Schaffner reichte ihm die Fahrkarten. Estha faltete sie sorgfältig zusammen und steckte sie in die

Tasche. Dann nahm er seine erstarrte, weinende Mutter in seine kleinen Arme.

Zwei Wochen später wurde Estha zurückgegeben. Man zwang Ammu, ihn zu seinem Vater zurückzuschicken, der mittlerweile seinen einsamen Job auf der Teeplantage in Assam aufgegeben hatte, nach Kalkutta gezogen war und in einer Firma arbeitete, die Kohlengrus produzierte. Er hatte wieder geheiratet, das Trinken (mehr oder weniger) eingestellt und nur selten einen Rückfall erlitten.

Estha und Rahel hatten sich seit damals nicht mehr gesehen.

Und jetzt, dreiundzwanzig Jahre später, hatte ihr Vater Estha zurück-zurückgegeben. Er hatte ihn mit einem Koffer und einem Brief nach Ayemenem geschickt. Der Koffer war voll schicker neuer Kleidung. Baby Kochamma zeigte Rahel den Brief. Er war in einer schrägen, femininen Klosterschulhandschrift geschrieben, aber die Unterschrift am Ende war die ihres Vaters. Oder zumindest war es sein Name. Rahel hätte die Unterschrift sowieso nicht wiedererkannt. In dem Brief stand, daß ihr Vater den Kohlengrus-Job aufgegeben habe und nach Australien auswandere, wo er eine Stelle als Chef des Sicherheitsdienstes in einer Keramikfabrik angenommen habe, und daß er Estha nicht mitnehmen könne. Er wünschte allen in Ayemenem das Beste und schrieb, daß er Estha besuchen werde, sollte er jemals nach Indien zurückkehren, was, so fuhr er fort, jedoch ziemlich unwahrscheinlich sei.

Baby Kochamma sagte zu Rahel, daß sie den Brief behalten könne, wenn sie wolle. Rahel steckte ihn zurück in den Umschlag. Das Papier war weich und faltig geworden wie Stoff.

Sie hatte vergessen, wie feucht die Monsunluft in Ayemenem sein konnte. Aufgedunsene Schränke ächzten. Verschlossene Fenster sprangen auf. Bücher weichten zwischen den Buchdeckeln auf und wellten sich. Seltsame Insekten tauchten am Abend auf wie Ideen und verbrannten an Baby Kochammas matten 40-Watt-Glühbirnen. Am nächsten Tag lagen ihre steifen, verkohlten Leichen auf dem Boden und den Fensterbrettern herum, und es roch verbrannt, bis Kochu Maria sie auf ihrer Kehrichtschaufel aus Plastik fortschaffte.

Er hatte sich nicht verändert, der Juniregen.

Der Himmel öffnete sich, und das Wasser stürzte herab, erweckte den widerspenstigen alten Brunnen zu neuem Leben, überzog den schweinelosen Schweinestall mit grünem Moos, belegte stille teefarbene Pfützen mit einem Bombenteppich, so wie die Erinnerung einen stillen teefarbenen Geist bombardiert. Das Gras war naßgrün und zufrieden. Glückliche Regenwürmer wanden sich purpurn im Schlamm. Grüne Nesseln nickten. Bäume verneigten sich.

Weiter weg, in Wind und Regen, am Ufer des Flusses, in der plötzlichen Gewitterdunkelheit des Tages, ging Estha spazieren. Er trug ein T-Shirt, so rot wie zerdrückte Erdbeeren und jetzt naß und dunkel, und er wußte, daß Rahel gekommen war.

Estha war immer ein stilles Kind gewesen, so daß niemand auch nur einigermaßen exakt angeben konnte, wann genau (zumindest das Jahr, wenn schon nicht den Monat oder den Tag) er aufgehört hatte zu reden. Das heißt, wann er das Reden ganz eingestellt hatte. Tatsache ist, daß es kein »wann genau« gab. Es war eine schrittweise Reduktion und Stillegung des Betriebs gewesen. Ein kaum wahrnehmbares Stillerwerden. Als ob ihm einfach der Gesprächsstoff ausgegangen wäre und er nichts mehr zu sagen hätte. Doch Esthas Schweigen war nie unangenehm. Nie aufdringlich. Nie laut. Es war kein vorwurfsvolles, trotziges Schweigen, vielmehr eine Art Sommerschlaf, ein Ruhezustand, das psychologische Äquivalent zu dem, was Lungenfische tun, um die Trockenzeit zu überstehen, nur daß in Esthas Fall die Trockenzeit ewig zu dauern schien.

Im Lauf der Jahre hatte er sich die Fähigkeit angeeignet, wo immer er war, mit dem Hintergrund zu verschmelzen – mit Bücherregalen, Gärten, Vorhängen, Eingängen, Straßen –, unbelebt zu erscheinen, für das ungeübte Auge nahezu unsichtbar. Fremde brauchten gewöhnlich eine Weile, bis sie ihn bemerkten, sogar wenn sie mit ihm im selben Zimmer waren. Noch länger brauchten sie, bis ihnen auffiel, daß er nie etwas sagte. Manchen fiel es nie auf.

Estha nahm sehr wenig Raum ein in der Welt.

Nach Sophie Mols Beerdigung, nachdem Estha zurückgegeben worden war, schickte ihn sein Vater auf eine Jungenschule in Kalkutta. Er war kein außergewöhnlicher Schüler, aber er blieb auch nicht zurück oder war in irgendeinem Fach besonders schlecht. *Ein durchschnittlicher Schüler* oder *zufriedenstellende Leistungen* lauteten im allgemeinen die Kommentare, die seine Lehrer in das jährliche Zeugnis schrieben. *Nimmt nicht an Gruppenaktivitäten teil,* beschwerten sie sich wiederholt. Aber was genau sie mit »Gruppenaktivitäten« meinten, erklärten sie nie.

Estha schloß die Schule mit mittelmäßigen Resultaten ab, er weigerte sich jedoch, auf ein College zu gehen. Statt dessen begann er, anfänglich sehr zum Unmut seines Vaters und seiner Stiefmutter, die Hausarbeit zu erledigen. Als ob er auf seine Art versuchte, sich seinen Lebensunterhalt zu verdienen. Er fegte, wischte auf und wusch die ganze Wäsche. Er lernte kochen und Gemüse einkaufen. Hinter ihren Pyramiden aus eingeöltem, glänzendem Gemüse erkannten ihn die Händler im Basar bald wieder und bedienten ihn, ungeachtet des Protestgeschreis der anderen Kunden, immer auf der Stelle, reichten ihm die verrosteten Filmdosen, in die er das von ihm ausgewählte Gemüse legte. Er feilschte nie. Sie hauten ihn nie übers Ohr. Nachdem das Gemüse ausgewogen und bezahlt war, packten sie es in seinen roten Einkaufskorb aus Plastik (Zwiebeln nach unten, Auberginen und Tomaten obendrauf), und dazu stets einen Zweig Koriander und eine Handvoll grüner Chilis umsonst. All das brachte Estha dann in einer überfüllten Trambahn nach Hause. Eine stille Blase, die auf einem Meer aus Lärm dahintrieb.

Wenn er während des Essens etwas wollte, stand er auf und nahm es sich.

Nachdem die Stille erst einmal da war, blieb sie und breitete sich in Estha aus. Sie wucherte aus seinem Kopf heraus und nahm ihn in ihre morastigen Arme. Sie wiegte ihn im Takt eines uralten, fötalen Herzschlags. Sie sandte ihre unsichtbaren, mit Saugnäpfen versehenen Tentakel in seinem Gehirn aus, wo sie die Kuppen und Täler seines Gedächtnisses absaugten, alte Sätze entfernten, sie von seiner Zungenspitze fegten. Sie raubte seinen Gedanken die Worte, die sie beschrieben, und ließ sie gestutzt und nackt zurück. Unaussprechbar. Betäubt. So daß sie für einen Außenstehenden vielleicht kaum noch existierten. Langsam, im Lauf der Jahre, zog sich Estha von der Welt zurück. Er gewöhnte sich an den ruhelosen Oktopus, der in ihm lebte und sein tintenblaues Beruhigungsmittel auf seine Vergangenheit spritzte. Allmählich wurde der Grund für sein Schweigen unauffindbar, irgendwo tief vergraben in den lindernden Falten der Tatsache als solcher.

Als Khubchand, seine geliebte, blinde, grauköpfige, inkontinente, siebzehnjährige Promenadenmischung beschloß, einen elenden, sich lang hinziehenden Tod zu sterben, pflegte Estha den Hund während seines finalen Martyriums, als hinge sein eigenes Leben davon ab. In den letzten Monaten vor seinem Tod schleppte sich Khubchand mit den besten aller Absichten, aber der unzuverlässigsten aller Blasen zu der Klappe, die unten in die Tür eingebaut war und in den rückwärtigen Teil des Gartens führte, steckte den Kopf hinaus und pißte wacklig und leuchtend gelb *ins Haus.* Mit leerer Blase und gutem Gewissen blickte er dann aus seinen trüben grünen Augen, die in seinem grauhaarigen Kopf schwammen wie schaumige Pfützen, zu Estha auf und schwankte zu seinem feuchten Kissen zurück, wobei er nasse Pfotenabdrücke auf dem Boden hinterließ. Als Khubchand sterbend auf seinem Kissen lag, sah Estha das Spiegelbild des Schlafzimmerfensters auf seinen glatten roten Hoden. Und den Himmel jenseits des Fensters. Und einmal einen Vogel, der über den Himmel flog. Für Estha, der durchdrungen war vom Duft verblühter Rosen, an Blut gewöhnt dank der Erinnerung an einen gebrochenen Mann, war die Tatsache, daß etwas so Zerbrechliches, etwas so unerträglich Zartes überlebt hatte, hatte überleben *dürfen,* ein Wunder. Ein fliegender Vogel, reflektiert in den Hoden eines alten Hundes. Er mußte laut lächeln.

Nachdem Khubchand gestorben war, begann Estha mit seinen Spaziergängen. Er ging stundenlang. Anfangs patrouillierte er nur durch die Nachbarschaft, aber nach und nach entfernte er sich immer weiter.

Die Menschen gewöhnten sich daran, ihn auf

der Straße zu sehen. Ein gutangezogener Mann mit einem ruhigen Gang. Sein Gesicht wurde dunkel und wettergegerbt. Zerfurcht. Von der Sonne verwittert. Er sah weiser aus, als er tatsächlich war. Wie ein Fischer in der Stadt. Der Meergeheimnisse mit sich herumtrug.

Jetzt, da er zurück-zurückgegeben worden war, wanderte Estha durch Ayemenem.

An manchen Tagen ging er an den Ufern des Flusses entlang, wo es nach Scheiße stank und nach Pestiziden, die mit Krediten der Weltbank angeschafft worden waren. Der Großteil der Fische war tot. Die, die überlebt hatten, litten unter Flossenfäule und Furunkeln.

An anderen Tagen ging er die Straße entlang. Vorbei an den neuen Golfhäusern aus frisch gebrannten und glasierten Ziegeln, gebaut von Krankenschwestern, Steinmetzen, Stahlarbeitern und Bankangestellten, die an fernen Orten hart arbeiteten und ein unzufriedenes Leben führten. Vorbei an aufgebrachten alten Häusern, die, vor Neid grün verfärbt, an eigenen Einfahrten, unter eigenen Kautschukbäumen kauerten. Jedes von ihnen ein schwankendes Lehen, das eine Geschichte zu erzählen hatte.

Er ging an der Dorfschule vorbei, die sein Urgroßvater für unberührbare Kinder von Unberührbaren gebaut hatte.

An Sophie Mols gelber Kirche. Am Kung-Fu-Jugendclub von Ayemenem. Am Kindergarten »Zarte Knospen« (für Berührbare), an dem Laden, der rationierte Mengen Reis und Zucker und Bananen verkaufte, die in gelben Stauden vom Dach hingen. Billige Softpornohefte über fiktive südindische Sexunholde waren mit Wäscheklammern an Schnüren befestigt, die von der Decke baumelten. Gemächlich drehten sie sich in der warmen Brise und führten mit dem Anblick von üppigen nackten Frauen, die in Lachen aus falschem Blut lagen, anständige Kunden in Versuchung.

Manchmal ging Estha an Lucky Press vorbei – der Druckerei des alten Genossen K. N. M. Pillai, einst das Büro der Kommunistischen Partei von Ayemenem, wo mitternächtliche Sitzungen stattfanden und Pamphlete mit den aufrüttelnden Texten marxistischer Lieder gedruckt und verteilt wurden. Die Fahne, die auf dem Dach flatterte, war mittlerweile schlaff und alt. Das Rot ausgeblutet.

Genosse Pillai trat morgens in einem verschossenen Aertex-Unterhemd vors Haus, seine Hoden eine Silhouette unter dem weichen weißen *mundu*. Er ölte sich mit warmem, gepfeffertem Kokosnußöl ein, knetete sein altes schlappes Fleisch, das sich willig wie Kaugummi von den Knochen ziehen ließ. Mittlerweile lebte er allein. Seine Frau Kalyani war an Eierstockkrebs gestorben. Sein Sohn Lenin war nach Delhi gezogen, wo er als Hausmeister für ausländische Botschaften arbeitete.

Stand Genosse Pillai vor seinem Haus und ölte sich ein, wenn Estha vorbeikam, legte er Wert darauf, ihn zu grüßen.

»Estha Mon!« rief er dann mit seiner hohen pfeifenden Stimme, die rissig und faserig geworden war, wie geschältes Zuckerrohr. »Guten Morgen! Machst du deinen täglichen Gesundheitsspaziergang?«

Estha ging einfach weiter, nicht unhöflich, nicht höflich. Einfach nur still.

Genosse Pillai versetzte sich am ganzen Körper leichte Schläge, um seinen Kreislauf in Schwung zu bringen. Er wußte nicht, ob Estha ihn nach den vielen Jahren überhaupt wiedererkannte. Nicht, daß ihm viel daran gelegen wäre. Zwar war seine Rolle bei der ganzen Sache durchaus keine kleine gewesen, aber Genosse Pillai hielt sich in keiner Weise für persönlich verantwortlich für das, was geschehen war, sondern hatte die Angelegenheit als unvermeidliche Konsequenz unumgänglicher politischer Maßnahmen zu den Akten gelegt.

Es war die alte Geschichte: Wo gehobelt wird, da fallen Späne. Und Genosse K. N. M. Pillai war in erster Linie ein politischer Mensch. Ein professioneller Hobler. Er ging durch die Welt wie ein Chamäleon. Nie gab er etwas von sich preis, nie sah es so aus, als würde er es nicht tun. Auch das größte Chaos überstand er unversehrt.

Er war der erste in Ayemenem gewesen, der von Rahels Rückkehr erfuhr. Die Nachricht hatte mehr seine Neugier angestachelt als ihn beunruhigt. Estha war für den Genossen Pillai ein Fremder. Seine Vertreibung aus Ayemenem war so plötzlich und ohne großes Aufsehen erfolgt und vor so langer Zeit. Rahel dagegen kannte er gut. Er hatte sie aufwachsen sehen. Und jetzt fragte er sich, warum sie zurückgekommen war. Nach so vielen Jahren.

In Esthas Kopf war es still gewesen, bis Rahel kam. Sie brachte das Geräusch vorbeifahrender Züge mit, und das Licht und den Schatten; das Licht und den Schatten, die auf einen fallen, wenn man am Zugfenster sitzt. Die Welt, die jahrelang ausgeschlossen gewesen war, flutete plötzlich zurück, und jetzt konnte Estha sich vor lauter Lärm selbst nicht mehr hören. Züge. Verkehr. Musik. Die Börse. Ein Damm war gebrochen, und wildes

Wasser schwemmte alles in einem Strudel empor. Kometen, Violinen, Märsche, Einsamkeit, Wolken, Bärte, Frömmlerinnen, Listen, Fahnen, Erdbeben, Verzweiflung wurden in einem verquirlten Strudel an die Oberfläche gespült.

Und Estha, der das Flußufer entlangspazierte, spürte weder die Nässe des Regens noch das plötzliche Schaudern des frierenden Welpen, der ihn vorübergehend adoptiert hatte und neben ihm hertapste. An dem alten Mangostanbaum vorbei kam er an das Ende eines Lateritausläufers, der in den Fluß hineinragte. Er ging in die Hocke und wiegte sich im Regen vor und zurück. Der nasse Schlamm unter seinen Schuhen machte obszöne, saugende Geräusche. Das frierende Hündchen zitterte – und ließ ihn nicht aus den Augen.

Baby Kochamma und Kochu Maria, die launische, zu kurz geratene Köchin mit Essig im Herzen, waren die einzigen Personen, die noch in dem Haus in Ayemenem lebten, als Estha zurück-zurückgegeben wurde. Mammachi, die Großmutter der Zwillinge, war tot. Chacko lebte jetzt in Kanada, wo er erfolglos einen Antiquitätenhandel betrieb.

Was Rahel betrifft:

Nachdem Ammu gestorben war (nachdem sie

zum letztenmal nach Ayemenem gekommen war, aufgeschwemmt vom Kortison und mit einem Rasseln in der Brust, das klang wie ein aus weiter Ferne rufender Mann), trieb Rahel ziellos dahin. Von Schule zu Schule. Die Ferien verbrachte sie in Ayemenem, weitgehend unbeachtet von Chakko und Mammachi (die, vor Kummer erschlafft, in ihrer Trauer zusammengesackt waren wie zwei Säufer in einer Palmweinbar) und weitgehend ohne Baby Kochamma zu beachten. Was Rahels Erziehung anbelangte, so versuchten es Chacko und Mammachi, aber es gelang ihnen nicht. Sie sorgten für das Notwendige (Essen, Kleidung, Schulgebühren), kümmerten sich aber sonst nicht um sie.

Der Verlust von Sophie Mol schlich leise durch das Haus in Ayemenem wie ein stilles Etwas in Socken. Er versteckte sich in Büchern und Lebensmitteln. In Mammachis Geigenkasten. Im Schorf der Wunden auf Chackos Schienbeinen, den er ständig abkratzte. In seinen schlaffen, weibischen Beinen.

Es ist eigenartig, wie manchmal die Erinnerung an einen Tod viel länger lebendig bleibt als die Erinnerung an das Leben, das er beendete. Im Lauf der Jahre, während die Erinnerung an Sophie Mol (die Sucherin kleiner Weisheiten: *Wohin fliegen alte Vögel, um zu sterben? Warum fallen tote Vögel nicht wie Steine vom Himmel?;* die Vorbotin harscher Wirklichkeit: *Ihr seid beide ganze Farbige, und ich bin nur halbfarbig;* der Guru geronnenen Blutes: *Ich habe bei einem Unfall einen Mann gesehen, dem hing ein Auge an einem Nervenende heraus, wie ein Jo-Jo)* langsam verblaßte, wurde der Verlust Sophie Mols kräftig und lebendig. Er war immer da. Wie eine Frucht zur rechten Zeit. Jederzeit. So dauerhaft wie eine Stelle bei der Regierung. Er begleitete Rahel durch die Kindheit (von Schule zu Schule zu Schule) ins Erwachsenenalter.

Als man sie vor dem Gartentor ihrer Hausmutter dabei erwischte, wie sie einen Klumpen frischen Kuhdung mit kleinen Blumen dekorierte, wurde Rahel im Alter von elf Jahren in der Nazareth-Klosterschule auf die schwarze Liste gesetzt. Am nächsten Morgen mußte sie während der Andacht im Oxford-Wörterbuch unter »Verderbtheit« nachschlagen und die Worterklärung laut vorlesen. »Die Eigenschaft oder der Zustand des Verderbt- oder Verdorbenseins«, las Rahel vor, eine Reihe strengmündiger Nonnen hinter sich und ein Meer kichernder Schulmädchengesichter vor sich. »Schlechte Eigenschaft: moralische Verworfenheit; die der menschlichen Natur innewohnende Verderbtheit aufgrund der Erbsünde; sowohl die Erwählten als auch die Nichterwählten kommen in einem Zustand vollkommener Verderbtheit und Entfremdung von Gott auf die Welt und können aus eigenem Antrieb nichts tun außer sündigen. J. H. Blunt.«

Ein halbes Jahr später wurde sie nach wiederholten Anschuldigungen älterer Schülerinnen von der Schule gewiesen. Ihr wurde (zu Recht) vorgeworfen, sich hinter Türen zu verstecken und absichtlich mit älteren Schülerinnen zusammenzustoßen. Als sie von der Schulleiterin zu ihrem Verhalten befragt wurde (unter gutem Zureden, unter Züchtigung mit dem Rohrstock, unter Essensentzug), gab sie schließlich zu, daß sie es getan hatte, um herauszufinden, ob Brüste weh tun. In dieser christlichen Institution wurde die Existenz von Brüsten nicht anerkannt. Sie wurde geleugnet (und wenn sie nicht existierten, wie konnten sie dann weh tun?).

Das war der erste von drei Rauswürfen. Der zweite erfolgte wegen Rauchens. Der dritte, weil sie das Haarteil ihrer Hausmutter in Brand gesteckt hatte. Als sie unter Druck gesetzt wurde, gestand Rahel, es tatsächlich entwendet zu haben.

In jeder Schule, in die sie ging, schrieben die Lehrer, daß sie

(a) ein außergewöhnlich höfliches Kind sei;
(b) keine Freundinnen habe.

Es schien eine höfliche, einsame Art der Verderbtheit zu sein. Und aus diesem Grund, darin stimmten alle überein (sie ließen sich ihre lehrerhafte Mißbilligung im Munde zergehen, berührten sie mit der Zungenspitze, lutschten sie wie ein Bonbon), um so gravierender.

Es war, flüsterten sie einander zu, *als wüßte sie nicht, wie man ein Mädchen ist.*

Sie hatten nicht weit gefehlt.

Merkwürdigerweise schien Vernachlässigung eine unbeabsichtigte Befreiung des Geistes zur Folge zu haben.

Rahel wuchs auf ohne jemanden, der sich ihrer annahm. Ohne jemanden, der eine Heirat für sie arrangiert hätte. Ohne jemanden, der für ihre Aussteuer aufgekommen wäre, und deshalb ohne daß der obligatorische Ehemann drohend am Horizont aufragte.

Solange sie also kein Aufhebens darum machte, konnte sie ihre Nachforschungen betreiben. Über Brüste und wie sehr sie weh taten. Über falsche Haarteile und wie gut sie brannten. Über das Leben und wie es gelebt werden sollte.

Nachdem sie die Schule beendet hatte, wurde

sie an einem mittelmäßigen College für Architektur in Delhi zugelassen. Nicht, weil sie ein ernsthaftes Interesse an Architektur gehabt hätte. Nicht einmal ein oberflächliches. Sie machte zufälligerweise die Aufnahmeprüfung und schaffte sie zufälligerweise. Die Dozenten waren nicht so sehr von ihrem Talent beeindruckt als vielmehr von der (enormen) Größe ihrer mit Kohle skizzierten Stilleben. Sie verwechselten die unbekümmerten, verwegenen Striche mit künstlerischem Selbstvertrauen, obwohl ihre Urheberin in Wirklichkeit keine Künstlerin war.

Rahel verbrachte acht Jahre auf dem College, ohne einen Abschluß zu machen. Die Gebühren waren niedrig, und es war nicht schwer, einen Lebensunterhalt zusammenzukratzen, solange sie im Studentenwohnheim wohnte, in der subventionierten Mensa aß, selten ihre Kurse besuchte und statt dessen als Zeichnerin in düsteren Architekturbüros arbeitete, die Studenten als billige Arbeitskräfte ausbeuteten, indem sie sie die Reinzeichnungen anfertigen ließen und ihnen die Schuld in die Schuhe schoben, wenn etwas schiefging. Rahels Eigensinn und massiver Mangel an Ehrgeiz schüchterten die anderen Studenten, vor allem die männlichen, ein. Sie ließen sie links liegen. Nie wurde sie in ihre hübschen Häuser oder zu ihren lärmigen

Partys eingeladen. Auch ihre Professoren waren etwas mißtrauisch – wegen ihrer bizarren, unpraktischen Baupläne, die sie auf billigem Papier zeichnete, und ihrer Gleichgültigkeit gegenüber der leidenschaftlichen Kritik, die sie an ihr übten.

Gelegentlich schrieb sie an Chacko und Mammachi, aber sie kehrte nie nach Ayemenem zurück. Nicht, als Mammachi starb. Nicht, als Chacko nach Kanada auswanderte.

Während sie noch auf das College ging, lernte sie Larry McCaslin kennen, der in Delhi Material für seine Doktorarbeit über »Effiziente Energienutzung in der landestypischen Architektur« sammelte. Zum erstenmal fiel ihm Rahel in der Collegebibliothek auf, und ein paar Tage später sah er sie im Khan Market wieder. Sie trug Jeans und ein weißes T-Shirt. Ein Stück einer Patchworkdekke war an ihrem Hals befestigt und hing ihr über den Rücken wie ein Cape. Ihr wildes Haar hatte sie nach hinten gebunden, damit es glatt aussah, was es nicht war. In einem Nasenflügel funkelte ein winziger Diamant. Sie hatte absurd schöne Schlüsselbeine und einen anmutigen, athletischen Gang.

Da geht eine Jazzmelodie, dachte Larry McCaslin und folgte ihr in eine Buchhandlung, in der keiner von beiden Bücher ansah.

Rahel steuerte in die Ehe, wie ein Flugpassagier auf einen nicht besetzten Stuhl in einem Flughafenwarteraum zusteuert. Mit der Absicht, sich niederzulassen. Als Larry nach Boston zurückkehrte, ging sie mit ihm.

Wenn er seine Frau in den Armen hielt, ihre Wange an seinem Herzen, war Larry groß genug, um auf ihren Kopf hinabsehen zu können, auf das dunkle Wirrwarr ihres Haars. Wenn er sie mit dem Finger neben dem Mundwinkel berührte, spürte er ganz sacht ihren Herzschlag. Er liebte diese Stelle. Und das schwache, unsichere Pulsieren, direkt unter der Haut. Er berührte es, horchte mit den Augen, wie ein erwartungsvoller Vater, der sein ungeborenes Kind im Bauch der Mutter strampeln spürt.

Er hielt sie, als wäre sie ein Geschenk. In Liebe überreicht. Etwas Stilles und Kleines. Unerträglich Wertvolles.

Aber wenn sie sich liebten, kränkten ihn ihre Augen. Sie verhielten sich, als gehörten sie zu jemand anders. Jemand, der beobachtete. Der aus dem Fenster aufs Meer sah. Auf ein Boot auf dem Fluß. Oder auf einen Passanten im Nebel, der einen Hut aufhatte.

Er war wütend, weil er nicht wußte, was dieser Blick *bedeutete,* siedelte ihn irgendwo zwischen

Gleichgültigkeit und Verzweiflung an. Er wußte nicht, daß an manchen Orten, zum Beispiel in dem Land, aus dem Rahel kam, unterschiedliche Arten von Verzweiflung um den Vorrang kämpften. Und daß *persönliche* Verzweiflung nie verzweifelt genug sein konnte. Daß etwas passierte, wenn persönlicher Aufruhr am Wegesrand stehenblieb und dem Schrein des unermeßlichen, gewalttätigen, kreisenden, ungestümen, lächerlichen, wahnsinnigen, unfaßbaren, öffentlichen Aufruhrs einer ganzen Nation einen Besuch abstattete. Daß der Große Gott heulte wie ein heißer Sturm und Vergöttlichung forderte. Der Kleine Gott (lieb und gebändigt, privat und begrenzt) kam mit Brandwunden davon und lachte benommen über seine eigene Tollkühnheit. Abgehärtet von der Bestätigung seiner eigenen Belanglosigkeit, wurde er unverwüstlich und wahrhaft gleichgültig. Nichts war sehr wichtig. Nicht viel war wichtig. Und je weniger wichtig es war, um so unwichtiger wurde es. Es war nie wichtig genug. Weil schlimmere Dinge geschehen waren. In dem Land, aus dem sie kam, einem Land, das für alle Zeiten zwischen dem Terror des Krieges und dem Horror des Friedens balancierte, passierten ständig schlimmere Dinge.

So lachte der Kleine Gott ein hohles Lachen und hüpfte fröhlich davon. Wie ein reicher Junge in kurzen Hosen. Er pfiff, trat nach Steinen. Quelle seiner brüchigen Hochstimmung war die relative Geringfügigkeit seines Unglücks. Und dann kletterte er den Leuten in die Augen und wurde zu einem ärgerlichen Blick.

Was Larry McCaslin in Rahels Augen sah, war überhaupt keine Verzweiflung, sondern eine Art erzwungener Optimismus. Und eine Leere, da, wo Esthas Worte gewesen waren. Man konnte nicht erwarten, daß Larry das verstand. Daß die Leere in einem Zwilling nur eine andere Version der Stille in dem anderen Zwilling war. Daß die beiden Dinge zusammenpaßten. Wie aufeinanderliegende Löffel. Wie die Körper von Liebenden, die miteinander vertraut sind.

Nachdem sie geschieden waren, arbeitete Rahel ein paar Monate als Kellnerin in einem indischen Restaurant in New York. Und dann mehrere Jahre lang nachts als Kassiererin einer Tankstelle außerhalb von Washington, wo sie in einer kugelsicheren Kabine saß und Betrunkene sich bisweilen in die Schale für das Geld übergaben und Zuhälter ihr lukrativere Jobs anboten. Zweimal sah sie, wie Männer durch ein Autofenster erschossen wurden. Und einmal, wie ein Mann, der erstochen worden war, mit dem Messer im Rücken aus einem fahrenden Auto geworfen wurde.

Dann schrieb Baby Kochamma, daß Estha zurück-zurückgegeben worden war. Rahel gab ihren Tankstellenjob auf und war froh, Amerika verlassen zu können. Um nach Ayemenem zurückzukehren. Zu Estha im Regen.

In dem alten Haus auf dem Hügel saß Baby Kochamma am Eßtisch und rieb die dicke, schaumige Bitterkeit aus einer alten Gurke. Sie trug ein schlaffes kariertes Nachthemd aus Krepp mit Puffärmeln und Gelbwurzflecken. Unter dem Tisch schwang sie ihre winzigen, pedikürten Füße wie ein Schulmädchen auf einem zu hohen Stuhl. Sie waren angeschwollen, mit Wasser gefüllt, und sahen aus wie kleine aufgeblasene Kissen in Fußform. In früheren Zeiten hatte Baby Kochamma darauf bestanden, jeden, der nach Ayemenem kam und große Füße hatte, bloßzustellen. Sie bat darum, seine Sandalen anprobieren zu dürfen, und sagte: »Schaut nur, sie sind viel zu groß für mich!« Dann hob sie ihren Sari ein Stückchen hoch und ging im ganzen Haus herum, damit alle ihre winzigen Füße bewundern konnten.

Sie bearbeitete die Gurke mit einer Miene kaum verhohlenen Triumphes. Es freute sie, daß Estha nicht mit Rahel gesprochen hatte. Daß er sie angesehen und geradewegs an ihr vorbeigegangen war.

In den Regen hinaus. So wie er es bei allen anderen auch getan hatte.

Sie war dreiundachtzig. Ihre Augen verschwammen wie Butter hinter den dicken Brillengläsern.

»Ich hab's dir doch gesagt, stimmt's?« sagte sie zu Rahel. »Was hast du erwartet? Eine Sonderbehandlung? Er hat den Verstand verloren, ich sag's dir! Er erkennt niemanden mehr! Was hast du denn geglaubt?«

Rahel erwiderte nichts.

Sie konnte den Rhythmus spüren, in dem Estha sich vor und zurück wiegte, und die Nässe des Regens auf seiner Haut. Sie hörte die heisere, verquirlte Welt in seinem Kopf.

Baby Kochamma warf einen beunruhigten Blick auf Rahel. Sie bedauerte bereits, ihr wegen Esthas Rückkehr einen Brief geschrieben zu haben. Aber was sonst hätte sie tun sollen? Sich für den Rest ihres Lebens mit ihm belasten? Warum sollte sie? Sie war nicht für ihn verantwortlich.

Oder doch?

Das Schweigen saß zwischen Großnichte und kleiner Großtante wie eine dritte Person. Ein Fremder. Aufgeschwemmt. Ungesund. Baby Kochamma ermahnte sich, nachts ihre Schlafzimmertür abzuschließen. Sie versuchte an etwas zu denken, was sie sagen könnte.

»Wie gefällt dir mein Bubikopf?«

Mit der Gurke in der Hand griff sie sich an ihren neuen Haarschnitt. Wo sie ihr Haar berührte, blieb ein Klecks bitteren Gurkenschaums zurück.

Rahel fiel nichts ein, was sie hätte sagen können. Sie sah Baby Kochamma dabei zu, wie sie die Gurke schälte. Gelbe Stückchen Gurkenschale klebten an ihrem Busen. Ihr Haar, tiefschwarz gefärbt, war auf ihrem Kopf arrangiert wie abgewickeltes Garn. Das Färbemittel hatte die Haut auf ihrer Stirn blaßgrau getönt, so daß sie einen schattenhaften zweiten Haaransatz zu haben schien. Rahel fiel auf, daß sie begonnen hatte, Make-up zu tragen. Lippenstift. Khol. Ein verstohlener Hauch Rouge. Und weil das Haus verschlossen und dunkel war und weil sie ausschließlich an 40-Watt-Glühbirnen glaubte, war ihr Lippenstiftmund auf ihrem richtigen Mund ein bißchen verrutscht.

Sie hatte im Gesicht und an den Schultern abgenommen, so daß sie nicht mehr wie eine runde Person aussah, sondern wie eine konisch geformte. Bei Tisch jedoch, wo man ihre ausladenden Hüften nicht sah, wirkte sie nahezu zerbrechlich. Das gedämpfte Licht im Eßzimmer hatte die Falten in ihrem Gesicht ausradiert und ließ es – auf eine seltsame, eingefallene Art – jünger aussehen. Sie trug eine Menge Schmuck. Den Schmuck von Rahels toter Großmutter. Allen Schmuck. Funkelnde Ringe. Diamantene Ohrringe. Goldene Armreife und eine wunderschön gearbeitete, flache goldene Kette, die sie von Zeit zu Zeit berührte, um sich zu vergewissern, daß sie noch da war und ihr gehörte. Wie eine junge Braut, die ihr Glück nicht glauben konnte.

Sie lebt ihr Leben rückwärts, dachte Rahel.

Das war eine merkwürdig zutreffende Beobachtung. Baby Kochamma hatte ihr Leben tatsächlich rückwärts gelebt. Als junge Frau hatte sie der materiellen Welt entsagt, und jetzt, als alte Frau, schien sie sie in die Arme zu schließen. Es war eine wechselseitige Umarmung.

Mit achtzehn hatte sich Baby Kochamma in einen hübschen, jungen irischen Benediktinermönch, Pater Mulligan, verliebt, der als Abgesandter seines Seminars in Madras ein Jahr in Kerala verbrachte. Er studierte Hinduschriften, um sie fachkundig anprangern zu können.

Jeden Donnerstag vormittag kam Pater Mulligan nach Ayemenem, um Baby Kochammas Vater zu besuchen, Reverend E. John Ipe, der Priester der Mar-Thoma-Kirche war. Reverend Ipe war in der christlichen Gemeinde wohlbekannt als der Mann, der vom Patriarchen von Antiochia, dem unabhängigen Oberhaupt der syrisch-christlichen

Kirche, persönlich gesegnet worden war – eine Episode, die Bestandteil von Ayemenems Folklore wurde.

1876, als Baby Kochammas Vater sieben Jahre alt war, hatte ihn sein Vater nach Cochin mitgenommen, um den Patriarchen zu sehen, der den syrischen Christen Keralas einen Besuch abstattete. Sie standen ganz vorn in einer Gruppe von Menschen, zu denen der Patriarch von der westlichsten Veranda des Kalleny-Hauses sprach. Die Gelegenheit beim Schopfe packend, flüsterte der Vater seinem jungen Sohn etwas ins Ohr und stieß das Bürschchen vorwärts. Der zukünftige Reverend, der, starr vor Angst, beinahe ins Stolpern geriet, preßte seine entsetzten Lippen auf den Ring am Mittelfinger des Patriarchen und benetzte ihn mit Spucke. Der Patriarch wischte den Ring am Ärmel ab und segnete den kleinen Jungen. So kam es, daß Reverend Ipe, noch als er längst erwachsen und Priester war, *Punnyan Kunju* genannt wurde – der Kleine Gesegnete –, und die Menschen kamen mit Booten auf dem Fluß bis von Alleppey und Ernakulam, um ihre Kinder von ihm segnen zu lassen.

Obwohl ein erheblicher Altersunterschied zwischen Pater Mulligan und Reverend Ipe bestand und obwohl sie unterschiedlichen Bekenntnissen angehörten (deren einzige Gemeinsamkeit ihre gegenseitige Abneigung war), fühlten sich die beiden Männer in der Gesellschaft des jeweils anderen überaus wohl, und meist wurde Pater Mulligan dazu aufgefordert, zum Mittagessen zu bleiben. Von den beiden Männern bemerkte nur einer die sexuelle Erregung, die wie eine Flutwelle in dem schlanken Mädchen aufstieg, das sich lange, nachdem der Tisch abgeräumt war, in seiner Nähe aufhielt.

Zunächst versuchte Baby Kochamma Pater Mulligan mit wöchentlichen Vorstellungen geheuchelter Nächstenliebe zu verführen. Jeden Donnerstag vormittag um die Zeit, zu der Pater Mulligan eintraf, wusch Baby Kochamma zwangsweise ein armes Dorfkind neben dem Brunnen, mit harter roter Seife, die schmerzhaft über seine hervorstehenden Rippen schrubbte.

»Guten Morgen, Pater!« rief Baby Kochamma, sobald sie ihn sah, mit einem Lächeln, das über den schraubstockhaften Griff, mit dem sie den seifenglitschigen Arm des dürren Kindes festhielt, hinwegtäuschte.

»Ihnen auch einen guten Morgen, Baby!« sagte Pater Mulligan, blieb stehen und machte seinen Regenschirm zu.

»Es gibt da etwas, was ich Sie fragen wollte«, sagte Baby Kochamma. »In 1. Korinther, Vers 10,23 steht: ›Alles ist erlaubt, aber es frommt nicht alles.‹ Vater, wie kann Er *alles* erlauben? Ich meine, ich kann verstehen, daß Er *manches* erlaubt, aber –«

Pater Mulligan war mehr als nur geschmeichelt von den Gefühlen, die er in dem attraktiven Mädchen hervorrief, das mit bebenden, küßbaren Lippen und glühenden kohlschwarzen Augen vor ihm stand. Denn auch er war jung, und vielleicht merkte er nicht, daß seine feierlichen Erklärungen, mit denen er ihre vorgetäuschten biblischen Zweifel zerstreute, in vollkommenem Widerspruch standen zu dem Versprechen, das er mit seinen strahlenden smaragdgrünen Augen gab.

Unbeeindruckt von der erbarmungslosen mittäglichen Sonne standen sie jeden Donnerstag neben dem Brunnen. Das junge Mädchen und der unerschrockene Mönch – beide bebend vor unchristlicher Leidenschaft. Sie benutzten die Bibel als List, um zusammensein zu können.

Stets gelang es dem unglücklichen seifigen Kind, das zwangsgewaschen wurde, sich mitten in der Unterhaltung zu befreien, und Pater Mulligan kam wieder zu Sinnen und sagte: »Hoppla! Besser wir erwischen es, bevor es eine Erkältung tut.«

Dann spannte er seinen Regenschirm wieder auf und marschierte in schokoladenbrauner Kutte und bequemen Sandalen davon wie ein hoch ausschreitendes Kamel, das eine Verabredung einzuhalten hat. An der Leine nahm er das schmerzende Herz der jungen Baby Kochamma mit, das, über Blätter und kleine Steine stolpernd, hinter ihm hertorkelte. Verletzt und nahezu gebrochen.

Ein ganzes Jahr von Donnerstagen ging dahin. Schließlich war es an der Zeit, daß Pater Mulligan nach Madras zurückkehrte. Da Nächstenliebe keine sichtbaren Ergebnisse gezeitigt hatte, setzte die verzweifelte junge Baby Kochamma all ihre Hoffnung in den Glauben.

Sie legte eine störrische Zielstrebigkeit an den Tag (die bei einem jungen Mädchen zu jener Zeit als ebenso schlimm erachtet wurde wie eine körperliche Mißbildung, eine Hasenscharte etwa, oder ein Klumpfuß), widersetzte sich den Wünschen ihres Vaters und wurde römisch-katholisch. Mit einer Sondererlaubnis des Vatikans legte sie ihr Gelübde ab und trat als Novizin in ein Kloster in Madras ein, in der Hoffnung, daß sich auf diese Weise legitime Gelegenheiten ergäben, Pater Mulligan zu sehen. Sie stellte sich vor, wie sie in düsteren, grabähnlichen Räumen mit schweren samtenen Vorhängen theologische Fragen diskutierten. Das war alles, was sie wollte. Was sie zu hoffen wagte. Ihm nahe zu sein. Nah genug, um seinen Bart riechen zu können. Um das grobe Gewebe seiner Kutte zu erkennen. Um ihn zu lieben, indem sie ihn lediglich ansah.

Sehr schnell wurde ihr die Vergeblichkeit ihrer Bemühungen klar. Sie mußte feststellen, daß die älteren Schwestern die Priester und Bischöfe mit weit ausgefalleneren biblischen Zweifeln in Beschlag nahmen, als ihre es jemals sein würden, und es Jahre dauern konnte, bis sie auch nur in die Nähe von Pater Mulligan kam. Sie wurde ruhelos und unglücklich im Kloster. Weil ihr Nonnenschleier ständig scheuerte, entwickelte sie einen hartnäckigen allergischen Ausschlag auf dem Kopf. Sie fand, daß sie besser englisch sprach als alle anderen, und das machte sie noch einsamer.

Ungefähr ein Jahr nachdem sie in das Kloster eingetreten war, begann ihr Vater rätselhafte Briefe von ihr zu erhalten. *Mein liebster Papa, ich bin froh und glücklich im Dienste Unserer Lieben Frau. Aber Koh-hi-noor scheint unglücklich zu sein und Heimweh zu haben. Mein liebster Papa, heute hat sich Koh-hi-noor nach dem Mittagessen übergeben müssen, und jetzt hat sie Fieber. Mein liebster Papa, das Klosteressen scheint Koh-hi-noor nicht gut zu bekommen, obwohl ich es gerne mag. Mein liebster Papa, Koh-hi-noor ist aufgebracht, weil ihre Familie sich um ihr Wohlbefinden weder zu kümmern noch Sorgen zu machen scheint …*

Abgesehen davon, daß es der Name des (damals) größten Diamanten der Welt war, wußte Reverend Ipe von keiner Koh-hi-noor. Er fragte sich, wie ein Mädchen mit einem muslimischen Namen in ein katholisches Kloster geraten war.

Es war Baby Kochammas Mutter, die schließlich begriff, daß Koh-hi-noor niemand anderes als Baby Kochamma selbst war. Sie erinnerte sich daran, daß sie vor langer Zeit Baby Kochamma eine Abschrift des Testaments ihres Vaters (Baby Kochammas Großvater) gezeigt hatte, in dem er in bezug auf seine Enkelkinder geschrieben hatte: *Ich habe sieben Kleinode, eines davon ist mein Koh-hi-noor.* Des weiteren vermachte er jedem ein bißchen Geld und ein paar Schmuckstücke, stellte jedoch nirgends klar, wen er als seinen Koh-hi-noor betrachtete. Baby Kochammas Mutter begriff, daß Baby Kochamma aus unerfindlichen Gründen angenommen hatte, er könne nur sie gemeint haben – und jetzt, all die Jahre später, hatte sie Koh-hi-noor im Kloster, wo die Mutter Oberin alle Briefe las, bevor sie abgeschickt wurden, wiederauferstehen lassen, um ihrer Familie ihre Not mitzuteilen.

Reverend Ipe fuhr nach Madras und holte seine Tochter aus dem Kloster. Sie war froh, wegzukönnen, bestand jedoch darauf, nicht zu rekonvertieren, und blieb für den Rest ihrer Tage römisch-katholisch. Reverend Ipe mußte zur Kenntnis nehmen, daß seine Tochter mittlerweile einen »Ruf« erworben hatte und es unwahrscheinlich war, daß sie jemals einen Ehemann finden würde. Da sie nicht heiraten würde, beschloß er, konnte es ihr nicht schaden, eine Ausbildung zu erhalten. Deshalb traf er Vorkehrungen für ein Studium an der Universität von Rochester.

Zwei Jahre später kehrte Baby Kochamma aus Rochester zurück, mit einem Diplom in Ziergärtnerei und verliebter in Pater Mulligan als je zuvor. Von dem schlanken, attraktiven Mädchen, das sie einst gewesen war, war nichts mehr übrig. In den Jahren in Rochester hatte Baby Kochamma übermäßig zugenommen. Um es deutlicher zu sagen, sie war fett geworden. Sogar der schüchterne kleine Schneider Chellappen an der Chungam Bridge bestand darauf, für ihre Sariblusen Buschhemdpreise zu verlangen.

Um sie vom Grübeln abzuhalten, vertraute ihr Vater ihr den Garten vor dem Haus in Ayemenem an, wo sie einen garstigen, galligen Ziergarten anlegte, und die Leute kamen bis aus Kottayam, um ihn anzusehen.

Es war ein rundes, schräg abfallendes Stück Land, um das sich der steile Kiesweg der Einfahrt wand. Baby Kochamma verwandelte es in ein üppiges Labyrinth aus niedrigen Hecken, Felsen und Wasserspeiern. Ihre Lieblingspflanze war die Flamingoblume. *Anthurium andreanum.* Sie hatte eine ganze Sammlung davon, die Rubrum, die Honeymoon und diverse japanische Arten. Die Farben der fleischigen, einblättrigen Blütenhüllen variierten zwischen schwarz gesprenkelt über blutrot bis zu knallorange. Die herausragenden, getüpfelten. Blütenstände waren immer gelb. In der Mitte von Baby Kochammas Garten, umgeben von Beeten mit Kannas und Phlox, pißte ein marmorner Cherub einen endlosen silbernen Strahl in hohem Bogen in einen seichten Teich, in dem eine einzige blaue Lotosblume blühte. An jeder Ecke des Teiches lümmelte ein rosaroter Gartenzwerg aus Gips mit rosigen Backen und roter Zipfelmütze.

Baby Kochamma verbrachte die Nachmittage in ihrem Garten. In Sari und Gummistiefeln. Ihre Hände steckten in orangefarbenen Gartenhandschuhen. Wie eine Löwenbändigerin zähmte sie mit einer riesigen Heckenschere wuchernde Kletterpflanzen und pflegte stachlige Kakteen. Sie stutzte Bonsaipflanzen und verhätschelte seltene Orchideen. Sie führte Krieg gegen das Wetter. Sie versuchte, Edelweiß und chinesische Guaven zu ziehen.

Jeden Abend cremte sie sich die Füße mit flüssiger Sahne ein und schob die Haut an ihren Zehennägeln zurück.

Erst kürzlich, nachdem er ein halbes Jahrhundert unerbittlicher, pingeliger Zuwendung über sich hatte ergehen lassen, war der Ziergarten aufgegeben worden. Sich selbst überlassen, war er gewuchert und verwildert, wie Zirkustiere, die ihre Tricks vergessen haben. Das Unkraut, das die Leute »Communist Patcha« nennen (weil es in Kerala gedeiht wie der Kommunismus), erstickte die exotischeren Pflanzen. Nur die Kriech- und Kletterpflanzen wuchsen weiter wie die Zehennägel einer Leiche. Sie trieben durch die Nasenlöcher der rosaroten Gipszwerge, blühten in ihren hohlen Köpfen und verliehen ihnen eine Miene, die halb überrascht wirkte und halb, als müßten sie gleich niesen.

Der Grund für diese sang- und klanglose Aufgabe war eine neue Liebe. Baby Kochamma hatte eine Satellitenschüssel auf dem Dach des Hauses in Ayemenem installiert. Via Satellitenfernsehen beaufsichtigte sie die Welt von ihrem Wohnzimmer aus. Die unglaubliche Aufregung, die das Fernsehen in Baby Kochamma verursachte, war nicht schwer zu verstehen. Es war nicht etwas, was sich schrittweise ereignete. Es geschah über Nacht.

Blondinen, Kriege, Hungersnöte, Football, Sex, Musik, Staatsstreiche – sie alle trafen mit demselben Zug ein. Sie stiegen im selben Hotel ab. Sie packten gemeinsam aus. Und in Ayemenem, wo einst das lauteste Geräusch das musikalische Hupen eines Busses gewesen war, konnten jetzt Kriege, Hungersnöte, pittoreske Massaker und Bill Clinton zusammengetrommelt werden wie Dienstboten. Und während ihr Ziergarten welkte und starb, verfolgte Baby Kochamma die Spiele der amerikanischen NBA-Liga, Kricketspiele und alle Grand-Slam-Tennisturniere. Unter der Woche sah sie *Fashion Affairs* und *California Clan,* Serien, in denen spröde Blondinen mit Lippenstift und vor Haarspray steifen Frisuren Androiden verführten und ihre sexuellen Imperien verteidigten. Baby Kochamma liebte ihre glitzernde Kleidung und ihre schlauen, schlagfertigen Antworten. Tagsüber fielen ihr zusammenhanglos Bruchstücke ein, und dann mußte sie jedesmal kichern.

Kochu Maria, die Köchin, trug nach wie vor die schweren goldenen Ohrringe, die ihre Ohrläppchen für immer deformiert hatten. Ihr gefielen die WWF-Wrestling-Sendungen, in denen Hulk Hogan und Mr. Perfect, deren Hälse breiter waren als ihre Köpfe, glitzernde Leggings aus Lycra trugen und sich gegenseitig brutal verprügelten. In Kochu Marias Lachen schwang ein grausamer Unterton mit, wie bisweilen im Lachen von kleinen Kindern.

Den ganzen Tag saßen sie, zusammengeschweißt in einem lauten Fernsehschweigen, im Wohnzimmer, Baby Kochamma auf dem langlehnigen Pflanzerstuhl oder der Chaiselongue (je nach dem Zustand ihrer Füße), Kochu Maria (die, wenn sie konnte, von Kanal zu Kanal zappte) neben ihr auf dem Boden. Das Haar der einen schneeweiß, das der anderen kohlrabenschwarz gefärbt. Sie nahmen an allen Preisausschreiben teil, nutzten alle Sonderangebote, für die geworben wurde, und gewannen bei zwei Gelegenheiten ein T-Shirt und eine Thermosflasche, die Baby Kochamma in ihrem Schrank einschloß.

Baby Kochamma liebte das Haus in Ayemenem und die Möbel, die sie geerbt hatte, indem sie alle anderen überlebte. Mammachis Violine und Notenständer, die Schränke aus Ooty, die Plastikkorbstühle, die Betten aus Delhi, die Kommode mit den gesprungenen Elfenbeinknäufen aus Wien. Den Eßtisch aus Rosenholz, den Velutha getischlert hatte.

Die BBC-Hungersnöte und Fernsehkriege, auf die sie stieß, während sie von Kanal zu Kanal sprang, machten ihr angst. Ihr alter Horror vor der Revolution und der marxistisch-leninistischen Bedrohung wurde neu entfacht von Fernsehsorgen wegen der wachsenden Zahl verzweifelter und vertriebener Menschen. Ethnische Säuberungen, Hungersnöte und Völkermord betrachtete Baby Kochamma als direkte Bedrohung ihrer Einrichtung.

Sie verschloß Türen und Fenster, außer sie benutzte sie. Die Fenster öffnete sie nur zu ganz bestimmten Zwecken. Um frische Luft zu schnappen. Um die Milch zu bezahlen. Um eine gefangene Wespe freizulassen (die Kochu Maria vorher mit einem Handtuch durchs Haus gejagt hatte).

Sie verschloß sogar den traurigen Kühlschrank, von dem die Farbe abblätterte und in dem sie ihren wöchentlichen Vorrat an Butterbrötchen aufbewahrte, die Kochu Maria in der Bestbakery in Kottayam kaufte. Und die zwei Flaschen mit Reiswasser, das sie statt gewöhnlichen Wassers trank. Unter der Abtropfschale lagerte sie, was von Mammachis Service mit dem Weidenmuster noch übrig war.

Das Dutzend Fläschchen mit Insulin, die Rahel ihr für ihren Diabetes mitgebracht hatte, stellte sie ins Butter- und Käsefach. Sie hatte nämlich den Verdacht, daß dieser Tage selbst die Unschuldigen und Großäugigen nach Geschirr gierten, sich

Butterbrötchen einverleibten oder Ayemenem als diebische Diabetiker nach importiertem Insulin durchstreiften.

Sie traute nicht einmal den Zwillingen. Andererseits traute sie ihnen alles zu. Ganz und gar alles. *Womöglich wollen sie sich sogar ihre Gegenwart zurückstehlen,* dachte sie, und schlagartig wurde ihr bewußt, wie schnell sie wieder dazu übergegangen war, von den beiden als einem einzigen Wesen zu denken. Nach so vielen Jahren. Entschlossen, die Vergangenheit nicht an sich heranschleichen zu lassen, änderte sie den Gedanken augenblicklich um. *Sie. Womöglich will sie sich sogar ihre Gegenwart zurückstehlen.*

Sie blickte zu Rahel, die am Eßtisch stand, und bemerkte die gleiche unheimliche Heimlichkeit, die Fähigkeit, sich ganz still und ganz ruhig zu verhalten, die Estha meisterhaft zu beherrschen schien. Baby Kochamma war ein wenig eingeschüchtert von Rahels Stille.

»Also!« sagte sie. Ihre Stimme war schrill, unsicher. »Was hast du für Pläne? Wie lange willst du bleiben? Hast du dich schon entschlossen?«

Rahel versuchte, etwas zu sagen. Es klang schnarrend. Wie ein Stück Blech. Sie ging zum Fenster und öffnete es. Um frische Luft zu schnappen.

»Mach's wieder zu, wenn du genug hast«, sagte Baby Kochamma und verschloß ihr Gesicht wie einen Schrank.

Vom Fenster aus konnte man den Fluß nicht mehr sehen.

Man hatte es gekonnt, bis Mammachi um die rückwärtige Veranda Ayemenems erste Schiebefalttür anbringen ließ. Die Ölporträts von Reverend Ipe und Aleyooty Ammachi (Esthas und Rahels Urgroßeltern) wurden auf der rückwärtigen Veranda ab- und auf der vorderen aufgehängt.

Jetzt hingen sie dort, der Kleine Gesegnete und seine Frau, zu beiden Seiten des ausgestopften Büffelkopfes.

Reverend Ipe lächelte sein zuversichtliches Ahnenlächeln auf die Straße hinaus statt auf den Fluß.

Aleyooty Ammachi blickte eher zögerlich drein. Als ob sie sich gern umgedreht hätte, es aber nicht konnte. Vielleicht fiel es ihr schwerer als dem Reverend, den Fluß hinter sich zu lassen. Ihre Augen sahen in die gleiche Richtung wie die ihres Mannes.

Mit ihrem Herzen sah sie weg. Die schweren, matten goldenen Kunukku-Ohrringe (Beweis der Güte des Kleinen Gesegneten) hatten ihre Ohrläppchen in die Länge gezogen und hingen ihr bis auf die Schultern hinab. Durch die Löcher in ihren Ohren konnte man den heißen Fluß sehen und die dunklen Bäume, die sich zu ihm hinabneigten. Und die Fischer in ihren Booten. Und die Fische.

Obwohl man den Fluß von hier aus nicht mehr sehen konnte, hatte das Haus seinen Flußsinn behalten, so wie eine Muschel immer einen Meersinn hat.

Einen reißenden, strömenden Sinn, in dem Fische schwimmen.

Vom Eßzimmerfenster aus, an dem sie stand, mit dem Wind im Haar, sah Rahel, wie der Regen auf das verrostete Blechdach dessen trommelte, was früher die Konservenfabrik ihrer Großmutter gewesen war.

Paradise Pickles & Konserven.

Sie stand zwischen dem Haus und dem Fluß.

Früher waren dort Pickles, Säfte, Marmeladen, Currypulver und Ananas in Dosen produziert worden. Und Bananenmarmelade (illegal), deren Herstellung von der Lebensmittelbehörde verboten worden war, weil es sich gemäß ihren Spezifikationen weder um Marmelade noch um Gelee handelte. Sie sei zu dünn für Marmelade und zu dick für Gelee. Sie habe eine zweideutige, nicht klassifizierbare Konsistenz, sagten sie.

Gemäß ihren Büchern.

Wenn sie jetzt zurückblickte, schien es Rahel, als ob diese Schwierigkeit, die ihre Familie mit Klassifikationen hatte, weit tiefer wurzelte als die Marmelade-Gelee-Frage.

Vielleicht waren Ammu, Estha und sie die schlimmsten Missetäter. Aber es waren nicht nur sie. Es waren auch die anderen. Sie alle brachen die Regeln. Sie alle betraten verbotenes Gelände. Sie alle pfuschten an den Gesetzen herum, die festlegten, wer wie geliebt werden sollte. Und wie sehr. An den Gesetzen, die Großmütter zu Großmüttern machten, Onkel zu Onkeln, Mütter zu Müttern, Cousinen zu Cousinen, Marmelade zu Marmelade und Gelee zu Gelee.

Es gab eine Zeit, da Onkel zu Vätern wurden, Mütter zu Geliebten und Cousinen starben und beerdigt wurden.

Es gab eine Zeit, da das Unvorstellbare vorstellbar wurde und das Unmögliche tatsächlich geschah.

Die Polizei fand Velutha noch vor Sophie Mols Beerdigung.

Dort, wo die Handschellen seine Arme berührten, hatte er eine Gänsehaut. Kalte Handschellen mit einem säuerlichen Metallgeruch. Wie die eisernen Haltestangen im Bus und der Geruch der Hände des Busschaffners, der sich daran festgehalten hatte.

Nachdem alles vorbei war, sagte Baby Kochamma: »Wie man sät, so erntet man.« Als ob *sie* nichts mit dem Säen und Ernten zu tun hätte. Auf ihren kleinen Füßen kehrte sie zu ihrer Kreuzstichstikkerei zurück. Ihre kleinen Zehen reichten nie bis auf den Boden. Es war ihre Idee, Estha zurückzugeben.

Margaret Kochammas Schmerz und Bitterkeit angesichts des Todes ihrer Tochter wanden sich in ihr wie eine wütende Sprungfeder. Sie sagte kein Wort, aber in den Tagen, bevor sie nach England zurückkehrte, schlug sie Estha, wann immer sie konnte.

Rahel sah Ammu dabei zu, wie sie Esthas kleinen Koffer packte.

»Vielleicht haben sie recht«, flüsterte Ammu. »Vielleicht braucht ein Junge wirklich einen Baba.«

Rahel sah, daß ihre Augen rötlich tot waren.

Sie suchten Rat bei einer Zwillingsexpertin in Hyderabad. Diese schrieb, daß es nicht zu empfehlen sei, monozygotische Zwillinge zu trennen, aber zweieiige Zwillinge unterschieden sich in nichts von anderen kleinen Kindern, und obgleich sie sicherlich unter dem ganz natürlichen Seelenschmerz der Kinder aus zerrütteten Familien leiden würden, werde es doch nicht darüber hinausgehen. Nichts Außergewöhnliches.

Und so wurde Estha zurückgegeben, mit seinem Blechkoffer und seiner Khakireisetasche, in der sie seine beigefarbenen, spitzen Schuhe verstaut hatten. Er fuhr mit dem Madras-Expreß über Nacht nach Madras, erster Klasse, und weiter mit einem Freund ihres Vaters von Madras nach Kalkutta.

Er hatte einen Tiffinbehälter mit Tomatensandwiches dabei. Und eine Eagle-Thermosflasche mit einem Adler darauf. In seinem Kopf waren schreckliche Bilder.

Regen. Strömendes, tintenschwarzes Wasser. Und ein Geruch. Faulig-süß. Wie verblühte Rosen im Wind.

Aber am schlimmsten von allem war die Erinnerung an einen jungen Mann mit dem Mund eines alten Mannes. Die Erinnerung an ein aufgedunsenes Gesicht und ein zerschlagenes, auf den Kopf gestelltes Lächeln. An eine sich ausbreitende Lache einer klaren Flüssigkeit, in der sich eine nackte Glühbirne widerspiegelte. An ein blutunterlaufenes Auge, das sich öffnete, ziellos umherblickte und ihn dann fixierte. Estha. Und was hatte Estha getan? Er hatte in das geliebte Gesicht gesehen und gesagt: Ja.

Ja, er war es.

Das Wort, das Esthas Oktopus nicht erwischte: *Ja.* Saugen schien nichts zu nützen. Es hatte sich verkrochen, tief in einer Falte oder Furche, wie eine Mangofaser zwischen den Zähnen. Die man einfach nicht herausbekam.

In einem rein praktischen Sinn wäre es wahrscheinlich korrekt zu sagen, daß alles anfing, als Sophie Mol in Ayemenem eintraf. Vielleicht stimmt es, daß sich die Dinge an einem einzigen Tag ändern können. Daß ein paar Dutzend Stunden die Bilanz eines ganzen Lebens beeinflussen können. Und wenn sie es tun, dann müssen diese paar Dutzend Stunden, wie die kümmerlichen Überreste aus einem niedergebrannten Haus – die verkohlte Uhr, die versengte Fotografie, die verbrannten Möbel –, aus den Ruinen ausgegraben und untersucht werden. Bewahrt werden. Erklärt werden.

Kleine Begebenheiten, gewöhnliche Dinge, zerstört und rekonstruiert. Mit einer neuen Bedeutung versehen. Und plötzlich werden sie zu den ausgebleichten Knochen einer Geschichte.

Dennoch: Zu sagen, daß alles anfing, als Sophie Mol in Ayemenem eintraf, ist nur eine Möglichkeit, die Sache zu sehen.

Mit gleichem Recht könnte man behaupten, daß alles vor Tausenden von Jahren anfing. Lange bevor die Marxisten an die Macht kamen. Bevor die Briten Malabar einnahmen, vor der Machtübernahme der Holländer, bevor Vasco da Gama eintraf, bevor der Zamorin Calicut erorberte. Bevor drei purpurgewandete, von den Portugiesen ermordete syrische Bischöfe im Meer treibend gefunden wurden, sich windende Seeschlangen auf den Brustkörben und Austern in den verhedderten Bärten. Man könnte behaupten, daß alles anfing, lange bevor das Christentum in einem Boot ankam und nach Kerala hineinsickerte wie Tee aus einem Teebeutel.

Daß es wirklich begann in den Tagen, als die Gesetze der Liebe erlassen wurden. Die Gesetze, die festlegten, wer wie geliebt werden sollte.

Und wie sehr.

Wie auch immer,
aus praktischen Gründen in einer
hoffnungslos praktischen Welt …

Pappachis Falter

… es war ein himmelblauer Tag im Dezember neunundsechzig (neunzehnhundert unausgesprochen). Es war die Zeit im Leben einer Familie, in der irgend etwas geschieht, was ihre verborgenen Moralvorstellungen von ihrem Ruheplatz aufscheucht, an die Oberfläche sprudeln und dort eine Weile treiben läßt. Vor aller Augen. So daß jeder sie sehen kann.

Ein himmelblauer Plymouth, unterwegs nach Cochin, raste an jungen Reisfeldern und alten Kautschukbäumen vorbei, die Sonne in den Heckflossen. Weiter im Osten, in einem kleinen Land mit ähnlicher Landschaft (Dschungel, Flüsse, Reisfelder, Kommunisten) wurden genügend Bomben abgeworfen, um es zur Gänze mit fünfzehn Zentimeter Stahl zu bedecken. Hier jedoch herrschte Frieden, und die Familie in dem Plymouth fuhr ohne Angst oder dunkle Vorahnung.

Der Plymouth gehörte ursprünglich Pappachi, Rahels und Esthas Großvater. Jetzt, da er tot war, gehörte er Mammachi, ihrer Großmutter, und Rahel und Estha waren unterwegs nach Cochin, um zum drittenmal *Meine Lieder, meine Träume* zu sehen. Sie kannten alle Lieder auswendig.

Danach würden sie im Sea Queen Hotel absteigen, in dem es nach altem Essen roch. Zimmer waren reserviert. Früh am nächsten Morgen wollten sie zum Flughafen von Cochin fahren, um Chakkos Exfrau, ihre englische Tante Margaret Kochamma, und ihre Cousine Sophie Mol abzuholen, die aus London nach Ayemenem kamen, um hier Weihnachten zu verbringen. Margaret Kochammas zweiter Mann Joe war früher im Jahr bei einem Verkehrsunfall getötet worden. Als Chacko von dem Unfall erfuhr, hatte er sie nach Ayemenem eingeladen. Er sagte, der Gedanke sei ihm unerträglich, daß sie ein einsames, trauriges Weihnachten in England verbrachten. In einem Haus voll Erinnerungen.

Ammu behauptete, Chacko habe nie aufgehört, Margaret Kochamma zu lieben. Mammachi war anderer Meinung. Sie zog es vor, zu glauben, daß er sie überhaupt noch nie geliebt hatte.

Rahel und Estha kannten Sophie Mol nicht. In der letzten Woche hatten sie jedoch viel von ihr gehört. Von Baby Kochamma, von Kochu Maria und sogar von Mammachi. Auch sie kannten Sophie Mol nicht, aber sie taten alle so, als würden sie sie bereits kennen. Es war die Was-wird-Sophie-Mol-denken?-Woche gewesen.

Die ganze Woche über hatte Baby Kochamma gnadenlos die privaten Gespräche der Zwillinge belauscht, und jedesmal, wenn sie sie dabei erwischte, daß sie Malayalam sprachen, belegte sie sie mit einer kleinen Strafgebühr, die sie ihnen direkt von ihren Einkünften abzog. Von ihrem Taschengeld. Sie ließ sie Sätze schreiben – Strafarbeiten nannte sie das –: *Ich werde immer Englisch sprechen. Ich werde immer Englisch sprechen.* Hundertmal. Wenn sie fertig waren, strich sie die Zeilen mit ihrem roten Stift durch, um zu verhindern, daß die alten Sätze für neue Strafen recycelt würden.

Für den Rückweg studierte sie mit ihnen ein englisches Autolied ein. Sie mußten die Worte korrekt bilden und insbesondere auf eine prononcierte Aussprache achten. Pro-nonn-siert.

Freu-heut euch des Härren immerdar,
freu-heut euch des Härren.
Freu-heut euch.
Freu-heut euch.

Esthas vollständiger Name war Esthappen Yako. Rahels war Rahel. Im Augenblick hatten sie keinen Nachnamen, weil Ammu in Betracht zog, ihren Mädchennamen wieder anzunehmen, obwohl sie fand, daß eine Frau eigentlich keine große Wahl hatte, wenn sie sich zwischen dem Namen ihres Mannes und dem ihres Vaters entscheiden mußte.

Estha trug seine beigefarbenen, spitzen Schuhe und seine Elvis-Tolle. Seine spezielle Ausgehtolle. Sein liebstes Elvis-Lied war »Party«. *Some people like to rock, some people like to roll,* sang er schmachtend, wenn er sich unbeobachtet wähnte, und dabei klampfte er auf einem Federballschläger und schürzte die Lippen wie Elvis. *But moonin' an' a groonin' gonna satisfy mah soul ... less have a pardy ...*

Estha hatte schräge, verschlafene Augen, und seine neuen Schneidezähne waren am Rand noch gezackt. Rahels neue Zähne warteten noch im Zahnfleisch, wie Worte in einem Stift. Alle wunderten sich, wie ein achtzehnminütiger Altersunterschied mit einer solchen zeitlichen Diskrepanz im Wachsen der Schneidezähne einhergehen konnte.

Rahels Haar saß größtenteils wie eine Fontäne auf ihrem Kopf. Es wurde zusammengehalten von einem Love-in-Tokyo – zwei Kügelchen auf einem Gummiband, die weder etwas mit Liebe noch mit Tokio zu tun hatten. In Kerala haben Love-in-Tokyos der Zeit standgehalten, und man bekommt sie heute noch, wenn man in einem guten Damenmodengeschäft danach fragt. Zwei Kügelchen auf einem Gummiband.

Auf Rahels Spielzeugarmbanduhr war die Zeit aufgemalt. Zehn vor zwei. Eine ihrer Ambitionen bestand darin, eine Uhr zu besitzen, auf der sie die Zeit verstellen konnte, wann immer sie wollte (wozu ihrer Meinung nach die Zeit sowieso nur da war). Die roten Plastikgläser in ihrer gelben Sonnenbrille färbten die Welt rot. Ammu sagte, daß sie schädlich für ihre Augen seien, und hatte ihr geraten, sie so selten wie möglich aufzusetzen.

Rahels Flughafenkleid lag in Ammus Koffer. Dazu gehörte eine passende Unterhose.

Chacko saß am Steuer. Er war vier Jahre älter als Ammu. Rahel und Estha konnten ihn nicht Chachen nennen, denn wenn sie es taten, nannte er sie Chetan und Cheduthi. Riefen sie ihn Ammaven, rief er sie Appoi und Ammai. Nannten sie ihn Onkel, nannte er sie Tantchen, was in der Öffentlichkeit peinlich war. Deswegen sagten sie Chacko zu ihm.

In Chackos Zimmer stapelten sich Bücher vom Boden bis zur Decke. Er hatte sie alle gelesen und zitierte lange Passagen daraus – ohne ersichtlichen Grund. Oder zumindest aus keinem Grund, den sich irgend jemand vorstellen konnte. Als sie zum Beispiel an diesem Morgen durch das Tor fuhren und Mammachi auf der Veranda auf Wiedersehen zuriefen, sagte Chacko plötzlich: *»Gatsby ging am Ende untadelig aus allem hervor. Aber was ihm auf den Fersen war, der widerliche Dunst, der seine Träume umspielte, stieß mich ab und lähmte zeitweise mein Interesse für die kümmerlichen Fehlschläge und kurzatmigen Aufschwünge der Menschen.«*

Alle waren so daran gewöhnt, daß sie sich nicht die Mühe machten, einander anzustoßen oder Blicke auszutauschen. Chacko hatte mit einem Rhodes-Stipendium in Oxford studiert, und ihm waren Exzesse und Exzentrizitäten gestattet wie keinem anderen.

Er behauptete, eine Biographie der Familie zu schreiben, und sagte, daß die Familie ihn dafür bezahlen müsse, damit er sie nicht veröffentliche. Ammu meinte, in der Familie gebe es nur eine Person, die sich als Kandidat für biographische Erpressung eigne, und das sei Chacko selbst.

Das war natürlich damals. Vor dem Grauen.

Im Plymouth saß Ammu vorne neben Chacko. In diesem Jahr war sie siebenundzwanzig geworden, und in ihrer Magengrube trug sie das kalte

Wissen mit sich herum, daß sie ihr Leben gelebt hatte. Sie hatte eine Chance gehabt. Sie hatte einen Fehler gemacht. Sie hatte den falschen Mann geheiratet.

Ammu schloß die Schule im selben Jahr ab, in dem ihr Vater in Delhi pensioniert wurde und nach Ayemenem zog. Pappachi vertrat den Standpunkt, daß eine College-Ausbildung für ein Mädchen eine unnötige Ausgabe darstellte, und so blieb Ammu keine andere Wahl, als Delhi zu verlassen und mit ihnen wegzugehen. Für ein junges Mädchen wie sie gab es in Ayemenem nichts zu tun, außer auf Heiratsanträge zu warten und ihrer Mutter bei der Hausarbeit zu helfen. Da ihr Vater nicht genug Geld hatte, um eine angemessene Aussteuer aufzubringen, trafen keine Anträge bei Ammu ein. Zwei Jahre zogen ins Land. Ammus achtzehnter Geburtstag kam und ging, von ihren Eltern unbemerkt oder zumindest kommentarlos übergangen. Ammu verzweifelte. Jeden Tag träumte sie davon, Ayemenem zu verlassen und den Klauen ihres übellaunigen Vaters und ihrer verbitterten, ewig leidenden Mutter zu entfliehen. Sie schmiedete diverse jämmerliche kleine Pläne. Einer klappte schließlich. Pappachi erlaubte ihr, den Sommer bei einer entfernten Tante in Kalkutta zu verbringen.

Dort lernte Ammu bei einem Empfang anläßlich einer Hochzeit ihren zukünftigen Mann kennen.

Er machte Urlaub von seinem Job in Assam, wo er als stellvertretender Manager einer Teeplantage arbeitete. Er stammte aus einer ehemals reichen Zamindar-Familie, die nach der Teilung des Landes aus Ostbengalen nach Kalkutta gekommen war.

Er war ein kleiner, aber wohlgestalter Mann. Mit angenehmem Äußeren. Er trug eine altmodische Brille, die ihn ernst erscheinen ließ und in vollkommenem Widerspruch zu seinem unbeschwerten Charme und seinem jugendlichen, aber absolut entwaffnenden Sinn für Humor stand. Er war fünfundzwanzig und arbeitete bereits seit sechs Jahren auf den Teeplantagen. Fünf Tage nachdem sie sich kennengelernt hatten, machte er Ammu einen Heiratsantrag. Ammu gab nicht vor, in ihn verliebt zu sein. Sie wägte die Vor- und Nachteile ab und nahm an. Sie dachte, daß *alles, irgend jemand* besser sei, als nach Ayemenem zurückzukehren. Sie schrieb ihren Eltern und teilte ihnen ihre Entscheidung mit. Sie antworteten nicht.

Ammu heiratete auf die langwierige Art, die in Kalkutta üblich war. Später, als sie sich an diesen Tag erinnerte, begriff sie, daß der leicht fiebrige Glanz in den Augen ihres Bräutigams nicht auf Liebe zurückzuführen gewesen war und auch nicht auf die Aufregung angesichts zu erwartender fleischlicher Wonnen, sondern auf zirka acht große Gläser Whisky. Unverdünnt. Pur.

Ammus Schwiegervater war Vorstandsvorsitzender bei der Eisenbahn und hatte Cambridge in Boxkämpfen vertreten. Er war zudem Vorsitzender der B. A. B. A. – der Bengal Amateur Boxing Association. Er schenkte dem jungen Paar einen extra für sie puderrosa lackierten Fiat, in dem er nach der Hochzeit selbst davonfuhr, zusammen mit dem ganzen Schmuck und den meisten anderen Geschenken, die sie bekommen hatten. Er starb, bevor die Zwillinge geboren wurden – auf dem Operationstisch, während seine Gallenblase entfernt wurde. Seiner Verbrennung wohnten alle Boxer Bengalens bei. Eine Versammlung von Trauergästen mit eingefallenen Wangen und gebrochenen Nasen.

Nachdem Ammu und ihr Mann nach Assam gezogen waren, wurde Ammu, schön, jung und frech, zum Star des Planter's Club. Sie trug rükkenfreie Blusen zu ihren Saris und eine Tasche aus Silberlamé mit einer Kette als Schulterriemen. Sie rauchte lange Zigaretten in einer silbernen Zigarettenspitze und lernte, perfekte Rauchringe zu blasen. Ihr Mann war, wie sich herausstellte, nicht nur ein starker Trinker, sondern ein ausgewachsener Alkoholiker mit all der Verlogenheit und dem tragischen Charme eines Säufers. Es gab bestimmte Dinge, die Ammu nie verstand. Noch lange, nachdem sie ihn verlassen hatte, fragte sie sich, warum er so unglaublich log, wenn es gar keinen Grund dafür gab. *Vor allem* dann, wenn es keinen Grund dafür gab. In einer Unterhaltung mit Freunden sprach er davon, wie sehr er Räucherlachs liebte, obwohl Ammu wußte, daß er Räucherlachs haßte. Oder er kam vom Club nach Hause und erzählte Ammu, er habe *Triff mich in St. Louis* gesehen, wenn tatsächlich *The Bronze Buckaroo* gezeigt worden war. Wenn sie ihn mit diesen Dingen konfrontierte, erklärte er weder etwas, noch entschuldigte er sich. Er kicherte nur und erzürnte Ammu damit in einem Maße, wie sie es sich nie zugetraut hätte.

Ammu war im achten Monat schwanger, als der Krieg mit China ausbrach. Das war im Oktober 1962. Frauen und Kinder der Pflanzer wurden aus Assam evakuiert. Ammu war zu schwanger, um zu reisen, und blieb auf der Plantage. Im November, nach einer Busfahrt nach Shillong, die so holprig war, daß einem die Haare zu Berge standen, inmitten von Gerüchten über eine chinesische Okkupation und Indiens bevorstehende Niederlage, wurden Estha und Rahel geboren. Bei Kerzenlicht. In einem Krankenhaus mit verdunkelten Fenstern. Sie kamen ohne große Sperenzchen auf die Welt, mit achtzehn Minuten Abstand. Zwei Kleine statt einem Großen. Zwillingsrobben, glitschig von den Säften ihrer Mutter. Verrunzelt von der Anstrengung, geboren zu werden. Ammu suchte sie nach Mißbildungen ab, bevor sie die Augen schloß und einschlief. Sie zählte vier Augen, vier Ohren, zwei Münder, zwei Nasen, zwanzig Finger und zwanzig perfekte Zehennägel.

Daß ihre Kinder nur *eine* siamesische Seele hatten, entging ihr. Sie freute sich, die beiden zu haben. Der Kindsvater lag auf einer harten Bank im Flur des Krankenhauses und war betrunken.

Als die Zwillinge zwei Jahre alt waren, hatte die Trinkerei, verschlimmert durch die Einsamkeit des Lebens auf der Teeplantage, ihren Vater in einen alkoholischen Stupor getrieben. Tagelang lag er im Bett und ging nicht zur Arbeit. Schließlich zitierte ihn sein englischer Boß, Mr. Hollick, zu einer »ernsten Unterredung« zu sich in seinen Bungalow.

Ammu saß auf der Veranda ihres Hauses und wartete ängstlich auf die Rückkehr ihres Mannes. Sie war sich sicher, daß Hollick ihren Mann nur sprechen wollte, um ihn zu feuern. Um so mehr überraschte es sie, daß er zwar verzagt wirkte, als er zurückkam, aber nicht verzweifelt. Mr. Hollick habe etwas vorgeschlagen, teilte er Ammu mit, das er mit ihr besprechen müsse. Er begann etwas zögerlich, mied ihren Blick, aber während er sprach, wurde er mutiger. Von einem praktischen Standpunkt aus, auf lange Sicht gesehen, sei es ein Vorschlag, der ihnen beiden zum Vorteil gereichen würde, sagte er. Ihnen *allen,* wenn man die Ausbildung der Kinder mit in Betracht zog.

Mr. Hollick war seinem jungen Manager gegenüber offen gewesen. Er informierte ihn über die Klagen, die sowohl von den Arbeitern als auch von anderen Managern eingegangen waren.

»Ich fürchte, ich habe keine andere Wahl«, sagte er, »als Sie um Ihre Kündigung zu bitten.«

Er ließ das Schweigen seine Wirkung tun. So lange, bis der bedauernswerte Mann, der ihm am Tisch gegenübersaß, zu zittern anfing. Zu weinen. Dann ergriff Hollick wieder das Wort.

»Aber *möglicherweise* gibt es doch noch eine andere Lösung … vielleicht können wir gemeinsam eine Regelung finden. Ich sage immer, man muß positiv denken. Man muß dankbar sein für alles, was einem beschert wird.« Er hielt inne, um eine Kanne schwarzen Kaffee zu bestellen. »Sie können sich wirklich glücklich schätzen, wissen Sie. Sie haben eine wundervolle Familie, wunderbare Kinder, so eine attraktive Frau ...« Er zündete sich eine Zigarette an und ließ das Streichholz brennen, bis er es nicht mehr halten konnte. »Eine *überaus* attraktive Frau ...«

Die Tränen versiegten. Verständnislose braune Augen blickten in unheimliche, rotgeäderte grüne. Während er Kaffee trank, schlug Mr. Hollick Baba vor, für eine Weile fortzugehen. Urlaub zu machen. Möglicherweise in einer Klinik, um behandelt zu werden. So lange, bis es ihm besserging. Während der Zeit, die er fort war, schlug Mr. Hollick vor, solle Ammu in seinem Bungalow wohnen, damit sie »versorgt« sei.

Auf der Plantage liefen bereits ein paar zerlumpte hellhäutige Kinder herum, die Hollick den Teepflückerinnen gemacht hatte, an denen er Gefallen gefunden hatte. Dies hier war sein erster Vorstoß in Managementkreise.

Ammu beobachtete, wie sich der Mund ihres Mannes bewegte, während er die Worte bildete. Sie sagte nichts. Ihm wurde unbehaglich zumute, und dann machte ihn ihr Schweigen wütend. Plötzlich griff er nach ihr, packte sie am Haar, schlug sie und wurde dann bewußtlos von der Anstrengung. Ammu nahm das schwerste Buch, das sie finden konnte, aus dem Bücherregal – den Reader's Digest Weltatlas – und schlug so fest damit auf ihn ein, wie sie konnte. Auf den Kopf. Die Beine. Den Rücken und die Schultern. Als er wieder zu Bewußtsein kam, wunderte er sich über die blauen Flecken. Er entschuldigte sich niedergeschlagen für seine Gewalttätigkeit, begann jedoch sofort, ihr zuzusetzen, sie solle ihm bezüglich seiner Beurlaubung helfen. Von da an lief es immer nach demselben Muster ab. Betrunkene Gewalttätigkeit, gefolgt von postbetrunkenem Zusetzen. Ammu ekelte sich vor dem Medizingeruch des alten Alkohols, der ihm aus den Poren strömte, und vor dem getrockneten, rissigen Erbrochenen, das jeden Morgen seinen Mund verkrustete wie ein Kuchen. Als seine Anfälle von Gewalttätigkeit auch vor den Kindern nicht mehr haltmachten und der Krieg mit Pakistan begann, verließ Ammu ihren Mann und kehrte, obwohl sie nicht willkommen war, zu ihren Eltern nach Ayemenem zurück. Zu all dem, wovor sie ein paar Jahre zuvor geflohen war. Nur daß sie jetzt zwei kleine Kinder hatte. Und keine Illusionen mehr.

Pappachi nahm ihr ihre Geschichte nicht ab – nicht weil er viel von ihrem Mann hielt, sondern weil er einfach nicht glauben wollte, daß ein Engländer, *irgendein* Engländer, die Frau eines anderen Mannes begehrte.

Ammu liebte ihre Kinder (selbstverständlich), aber ihre großäugige Verletzlichkeit und ihre Bereitschaft, Menschen zu lieben, die sie nicht wirklich wiederliebten, erzürnte sie, und manchmal verspürte sie den Wunsch, ihnen weh zu tun – nur um sie zu erziehen, zu beschützen.

Es war, als stünde das Fenster, durch das ihr Vater verschwunden war, noch immer offen, so daß jeder hereinspazieren konnte und willkommen war.

Ammu erschienen ihre Zwillinge wie ein Paar kleiner, staunender Frösche, die ineinander vertieft waren und Arm in Arm eine von vielen schnellen Autos befahrene Straße entlanghüpften. Die keinen Gedanken daran verschwendeten, was Lastwagen Fröschen antun können. Ammu ließ sie nicht aus den Augen. Ihre Wachsamkeit hielt sie ständig auf Trab, machte sie nervös und angespannt. Mit Tadel für ihre Kinder war sie schnell zur Hand, aber noch schneller fühlte sie sich auf den Schlips getreten, wenn er von jemand anderem kam als ihr selbst.

Sie wußte, daß sie selbst keine Chance mehr hatte. Für sie gab es jetzt nur noch Ayemenem. Eine Veranda vor dem Haus und eine dahinter. Einen heißen Fluß und eine Konservenfabrik.

Und im Hintergrund das ununterbrochene hohe, winselnde Wimmern der dörflichen Mißbilligung.

Innerhalb weniger Monate nach ihrer Rückkehr in das Haus ihrer Eltern lernte Ammu das häßliche Gesicht des Mitgefühls erkennen und verachten. Alte weibliche Verwandte mit Bartansatz und mehreren wabbligen Kinnen reisten über Nacht nach Ayemenem, um sie wegen der Scheidung zu bemitleiden. Sie drückten ihr Knie und freuten sich hämisch. Ammu kämpfte gegen den Drang an, sie ins Gesicht zu schlagen. Oder ihnen die Brustwarzen festzuzurren. Mit einem Schraubenschlüssel. Wie Chaplin in *Moderne Zeiten.*

Wenn sie sich selbst auf ihren Hochzeitsfotos betrachtete, hatte Ammu das Gefühl, die Frau, die sie ansah, sei jemand anders. Eine dumme, mit Schmuck behängte Frau. In einem seidenen, sonnenuntergangsfarbenen, mit Gold durchwirkten Sari. Ringe an jedem Finger. Mit Punkten aus Sandelholzpaste über den geschwungenen Augenbrauen. Wenn sie sich selbst so ansah, verzog sich Ammus weicher Mund zu einem kleinen, bitteren Lächeln angesichts der Erinnerung – nicht so sehr an die Hochzeit selbst als vielmehr an die Tatsache, daß sie sich so gewissenhaft hatte schmücken lassen, bevor sie zum Galgen geführt wurde. Es schien so absurd. So vergeblich.

Als würde man Brennholz polieren.

Sie ging zum Goldschmied des Ortes und ließ ihren schweren Ehering einschmelzen und zu einem schmalen Armreif mit Schlangenköpfen verarbeiten, den sie für Rahel aufhob.

Ammu wußte, daß Hochzeiten nicht etwas waren, was man einfach abschaffen konnte. Praktisch gesprochen, zumindest nicht. Aber für den Rest ihres Lebens setzte sie sich für *kleine* Hochzeiten in *gewöhnlichen* Kleidern ein. Das machte die Veranstaltung weniger makaber. Dachte sie.

Ab und zu, wenn Ammu im Radio Lieder hörte, die sie liebte, rührte sich etwas in ihr. Unter ihrer Haut breitete sich ein flüssiger Schmerz aus, und sie verließ diese Welt wie eine Hexe und ging an einen besseren, glücklicheren Ort. An solchen Tagen hatte sie etwas Ruheloses und Ungezähmtes. Als hätte sie vorübergehend den Moralkodex von Mutterschaft und Geschiedensein abgelegt. Sogar ihr Gang veränderte sich, wurde vom festen Gang einer Mutter zu einer anderen, wilderen Art von Gang. Sie trug Blumen im Haar und magische Geheimnisse in den Augen. Sie sprach mit niemandem. Sie verbrachte Stunden am Flußufer mit ihrem kleinen Transistorradio aus Plastik, das wie eine Mandarine geformt war. Sie rauchte Zigaretten, und um Mitternacht ging sie schwimmen.

Was war es, das Ammu diese gefährlich scharfe Kante verlieh? Diese Aura des Unvorhersehbaren? Das, was in ihr kämpfte, war es. Eine nicht vermixbare Mixtur. Die unendliche Zärtlichkeit einer Mutter und die rücksichtslose Wut eines Kamikazefliegers. Das war es, was in ihr wuchs und sie schließlich dazu brachte, nachts den Mann zu lieben, den ihre Kinder tagsüber liebten. Nachts das Boot zu benutzen, das ihre Kinder tagsüber benutzten. Das Boot, auf dem Estha saß und das Rahel fand.

An den Tagen, an denen Ammus Lieder im Radio gespielt wurden, trauten ihr alle nicht so recht über den Weg. Irgendwie spürten sie, daß sie im Halbschatten zwischen zwei Welten lebte, knapp jenseits der Reichweite ihrer Macht. Daß eine Frau, die sie bereits verdammt hatten, nur noch wenig zu verlieren hatte – und deshalb gefährlich sein konnte. Und deshalb mieden die Menschen Ammu an den Tagen, an denen ihre Lieder im Radio gespielt wurden, sie machten einen kleinen Bogen um sie, weil sich alle einig waren, daß man sie am besten in Ruhe ließ.

An anderen Tagen hatte sie tiefe Grübchen, wenn sie lächelte.

Sie hatte ein zartes, feingeschnittenes Gesicht, schwarze Augenbrauen, geformt wie die Flügel einer schwebenden Möwe, eine kleine gerade Nase und leuchtend nußbraune Haut. An jenem himmelblauen Dezembertag hatte der Fahrtwind Strähnen ihres wilden lockigen Haars gelöst. Ihre Schultern in der ärmellosen Bluse schimmerten, als wären sie mit einer wachshaltigen Schulterpolitur auf Hochglanz gebracht worden. Manchmal war sie die schönste Frau, die Estha und Rahel je gesehen hatten. Und manchmal war sie es nicht.

Auf dem Rücksitz des Plymouth, zwischen Estha und Rahel, saß Baby Kochamma, Ex-Nonne und amtierende kleine Großtante. Auf die Art, auf die die Glücklosen bisweilen ihre Ko-Glücklosen nicht mögen, mochte Baby Kochamma die Zwillinge nicht, denn in ihren Augen waren sie dem Untergang geweihte, vaterlose, verwahrloste Kinder. Schlimmer noch, sie waren halbe Hindu-Hybriden, die kein syrischer Christ mit einem Funken Selbstachtung im Leib jemals heiraten würde. Sie hatten zu begreifen, daß sie (wie auch sie selbst) in dem Haus in Ayemenem nur geduldet waren, dem Haus ihrer Großmutter mütterlicherseits, in dem zu leben sie keinerlei Recht hatten. Baby Kochamma ärgerte sich über Ammu, weil sie sie gegen ein Schicksal ankämpfen sah, das sie selbst, Baby Kochamma, meinte, huldvoll angenommen zu haben. Das Schicksal der armseligen, mannlosen Frau. Die traurige, Pater-Mulligan-lose Baby Kochamma. Im Lauf der Jahre war es ihr gelungen, sich selbst davon zu überzeugen, daß ihre Liebe zu Pater Mulligan nur aufgrund *ihrer* Enthaltsamkeit und *ihrer* Entschlossenheit, das Richtige zu tun, nicht erfüllt worden war.

Sie hing mit ganzem Herzen der allgemein verbreiteten Auffassung an, daß eine verheiratete Frau im Haus ihrer eigenen Eltern nichts galt. Was eine *geschiedene* Tochter anbelangte, so galt sie laut Baby Kochamma nirgendwo etwas. Was eine *geschiedene* Tochter, die *aus Liebe* geheiratet hatte, anbelangte, da reichten Worte nicht aus, um Baby Kochammas Empörung zu beschreiben. Was aber eine *geschiedene* Tochter, die *aus Liebe interkonfessionell* geheiratet hatte, anbelangte – zu diesem Thema zog es Baby Kochamma vor, zornbebend zu schweigen.

Die Zwillinge waren zu jung, um das alles zu verstehen, und deshalb mißgönnte Baby Kochamma ihnen die Augenblicke höchsten Glücks, wenn eine Libelle, die sie gefangen hatten, mit den Beinen ein Steinchen von ihrer Handfläche hob oder wenn sie die Schweine baden durften oder wenn sie ein Ei fanden, noch warm von der Henne. Aber am meisten mißgönnte sie ihnen den Trost, den sie sich gegenseitig spendeten. Sie erwartete von ihnen eine Geste des Kummers. Nicht weniger als das.

Auf dem Rückweg vom Flughafen würde Margaret Kochamma vorn bei Chacko sitzen, weil sie früher einmal seine Frau gewesen war. Sophie Mol würde zwischen ihnen sitzen. Ammu würde auf den Rücksitz wandern.

Sie hätten zwei Thermosflaschen mit Wasser dabei. Abgekochtes Wasser für Margaret Kochamma und Sophie Mol, normales Wasser aus dem Hahn für alle anderen.

Das Gepäck wäre im Kofferraum.

Rahel fand, daß »Kofferraum« ein sehr schönes Wort war. Ein viel besseres Wort jedenfalls als »feist«. »Feist« war ein schreckliches Wort. Wie der Name eines Zwerges. »Der feiste Koshy Oommen« – ein freundlicher, gutbürgerlicher, gottesfürchtiger Zwerg mit niedrig angesetzten Knien und einem Seitenscheitel.

Auf dem Plymouth war ein Dachständer angebracht mit einem Viereck aus blechverstärkten Sperrholzreklametafeln, und auf allen vier Seiten stand in einer kunstvollen Schrift: *Paradise Pickles & Konserven.* Unterhalb der Schrift waren Gläser mit Vielfruchtmarmelade und scharfen Limonenpickles in Öl gemalt, und auf den Etiketten stand in kunstvoller Schrift: *Paradise Pickles & Konserven.* Neben den Gläsern befand sich eine Liste sämtlicher Paradise-Produkte und ein Kathakali-Tänzer mit grünem Gesicht und flatterndem Rock. Entlang des Saumes des S-förmig geschwungenen, sich bauschenden Rockes stand S-förmig geschwungen: *Kaiser im Reich des Geschmacks* – und das war der unaufgefordert geleistete Beitrag des Genossen K. N. M. Pillai. Es handelte sich um die wörtliche Übersetzung von *Ruchi lokathinde Rajavu,* was ein bißchen weniger grotesk klang als *Kaiser im Reich des Geschmacks.* Aber nachdem Genosse Pillai alles bereits gedruckt hatte, brachte es niemand übers Herz, ihn darum zu bitten, noch einmal von vorn anzufangen. Und so wurde *Kaiser im Reich des Geschmacks* bedauerlicherweise zu einem unwiderruflichen Bestandteil der Paradise-Pickles-Etiketten.

Ammu sagte, der Kathakali-Tänzer sei ein Ablenkungsmanöver und habe nichts mit der ganzen Sache zu tun. Chacko sagte, er verleihe den Produkten ein regionales Flair und würde ihnen gut zustatten kommen, wenn sie in die Überseemärkte expandierten.

Ammu meinte, mit der Reklametafel sähen sie lächerlich aus. Wie ein Wanderzirkus. Mit Heckflossen.

Mammachi hatte, bald nachdem Pappachi den Regierungsdienst in Delhi quittiert hatte und nach Ayemenem umgezogen war, mit der kommerziellen Picklesproduktion begonnen. Der Bibelkreis von Kottayam veranstaltete einen Basar und bat Mammachi, ihre berühmte Bananenmarmelade und ihre Mangopickles aus reifen Mangos zu machen. Sie waren schnell ausverkauft, und Mammachi sah sich mit mehr Bestellungen konfrontiert, als sie bewerkstelligen konnte. Von ihrem Erfolg elektrisiert, beschloß sie, bei Pickles und Marmelade zu bleiben, und war bald das ganze Jahr über beschäftigt. Pappachi andererseits hatte Schwierigkeiten, mit der Schmach des Ruhestandes fertig zu werden. Er war siebzehn Jahre älter als Mammachi, und mit Schrecken wurde ihm klar, daß er ein alter Mann, seine Frau jedoch noch in den besten Jahren war.

Obwohl Mammachi unter Hornhautverkrümmung litt und bereits praktisch blind war, wollte ihr Pappachi bei der Picklesproduktion nicht helfen, weil er der Ansicht war, daß die Picklesproduktion keine angemessene Betätigung für einen ehemaligen hohen Regierungsbeamten sei. Er war schon immer ein eifersüchtiger Mann gewesen, und deshalb ärgerte er sich gewaltig über die Aufmerksamkeit, die seiner Frau plötzlich zuteil wurde. Er latschte in seinen tadellosen Maßanzügen durch die Picklesfabrik, zog grämliche Kreise um Berge roter Chilischoten und frisch gemahlenen Gelbwurzpulvers, beobachtete Mammachi, wie sie das Einkaufen, Abwiegen, Salzen und Trocknen von Limonen und reifen Mangos überwachte. Jeden Abend schlug er sie mit einer Blumenvase aus Messing. Die Züchtigungen waren nichts Neues. Neu war nur, wie häufig sie stattfanden. Eines Abends zerbrach Pappachi Mammachis Geigenbogen und warf ihn in den Fluß.

Dann, eines Sommers, kam Chacko für die Ferien aus Oxford nach Hause. Er war ein stattlicher Mann geworden und hatte in jenen Tagen eine Menge Kraft, weil er für das Balliol-College ruderte. Eine Woche nach seiner Ankunft sah er, wie Pappachi Mammachi in seinem Arbeitszimmer schlug. Chacko marschierte hinein, ergriff Pappachis Hand mit der Vase und drehte sie ihm auf den Rücken.

»Ich will, daß das nie wieder vorkommt«, sagte er zu seinem Vater. »Nie wieder.«

Den Rest des Tages saß Pappachi auf der Veranda, starrte wie versteinert auf den Ziergarten und ignorierte die Teller mit Essen, die ihm Kochu Maria brachte. Spätabends ging er in sein Arbeitszimmer und holte seinen Lieblingsschaukelstuhl aus Mahagoni heraus. Er stellte ihn mitten auf die Einfahrt und schlug ihn mit einem Klempnerschraubenschlüssel in kleine Stücke. Anschließend ließ er ihn dort im Mondschein liegen, ein Haufen lackiertes Rohr und zersplittertes Holz. Mammachi rührte er nie wieder an. Aber solange er lebte, sprach er auch nicht mehr mit ihr. Wenn er etwas brauchte, benutzte er Kochu Maria oder Baby Kochamma als Zuträgerinnen.

Wußte er, daß Besuch erwartet wurde, setzte er sich abends auf die Veranda und nähte an seinen Hemden nichtfehlende Knöpfe an, um den Eindruck zu erwecken, daß Mammachi ihn vernachlässigte. Bis zu einem gewissen Grad gelang es ihm, Ayemenems Standpunkt bezüglich berufstätiger Ehefrauen weiter zu festigen.

Den himmelblauen Plymouth kaufte Pappachi von einem alten Engländer in Munnar. Er wurde zu einem vertrauten Anblick in Ayemenem, wie er gewichtig in seinem breiten Wagen durch die schmale Straße navigierte, nach außen hin eine elegante Erscheinung, in seinen wollenen Anzügen jedoch ausgiebig schwitzend. Weder Mammachi noch sonst jemandem in der Familie gestattete er, damit zu fahren oder sich auch nur hineinzusetzen. Der Plymouth war Pappachis Rache.

Pappachi war Entomologe des britischen Empires am Pusa-Institut gewesen. Nach der Unabhängigkeit, nachdem die Briten das Land verlassen hatten, wurde seine offizielle Berufsbezeichnung »Entomologe des britischen Empires« geändert in: »Paritätischer Direktor, Entomologie«. In dem Jahr, in dem er in den Ruhestand trat, war er in den Rang eines amtierenden Direktors aufgestiegen.

Der größte Rückschlag seines Lebens war, daß der Falter, den er entdeckte, nicht nach ihm benannt wurde.

Er fiel eines Abends in seinen Drink, als er nach einem langen Tag im Feld auf der Veranda seiner Unterkunft saß. Als er ihn herausholte, fielen ihm seine ungewöhnlich dichtgeschuppten Hinterflügel auf. Er sah ihn sich genauer an. Mit wachsender Erregung spießte er ihn auf, maß ihn aus und legte ihn am nächsten Morgen für ein paar Stunden in die Sonne, damit der Alkohol verdunstete. Dann fuhr er mit dem nächsten Zug nach Delhi zurück. Zu taxonomischer Aufmerksamkeit und, wie er hoffte, Ruhm. Nach sechs Monaten unerträglichen, ängstlichen Wartens wurde Pappachi zu seiner größten Enttäuschung mitgeteilt, daß der Falter endlich identifiziert worden war als eine relativ seltene Gattung einer wohlbekannten Art, die ihrerseits zur tropischen Familie der Lymantriidae gehörte.

Der wahre Schlag kam zwölf Jahre später, als Schmetterlingsforscher im Zuge einer radikalen taxonomischen Umgruppierung beschlossen, daß Pappachis Falter doch eine der Wissenschaft bislang unbekannte eigenständige Gattung und Art darstellte. Inzwischen war Pappachi natürlich pensioniert und nach Ayemenem gezogen. Es war zu spät für ihn, um seine Rechte geltend zu machen. Sein Falter wurde nach dem amtierenden Direktor der Abteilung Entomologie benannt, einem jungen Beamten, den Pappachi noch nie gemocht hatte.

Obwohl er schon lange bevor er den Falter entdeckte, übellaunig gewesen war, wurde in den folgenden Jahren Pappachis Falter für seine düsteren Stimmungen und plötzlichen Wutanfälle verantwortlich gemacht. Sein böser Geist – grau, pelzig und mit ungewöhnlich dicht geschuppten Hinterflügeln – suchte jedes Haus heim, in dem er lebte. Er quälte ihn und seine Kinder und seine Kindeskinder.

Bis er starb, sogar in der drückenden Hitze von Ayemenem, trug Pappachi ausnahmslos jeden Tag einen tadellos gebügelten dreiteiligen Anzug und seine goldene Taschenuhr. Auf seiner Kommode, neben seinem Kölnischwasser und seiner silbernen Haarbürste, stand ein Foto von ihm als junger Mann mit angeklatschtem Haar. Es war in einem Fotoatelier in Wien aufgenommen worden, wo er einen sechsmonatigen Diplomkurs absolvierte, der ihn dazu qualifizierte, sich für die Stelle eines Entomologen des britischen Empires zu bewerben. Während dieser wenigen Monate, die sie in Wien verbrachten, nahm Mammachi zum erstenmal Geigenunterricht. Der Unterricht wurde abrupt abgebrochen, als Mammachis Lehrer Launsky-Tieffenthal den Fehler beging, Pappachi zu erzählen, daß sie außergewöhnlich begabt sei und seiner Meinung nach das Potential zur Konzertgeigerin habe.

Später klebte Mammachi Pappachis Todesanzeige aus der Cochin-Ausgabe des *Indian Express* in das Familienfotoalbum. Sie lautete:

> Bekannter Entomologe, Shri Benaan Ipe, Sohn des verstorbenen Rev. E. John Ipe aus Ayemenem (allgemein bekannt als *Punnyan Kunju)*, erlitt einen schweren Herzanfall und starb letzte Nacht im Allgemeinen Krankenhaus von Kottayam. Gegen 1.05 Uhr morgens klagte er über Brustschmerzen und wurde eiligst ins Krankenhaus gebracht. Das Ende kam um 2.45 Uhr morgens. Während des letzten halben Jahres hatte Shri Ipe unter gesundheitlichen Proble-

men gelitten. Er hinterläßt seine Frau Soshamma und zwei Kinder.

Mammachi weinte bei Pappachis Beerdigung, und ihre Kontaktlinsen schwammen in ihren Augen herum. Ammu erklärte den Zwillingen, daß sie weine, weil sie an ihn gewöhnt gewesen sei, und nicht, weil sie ihn geliebt habe. Sie sei daran gewöhnt gewesen, daß er in der Picklesfabrik herumlatsche und daß er sie ab und zu schlage. Menschliche Wesen seien Gewohnheitstiere, und es sei erstaunlich, woran sie sich gewöhnen könnten. Man müsse sich nur umschauen, sagte Ammu, dann würde man schon sehen, daß Schläge mit Messingvasen noch harmlos seien.

Nach der Beerdigung bat Mammachi Rahel, ihr bei der Auffindung und Entfernung der Kontaktlinsen mit der kleinen orangefarbenen Pipette zu helfen, die in einem Extraetui mitgeliefert wurde. Rahel fragte Mammachi, ob sie nach Mammachis Tod die Pipette erben könne. Ammu brachte sie aus dem Zimmer und gab ihr eine Ohrfeige.

»Ich möchte nie wieder hören, daß du mit den Leuten über ihren Tod redest«, sagte sie.

Estha sagte, Rahel habe die Ohrfeige verdient, weil sie so unsensibel sei.

Das Foto von Pappachi mit dem angeklatschten

Haar in Wien wurde neu gerahmt und im Wohnzimmer aufgehängt.

Er war ein fotogener Mann, adrett und elegant gekleidet, mit dem etwas großen Kopf des kleinen Mannes. Er hatte den Ansatz zu einem zweiten Kinn, der betont worden wäre, hätte er nach unten gesehen oder genickt. Auf dem Foto hatte er jedoch darauf geachtet, den Kopf hoch genug zu halten, um das Doppelkinn zu verbergen, aber nicht so hoch, daß er arrogant gewirkt hätte. Seine hellbraunen Augen blickten höflich, aber böse, als würde er sich anstrengen, den Fotografen freundlich zu behandeln, während er insgeheim plante, seine Frau umzubringen. In der Mitte seiner Oberlippe befand sich ein kleiner fleischiger Knubbel, der wie ein weibischer Schmollmund auf die Unterlippe hing – ein Schmollmund, wie ihn kleine Kinder kriegen, die Daumen lutschen. Auf dem Kinn hatte er ein langes Grübchen, das in erster Linie auf eine verborgene Neigung zu manischer Gewalttätigkeit hinwies. Eine Art in Zaum gehaltener Grausamkeit. Er trug khakifarbene Reithosen, obwohl er noch nie im Leben auf einem Pferd gesessen hatte. Auf seinen Reitstiefeln spiegelten sich die Studiolampen. Eine Reitpeitsche mit Elfenbeingriff lag ordentlich auf seinem Schoß.

Dem Foto war eine wachsame Stille eigen, die

dem warmen Zimmer, in dem es hing, eine unterschwellige Kühle verlieh.

Als er starb, hinterließ Pappachi Truhen voll teurer Anzüge und eine Schokoladenbüchse voll Manschettenknöpfe, die Chacko unter den Taxifahrern von Kottayam verteilte. Sie wurden getrennt und zu Ringen und Anhängern für die Aussteuer unverheirateter Töchter verarbeitet.

Als die Zwillinge fragten, was Manschettenknöpfe seien – »Damit knöpft man Manschetten zusammen«, erklärte Ammu –, waren sie begeistert von diesem Stückchen Logik in einer Sprache, die ihnen bislang unlogisch erschienen war. »Manschetten« + »knöpfen« = »Manschetten«-»Knöpfe«: Dies kam in ihren Augen mathematischer Präzision und Logik gleich. »Manschettenknöpfe« verschaffte ihnen eine unmäßige (wenn auch übertriebene) Befriedigung und eine wirkliche Sympathie für die englische Sprache.

Ammu sagte, daß Pappachi ein unverbesserlicher britischer CCP gewesen sei. Das war die Abkürzung von *chhi-chhi poach* und bedeutete in Hindi Scheißewischer. Chacko sagte, der korrekte Ausdruck für Leute wie Pappachi sei »anglophil«. Er ließ Rahel und Estha »anglophil« im Großen Enzyklopädischen Wörterbuch von Reader's Digest nachschlagen. Dort stand: »Eine Person, die den Engländern gegenüber eine wohlwollende Haltung einnimmt.« Dann mußten Estha und Rahel unter »Haltung« nachlesen.

Dort stand:

(1) Körperhaltung, die jemand dauernd hat oder vorübergehend einnimmt.
(2) InnereGrundeinstellung,diejemandesDenken und Handeln prägt.
(3) Verhalten, Auftreten, das durch eine bestimmte innere Einstellung, Verfassung hervorgerufen wird.
(4) Beherrschtheit, innere Fassung.

Chacko sagte, daß in Pappachis Fall »(2) Innere Grundeinstellung, die jemandes Denken und Handeln prägt« zutreffe. Was, sagte Chacko, bedeute, daß Pappachi eine innere Grundeinstellung gehabt habe, die ihn dazu veranlaßte, die Engländer zu mögen.

Chacko erklärte den Kindern weiter, daß er es zwar nur höchst ungern zugebe, aber sie seien alle anglophil. Sie seien eine anglophile Familie. In die falsche Richtung gewiesen, außerhalb ihrer eigenen Geschichte gefangen und unfähig, den Weg zurückzugehen, weil ihre Fußspuren verwischt seien. Er erklärte ihnen, daß Geschichte wie ein altes Haus bei Nacht sei. In dem alle Lichter brannten. Und Vorfahren flüsterten.

»Um Geschichte zu verstehen«, sagte Chacko, »müssen wir hineingehen und zuhören, was sie sagen. Und die Bücher und die Bilder an der Wand anschauen. Und die Gerüche riechen.«

Für Estha und Rahel bestand nicht der geringste Zweifel daran, daß Chacko das Haus auf der anderen Seite des Flusses, mitten in der aufgegebenen Kautschukplantage meinte, in dem sie nie gewesen waren. Kari Saipus Haus. Der schwarze Sahib. Der Engländer, der ein Einheimischer geworden war. Der Malayalam sprach und *mundus* trug. Ayemenems Kurtz. Ayemenems eigenes Herz der Finsternis. Er hatte sich vor zehn Jahren in den Kopf geschossen, als ihm die Eltern seines jungen Geliebten den Jungen wegnahmen und in die Schule schickten. Nach dem Selbstmord war sein Anwesen zum Gegenstand langwieriger Rechtsstreitigkeiten zwischen Kari Saipus Koch und seinem Sekretär geworden. Das Haus stand seit Jahren leer. Nur sehr wenige Menschen waren darin gewesen. Aber die Zwillinge konnten es sich vorstellen.

Das Haus der Geschichte.

Mit kalten Steinböden, halbdunklen Wänden und sich bauschenden, schiffsförmigen Schatten.

Schwerfällige, durchscheinende Eidechsen lebten hinter alten Gemälden, und wächserne, bröckelige Vorfahren mit harten Zehennägeln und einem Atem, der nach vergilbten Landkarten roch, schwatzten in einem zischelnden, papierenen Flüsterton.

»Aber wir können nicht rein«, erklärte Chakko, »weil wir ausgeschlossen wurden. Und wenn wir durch die Fenster hineinschauen, dann sehen wir nur Schatten. Und wenn wir versuchen zuzuhören, dann hören wir nur ein Flüstern. Und das Flüstern können wir nicht verstehen, weil in unseren Köpfen ein Krieg stattfindet. Ein Krieg, den wir gewinnen und verlieren. Die schlimmste Sorte Krieg. Ein Krieg, der Träume gefangennimmt und sie wiederträumt. Ein Krieg, der uns dazu gebracht hat, unsere Eroberer anzubeten und uns selbst zu verachten.«

»Unsere Eroberer zu *heiraten* trifft es besser«, sagte Ammu trocken und meinte damit Margaret Kochamma. Chacko überhörte sie. Er ließ die Zwillinge »verachten« nachschlagen. Dort stand: »Auf jemanden herabsehen; jemanden geringschätzen; verschmähen oder verabscheuen.«

Chacko sagte, im Kontext des Krieges, von dem er spreche – dem Krieg der Träume –, würden alle Erklärungen von »verachten« zutreffen.

»Wir sind Kriegsgefangene«, sagte Chacko. »Unsere Träume wurden kastriert. Wir gehören nirgendwohin. Wir segeln ohne Anker durch stürmische Meere. Vielleicht wird man uns nie erlauben, an Land zu gehen. Unser Leid wird nie traurig genug sein. Unsere Freude nie freudig genug. Unsere Träume werden nie groß genug sein. Unser Leben nie wichtig genug. Um von Bedeutung zu sein.«

Um Estha und Rahel ein Gefühl für historische Perspektiven zu vermitteln (obwohl Perspektive etwas war, was Chacko in den folgenden Wochen besonders fehlen würde), erzählte er ihnen von der Erdfrau. Sie sollten sich vorstellen, daß die Erde – die viertausendsechshundert Millionen Jahre alt war – eine sechsundvierzig Jahre alte Frau sei, so alt wie der Lehrer Aleyamma, der ihnen Malayalam-Unterricht gab. Das gesamte Leben der Erdfrau war notwendig gewesen, damit die Erde zu dem wurde, was sie war. Damit sich die Ozeane teilten. Damit sich die Gebirge auftürmten. Die Erdfrau war elf Jahre alt, sagte Chacko, als die ersten einzelligen Organismen auftauchten. Die ersten Tiere, Geschöpfe wie Würmer und Quallen, gab es erst, als sie vierzig war. Sie war schon über fünfundvierzig – ungefähr vor acht Monaten –, als Dinosaurier auf der Erde lebten.

»Die gesamte menschliche Zivilisation, so wie wir sie kennen«, erzählte Chacko den Zwillingen, »begann im Leben der Erdfrau erst vor *zwei Stunden.* So lange, wie wir brauchen, um von Ayemenem nach Cochin zu fahren.«

Es sei ein ehrfurchtgebietender und demütig machender Gedanke, sagte Chacko (»demütig« ist ein nettes Wort, dachte Rahel, »demütig und ohne Sorgen in der Welt«), die gesamte zeitgenössische Geschichte, die Weltkriege, der Krieg der Träume, der Mensch auf dem Mond, Wissenschaft, Literatur, Philosophie, das Streben nach Wissen seien nichts weiter als ein Blinzeln der Erdfrau.

»Und wir, meine Lieben, alles, was wir sind und jemals sein werden – wir sind nur ein Funkeln in ihrem Auge«, sagte Chacko großmütig, während er auf seinem Bett lag und an die Decke starrte.

Wenn er in dieser Stimmung war, sprach Chakko mit seiner Vorlesestimme. Sein Zimmer hatte dann etwas von einer Kirche. Es war ihm gleichgültig, ob sie ihm zuhörten oder nicht. Und wenn sie zuhörten, war es ihm gleichgültig, ob sie verstanden, was er sagte, oder nicht. Ammu nannte sie seine Oxford-Stimmungen.

Später, im Licht all dessen, was geschehen war, schien »Funkeln« das vollkommen falsche Wort, um den Ausdruck in den Augen der Erdfrau zu beschreiben. Funkeln war ein Wort mit gekräuselten, glücklichen Rändern.

Zwar hinterließ die Erdfrau einen bleibenden Eindruck bei den Zwillingen, aber es war das Haus der Geschichte – das so nah zur Hand war –, das sie wirklich faszinierte. Sie dachten oft daran. An das Haus auf der anderen Seite des Flusses.

Schemenhaft ragte es im Herzen der Finsternis auf.

Ein Haus, in das sie nicht hineinkonnten, voll Geflüster, das sie nicht verstanden.

Damals wußten sie nicht, daß sie es bald betreten würden. Daß sie den Fluß überqueren und sich aufhalten würden, wo sie sich nicht aufhalten durften, mit einem Mann, den sie nicht lieben durften. Daß sie mit Augen, so groß wie Suppenteller, zusehen würden, wie sich ihnen die Geschichte auf der rückwärtigen Veranda offenbarte.

Während andere Kinder ihres Alters andere Dinge lernten, lernten Estha und Rahel, wie Geschichte ihre Bedingungen aushandelt und ihren Tribut einfordert von denen, die ihre Gesetze brechen. Sie hörten ihren gräßlichen dumpfen Aufprall. Sie rochen ihren Geruch und vergaßen ihn nie wieder.

Der Geruch der Geschichte.

Wie verblühte Rosen im Wind.

Er würde auf alle Ewigkeit in ganz gewöhnlichen Dingen lauern. In Kleiderbügeln. In Tomaten. Im Teer auf der Straße. In bestimmten Farben. In den Tellern eines Restaurants. Im Fehlen von Worten. Und in der Leere von Augen.

Sie würden aufwachsen und immer nach Möglichkeiten suchen, mit dem zu leben, was geschehen war. Sie würden versuchen, sich einzureden, daß es aus der Perspektive der geologischen Zeit ein unbedeutendes Ereignis war. Nur ein Blinzeln der Erdfrau. Daß schlimmere Dinge geschehen waren. Daß ständig schlimmere Dinge geschahen. Aber sie fanden keinen Trost in diesem Gedanken.

Chacko sagte, daß es eine weiterführende Übung in Anglophilie sei, sich *Meine Lieder, meine Träume* anzusehen.

Ammu sagte: »Also wirklich, alle sehen *Meine Lieder, meine Träume.* Es ist ein Hit auf der ganzen Welt.«

»Nichtsdestotrotz, meine Liebe«, sagte Chakko mit seiner Vorlesestimme. »Nichts. Desto. Trotz.«

Mammachi behauptete häufig, daß Chacko

zweifellos einer der klügsten Männer Indiens sei.

»Laut wem?« fragte Ammu dann immer. »Aufgrund von *was?*«

Mammachi liebte es, die Geschichte (Chakkos Geschichte) zu erzählen, wie ein Professor in Oxford gesagt hatte, daß Chacko seiner Meinung nach brillant und aus dem Stoff sei, aus dem Premierminister gemacht waren.

Dazu sagte Ammu immer: »Ha! Ha! Ha!« Wie eine Figur in einem Comic.

Sie sagte:

(a) Wenn jemand in Oxford studiert, heißt das noch lange nicht, daß er auch klug ist.

(b) Wenn jemand klug ist, heißt das noch lange nicht, daß er auch das Zeug zu einem guten Premierminister hat.

(c) Wenn jemand nicht einmal eine Picklesfabrik profitabel managen kann, wie soll er dann ein ganzes Land managen? Und am allerwichtigsten:

(d) Alle indischen Mütter sind besessen von ihren Söhnen und deshalb nicht in der Lage, ihre Fähigkeiten richtig einzuschätzen.

Chacko sagte:

(a) Man *studiert* nicht in Oxford. Man *liest* in Oxford. Und:

(b) Nachdem man in Oxford *gelesen* hat, verläßt man die Universität.

»Man stürzt ab, meinst du?« fragte Ammu. »Das trifft auf *dich* definitiv zu. Wie auch auf deine berühmten Flugzeuge.«

Ammu sagte, daß das traurige, aber vollkommen vorhersehbare Schicksal von Chackos Flugzeugen ein objektiver Maßstab seiner Fähigkeiten sei.

Einmal im Monat (außer während des Monsuns) bekam Chacko ein Paket. Es enthielt stets den Bausatz eines Modellflugzeugs aus Balsaholz. Normalerweise brauchte Chacko acht bis zehn Tage, um das Flugzeug samt winzigem Kraftstofftank und Propellerantrieb zusammenzubauen. Wenn es fertig war, ging er mit Estha und Rahel zu den Reisfeldern von Nattakom, wo sie ihm halfen, es fliegen zu lassen. Es flog nie länger als eine Minute. Monat für Monat stürzten Chackos sorgfältig konstruierte Flugzeuge in die schlammiggrünen Reisfelder, und Estha und Rahel spurteten los wie dressierte Apportierhunde, um die Überreste zu retten.

Ein Heck, einen Tank, einen Flügel.

Einen lädierten Motor.

In Chackos Zimmer häuften sich kaputte Flugzeuge. Und jeden Monat traf ein neues ein. Chakko schob die Schuld nie auf den Bausatz.

Erst nachdem Pappachi gestorben war, gab Chakko seine Stelle als Lehrer am Madras Christian College auf und zog mit seinem Balliol-Ruder nach Ayemenem, denn er träumte davon, ein Picklesbaron zu werden. Er ließ sich seine Pension und seine Versicherung auszahlen und kaufte eine Maschine der Firma Bharat, mit der man Gläser luftdicht verschließen konnte. Sein Ruder (mit den in Gold eingravierten Namenszügen seiner Mannschaftskameraden) hing in zwei Schlaufen an der Fabrikwand.

Bis Chacko kam, war die Fabrik ein kleines, gewinnbringendes Unternehmen gewesen, das Mammachi wie eine große Küche führte. Chacko ließ die Firma als Personengesellschaft ins Handelsregister eintragen und erklärte Mammachi zur stillen Teilhaberin. Er investierte in Ausrüstung (Maschinen zum Eindosen, Kessel, Herde) und vergrößerte die Mitarbeiterzahl. Der finanzielle Niedergang setzte prompt ein, wurde jedoch künstlich aufgehalten dank extravaganter Kredite, die Chacko von den Banken erhielt, indem er die Reisfelder der Familie um das Haus in Ayemenem mit Hypotheken belastete. Obwohl Ammu soviel in der Fabrik arbeitete wie er, sprach Chakko, wann immer er mit Lebensmittelinspektoren oder Leuten vom Gesundheitsamt zu tun hatte, von *meiner* Fabrik, *meinen* Ananas, *meinen* Pickles. Vom Standpunkt des Gesetzes aus betrachtet, war das korrekt, da Ammu als Tochter keinen Anspruch auf den Besitz hatte.

Chacko erklärte Rahel und Estha, Ammu habe keinen *locus standi,* kein Recht, gehört zu werden.

»Dank unserer großartigen männlich-chauvinistischen Gesellschaft«, sagte Ammu.

Darauf Chacko: »Was dein ist, ist mein, und was mein ist, ist auch mein.«

Er hatte für einen Mann seiner Größe und Korpulenz ein erstaunlich hohes Lachen. Und wenn er lachte, schüttelte es ihn, ohne daß er sich zu bewegen schien.

Bis Chacko nach Ayemenem kam, hatte Mammachis Fabrik keinen Namen. Alle Welt nannte ihre Pickles und Marmeladen »Soshas Reife Mangos« oder »Soshas Bananenmarmelade«. Sosha war Mammachis Vorname. Soshamma.

Chacko war es, der die Fabrik »Paradise Pickles & Konserven« taufte und Etiketten entwerfen und in der Druckerei des Genossen K. N. M. Pillai drucken ließ. Zuerst wollte er sie »Zeus Pickles & Konserven« nennen, aber der Name fand keine Zustimmung, weil »Zeus« zu obskur und ohne lokalen Bezug war, »Paradise« dagegen nicht.

(Der Vorschlag des Genossen Pillai – »Parusharam Pickles« – wurde aus den gegenteiligen Gründen abgelehnt. Zu*viel* lokaler Bezug.)

Es war Chackos Idee, die Reklametafeln malen und auf dem Dach des Plymouth anbringen zu lassen.

Auf dem Weg nach Cochin klapperten sie, und es hörte sich an, als würden sie gleich herunterfallen.

In der Nähe von Vaikom mußten sie anhalten und einen Strick kaufen, um die Reklametafeln festzubinden. Das hielt sie zwanzig Minuten auf. Rahel begann, sich Sorgen zu machen, ob sie noch rechtzeitig zu *Meine Lieder, meine Träume* kommen würden.

Dann, als sie sich den Randbezirken von Cochin näherten, ging die rotweiße Schranke vor dem Bahnübergang herunter. Rahel wußte, daß das nur deshalb passierte, weil sie gehofft hatte, daß es *nicht* passieren würde.

Sie hatte noch nicht gelernt, ihre Hoffnungen unter Kontrolle zu halten. Estha sagte, das sei ein schlechtes Zeichen.

Jetzt würden sie also den Anfang des Films verpassen. Wenn Julie Andrews als winziger Punkt auf dem Hügel steht und größer und größer wird, bis sie die ganze Leinwand ausfüllt mit ihrer Stimme wie kaltes Wasser und ihrem Atem wie Pfefferminz.

Auf dem roten Schild auf der rotweißen Schranke stand in Weiß: STOP.

»POTS«, sagte Rahel.

Auf einer gelben Reklametafel stand in Rot: SEI INDER, KAUFE INDISCH.

»HCSIDNI EFUAK, REDNI IES«, sagte Estha.

Was das Lesen anbelangte, waren die Zwillinge frühreif. Sehr schnell hatten sie *Old Dog Tom, Janet and John* und die Ronald-Ridout-Übungshefte hinter sich gelassen. Abends las Ammu ihnen aus Kiplings *Dschungelbuch* vor.

Chil, der Weih, bringt die Nacht herein,
Fledermaus Mang läßt sie frei –

Der Flaum auf ihren Armen stellte sich auf, schimmerte golden im Schein der Nachttischlampe. Wenn Ammu las, ließ sie ihre Stimme rauh klingen wie die Schir Khans. Oder winselnd wie die Tabaquis.

»Was ihr schon wollt! Was soll dieses Geschwätz von wegen ›wollen‹? Bei dem Stier, den ich getötet habe, muß ich jetzt hier stehen und in deinem Hun-

deloch nach meinem gerechten Lohn schnüffeln? Schir Khan ist es, der hier spricht!«

»Und Rakscha, die Dämonin, ist es, die dir antwortet«, riefen die Zwillinge mit schrillen Stimmen. Nicht gleichzeitig, aber fast. *»Das Menschenjunge gehört* ***mir****, Lungri,* ***mir ganz allein****! Es wird nicht getötet. Es wird mit dem Rudel leben und im Rudel jagen; und dann, merk es dir gut, du Jäger kleiner, nackter Kinder, du Froschfresser, du Fischfänger, wird es* ***dich*** *jagen!«*

Baby Kochamma, die für ihre formale Erziehung verantwortlich war, hatte ihnen eine von Charles und Mary Lamb gekürzte Version von *Der Sturm* vorgelesen.

»Wo die Bien', saug' ich mich ein, bette mich in Maiglöcklein«, sagten Estha und Rahel immer wieder.

Und als Baby Kochammas australische Missionarsfreundin, Miss Mitten, Estha und Rahel anläßlich eines Besuches in Ayemenem ein Kinderbuch – *Die Abenteuer von Susie Squirrel* – als Geschenk mitbrachte, waren sie zutiefst gekränkt. Als erstes lasen sie es vorwärts. Miss Mitten, die einer Sekte wiedergeborener Christen angehörte, sagte, sie sei ein bißchen von ihnen enttäuscht, als sie es ihr laut vorlasen – rückwärts.

lerriuqS eisuS nov reuetnebA eiD.

lerriuqS eisuS ethcawre negromsgnilhürF menie nA.

Sie machten Miss Mitten darauf aufmerksam, daß man »Malayalam« und »Madam I'm Adam« sowohl vorwärts als auch rückwärts lesen konnte. Sie fand das gar nicht lustig, und es stellte sich heraus, daß sie nicht einmal wußte, was Malayalam ist. Als sie ihr erklärten, daß es die Sprache sei, die in Kerala gesprochen werde, erwiderte sie, sie sei der Meinung gewesen, daß man hier keralesisch spreche. Darauf sagte Estha, dem Miss Mitten mittlerweile offenkundig unsympathisch war, wenn man ihn frage, so sei das eine überaus dumme Meinung.

Miss Mitten beschwerte sich bei Baby Kochamma über Esthas Unverschämtheit und über ihr Rückwärtslesen. Sie sagte zu Baby Kochamma, daß sie Satan in ihren Augen gesehen habe. *Natas* in ihren *Negua.*

Sie mußten *In Zukunft werden wir nicht mehr rückwärts lesen. In Zukunft werden wir nicht mehr rückwärts lesen.* schreiben. Hundertmal. Vorwärts.

Ein paar Monate später wurde Miss Mitten in Hobart auf der Straße von einem Milchwagen überfahren. Die Zwillinge sahen in der Tatsache, daß der Milchwagen rückwärts fuhr, um zu wenden, ein verstecktes Walten der Gerechtigkeit.

Weitere Autos und Busse hatten auf beiden Seiten des Bahnübergangs angehalten. In einem Krankenwagen, auf dem *Sacred Heart Hospital* stand, saß eine Gruppe Leute, die unterwegs zu einer Hochzeit war. Die Braut starrte aus dem Heckfenster, ihr Gesicht teilweise verdeckt von der abblätternden Farbe eines riesigen roten Kreuzes.

Alle Busse hatten Mädchennamen. Lucy Kutty, Molly Kutty, Beena Mol. Mol ist Malayalam und bedeutet kleines Mädchen, und Mon heißt kleiner Junge. Beena Mol war voller Pilger, die sich in Tirupati die Köpfe hatten scheren lassen. Rahel sah eine Reihe kahler Köpfe in den Busfenstern über einer Reihe gleichmäßig verteilter Streifen von Erbrochenem. Was das Erbrechen anbelangte, war sie mehr als nur ein bißchen neugierig. Sie hatte sich noch nie übergeben müssen. Nicht ein einziges Mal. Im Gegensatz zu Estha – und jedesmal, wenn er sich erbrach, wurde seine Haut heiß und schweißglänzend, und seine schönen Augen blickten hilflos, und Ammu liebte ihn mehr als sonst. Chacko sagte, Estha und Rahel seien unanständig gesund. Und Sophie Mol auch. Er sagte, es liege daran, daß sie nicht unter Inzucht litten wie die meisten syrischen Christen. Und Parsis. Mammachi sagte, ihre Enkelkinder litten unter etwas viel Schlimmerem als Inzucht. Sie meinte damit, daß sie Eltern hatten, die geschieden waren. Als ob die Menschen nur die Wahl zwischen diesen zwei Möglichkeiten hätten: Inzucht oder Scheidung.

Rahel wußte nicht, worunter sie litt, aber gelegentlich übte sie vor dem Spiegel traurige Gesichter und Seufzer.

Was ich tue, ist viel, viel besser, als was ich jemals getan habe, sagte sie trübsinnig zu sich selbst. Das war Rahel als Sydney Carton als Charles Darnay, der in der illustrierten Comicversion von Dickens' *Zwei Städte* auf dem Schafott stand und darauf wartete, guillotiniert zu werden.

Sie fragte sich, was die Pilger veranlaßt haben mochte, sich so gleichmäßig zu übergeben, und ob sie es gleichzeitig, in einem gut inszenierten Gemeinschaftskotzen, getan hatten (zu Musik vielleicht, zum Rhythmus eines Bus-*bhajans)* oder einzeln, einer nach dem anderen.

Anfänglich, als die Bahnschranke gerade heruntergelassen wurde, war die Luft erfüllt gewesen von dem ungeduldigen Pochen leerlaufender Motoren. Als dann jedoch der Bahnwärter auf seinen steifen Beinen aus seinem Häuschen kam und mit seinem humpelnden, schleppenden Gang zum Teestand signalisierte, daß ihnen eine lange Wartezeit bevorstand, schalteten die Fahrer die Motoren aus, schlenderten umher und vertraten sich die Beine.

Mit einem flüchtigen Nicken seines gelangweilten, schläfrigen Kopfes zauberte die Gottheit des beschrankten Bahnübergangs Bettler mit Verbänden und Männer mit Tabletts herbei, die frische Kokosnußschnitze verkauften, *parippu vadas* auf Bananenblättern. Und kalte Getränke. Coca-Cola, Fanta, Rosemilk.

Ein Aussätziger mit schmutzigen Verbänden bettelte am Autofenster.

»Das sieht nach Mercuchrom aus«, sagte Ammu über sein ungewöhnlich helles Blut.

»Gratuliere«, sagte Chacko. »Du redest wie ein richtiger Bourgeois.«

Ammu lächelte, und sie schüttelten sich die Hand, als ob ihr dafür, daß sie von Kopf bis Fuß ein wahrer Bourgeois war, wirklich das Verdienstkreuz verliehen würde. Augenblicke wie diesen hüteten die Zwillinge wie einen Schatz und fädelten sie wie wertvolle Perlen auf eine (etwas kärgliche) Kette.

Rahel und Estha drückten ihre Nasen an die Fenster des Plymouth. Sehnsuchtsvolle Marshmallows und dahinter nebelhafte Kindergesichter. Ammu sagte: »Nein.« Fest und mit Überzeugung.

Chacko zündete sich eine Charminar an. Er inhalierte tief und entfernte dann einen kleinen Tabakkrümel, der an seiner Zunge hängengeblieben war.

Im Inneren des Plymouth war es für Rahel nicht leicht, Estha zu sehen, weil Baby Kochamma zwischen ihnen thronte wie ein Berg. Ammu hatte darauf bestanden, daß sie getrennt saßen, damit sie nicht miteinander stritten. Wenn sie stritten, nannte Estha Rahel ein Flüchtlings-Stech-Insekt. Rahel nannte ihn Elvis the Pelvis und machte gewundene, komische Tanzbewegungen, die Estha in Rage brachten. Wenn sie ernsthaft körperlich miteinander kämpften, dann dauerte die Rauferei ewig, weil sie genau gleich stark waren, und Dinge, die ihnen im Weg standen, Tischlampen, Aschenbecher und Wasserkrüge, gingen zu Bruch oder wurden irreparabel beschädigt.

Baby Kochamma hielt sich mit ausgestreckten Armen am Vordersitz fest. Wenn der Wagen fuhr, schwang ihr Armspeck wie schwere nasse Wäschestücke im Wind. Jetzt hing er herunter wie ein fleischiger Vorhang und trennte Estha von Rahel.

Auf Esthas Seite der Straße war der Teestand, an dem man Tee und alte Glucosekekse aus trüben Glasbehältnissen mit Fliegen darin kaufen konnte. Und Zitronenlimonade in dicken Flaschen mit blaumarmorierten Stöpseln, die das Entweichen der Kohlensäure verhinderten. Auf einer roten Kühlbox stand ziemlich trübsinnig: *Mit Coke geht alles besser.*

Murlidharan, der Irre des Bahnübergangs, saß vollkommen ausbalanciert im Schneidersitz auf dem Meilenstein. Seine Hoden und sein Penis baumelten herunter und deuteten auf den Schriftzug:

COCHIN
23 KM

Murlidharan war nackt bis auf die große Plastiktüte, die ihm irgend jemand über den Kopf gestülpt hatte wie eine durchsichtige Kochmütze, hinter der sich die Landschaft fortsetzte – undeutlich, kochmützenförmig, aber ununterbrochen. Er konnte die Mütze nicht abnehmen, selbst wenn er gewollt hätte, denn er hatte keine Arme. Sie waren ihm 42 in Singapur weggeblasen worden, eine Woche nachdem er von zu Hause fortgelaufen war, um sich den kämpfenden Einheiten der Indian National Army anzuschließen. Nach der Unabhängigkeit hatte er sich als Freiheitskämpfer ersten Ranges registrieren lassen und einen lebenslang gültigen Erste-Klasse-Eisenbahnpaß erhalten.

Den hatte er ebenfalls verloren (zusammen mit seinem Verstand), weshalb es auch mit dem Leben in Zügen oder in Bahnhofsschlafsälen vorbei war. Murlidharan hatte kein Zuhause, keine Türen zum Verschließen, aber seine alten Schlüssel hatte er sich gewissenhaft um den Bauch gebunden. In einem glänzenden Schlüsselbund. Sein Kopf war voller Schränke, vollgestopft mit geheimen Schätzen.

Ein Wecker. Ein rotes Auto mit einer musikalischen Hupe. Ein roter Zahnputzbecher. Eine Ehefrau mit einem Diamanten. Eine Aktentasche mit wichtigen Dokumenten. Ein Nachhausekommen vom Büro. Ein *Tut mir leid, Colonel Sabhapathy, aber ich fürchte, ich habe gesagt, was es für mich zu sagen gibt.* Knusprige Bananenchips für die Kinder.

Er sah zu, wie die Züge ein- und abfuhren. Er zählte seine Schlüssel.

Er sah zu, wie sich Regierungen etablierten und stürzten. Er zählte seine Schlüssel.

Er sah nebelhafte Kinder mit sehnsuchtsvollen Marshmallownasen hinter Autofenstern.

Die Obdachlosen, die Hilflosen, die Kranken, die Kleinen und Verlassenen, alle kamen an seinem Fenster vorbei. Trotzdem zählte er seine Schlüssel.

Er war nie sicher, welchen Schrank er wann würde aufmachen müssen. Er saß auf dem sengendheißen Meilenstein mit verfilztem Haar und Augen wie Fenstern und war froh, daß er manchmal wegschauen konnte. Daß er seine Schlüssel zählen und gegenzählen konnte.

Zahlen reichten aus.

Zahlen lullten ein.

Murlidharan bewegte die Lippen, wenn er zählte, und bildete wohlgeformte Worte.

Onne.

Runde.

Moonne.

Estha fiel auf, daß das Haar auf seinem Kopf lockig grau war, das Haar in seinen zugigen, armlosen Achseln büschelig schwarz und das Haar in seinem Schritt schwarz und drahtig. Ein Mann mit drei verschiedenen Haarsorten. Estha wunderte sich, wie das möglich war. Er überlegte, wen er danach fragen könnte.

Das Warten füllte Rahel aus, bis sie fast platzte. Sie blickte auf ihre Uhr. Zehn vor zwei. Sie dachte an Julie Andrews und Christopher Plummer, die sich mit leicht zur Seite gedrehten Köpfen küßten, damit ihre Nasen nicht zusammenstießen. Sie fragte sich, ob sich die Menschen immer mit leicht zur Seite gedrehten Köpfen küßten. Sie überlegte, wen sie danach fragen könnte.

Dann näherte sich dem aufgehaltenen Verkehr aus der Ferne ein Brummen und bedeckte ihn wie ein Mantel. Die Fahrer, die sich die Beine vertraten, stiegen wieder in ihre Wagen und schlugen die Türen zu. Die Bettler und Straßenhändler verschwanden. Innerhalb von Minuten war niemand mehr auf der Straße. Abgesehen von Murlidharan. Der mit seinem Hintern auf dem sengendheißen Meilenstein saß. Unbeeindruckt und nur ein bißchen neugierig.

Es gab ein Geschiebe und Gedränge. Polizisten pfiffen.

Hinter der Reihe der wartenden Autos auf der Gegenfahrbahn tauchte eine Kolonne Männer mit roten Fahnen und Bannern auf, und das Brummen wurde lauter und lauter.

»Macht eure Fenster zu«, sagte Chacko. »Und bleibt ruhig. Sie werden uns nichts tun.«

»Warum schließt du dich ihnen nicht an, Genosse?« sagte Ammu zu Chacko. »Ich kann fahren.«

Chacko erwiderte nichts. Ein Muskel unter dem Fettpolster an seinem Kinn spannte sich an. Er warf seine Zigarette weg und kurbelte sein Fenster hoch.

Chacko war ein selbsternannter Marxist. Er zitierte hübsche Frauen, die in der Fabrik arbeiteten, in sein Büro, angeblich, um sie über ihre Rechte und von den Gewerkschaften durchgesetzte Regelungen aufzuklären, und flirtete mit ihnen, daß sich die Balken bogen. Er nannte sie Genossinnen und bestand darauf, daß sie ihn ebenfalls Genosse nannten (was sie zum Kichern brachte). Zu ihrer großen Verlegenheit und zu Mammachis Entsetzen zwang er sie, sich zu ihm an den Tisch zu setzen und mit ihm Tee zu trinken.

Einmal brachte er eine Gruppe von ihnen nach Alleppey, wo die Gewerkschaft Kurse abhielt. Sie fuhren mit dem Bus hin und kehrten mit dem Boot zurück. Sie kamen glücklich zurück, mit Glasreifen um den Arm und Blumen im Haar.

Ammu sagte, es sei alles Geschwätz. Nur ein Fall von verwöhntem Prinzchen, der »Genosse! Genosse!« spielte. Eine Oxford-Inkarnation der alten Zamindar-Mentalität – ein Großgrundbesitzer, der Frauen, deren Lebensunterhalt von ihm abhänge, seine Aufmerksamkeiten aufdränge.

Als sich die Demonstranten näherten, schloß Ammu ihr Fenster. Estha seines. Rahel ihres. (Mit Mühe, weil der schwarze Knopf von der Kurbel abgefallen war.)

Plötzlich sah der himmelblaue Plymouth auf

der schmalen löchrigen Straße absurd opulent aus. Wie eine ausladende Dame, die sich einen engen Korridor entlangquetscht. Wie Baby Kochamma in der Kirche, unterwegs zu Brot und Wein.

»Schaut zu Boden!« sagte Baby Kochamma, als sich die ersten Reihen der Demonstration dem Wagen näherten. »Vermeidet Blickkontakt. Das ist es, was sie ernsthaft provoziert.«

Auf einer Seite ihres Halses sah man ihren Herzschlag pulsieren.

Innerhalb von Minuten war die Straße von Tausenden marschierender Menschen überschwemmt. Autoinseln in einem Fluß aus Menschen. Die Luft war rot von Fahnen, die sich senkten und wieder hoben, als die Demonstranten sich unter der Bahnschranke hindurchduckten und in einer roten Welle über die Gleise schwappten.

Der Lärm von tausend Stimmen breitete sich über den erstarrten Verkehr wie ein Schirm aus Geräuschen.

Inquilab Zindabad!
Thozhilali Ekta Zindabad!

»Lang lebe die Revolution!« riefen sie. »Arbeiter der Welt, vereinigt euch!«

Nicht einmal Chacko hatte eine wirklich stichhaltige Erklärung, warum die Kommunistische Partei in Kerala soviel erfolgreicher war als fast überall sonst in Indien, mit Ausnahme vielleicht von Westbengalen.

Es gab mehrere miteinander konkurrierende Theorien. Eine behauptete, daß es mit dem großen Anteil von Christen im Staat zu tun hatte. Zwanzig Prozent der Bevölkerung Keralas waren syrische Christen, die glaubten, daß sie Nachfahren der einhundert Brahmanen seien, die der heilige Apostel Thomas zum Christentum bekehrte, als er nach der Auferstehung nach Osten reiste. Strukturell sei der Marxismus – so besagte diese etwas rudimentäre These – ein unkomplizierter Ersatz für das Christentum. Man ersetze Gott durch Marx, Satan durch die Bourgeoisie, den Himmel durch die klassenlose Gesellschaft, die Kirche durch die Partei, und Form und Zweck der Sache blieben vergleichbar. Ein Hindernisrennen, an dessen Ziel ein Preis winkte. Wohingegen der hinduistisch geprägte Geist komplexere Anpassungsleistungen zu erbringen hatte.

Das Problem bei dieser Theorie bestand darin, daß in Kerala die syrischen Christen den Großteil der wohlhabenden, landbesitzenden (picklesfabrikleitenden) Feudalherren stellten, für die der Kommunismus ein schlimmeres Schicksal bedeutete als der Tod. Und sie wählten von jeher die Kongreßpartei.

Eine zweite Theorie behauptete, daß es etwas mit dem vergleichsweise hohen Alphabetisierungsniveau des Staates zu tun hatte. Vielleicht. Nur daß das Alphabetisierungsniveau so hoch war, *weil* es eine kommunistische Bewegung gab.

Tatsächlich aber lag der Kern des Geheimnisses darin, daß der Kommunismus Kerala *schleichend* infiltrierte. Als reformistische Bewegung, die die althergebrachten Werte einer vom Kastenwesen geprägten, extrem traditionellen Gesellschaft nie offen in Frage stellte. Die Marxisten arbeiteten *innerhalb* der Grenzen konfessioneller Gruppen; sie zogen nie in Zweifel, erweckten nie den Anschein, als würden sie es nicht tun. Sie boten eine Cocktailrevolution. Eine berauschende Mischung aus östlichem Marxismus und orthodoxem Hinduismus, gewürzt mit einem Schuß Demokratie.

Obwohl Chacko nicht im Besitz eines Parteibuches war, war er früh bekehrt worden und blieb während all ihrer Nöte ein treuer Anhänger der Partei.

Während der Euphorie von 1957, als die Kommunisten die Wahl in Kerala gewannen und Nehru sie aufforderte, eine Regierung zu bilden, war er ein junger Student an der Universität von Delhi gewesen. Chackos Held, Genosse E. M. S. Namboodiripad, der flammende Brahmanenhohepriester des Marxismus in Kerala, wurde Chefminister der ersten demokratisch gewählten kommunistischen Regierung der Welt. Plötzlich fanden sich die Kommunisten in der ungewohnten – Kritiker sagten, absurden – Position, gleichzeitig ein Volk regieren und die Revolution vorantreiben zu müssen. Genosse E. M. S. Namboodiripad entwickelte eine eigene Theorie, wie er das zu bewerkstelligen gedachte. Chacko studierte seine Abhandlung *Der friedliche Übergang zum Kommunismus* mit dem obsessiven Eifer der Jugend und der bedingungslosen Zustimmung eines leidenschaftlichen Sympathisanten. Der Aufsatz legte in allen Einzelheiten dar, wie Genosse E. M. S. Namboodiripads Regierung beabsichtigte, Landreformen durchzusetzen, die Befugnisse der Polizei drastisch einzuschränken, das Gerichtswesen gewaltsam neu zu organisieren und »der Hand der reaktionären, gegen das Volk gerichteten zentralen Kongreßregierung Einhalt zu gebieten«.

Bevor das Jahr zu Ende war, war unglücklicherweise auch der friedliche Teil des friedlichen Übergangs zu Ende.

Jeden Morgen beim Frühstück verspottete der Entomologe des britischen Empires seinen streitlustigen, marxistischen Sohn, indem er ihm Zeitungsberichte über Unruhen, Streiks und Fälle von Polizeibrutalität vorlas, die Kerala erschütterten.

»Also, Karl Marx!« höhnte Pappachi, wenn Chakko sich an den Tisch setzte. »Was sollen wir jetzt mit diesen verdammten Studenten machen? Diese Vollidioten agitieren gegen die Regierung des Volkes. Sollen wir sie ausmerzen? Die Studenten gehören doch bestimmt nicht mehr zum Volk!«

Im Lauf der nächsten zwei Jahre glitt die von der Kongreßpartei und der Kirche angeheizte politische Zwietracht in die Anarchie ab. Als Chacko sein Studium in Delhi beendete und nach Oxford ging, um weiterzustudieren, befand sich Kerala am Rande eines Bürgerkriegs. Nehru entließ die kommunistische Regierung und schrieb Neuwahlen aus. Die Kongreßpartei kehrte an die Macht zurück.

Erst 1967 – fast genau zehn Jahre nachdem er zum erstenmal an die Macht gekommen war – gewann die Partei des Genossen E. M. S. Namboodiripad erneut die Mehrheit. Diesmal als Teil einer Koalition zwischen zwei mittlerweile eigenständigen Parteien – der Kommunistischen Partei Indiens (CPI) und der Kommunistischen Partei Indiens (Marxisten) (CPI[M]).

Pappachi war inzwischen verstorben. Chacko geschieden. Paradise Pickles war sieben Jahre alt.

Kerala litt unter den Auswirkungen einer Hungersnot und eines ausgebliebenen Monsuns. Menschen starben. Der Hunger mußte ganz oben auf der Prioritätenliste jeder Regierung stehen.

Während seiner zweiten Amtszeit ging Genosse E. M. S. mit mehr Besonnenheit daran, den friedlichen Übergang in die Tat umzusetzen. Das brachte ihm den Zorn der Kommunistischen Partei Chinas ein. Sie denunzierte ihn wegen seines »parlamentarischen Kretinismus« und warf ihm vor, »den Menschen Erleichterungen zu verschaffen und dabei das Bewußtsein des Volkes abzustumpfen und von der Revolution abzulenken«.

Peking unterstützte jetzt die neueste und militanteste Fraktion der CPI(M) – die Naxaliten –, die in Naxalbari, einem Dorf in Westbengalen, einen bewaffneten Aufstand inszeniert hatten. Sie organisierten Bauern in Kampfkadern, besetzten Land, vertrieben die Besitzer und richteten Volksgerichtshöfe ein, um den Klassenfeinden den Prozeß zu machen. Die Naxalitenbewegung überzog das ganze Land und verbreitete Angst und Schrekken in jedem bourgeoisen Herzen.

In Kerala bliesen die Naxaliten eine Wolke der Aufregung und Furcht in die sowieso schon von

Panik bestimmte Atmosphäre. Im Norden wurden die ersten Menschen ermordet. Im Mai erschien in den Zeitungen das verschwommene Bild eines Landbesitzers aus Palghat, der an einen Laternenpfahl gebunden und enthauptet worden war. Sein Kopf lag, ein Stück vom Körper entfernt, auf der Seite, in einer dunklen Lache, die Wasser oder Blut sein konnte. Das war auf der Schwarzweißfotografie nicht zu erkennen. Im grauen Licht der frühen Dämmerung.

Seine Augen waren geöffnet und blickten überrascht.

Genosse E. M. S. Namboodiripad *(der dressierte Hund, der Handlanger der Sowjets)* schloß die Naxaliten aus seiner Partei aus und fuhr fort, aus dem Volkszorn für parlamentarische Zwecke Nutzen zu ziehen.

Die Demonstration, die an diesem himmelblauen Dezembertag um den himmelblauen Plymouth wogte, war Teil dieses Prozesses. Sie war organisiert worden von der marxistischen Gewerkschaft von Travancore-Cochin. Die Genossen in Trivandrum wollten zum Parlament marschieren und dem Genossen E. M. S. höchstpersönlich die Liste der Forderungen des Volkes überreichen. Das Orchester, das bei seinem Dirigenten ein Gesuch einreicht. Sie forderten, daß den Arbeitern in den Reisfeldern, die täglich elfeinhalb Stunden arbeiten mußten – von sieben Uhr morgens bis halb sieben abends –, eine einstündige Mittagspause zugestanden würde. Daß der Lohn der Frauen von einer Rupie fünfundzwanzig Paisa pro Tag auf drei Rupien erhöht würde und der der Männer von zwei Rupien fünfzig Paisa pro Tag auf vier Rupien fünfzig Paisa. Sie forderten zudem, daß die Unberührbaren nicht länger mit ihrem Kastennamen angesprochen würden. Sie forderten, nicht als Achoo *Parayan* oder Kelan *Paravan* oder Kuttan *Pulayan,* sondern nur als Achoo oder Kelan oder Kuttan angeredet zu werden.

Kardamomkönige, Kaffeefürsten und Kautschukbarone – alles alte Kumpel aus Internatszeiten – kamen herunter von ihren einsam gelegenen, weitläufigen Anwesen und schlürften im Sailing Club eiskaltes Bier. Sie hoben die Gläser: *Was uns Rose heißt, wie es auch hieße …,* sagten sie und kicherten, um die Panik, die in ihnen aufstieg, zu verbergen.

Die Demonstranten an diesem Tag waren Parteimitglieder, Studenten und die Arbeiter höchstpersönlich. Berührbare und Unberührbare. Auf ihren Schultern trugen sie ein kleines Faß uralter Wut, in Brand gesetzt mit einer neuen Zündschnur.

Diese Wut war von einer Heftigkeit, die naxalitisch war – und neu.

Durch das Fenster des Plymouth sah Rahel, daß das lauteste Wort, das sie schrien, *Zindabad* war. Und daß ihnen die Halsadern hervortraten, wenn sie es schrien. Und daß die Arme, die die Fahnen und Banner trugen, knotig und hart waren.

Im Plymouth war es still und heiß.

Baby Kochammas Angst lag zusammengerollt wie ein feuchter, klammer Zigarrenstumpen auf dem Boden des Wagens. Das war erst der Anfang. Die Angst würde über die Jahre wachsen, um sie schließlich zu verzehren. Deshalb würde sie Türen und Fenster verschließen. Deshalb bekam sie zwei Haaransätze und zwei Münder. Auch ihre Angst war uralt, aus alter Zeit. Die Angst, enteignet zu werden.

Sie versuchte, die grünen Perlen ihres Rosenkranzes zu zählen, aber sie konnte sich nicht konzentrieren. Eine offene Hand schlug gegen ein Autofenster.

Eine geballte Faust fuhr auf die glühendheiße Motorhaube nieder. Sie sprang auf. Der Plymouth sah aus wie ein eckiges blaues Tier im Zoo, das gefüttert werden will.

Mit einem süßen Brötchen.

Einer Banane.

Eine andere geballte Faust schlug darauf ein, und die Motorhaube klappte wieder zu. Chacko kurbelte sein Fenster herunter und wandte sich an den Mann, der sie geschlossen hatte.

»Danke, *keto!*« sagte er. »*Valarey,* danke!«

»Schmeichle dich nicht so ein, Genosse«, sagte Ammu. »Es war reiner Zufall. Er wollte dir nicht wirklich helfen. Er konnte unmöglich wissen, daß in diesem alten Wagen ein wahrhaft marxistisches Herz schlägt.«

»Ammu«, sagte Chacko, seine Stimme fest und gewollt beiläufig. »Ist es dir nicht möglich, deinen kaputten Zynismus nur ein einziges Mal abzustellen?«

Schweigen erfüllte den Wagen wie ein vollgesogener Schwamm. »Kaputt« schnitt wie ein Messer durch etwas Weiches. Die Sonne schien mit einem schaudernden Seufzer. Das war das Problem mit Familien. Wie gehässige Ärzte wußten sie, wo es am meisten weh tat.

In diesem Augenblick sah Rahel Velutha. Vellya Paapens Sohn Velutha. Ihren heißgeliebten Freund Velutha. Velutha, der mit einer roten Fahne in der Hand marschierte. In weißem Hemd und weißem *mundu* und mit zorngeschwellten Adern am Hals. Normalerweise trug er nie ein Hemd.

Geschwind kurbelte Rahel ihr Fenster herunter.

»Velutha! Velutha!« rief sie ihm zu.

Einen Moment lang erstarrte er und horchte, die Fahne in der Hand. Er hatte unter unvertrauten Umständen eine vertraute Stimme gehört. Rahel war aus dem Fenster des Plymouth gewachsen wie der dreschflegelartige Fühler eines autoförmigen Pflanzenfressers. Mit einer Fontäne in einem Love-in-Tokyo und einer gelben Sonnenbrille mit roten Plastikgläsern.

»Velutha! *Ividay!* Velutha!« Und auch ihr schwollen die Adern im Hals.

Er machte einen Schritt zur Seite und verschwand rasch in dem Aufruhr um ihn herum.

Im Wagen drehte sich Ammu blitzschnell um, und ihre Augen sprühten Funken. Sie schlug auf Rahels Waden ein, die alles von ihr waren, was sich noch im Auto befand und geschlagen werden konnte. Waden und braune Füße in Bata-Sandalen.

»Benimm dich!« sagte Ammu.

Baby Kochamma zerrte Rahel ins Auto zurück, und sie landete mit einem überraschten Aufprall auf dem Sitz. Rahel glaubte, es liege ein Mißverständnis vor.

»Es war Velutha!« sagte sie lächelnd. »Und er hatte eine Fahne.«

Die Fahne schien ein überaus beeindruckendes Requisit zu sein. Genau das Richtige, das ein Freund haben sollte.

»Du bist ein dummes, albernes kleines Mädchen!« sagte Ammu.

Ihr plötzlicher heftiger Zorn drückte Rahel auf den Sitz. Rahel stand vor einem Rätsel. Warum war Ammu so wütend? Weswegen?

»Aber er war es wirklich!« sagte Rahel.

»Halt den Mund!« sagte Ammu.

Rahel sah, daß auf Ammus Stirn und Oberlippe Schweiß glänzte und ihre Augen hart geworden waren wie Murmeln. So hatten auch Pappachis Augen auf dem Wiener Foto geglänzt. (Wie Pappachis Falter in den Adern seiner Kinder raunte!)

Baby Kochamma kurbelte Rahels Fenster hinauf.

Jahre später, an einem frischen Herbstmorgen im Staat New York, an einem Sonntag im Zug von Grand Central nach Croton Harmon, erinnerte sich Rahel plötzlich. Dieser Ausdruck in Ammus Gesicht. Wie ein Puzzleteil, von dem man nicht weiß, wohin es gehört. Wie ein Fragezeichen, das durch die Seiten eines Buches schwebt und sich nie am Ende eines Satzes niederläßt.

Der harte Murmelblick in Ammus Augen. Der glänzende Schweiß auf ihrer Oberlippe. Und die Kälte des plötzlichen, gekränkten Schweigens.

Was hatte das alles bedeutet?

Der sonntägliche Zug war fast leer. Auf der anderen Seite des Ganges hustete eine Frau mit rissigen Wangen und Oberlippenbart Schleim aus und verpackte ihn in Fetzen Zeitungspapier, die sie von dem Stapel Sonntagszeitungen in ihrem Schoß abriß. Sie stellte die Päckchen in ordentlichen Reihen auf dem leeren Sitz ihr gegenüber auf, als wollte sie einen Schleimstand aufbauen. Während sie daran arbeitete, sprach sie mit sich selbst in einem freundlichen, beruhigenden Tonfall.

Erinnerung war die Frau im Zug. Von Sinnen in der Art, wie sie die dunklen Dinge in einem Schrank sichtete und mit den unwahrscheinlichsten herauskam – einem flüchtigen Blick, einem Gefühl. Dem Geruch nach Rauch. Einem Scheibenwischer. Den Murmelaugen einer Mutter. Bei Sinnen in der Art, wie sie weitläufige dunkle Trakte unter einem Schleier ließ. Nichterinnert.

Der Wahnsinn ihrer Mitreisenden tröstete Rahel. Er zog sie weiter in New Yorks verrückten Bauch. Fort von den anderen schrecklicheren Dingen, die sie verfolgten.

Ein säuerlicher Metallgeruch, wie eiserne Haltestangen im Bus, und der Geruch der Hände des Busschaffners, der sich daran festgehalten hatte. Ein junger Mann mit dem Mund eines alten Mannes.

Außerhalb des Zuges schimmerte der Hudson, und die Bäume waren herbstlich rotbraun verfärbt. Es war nur ein bißchen kalt.

»Da steht eine Brustwarze«, sagte Larry McCaslin zu Rahel und legte seine Handfläche behutsam auf die Andeutung des Protests einer kalten Brustwarze unter ihrem baumwollenen T-Shirt. Er fragte sich, warum Rahel nicht lächelte.

Sie fragte sich, warum sie, wenn sie an zu Hause dachte, es immer in den Farben des dunklen, geölten Holzes von Booten tat und in dem leeren Zentrum der Flammen, die in Messinglampen züngeln.

Es war tatsächlich Velutha gewesen.

Dessen war sich Rahel sicher. Sie hatte ihn gesehen. Er hatte sie gesehen. Sie hätte ihn überall und jederzeit wiedererkannt. Und wenn er kein Hemd angehabt hätte, wäre sie auch in der Lage gewesen, ihn von hinten zu erkennen. Sie wußte, wie sein Rücken aussah. Er hatte sie darauf getragen. So oft, daß sie es nicht mehr zählen konnte. Es war ein hellbraunes Muttermal darauf, geformt wie ein spitz zulaufendes, vertrocknetes Blatt. Er sagte, es sei ein Glücksblatt, das dafür sorgte, daß der Monsun rechtzeitig einsetzte. Ein braunes Blatt auf einem schwarzen Rücken. Ein Herbstblatt bei Nacht.

Das Glücksblatt, das ihm nicht genug Glück brachte.

Velutha sollte eigentlich kein Schreiner sein.

Velutha – was in Malayalam »weiß« heißt – wurde er genannt, weil er sehr schwarz war. Sein Vater, Vellya Paapen, war ein Paravan. Ein Palmweinzapfer. Mit einem Glasauge. Er hatte einen Granitblock mit einem Hammer bearbeitet, als ein Splitter in sein linkes Auge drang und es durchschnitt.

Als Kind war Velutha mit Vellya Paapen zur Hintertür des Hauses in Ayemenem gekommen, um die Kokosnüsse abzuliefern, die sie von den Palmen auf dem Anwesen gepflückt hatten. Pappachi ließ keine Paravans ins Haus. Niemand tat das. Sie durften nichts berühren, was Berührbare berührten. Kastenhindus und Kastenchristen. Mammachi erzählte Estha und Rahel, daß sie sich an eine Zeit in ihrer Kindheit erinnerte, als Paravans mit einem Besen in der Hand rückwärts kriechen und ihre Spuren verwischen mußten, damit Brahmanen und syrische Christen nicht zufällig auf den Fußabdruck eines Paravans traten und sich verunreinigten. Zu Mammachis Zeiten war es Paravans und anderen Unberührbaren nicht gestattet gewesen, auf öffentlichen Straßen zu gehen, ihren Oberkörper zu bedecken, Regenschirme zu tragen. Wenn sie etwas sagten, mußten sie die Hand vor den Mund halten, damit ihr unreiner Atem nicht diejenigen traf, mit denen sie sprachen.

Als die Briten nach Malabar kamen, waren viele Paravans, Pelayas und Pulayas (darunter Veluthas Großvater Kelan) zum Christentum konvertiert und der anglikanischen Kirche beigetreten, um der Geißel der Unberührbarkeit zu entrinnen. Als weiteren Anreiz erhielten sie etwas zu essen und ein bißchen Geld. Sie wurden die Reis-Christen genannt. Aber es dauerte nicht lange, bis sie merkten, daß sie vom Regen in die Traufe gekommen waren. Man zwang sie, in eigene Kirchen zu gehen, sie hatten eigene Gottesdienste und eigene Priester. Als besondere Gunst wurde ihnen sogar ein eigener Paria-Bischof zugeteilt. Nach der Unabhängigkeit mußten sie dann feststellen, daß sie keinerlei Ansprüche auf staatliche Vergünstigungen wie quotierte Stellen oder Bankkredite zu niedrigen Zinssätzen hatten, weil sie offiziell, auf dem Papier, Christen und deshalb kastenlos waren. Es war fast so, als müßten sie ihre Fußspuren ohne Besen wegwischen. Oder, schlimmer noch, als dürften sie überhaupt keine Spuren hinterlassen.

Als erste hatte Mammachi das erstaunliche handwerkliche Geschick des kleinen Velutha bemerkt, als sie Urlaub von Delhi und von der imperialen Entomologie machte. Damals war Velutha elf gewesen, ungefähr drei Jahre jünger als Ammu. Velutha war ein kleiner Zauberer; er konnte komplizierte Spielsachen machen – kleine Windmühlen, Rasseln, winzige Schmuckschachteln aus getrockneten Palmwedeln, makellose Boote aus Tapiokastämmen, kleine Figuren aus Cashewnüssen. All diese Dinge brachte er Ammu, hielt sie ihr auf der ausgestreckten Handfläche hin (wie er es gelernt hatte), damit sie ihn nicht berühren mußte, wenn sie sie entgegennahm. Obwohl er jünger war als sie, nannte er sie Ammukutty – kleine Ammu. Mammachi überzeugte Vellya Paapen, ihn auf die Unberührbarenschule zu schicken, die ihr Schwiegervater *Punnyan Kunju* gegründet hatte.

Velutha war vierzehn, als Johann Stein, ein deutscher Schreiner von einer Tischlerzunft in Bayern, nach Kottayam kam, dort drei Jahre bei der christlichen Mission blieb und Lehrgänge mit Tischlern aus der Gegend durchführte. Jeden Nachmittag nach der Schule fuhr Velutha mit dem Bus nach Kottayam und arbeitete bis in die Dämmerung hinein mit Stein. Als er sechzehn war, hatte Velutha die High-School beendet und war ein ausgebildeter Schreiner. Er verfügte über einen eigenen Satz Schreinerwerkzeug und ein unverkennbar deutsches Gefühl für Gestaltung. Er tischlerte Mammachi einen Bauhaus-Eßtisch mit zwölf Eßstühlen aus Rosenholz und eine traditionell bayerische Chaiselongue aus hellem Jackholz. Für Baby Kochammas alljährliches Krippenspiel bastelte er einen Stapel drahtgefaßter Engelsflügel, die auf die Kinderrücken paßten wie Rucksäcke, außerdem Wolken aus Pappe, zwischen denen der Engel Gabriel erschien, und eine zerlegbare Krippe, in der Christus geboren wurde. Als der silberne Strahl ihres Gartencherubs aus unerfindlichen Gründen versiegte, war es Dr. Velutha, der seine Blase reparierte.

Abgesehen von seinem Geschick als Schreiner konnte Velutha auch mit Maschinen umgehen. Mammachi sagte wiederholt (mit unergründlicher Berührbarenlogik), daß er hätte Ingenieur werden können, wäre er nur kein Paravan gewesen. Er reparierte Radios, Uhren, Wasserpumpen. Er erledigte die Klempnerarbeiten und kümmerte sich um alle elektrischen Installationen des Hauses.

Als Mammachi beschloß, die rückwärtige Veranda zuzumachen, entwarf und baute Velutha die Schiebefalttür, die später der letzte Schrei in Ayemenem wurde.

Velutha kannte sich mit den Maschinen in der Fabrik besser aus als alle anderen.

Als Chacko seine Stelle in Madras aufgab und mit der Bharat-Maschine, mit der man Gläser luftdicht verschließen konnte, nach Ayemenem zurückkehrte, war es Velutha, der das Gerät zusammenbaute und aufstellte. Es war Velutha, der die neue Maschine zum Eindosen und den automatischen Ananasschneider wartete. Es war Velutha, der die Wasserpumpe und den kleinen Dieselgenerator ölte. Es war Velutha, der die leicht zu säubernden Arbeitsflächen aus Aluminiumplatten konstruierte und die auf dem Boden stehenden Öfen, auf denen das Obst gekocht wurde.

Veluthas Vater, Vellya Paapen, war jedoch ein Paravan der alten Schule. Er kannte noch die Rückwärts-kriech-Tage, und seine Dankbarkeit gegenüber Mammachi und ihrer Familie für alles, was sie für ihn getan hatten, war so tief und so breit wie ein Hochwasser führender Fluß. Als der Unfall mit dem Granitsplitter passierte, organisierte und bezahlte Mammachi sein Glasauge. Er hatte seine Schulden noch nicht abgearbeitet, und obwohl er wußte, daß man es nicht von ihm erwartete und daß er auch nie dazu in der Lage wäre, hatte er das Gefühl, daß das Auge nicht ihm gehörte. Seine Dankbarkeit verbreiterte sein Lächeln und krümmte seinen Rücken.

Vellya Paapen hatte Angst um seinen jüngeren Sohn. Dabei konnte er nicht sagen, was genau ihm angst machte. Es war nicht, was er *gesagt* oder *getan* hatte. Nein, es war nicht, *was* er sagte, sondern *wie* er es sagte. Nicht *was* er tat, sondern *wie* er es tat.

Vielleicht war es nur mangelnde Unschlüssigkeit. Eine ungerechtfertigte Sicherheit. In der Art, wie er ging. In der Art, wie er den Kopf hielt. In der ruhigen Art, wie er unaufgefordert Vorschläge machte. Oder in der ruhigen Art, wie er Vorschläge ignorierte, ohne rebellisch zu wirken.

Diese Eigenschaften waren bei einem Berührbaren vollkommen akzeptabel, vielleicht sogar wünschenswert, doch bei einem Paravan – so dachte Vellya Paapen – konnten sie (und würden sie und sollten sie sogar) als Anmaßung aufgefaßt werden.

Vellya Paapen versuchte, Velutha zur Vorsicht zu ermahnen. Aber da er nicht genau benennen konnte, was ihn beunruhigte, mißverstand Velutha seine verworrene Besorgnis. Ihm schien, als würde sein Vater ihm die kurze Ausbildung und seine naturgegebenen Talente neiden. Vellya Paapens gute Absichten arteten rasch in Gemecker und Gezänk und eine allgemein unerquickliche Atmosphäre zwischen Vater und Sohn aus. Schließlich vermied es Velutha, zur großen Bestürzung seiner Mutter, nach Hause zu kommen. Er arbeitete bis spät. Er fing Fische im Fluß und briet sie auf einem offenen Feuer. Er schlief im Freien, am Ufer des Flusses.

Und dann, eines Tages, war er verschwunden. Vier Jahre lang wußte niemand, wo er war. Jemand behauptete, er arbeite in Trivandrum auf einer Baustelle des Sozial- und Bauministeriums. In letzter Zeit war sogar das unvermeidliche Gerücht aufgekommen, daß er zu einem Naxaliten geworden sei. Daß er im Gefängnis gesessen habe. Jemand wollte ihn in Quilon gesehen haben.

Es hatte keine Möglichkeit gegeben, sich mit ihm in Verbindung zu setzen, als seine Mutter Chinna an Tuberkulose starb. Dann fiel Kuttappen, sein älterer Bruder, von einer Kokospalme und verletzte sich am Rückgrat. Er war gelähmt und arbeitsunfähig. Von dem Unfall hatte Velutha erst ein Jahr, nachdem er geschehen war, erfahren.

Seit fünf Monaten nun war er wieder in Ayemenem. Er sprach nie darüber, wo er gewesen war oder was er getan hatte.

Mammachi stellte ihn wieder als Fabrikschreiner ein und übertrug ihm die Verantwortung für die allgemeinen Wartungsarbeiten. Das verursachte großen Groll bei den berührbaren Mitarbeitern, denn ihrer Meinung nach *durften* Paravans keine Tischler sein. Und erst recht durften Paravans, die wie verlorene Söhne nach Hause kamen, nicht wieder eingestellt werden.

Um die anderen bei Laune zu halten, und weil sie wußte, daß niemand anders ihn als Schreiner einstellen würde, bezahlte Mammachi Velutha weniger, als sie einem berührbaren Schreiner gezahlt hätte, aber mehr als einem Paravan. Mammachi ermutigte ihn nicht, das Haus zu betreten (außer wenn etwas repariert oder installiert werden mußte). Ihrer Ansicht nach sollte er dankbar sein, daß er überhaupt auf das Fabrikgelände durfte und daß man ihm gestattete, Dinge zu berühren, die Berührbare berührten. Sie sagte, es sei ein großer Schritt für einen Paravan.

Als er nach vier Jahren nach Ayemenem zurückkehrte, hatte Velutha immer noch diese Fixheit an sich. Die Sicherheit. Und Vellya Paapen hatte größere Angst um seinen Sohn als je zuvor. Aber diesmal hielt er den Mund. Er sagte kein Wort.

Zumindest nicht, bis das Grauen Besitz von ihm ergriff. Nicht, bis er sah, wie Nacht für Nacht ein kleines Boot über den Fluß gerudert wurde. Nicht, bis er sah, wie es in der Morgendämmerung zurückkehrte. Nicht, bis er sah, was sein unberührbarer Sohn berührt hatte. Mehr als nur berührt.

Worin er eingedrungen war.

Was er geliebt hatte.

Als ihn das Grauen ergriff, ging Vellya Paapen zu Mammachi. Mit seinem mit einer Hypothek belasteten Auge starrte er geradeaus. Mit seinem richtigen Auge weinte er. Auf einer Wange glänzten Tränen. Die andere blieb trocken. Er wackelte mit dem Kopf, bis Mammachi ihn anfuhr, er solle sich zusammenreißen. Er zitterte am ganzen Körper wie ein an Malaria erkrankter Mann. Mammachi befahl ihm, damit aufzuhören, aber er konnte nicht, weil sich Angst nicht herumkommandieren läßt. Nicht einmal die Angst eines Paravans. Vellya Paapen erzählte Mammachi, was er gesehen hatte. Er bat Gott um Vergebung dafür, daß er ein Monster gezeugt hatte. Er erbot sich, seinen Sohn mit seinen eigenen bloßen Händen umzubringen. Zu zerstören, was er erschaffen hatte.

Im Zimmer nebenan hörte Baby Kochamma den Lärm und kam heraus, um zu sehen, was los war. Sie sah Elend und Ärger voraus, und insgeheim, zuinnerst in ihrem Herzen, jubilierte sie.

Sie sagte (unter anderem): *Wie hat sie nur den Geruch ausgehalten? Hast du es nicht bemerkt? Sie riechen irgendwie sonderbar, diese Paravans.*

Und sie schüttelte sich theatralisch, wie ein Kind, das man zwingt, Spinat zu essen. Baby Kochamma zog einen irisch-jesuitischen Geruch einem sonderbaren Paravan-Geruch vor.

Bei weitem. Bei weitem.

Velutha, Vellya Paapen und Kuttappen lebten in einer kleinen Lehmhütte, flußabwärts von dem Haus in Ayemenem. Ein dreiminütiger Lauf durch Kokospalmen für Esthappen und Rahel. Als Velutha verschwand, waren sie gerade erst mit Ammu in Ayemenem angekommen und noch zu jung, um sich an ihn zu erinnern. Aber in den Monaten seit seiner Rückkehr waren sie die besten Freunde geworden. Es war ihnen verboten, ihn in seinem Haus zu besuchen, aber sie taten es trotzdem. Stundenlang saßen sie in der Hocke bei ihm herum – krumme Satzzeichen in einem See aus Hobelspänen – und fragten sich, wie es kam, daß er immer zu wissen schien, was für glatte Formen im Holz auf ihn warteten. Sie liebten es, wie das Holz in Veluthas Händen weich und formbar wie Plastilin zu werden schien. Er brachte ihnen bei, einen Hobel zu benutzen. Sein Haus roch (an guten Tagen) nach frischen Hobelspänen und Sonne. Nach rotem Fischcurry, gekocht mit schwarzer Tamarinde. Laut Estha das beste Fischcurry der ganzen Welt.

Es war Velutha, der für Rahel ihre allerglückbringendste Angelrute machte und der ihr und Estha das Angeln beibrachte.

An jenem himmelblauen Dezembertag war er es, den sie durch die roten Gläser ihrer Sonnenbrille sah, wie er mit einer roten Fahne über den Bahnübergang vor Cochin marschierte.

Metallisch schrille Polizeipfeifen stachen Löcher in den Geräuschschirm.

Durch die gezackten Löcher im Schirm sah Rahel Stücke roten Himmels. Und am roten Himmel kreisten glühendrote Falken und hielten Ausschau nach Ratten. In ihren behaubten gelben Augen spiegelte sich eine Straße und marschierten rote Fahnen. Und ein weißes Hemd über einem schwarzen Rücken mit einem Muttermal.

Das ebenfalls marschierte.

Angst, Schweiß und Talkumpuder hatten sich zwischen Baby Kochammas Ringen von Nackenfett zu einer mauvefarbenen Paste vermischt. Speichel war in ihren Mundwinkeln zu kleinen weißen

Kügelchen geronnen. Sie meinte, in der Prozession einen Mann entdeckt zu haben, der aussah wie der Naxalit namens Rajan, der gerüchteweise von Palghat nach Süden gekommen war und den sie auf einem Zeitungsfoto gesehen hatte. Sie meinte, er habe ihr direkt in die Augen geblickt.

Ein Mann mit einer roten Fahne und einem Gesicht wie ein Knoten öffnete Rahels Tür, die nicht verschlossen war. Männer blieben stehen und gafften.

»Ist dir heiß, Baby?« fragte der Mann-wie-ein-Knoten Rahel freundlich auf Malayalam.

Dann, unfreundlich: »Sag deinem Daddy, er soll dir eine Klimaanlage kaufen!« Und er wieherte vor Vergnügen über seinen witzigen Einfall. Rahel lächelte ihn an. Sie freute sich, daß er Chacko für ihren Vater und sie alle für eine normale Familie hielt.

»Sag nichts!« flüsterte Baby Kochamma heiser. »Schau auf den Boden! Schau auf den Boden!«

Der Mann mit der Fahne wandte seine Aufmerksamkeit Baby Kochamma zu. Sie sah auf den Boden des Wagens. Wie eine scheue, ängstliche Braut, die man mit einem Fremden verheiratet hatte.

»Hallo, Schwester«, sagte der Mann bedächtig auf englisch. »Wie heißt du, bitte?«

Als Baby Kochamma nicht antwortete, sah er sich um zu seinen Mitdemonstranten. »Sie hat keinen Namen.«

»Wie wär's mit Modalali Mariakutty?« schlug jemand kichernd vor. Modalali ist Malayalam und bedeutet Landbesitzer.

»A, B, C, D, X, Y, Z«, sagte jemand anders, ohne jeden Zusammenhang.

Mehr Studenten drängten sich heran. Alle hatten sich zum Schutz gegen die Sonne Taschentücher oder bedruckte Baumwollhandtücher um den Kopf gebunden. Sie sahen aus wie Komparsen, die gerade den Kulissen der Malayalam-Version von *Sindbads letzte Reise* entstiegen waren.

Der Mann-wie-ein-Knoten überreichte Baby Kochamma seine rote Fahne als Geschenk.

»Hier«, sagte er. »Nimm.«

Baby Kochamma nahm sie, ohne ihn anzusehen.

»Schwenk sie«, befahl er.

Sie mußte sie schwenken. Sie hatte keine Wahl. Die Fahne roch nach neuem Stoff. Sie war steif und staubig. Baby Kochamma versuchte, sie zu schwenken, ohne daß es nach Schwenken aussah.

»Und jetzt sag: *Inquilab Zindabad!*«

»*Inquilab Zindabad*«, flüsterte Baby Kochamma.

»Braves Mädchen.«

Die Menge lachte schallend.

Eine schrille Pfeife pfiff.

»Okayokay«, sagte der Mann auf englisch zu Baby Kochamma, als ob sie erfolgreich einen Geschäftsabschluß getätigt hätten. »Bye-bye!«

Er schlug die himmelblaue Tür zu. Baby Kochamma wabbelte. Die Menge um den Wagen löste sich auf.

Baby Kochamma wickelte die rote Fahne auf und legte sie auf die Ablage hinter dem Rücksitz. Sie steckte ihren Rosenkranz zurück in ihre Bluse, wo sie ihn zwischen ihren Melonen aufbewahrte. Sie tat dies und jenes, versuchte, ein bißchen von ihrer Würde zu retten.

Nachdem die letzten Männer vorbeigezogen waren, sagte Chacko, daß sie jetzt die Fenster wieder herunterkurbeln könnten.

»Bist du sicher, daß er es war?« fragte Chacko Rahel.

»Wer?« sagte Rahel, plötzlich auf der Hut.

»Bist du sicher, daß es Velutha war?«

»Hmmm?« sagte Rahel, um Zeit zu schinden. Dabei versuchte sie verzweifelt, Esthas hektische Gedankensignale zu entziffern.

»Ich hab dich gefragt, ob du sicher bist, daß der Mann, den du gesehen hast, Velutha war?« sagte Chacko zum drittenmal.

»Mmm … Nja … nn … nn. Fast«, sagte Rahel.

»Du bist fast sicher?« sagte Chacko.

»Nein … es war fast Velutha«, sagte Rahel. »Er hat fast ausgesehen wie er …«

»Du bist also NICHT sicher?«

»Fast nicht.« Rahel blickte verstohlen und um Zustimmung heischend zu Estha.

»Er muß es gewesen sein«, sagte Baby Kochamma. »Das hat Trivandrum aus ihm gemacht. Alle, die von da zurückkommen, denken, sie sind große Politiker.«

Niemand schien von ihrer Erkenntnis sonderlich beeindruckt.

»Wir sollten ein Auge auf ihn haben«, sagte Baby Kochamma. »Wenn er mit diesem Gewerkschaftszeug in der Fabrik anfängt … Mir sind so Dinge aufgefallen, Unverschämtheiten, Undankbarkeit … Neulich hab ich ihn gebeten, mir mit den Steinen für mein Geröllbeet zu helfen, und er –«

»Ich hab Velutha zu Hause gesehen, bevor wir losgefahren sind«, sagte Estha strahlend. »Also kann er es nicht gewesen sein.«

»Um seinetwillen«, sagte Baby Kochamma finster, »hoffe ich, daß er es nicht war. Und nächstes Mal, Esthappen, unterbrich mich nicht.«

Sie ärgerte sich, weil niemand fragte, was ein Geröllbeet ist.

In den nächsten Tagen konzentrierte Baby Kochamma ihre ganze Wut, die sich infolge der öffentlichen Demütigung in ihr aufstaute, auf Velutha. Sie spitzte sie wie einen Bleistift. Mit der Zeit verkörperte er für sie die Demonstration. Und den Mann, der sie gezwungen hatte, die Fahne der marxistischen Partei zu schwenken. Und den Mann, der sie Modalali Mariakutty getauft hatte. Und alle Männer, die sie ausgelacht hatten.

Sie begann, ihn zu hassen.

An der Art, wie Ammu den Kopf hielt, erkannte Rahel, daß sie noch immer wütend war. Rahel blickte auf ihre Uhr. Zehn vor zwei. Noch immer kam kein Zug. Sie stützte das Kinn auf den Fensterrahmen. Spürte, wie der graue Knorpel des Filzes, der das Fensterglas abpolsterte, gegen die Haut an ihrem Kinn drückte. Sie nahm die Sonnenbrille ab, um den toten Frosch, der auf der Straße zerquetscht worden war, besser sehen zu können. Er war so tot und so flach gequetscht, daß er mehr wie ein froschförmiger Fleck auf der Straße aussah als ein Frosch. Rahel fragte sich, ob Miss Mitten von dem Milchwagen, der sie überfuhr, zu einem Miss-Mitten-förmigen Fleck zerquetscht worden war.

Mit der Gewißheit eines wahren Gläubigen hatte

Vellya Paapen den Zwillingen versichert, daß es auf der Welt keine schwarzen Katzen gab. Er sagte, es gebe nur katzenförmige schwarze Löcher im Universum.

Es waren so viele Flecken auf der Straße.

Flecken im Universum in Form der zerquetschten Miss Mitten.

Zerquetschter-Frosch-förmige Flecken im Universum.

Zerquetschte Krähen, die versucht hatten, die zerquetschter-Frosch-förmigen Flecken im Universum zu fressen. Zerquetschte Hunde, die die zerquetschte-Krähe-förmigen Flecken im Universum fraßen.

Federn. Mangos. Spucke.

Den ganzen Weg nach Cochin.

Die Sonne schien durch das Fenster des Plymouth direkt auf Rahel. Sie schloß die Augen und schickte ihr Licht zurück. Auch hinter ihren Augenlidern war es hell und heiß. Der Himmel war orange, und die Kokospalmen waren Seeanemonen, die in der Hoffnung, eine nichtsahnende Wolke einzufangen und sich einzuverleiben, ihre Tentakel aussandten. Eine durchsichtige gefleckte Schlange mit einer gespaltenen Zunge schwebte über den Himmel. Dann ein durchsichtiger römischer Soldat auf einem gefleckten Pferd. Das

Merkwürdige an den römischen Soldaten in den Comics war, fand Rahel, daß sie sich unheimliche Mühe gaben mit ihrer Rüstung und ihren Helmen und dann, nach dem ganzen Aufwand, ihre Beine bloß und ungeschützt ließen. Das ergab überhaupt keinen Sinn. Was das Wetter betraf und auch sonst.

Ammu hatte ihnen die Geschichte von Julius Cäsar erzählt, und wie er im Senat von Brutus, seinem besten Freund, erstochen wurde. Und wie er mit dem Messer im Rücken auf den Boden fiel und sagte: »*Et tu Brute?* – So falle, Cäsar!«

»Das beweist«, sagte Ammu, »daß man niemandem trauen kann. Weder Mutter, Vater, Bruder, Mann, bestem Freund. Niemandem.«

Bei Kindern, sagte sie (als sie sie danach fragten), müsse sich das erst noch herausstellen. Es sei zum Beispiel durchaus möglich, daß Estha heranwachse und ein männliches Chauvinistenschwein werde.

Abends stand Estha auf seinem Bett, das Laken um sich gewickelt, rief: »*Et tu Brute?* – So falle, Cäsar!« und krachte aufs Bett, ohne die Knie zu beugen, wie ein Erstochener. Kochu Maria, die auf einer Matte auf dem Boden schlief, sagte, sie würde sich bei Mammachi beschweren.

»Sag deiner Mutter, sie soll dich ins Haus deines Vaters bringen«, sagte sie. »Dort kannst du so viele Betten kaputtmachen, wie du willst. Das sind nicht deine Betten. Das ist nicht *dein* Haus.«

Und Estha erstand von den Toten auf, stellte sich auf sein Bett und sagte: *»Et tu Kochu Maria?* – So falle, Estha!« Und starb erneut.

Kochu Maria war sich sicher, daß *»Et tu«* englisch und eine Obszönität war, und wartete nur auf eine passende Gelegenheit, um Estha bei Mammachi zu verpetzen.

Auf dem Mund der Frau im Auto nebenan waren Kekskrümel. Ihr Mann zündete sich eine verbogene Nach-Keks-Zigarette an. Er blies durch die Nasenlöcher zwei Stoßzähne aus Rauch, und einen flüchtigen Augenblick lang sah er aus wie ein wilder Eber. Mrs. Eber fragte Rahel mit einer Babystimme nach ihrem Namen.

Rahel ignorierte sie und blies unvorsichtigerweise eine Spuckeblase.

Ammu haßte es, wenn sie Spuckeblasen bliesen. Sie sagte, es erinnere sie an Baba. Ihren Vater. Sie sagte, daß er Spuckeblasen geblasen und mit dem Fuß gewippt habe. Laut Ammu verhielten sich so nur Buchhalter und keinesfalls Aristokraten.

Aristokraten waren Menschen, die keine Spuckeblasen bliesen und nicht mit dem Fuß wippten. Und nicht gierig schlangen.

Obwohl Baba kein Buchhalter sei, sagte Ammu, habe er sich oft verhalten, als wäre er einer.

Wenn sie allein waren, taten Estha und Rahel manchmal so, als wären sie Buchhalter. Sie bliesen Spuckeblasen, wippten mit dem Fuß und schlangen gierig. Sie erinnerten sich an ihren Vater, den sie nur zwischen den Kriegen gekannt hatten. Einmal ließ er sie an seiner Zigarette ziehen und wurde zornig, weil sie daran gesaugt und den Filter mit Spucke naß gemacht hatten.

»Das ist kein Bonbon!« sagte er verärgert.

Sie erinnerten sich an seinen Zorn. Und an Ammus. Sie erinnerten sich daran, wie sie einmal in einem Zimmer herumgestoßen wurden, von Ammu zu Baba zu Ammu zu Baba, wie Billardkugeln. Ammu stieß Estha von sich. *Hier, behalt du eins. Ich kann mich nicht um beide kümmern.* Später, als Estha Ammu danach fragte, nahm sie ihn in die Arme und sagte, er solle sich nicht solche Dinge einbilden.

Auf dem einzigen Foto, das sie gesehen hatten (das anzusehen Ammu ihnen einmal erlaubt hatte), trug er ein weißes Hemd und eine Brille. Er sah aus wie ein hübscher, lernbegieriger Kricketspieler. Mit einem Arm hielt er Estha auf seinen Schultern fest. Estha lächelte, das Kinn auf den Kopf seines Vaters gestützt. Im anderen Arm trug Baba Rahel. Sie blickte mißmutig und schlecht gelaunt drein, ihre Babybeine baumelten herunter. Irgend jemand hatte rosa Tupfen auf ihre Backen gemalt.

Ammu sagte, er habe sie nur für das Foto gehalten, und er sei so betrunken gewesen, daß sie befürchtete, er würde sie fallen lassen. Ammu sagte, sie habe gleich neben dem Foto gestanden, bereit, sie aufzufangen, sollten sie herunterfallen. Trotzdem, abgesehen von ihren Backen, fanden Estha und Rahel, daß es ein hübsches Foto war.

»Hör auf damit!« sagte Ammu so laut, daß Murlidharan, der von seinem Meilenstein aufgestanden war, um in den Plymouth zu starren, zurückwich und beunruhigt seine Armstümpfe hochriß.

»Womit?« sagte Rahel, aber sie wußte genau, womit. Ihre Spuckeblase.

»Entschuldige, Ammu«, sagte Rahel.

»Eine Entschuldigung macht einen toten Mann nicht wieder lebendig«, sagte Estha.

»Also wirklich!« sagte Chacko. »Du kannst ihr doch nicht vorschreiben, was sie mit ihrer Spucke macht.«

»Kümmere du dich um deine eigenen Angelegenheiten«, fuhr Ammu ihn an.

»Das erinnert sie an früher«, erklärte Estha Chacko weise. Rahel setzte ihre Sonnenbrille auf. Die Welt wurde zornfarben.

»Nimm die lächerliche Brille ab!« sagte Ammu.

Rahel nahm ihre lächerliche Brille ab.

»Wie du sie behandelst, grenzt an Faschismus«, sagte Chacko. »Auch Kinder haben Rechte, um Gottes willen.«

»Du sollst den Namen Gottes nicht vergeblich im Munde führen«, sagte Baby Kochamma.

»Mach ich nicht«, sagte Chacko. »Ich tu's für einen guten Zweck.«

»Hör auf, dich wie der große Erlöser der Kinder aufzuführen«, sagte Ammu. »Letztlich sind sie dir vollkommen egal. Und ich auch.«

»Und sollte das etwa anders sein?« sagte Chakko. »Bin *ich* für sie verantwortlich?«

Er sagte, Ammu, Estha und Rahel seien Mühlsteine um seinen Hals.

Die Rückseite von Rahels Beinen war naß und schweißverklebt. Ihre Haut rutschte über den kunstledernen Bezug des Autositzes. Sie und Estha wußten, was Mühlsteine waren. Wenn in *Meuterei auf der Bounty* jemand auf See starb, wurde er in weiße Tücher gewickelt und über Bord geworfen mit Mühlsteinen um den Hals, damit die Leiche nicht herumschwamm. Estha war es jedoch schleierhaft, woher die Leute auf den Schiffen schon vor der Abfahrt wußten, wie viele Mühlsteine sie auf die Reise mitnehmen sollten.

Estha legte den Kopf in den Schoß.

Seine Tolle war ruiniert.

Entlang der froschgefleckten Straße drang ein entferntes Zugrattern zu ihnen vor. Die Yamblätter zu beiden Seiten des Gleises begannen in einhelliger Übereinstimmung zu nicken. *Jajajajaja.*

Die kahlen Pilger in Beena Mol stimmten ein weiteres *bhajan* an.

»Also wirklich, diese Hindus«, sagte Baby Kochamma fromm. »Sie haben kein Gespür für die Privatsphäre anderer Leute.«

»Sie haben Hörner und Schuppen statt Haut«, sagte Chacko sarkastisch. »Und ich habe gehört, daß sie ihre Kinder in Eiern ausbrüten.«

Rahel hatte zwei Beulen auf der Stirn, von denen Estha behauptet hatte, daß sie sich zu Hörnern auswachsen würden. Zumindest eine, weil sie halb Hindu war. Sie hatte nicht schnell genug reagiert, um ihn nach *seinen* Hörnern zu fragen. Denn was immer sie war, war auch er.

Der Zug ratterte unter einer Säule aus dichtem schwarzen Rauch vorbei. Er hatte zweiunddreißig Abteile, und in den Türen standen junge Männer mit helmartigen Frisuren, die unterwegs waren zum Rand der Welt, um nachzusehen, was mit den Leuten passierte, die hinunterfielen. Diejenigen von ihnen, die sich zu weit vorbeugten, würden selbst hinunterfallen. Mit wild rudernden Armen, die Frisuren von innen nach außen gekehrt.

Der Zug war schnell vorüber, und man mochte kaum glauben, daß alle so lange auf so wenig gewartet hatten. Die Yamblätter nickten noch lange, nachdem der Zug verschwunden war, als ob sie vollkommen mit ihm übereinstimmten und keinerlei Zweifel hegten.

Eine hauchfeine Decke aus Kohlenstaub schwebte herab wie ein schmutziger Segen und legte sich behutsam auf den Verkehr.

Chacko ließ den Plymouth an. Baby Kochamma versuchte, vergnügt zu sein. Sie begann zu singen.

»Man hört ein trauriges Schlagen
Von der Uhr im Flur
Und den Glocken im Tu-urm.
Und oben im Kinderzimmer
Steckt ein komischer
Kleiner Vogel
Den Ko-opf heraus und ruft –«

Sie sah Estha und Rahel an und wartete darauf, daß sie »Kuckuck!« sagten.

Sie sagten es nicht.

Ein Autowind wehte. Grüne Bäume und Strommasten flogen an den Fenstern vorbei. Reglose Vögel auf beweglichen Drähten glitten vorüber wie nicht abgeholtes Gepäck im Flughafen.

Ein blasser Tagmond hing riesig am Himmel und folgte ihnen, wohin sie fuhren. So dick wie der Bauch eines biertrinkenden Mannes.

Großer Mann der Laltain, kleiner Mann der Mombatti

Schmutz belagerte das Haus in Ayemenem wie eine mittelalterliche Armee, die eine feindliche Burg umzingelt. Er verstopfte jede Spalte und haftete an den Fensterscheiben.

Mücken summten in Teekannen. Tote Insekten lagen in leeren Vasen.

Der Fußboden war klebrig. Das Weiß der Wände war ungleichmäßig ergraut. Messingscharniere und Türklinken waren stumpf und schmierig, wenn man sie berührte. Die Löcher in selten benutzten Steckdosen waren rußverschmutzt, Glühbirnen von einem fettigen Film überzogen. Die einzigen Dinge, die glänzten, waren die riesigen Kakerlaken, die herumwuselten wie gelackte Laufburschen in Filmkulissen.

Baby Kochamma bemerkte diese Dinge seit langem nicht mehr. Kochu Maria, die alles bemerkte, kümmerte sich nicht mehr darum.

Die Ritzen in der zerschlissenen Polsterung der

Chaiselongue, auf der Baby Kochamma lag, waren vollgestopft mit zerdrückten Erdnußschalen.

In einer Geste vom Fernsehen aufgezwungener Demokratisierung griffen Herrin und Dienstbotin blindlings in dieselbe Schale mit Nüssen. Kochu Maria warf sich die Nüsse in den Mund. Baby Kochamma *legte* sie sich sittsam in den ihren.

In *The Best of Donahue* sah das Studiopublikum einen Filmausschnitt, in dem ein schwarzer Straßenmusikant in einem U-Bahnhof *Somewhere Over the Rainbow* sang. Er sang voll Inbrunst, als ob er die Worte des Liedes für bare Münze nähme. Baby Kochamma sang mit, ihre dünne, zittrige Stimme angedickt mit Erdnußbrei. Sie lächelte, als ihr der Text wieder einfiel. Kochu Maria sah sie an, als hätte sie den Verstand verloren, und holte sich mehr als ihren rechtmäßigen Anteil an den Nüssen. Der Straßenmusikant warf den Kopf in den Nacken, wann immer er zu den hohen Tönen kam (das *where* von *somewhere),* und sein geriffelter rosaroter Gaumen füllte den Bildschirm. Er war zerlumpt wie ein Rockstar, aber die Zahnlücken und die ungesunde Blässe seiner Haut sprachen beredt von einem entbehrungsreichen und verzweifelten Leben. Jedesmal, wenn eine U-Bahn ein- oder abfuhr, was oft der Fall war, mußte er aufhören zu singen.

Dann gingen die Lichter im Studio an, und Donahue stellte den Mann höchstpersönlich vor, der auf ein vorher vereinbartes Zeichen hin das Lied genau an der Stelle wiederaufnahm, an der er es (wegen einer U-Bahn) hatte unterbrechen müssen, und so geschickt einen rührenden Sieg des Liedes über die U-Bahn errang.

Das nächste Mal wurde der Straßenmusikant erst wieder mitten im Lied unterbrochen, als Phil Donahue den Arm um ihn legte und sagte: »Danke. Vielen herzlichen Dank.«

Von Phil Donahue unterbrochen zu werden, war natürlich etwas völlig anderes, als von U-Bahn-Lärm unterbrochen zu werden. Es war ein Vergnügen. Eine Ehre.

Das Publikum im Studio applaudierte und schien großes Mitgefühl zu haben.

Der Straßenmusikant glühte vor Hauptsendezeitglück, und für ein paar Augenblicke trat sein entbehrungsreiches Leben in den Hintergrund. Es sei sein großer Traum gewesen, in der Donahue-Show zu singen, sagte er, ohne zu bemerken, daß man ihm genau das verweigert hatte.

Es gibt große Träume und kleine.

»Großer Mann der Laltain Sahib, kleiner Mann der Mombatti.« Ein alter Kuli, der (unweigerlich, jedes Jahr) das Gepäck von Estha und anderen Jungen vom Bahnhof ins Internat schleppte, pflegte das von Träumen zu sagen.

Großer Mann die Laterne. Kleiner Mann das Talglicht.

Riesiger Mann das Stroboskoplicht, ließ er unerwähnt. Und: *Kleiner Mann der U-Bahnhof*

Die Hausvorsteher feilschten mit ihm, während er mit dem Gepäck der Jungen hinter ihnen herschlurfte, die krummen Beine noch krummer, und grausame Schulbuben seinen Gang nachäfften. Eier-in-Klammern nannten sie ihn.

Kleinster Mann die Krampfadern – vergaß er glatt zu sagen, als er davonwankte mit weniger als der Hälfte des Geldes, das er verlangt hatte, und weniger als einem Zehntel dessen, was er eigentlich verdient hätte.

Draußen hatte es aufgehört zu regnen. Die Wolken lösten sich in kleine Klumpen auf, wie minderwertige Matratzenfüllung.

Esthappen tauchte naß (und weiser aussehend, als er tatsächlich war) in der Küchentür auf. Hinter ihm glitzerte das lange Gras. Der Welpe stand neben ihm auf der Treppe. Regentropfen glitten am gewölbten Boden der verrosteten Dachrinne entlang wie glänzende Kugeln auf einem Abakus.

Baby Kochamma sah vom Fernseher auf. »Da

kommt er«, sagte sie zu Rahel, ohne sich die Mühe zu geben, mit leiser Stimme zu sprechen. »Jetzt paß auf. Er wird nichts sagen. Er wird *geradewegs* in sein Zimmer gehen. Schau hin.«

Der Welpe nutzte die Gelegenheit und versuchte, ebenfalls hereinzukommen. Kochu Maria schlug heftig mit den Handflächen auf den Boden und sagte: »Hopp! Hopp! *Poda Patti!*«

Der kleine Hund nahm klugerweise von seinem Vorhaben Abstand. Er schien diese Übung zu kennen.

»Schau!« sagte Baby Kochamma. Sie wirkte aufgeregt. »Er geht geradewegs in sein Zimmer und wäscht seine Kleider. Er ist eindeutig über-sauber … er wird kein einziges Wort sagen!« Sie sah aus wie eine Wildhüterin, die auf ein Tier im Gras hinweist. Die stolz ist auf ihre Fähigkeit, sein Verhalten vorherzusagen. Auf ihr überlegenes Wissen um seine Gewohnheiten und Vorlieben.

Esthas Haar klebte in Strähnen an seinem Kopf, wie herabhängende Blütenblätter einer Blume. Dazwischen schimmerten Splitter weißer Kopfhaut. Wasserrinnsale liefen ihm über Gesicht und Hals.

Er ging in sein Zimmer. Ein Heiligenschein aus Schadenfreude tauchte um Baby Kochammas Kopf auf. »Siehst du?« sagte sie.

Kochu Maria nutzte die Gelegenheit, um den Kanal zu wechseln und ein bißchen *Prime Bodies* zu sehen.

Rahel folgte Estha in sein Zimmer. Ammus Zimmer. Einst.

Das Zimmer hatte seine Geheimnisse für sich behalten. Es gab nichts preis. Nicht durch ein Durcheinander zerknitterter Laken oder einen achtlos fortgestoßenen Schuh oder ein feuchtes Handtuch, das über einer Stuhllehne hing. Oder durch ein halb gelesenes Buch. Es war wie ein Zimmer in einem Krankenhaus, nachdem die Schwester aufgeräumt hat. Der Boden war sauber, die Wände waren weiß. Der Schrank war geschlossen. Die Schuhe standen ordentlich nebeneinander. Der Papierkorb war leer.

Die zwanghafte Aufgeräumtheit des Zimmers war der einzige positive Hinweis darauf, daß Estha einen Willen besaß. Die einzige leise Andeutung, daß er, vielleicht, irgendeinen Plan für sein Leben hatte. Das Wispern eines Unwillens, von den Brosamen zu leben, die andere ihm hinwarfen. An der Wand neben dem Fenster stand ein Bügeleisen auf einem Bügelbrett. Ein Stapel gefalteter, zerknitterter Kleidung wartete darauf, gebügelt zu werden.

Schweigen hing in der Atmosphäre wie ein unerklärlicher Verlust.

Die schrecklichen Gespenster von unmöglich-zu-vergessenden Spielsachen drängten sich auf den Blättern des Deckenventilators. Eine Steinschleuder. Ein Qantas-Koalabär (von Miss Mitten) mit lockeren Knopfaugen. Eine aufblasbare Gans (die die Zigarette eines Polizisten zum Platzen gebracht hatte). Zwei Kugelschreiber, in denen lautlos Londoner Straßen und rote Busse auf und ab schwammen.

Estha drehte den Hahn auf, und Wasser rauschte in einen Plastikeimer. Er entkleidete sich in dem spiegelblanken Badezimmer. Entledigte sich der triefnassen Jeans. Sie war steif. Dunkelblau. Schwer loszuwerden. Er zog sich das T-Shirt von der Farbe zerdrückter Erdbeeren über den Kopf, glatte, muskulöse Arme überkreuzten sich vor seinem Oberkörper. Er hörte nicht, wie seine Schwester hereinkam.

Rahel sah, wie sein Bauch einsank und sich sein Brustkorb hob, als sich das nasse T-Shirt von seiner nassen honigfarbenen Haut löste. Sein Gesicht, sein Nacken und ein Dreieck unterhalb seines Halses waren dunkler als der Rest von ihm. Auch seine Arme waren zweifarbig. Blasser unter den Hemdsärmeln. Ein dunkelbrauner Mann in hellen Honigkleidern. Schokolade mit einer Spur Kaffee. Hohe Wangenknochen und ein gehetzter Blick. Ein Fischer in einem weißgekachelten Badezimmer, mit Meergeheimnissen in den Augen.

Hatte er sie gesehen? War er wirklich verrückt? Wußte er, daß sie da war?

Der Körper des anderen war nie Anlaß für Scham gewesen, aber sie waren (gemeinsam) nicht alt genug gewesen, um zu wissen, was Scham war.

Jetzt waren sie es. Alt genug.

Alt.

Ein lebensfähiges sterbensfähiges Alter.

Was für ein komisches Wort »alt« ist, dachte Rahel und sagte es zu sich selbst: *Alt.*

Rahel in der Badezimmertür. Schmalhüftig. (»Sag ihr, daß sie einen Kaiserschnitt brauchen wird!« hatte eine betrunkene Gynäkologin zu ihrem Mann gesagt, während sie an der Tankstelle auf das Wechselgeld warteten.) Eine Eidechse auf einer Landkarte auf ihrem verwaschenen T-Shirt. Langes wildes Haar mit einem tiefhennaroten Schimmer schickte ungebärdige Finger ihren Rücken hinunter. Der Diamant in ihrem Nasenflügel blitzte. Manchmal. Und manchmal nicht. Ein schmaler, goldener, schlangenköpfiger Armreif glühte wie ein Ring orangefarbenen Lichts um ihr Handgelenk. Schlanke Schlangen, die miteinander flüsterten, Kopf an Kopf. Der eingeschmolzene Ehering ihrer Mutter. Flaum beschwichtigte die harten Linien ihrer dünnen, eckigen Arme.

Auf den ersten Blick schien sie in die Haut ihrer Mutter hineingewachsen zu sein. Hohe Backenknochen. Tiefe Grübchen, wenn sie lächelte. Aber sie war größer, härter, flacher, eckiger, als Ammu gewesen war. Weniger schön vielleicht für diejenigen, die Frauen rund und weich mögen. Nur ihre Augen waren unbestreitbar schöner. Groß. Leuchtend. Man konnte in ihnen ertrinken, wie Larry McCaslin gesagt und am eigenen Leib erfahren hatte.

Rahel suchte den nackten Körper ihres Bruders nach Zeichen von Ähnlichkeit ab. In der Form seiner Knie. Der Wölbung seines Fußes. Dem Schwung seiner Schultern. Dem Winkel, in dem der Rest seines Armes auf den Ellbogen stieß. Der Art, wie sich die Ränder seiner Zehennägel nach oben bogen. Den gemeißelten Mulden auf beiden Seiten seines straffen schönen Pos. Feste Pflaumen. Männerhintern werden nie dick. Wie Schulranzen rufen sie augenblicklich Kindheitserinnerungen wach. Zwei Impfnarben auf seinem Arm schimmerten wie Münzen. Ihre waren auf dem Oberschenkel.

Mädchen haben sie immer auf dem Oberschenkel. Pflegte Ammu zu sagen.

Rahel beobachtete Estha mit der Neugier einer Mutter, die ihr patschnasses Kind beobachtet. Eine Schwester ihren Bruder. Eine Frau einen Mann. Ein Zwilling den anderen.

Sie ließ diese Drachen gleichzeitig steigen.

Er war ein nackter Fremder, dem man zufällig begegnete. Er war der, den sie gekannt hatte, bevor das Leben begann. Der, der sie einst (schwimmend) aus der Möse ihrer wunderschönen Mutter geleitet hatte.

Beides unerträglich in seiner Polarität. In seinem unversöhnlichen Weitauseinandersein.

Ein Regentropfen glitzerte am Rand von Esthas Ohrläppchen. Dick, silbern im Licht, wie ein schwerer Tropfen Quecksilber. Sie streckte die Hand aus. Berührte ihn. Nahm ihn fort.

Estha sah sie nicht an. Er zog sich in eine entlegenere Stille zurück. Als ob sein Körper die Fähigkeit besäße, seine Sinne nach innen zu kehren (verknotet, eiförmig), fort von der Oberfläche seiner Haut, in tiefere, unzugänglichere Nischen.

Das Schweigen schürzte die Röcke und glitt,

wie Spiderwoman, die glatte Badezimmerwand hinauf.

Estha legte seine nassen Kleider in den Eimer und begann, sie mit bröckliger hellblauer Seife zu waschen.

Abhilash Talkies

Das Abhilash Talkies warb für sich als das erste Kino mit einer 70-mm-Cinemascope-Leinwand in Kerala. Damit es wirklich alle begriffen, war die Fassade als Betonkopie einer gewölbten Cinemascope-Leinwand gestaltet worden. Darauf stand (die Schrift Beton, die Beleuchtung Neon) *Abhilash Talkies* in Englisch und Malayalam.

Die Toiletten nannten sich ER und SIE. SIE für Ammu, Rahel und Baby Kochamma. ER für Estha allein, weil Chacko die Zimmerreservierungen im Sea Queen Hotel kontrollieren wollte.

»Kannst du das allein?« sagte Ammu besorgt.

Estha nickte.

Rahel folgte Ammu und Baby Kochamma durch die rote Resopaltür, die von selbst langsam zufiel, in SIE. Sie drehte sich um und winkte über den Marmorboden hinweg Estha Allein, (mit einem Kamm) zu, in seinen beigefarbenen spitzen Schuhen. Estha wartete in der schmutzigen Marmorlobby mit den einsamen, alles sehenden Spiegeln, bis die rote Tür seine Schwester fortnahm. Dann wandte er sich ab und tapste zu ER.

In SIE schlug Ammu vor, daß Rahel über der Toilette balancieren sollte, um zu pinkeln. Sie sagte, öffentliche Klos seien dreckig. Wie Geld. Man könne nie wissen, wer es angefaßt habe. Aussätzige. Metzger. Automechaniker. (Eiter. Blut. Schmiere.)

Einmal, als sie Kochu Maria zum Metzger begleitete, hatte Rahel gesehen, daß auf dem grünen Fünfrupienschein, den er ihnen gab, ein winziges Stückchen rotes Fleisch klebte. Kochu Maria wischte das Fleischklümpchen mit dem Daumen weg. Der Saft hinterließ einen roten Schmierfleck. Sie steckte das Geld in ihren BH. Nach Fleisch riechendes Blutgeld.

Rahel war noch zu klein, um über der Kloschüssel balancieren zu können, und deshalb hielten Ammu und Baby Kochamma sie hoch. Rahels Beine über ihren Armen. Ihre Füße mit den einwärts gerichteten Fußspitzen in Bata-Sandalen. Hoch in der Luft mit heruntergezogenem Schlüpfer. Einen Augenblick lang passierte gar nichts, und Rahel sah ihre Mutter und ihre kleine Großtante mit ungezogenen Fragezeichen (und jetzt?) in den Augen an.

»Na los«, sagte Ammu. »Schsch ...«

Schsch für den Klang von Schniepel. Mmmmmm für den Klang von Muuusiiik.

Rahel kicherte. Ammu kicherte. Baby Kochamma kicherte. Als die ersten Tropfen fielen, glichen sie ihre luftige Position aus. Rahel war es überhaupt nicht peinlich. Sie pinkelte zu Ende, und Ammu hielt ihr das Toilettenpapier hin.

»Willst du oder soll ich?« sagte Baby Kochamma zu Ammu.

»Egal«, sagte Ammu. »Mach du.«

Rahel hielt ihre Handtasche. Baby Kochamma hob ihren zerknitterten Sari hoch. Rahel musterte die enormen Beine ihrer kleinen Großtante. (Jahre später, während eine Geschichtslektion laut vorgelesen wurde – *Großmogul Babur hatte eine gelbliche Hautfarbe und Oberschenkel wie Säulen* –, sah sie diese Szene wieder vor sich. Baby Kochamma balancierte wie ein großer Vogel über einer öffentlichen Kloschüssel. Blaue Venen liefen wie knotige Strickmaschen über ihre durchscheinenden Schienbeine. Dicke Knie mit Vertiefungen. Haare darauf. Arme kleine Füßchen, die so eine Last tragen mußten!) Baby Kochamma wartete keinen halben Augenblick. Den Kopf nach vorn geschoben. Dämlich lächelnd. Mit tiefhängendem Busen. Melonen in einer Bluse. Hintern hoch und los. Als das gurgelnde Geräusch einsetzte, hörte sie mit den Augen zu. Ein gelber Bach plätscherte über einen Gebirgspaß.

Rahel gefiel es. Die Handtasche zu halten. Wie jeder vor den anderen pinkelte. Wie Freundinnen. Damals wußte sie nicht, wie wertvoll dieses Gefühl war. *Wie Freundinnen.* Nie wieder würden sie so zusammensein. Ammu, Baby Kochamma und sie.

Als Baby Kochamma fertig war, blickte Rahel auf ihre Uhr. »Du hast aber lang gebraucht, Baby Kochamma«, sagte sie. »Es ist zehn vor zwei.«

Rubadub dub (dachte Rahel)
Drei Frauen in einer Wanne
Bleib noch ein Weilchen, sagte Langsam.

Sie dachte, Langsam sei eine Person. Langsam Kurien. Langsam Kutty. Langsam Mol. Langsam Kochamma.

Langsam Kutty. Schnell Verghese. Und Kuriakose. Drei Brüder, die Schuppen hatten.

Ammu pinkelte flüsternd. Gegen die Wand der Schüssel, so daß man es nicht hören konnte. Die Härte ihres Vaters war aus ihren Augen verschwunden, sie hatte wieder Ammu-Augen. Sie lächelte und hatte Grübchen und schien nicht mehr verärgert. Wegen Velutha oder der Spuckeblase.

Das war ein gutes Zeichen.

Estha Allein in ER mußte auf Mottenkugeln und Zigarettenkippen im Urinierbecken pinkeln. In eine Kloschüssel zu pinkeln wäre einer Niederlage gleichgekommen, aber für das Becken war er eigentlich zu klein. Er brauchte Höhe. Er suchte nach Höhe und fand sie in einer Ecke von ER. Einen schmutzigen Besen, eine Saftflasche halb gefüllt mit einer milchigen Flüssigkeit (Phenyl), auf der etwas Schwarzes schwamm. Einen schlaffen Mop und zwei rostige Blechdosen mit nichts darin. Es hätten Paradise-Pickles-Produkte sein können. Ananasstücke in Sirup. Oder Scheiben. Ananasscheiben. Die Dosen seiner Großmutter retteten seine Ehre. Estha stellte die rostigen Zylinder mit nichts darin vor dem Pißbecken auf. Er stieg darauf, jeweils ein Fuß auf einer Dose, und pinkelte vorsichtig, unter minimalem Schwanken. Wie ein Mann. Die Zigarettenkippen, die zuvor feucht gewesen waren, wirbelten herum und waren jetzt naß. Schwer anzuzünden. Nachdem er fertig war, trug Estha die Dosen zum Waschbekken vor dem Spiegel und stellte sich wieder darauf. Er wusch sich die Hände und befeuchtete sein Haar. Zum Zwerg degradiert von Ammus Kamm, der zu groß für ihn war, rekonstruierte er sorgfältig seine Tolle. Erst wurden die Haare zurückgeklatscht, dann nach vorn geschoben und die Spitze zur Seite gezwirbelt. Er steckte den Kamm wieder in die Tasche, stieg von den Dosen herunter und trug sie zurück zu Flasche, Mop und Besen. Er verneigte sich vor ihnen allen. Vor dem ganzen Laden. Der Flasche, dem Besen, den Dosen, dem schlaffen Mop.

»Verneig dich«, sagte er und lächelte, denn als er jünger gewesen war, hatte er geglaubt, daß man »Verneig dich« sagen mußte, wenn man sich verneigte. Daß man es *sagen* mußte, wenn man es tat.

»Verneig dich, Estha«, sagten sie immer. Und er verneigte sich und sagte: »Verneig dich«, und sie sahen sich an und lachten, und er war bekümmert.

Estha Allein mit den unregelmäßigen Zähnen.

Draußen wartete er auf seine Mutter, seine Schwester und seine kleine Großtante. Als sie kamen, sagte Ammu: »Okay, Esthappen?«

Estha sagte: »Okay« und wackelte vorsichtig mit dem Kopf, um die Tolle nicht zu beschädigen.

Okay? Okay. Er legte den Kamm zurück in ihre Handtasche. Ammu spürte, wie plötzlich eine Woge der Liebe in ihr aufwallte, Liebe für ihren zurückhaltenden, würdevollen kleinen Sohn in seinen beigefarbenen, spitzen Schuhen, der gerade seine erste Erwachsenenaufgabe erfüllt hatte. Sie fuhr ihm zärtlich mit den Fingern durchs Haar. Sie zerzauste seine Tolle.

Der Mann mit der allzeit bereiten Taschenlampe aus Metall sagte, der Film habe bereits angefangen, und sie sollten sich beeilen. Sie mußten die rote Treppe mit dem alten roten Teppich hinauflaufen. Die rote Treppe mit den roten Spuckeflekken in den roten Ecken. Der Mann mit der Taschenlampe schürzte seinen *mundu* und hielt ihn mit der linken Hand unter seinen Eiern fest. Während er hinaufhastete, spannten sich seine Wadenmuskeln unter seiner gestrafften Haut an wie haarige Kanonenkugeln. In der rechten Hand hielt er die Taschenlampe. Er eilte mit seinen Gedanken. »Er hat schon lang angefangen«, sagte er.

Sie hatten also den Anfang versäumt. Hatten versäumt, wie sich der wogende Samtvorhang hob, in dessen gelben Quasten Glühbirnen steckten. Langsam nach oben, zur Musik von *Baby Elephant Walk* aus *Hatari*. Oder *Colonel Bogey's March*.

Ammu hielt Esthas Hand. Baby Kochamma, die die Treppe hinaufächzte, die von Rahel. Baby Kochamma, zu Boden gezogen von ihren Melonen, wollte sich nicht eingestehen, daß sie sich auf den Film freute. Sie glaubte lieber, daß sie ihn sich nur um der Kinder willen ansah. In ihrem Kopf führte sie ständig, organisiert und gewissenhaft Buch über die Dinge, die sie für andere tat, und über die Dinge, die andere nicht für sie taten.

Am besten gefielen ihr die Szenen mit den Nonnen am Anfang, und sie hoffte, sie nicht versäumt zu haben. Ammu erklärte Estha und Rahel, daß die Leute am meisten liebten, womit sie sich am meisten identifizieren konnten. Rahel vermutete, daß sie sich am meisten mit Christopher Plummer identifizierte, der den Kapitän von Trapp spielte. Chacko identifizierte sich überhaupt nicht mit ihm und nannte ihn Kapitän von Klapp-Trapp.

Rahel war wie eine aufgeregte Mücke an der Leine. Sie flog. Schwerelos. Zwei Stufen hinauf. Eine hinunter. Eine hinauf. Während Baby Kochamma eine rote Stufe überwand, schaffte sie fünf.

Ich bin Popeye der Seemann dum dum
Ich lebe in einem Cara-van dum dum
Ich ma-ach die Tür auf
Und fall auf den Bauch
Ich bin Popeye der Seemann dum dum

Zwei hinauf. Zwei hinunter. Hüpf, hüpf.

»Rahel«, sagte Ammu. »Du hast deine Lektion immer noch nicht gelernt. Stimmt's?«

Rahel hatte sie gelernt: *Aufgeregtheit führt zu Tränen.* Dum dum.

Sie waren im Princess Circle Foyer. Sie gingen am Erfrischungsstand vorbei, an dem die Orangenlimonade wartete. Und die Zitronenlimonade. Das Orange zu orangefarben. Die Zitrone zu zitronig. Die Schokolade zu weich.

Der Taschenlampenmann öffnete die Tür in die Dunkelheit, in der Ventilatoren schwirrten und Erdnüsse krachten. Es roch nach atmenden Menschen und Haaröl. Und alten Teppichen. Ein magischer *Meine Lieder, meine* Träume-Geruch, den Rahel nie vergaß und den sie aufbewahrte wie einen Schatz. Gerüche enthalten Erinnerungen, wie Musik. Sie atmete ihn tief ein und steckte ihn für die Nachwelt in eine Flasche.

Estha hatte die Eintrittskarten. Kleiner Mann. Er lebte in einem Cara-van. Dum dum.

Der Taschenlampenmann leuchtete mit seiner Lampe auf die rosa Karten. Reihe J Nummer 17, 18, 19, 20. Estha, Ammu, Rahel, Baby Kochamma. Sie drängten sich an gereizten Leuten vorbei, die die Beine anzogen, hierhin, dorthin, um ihnen Platz zu machen. Baby Kochamma hielt Rahels Sitz fest, während sie darauf kletterte. Sie war nicht schwer genug, so daß der Sitz wieder hochklappte und sie mit ihm, wie der Belag eines Sandwiches. Zwischen ihren Knien hindurch sah sie auf die Leinwand. Zwei Knie und eine Fontäne. Estha, würdevoller, setzte sich auf den Rand seines Stuhls.

Die Schatten der Ventilatoren fielen auf die Seiten der Leinwand, wo der Film nicht hinreichte.

Fort mit der Taschenlampe. Weiter mit dem Welthit.

Die Kamera stieg in den himmelblauen (autofarbenen) österreichischen Himmel hinauf, zusammen mit dem klaren, traurigen Läuten von Kirchenglocken.

Weit unten, auf der Erde, im Hof des Klosters, schimmerte das Kopfsteinpflaster. Nonnen gingen darüber. Wie langsame Zigarren. Stille Nonnen scharten sich still um ihre Mutter Oberin, die nie die Briefe der Nonnen las. Sie versammelten sich wie Ameisen um einen Brotkrumen. Zigarren um eine Zigarrenkönigin. Kein Haar auf ihren Knien. Keine Melonen in ihren Blusen. Und ihr Atem wie Pfefferminz. Sie wollten sich bei ihrer Mutter Oberin beschweren. Süß klingende Vorwürfe. Gegen Julie Andrews, die noch immer oben in den Bergen war und *Das Lied der Berge* sang und die wieder einmal zu spät zur Messe kam.

Sie hopst und schlägt sich auf das Knie,

petzten die Nonnen musikalisch.

Ihr Kleid ist liederlich.
Und Walzer tanzt sie
auf dem Weg zur Messe öffentlich.

Zuschauer drehten sich um. »Pssst!« sagten sie.

Psst! Psst! Psst!

Und unter ihrem Schleier
trägt sie Lockenwickler gar!

Da war eine Stimme außerhalb des Films. Sie klang klar und aufrichtig, schnitt durch die Dunkelheit, in der Ventilatoren schwirrten und Erdnüsse krachten. Im Publikum befand sich eine Nonne. Zuschauerköpfe drehten sich um wie Schraubverschlüsse auf Flaschen. Schwarzhaarige Hinterköpfe wurden zu Gesichtern mit Mündern und Schnurrbärten. Zu zischenden Mündern mit Haifischzähnen. Viele. Wie Aufkleber auf einem Bogen Papier.

»Pssst!« sagten sie alle zusammen.

Es war Estha, der sang. Eine Nonne mit einer Tolle. Eine Elvis-Pelvis-Nonne. Er konnte nicht anders.

»Raus mit ihm!« sagten die Zuschauer, als sie ihn ausfindig gemacht hatten.

Ruhe oder raus. Raus oder Ruhe.

Das Publikum war ein großer Mann. Estha war ein kleiner Mann, mit den Karten.

»Estha, um Himmels willen, sei *still!!*« flüsterte Ammu wütend.

Und Estha war *still.* Die Münder und Schnurrbärte wandten sich wieder ab. Aber dann, ohne Vorwarnung, ging das Lied weiter, und es war stärker als Estha.

»Ammu, kann ich rausgehen und es draußen singen?« fragte Estha (bevor Ammu ihm eine Ohrfeige gab). »Und nach dem Lied wieder reinkommen?«

»Aber glaub bloß nicht, daß ich dich noch einmal mitnehme«, sagte Ammu. »Es ist uns *allen* peinlich.«

Aber Estha konnte nicht anders. Er stand auf, um rauszugehen. An der wütenden Ammu vorbei. An Rahel vorbei, die sich zwischen ihren Knien konzentrierte. An Baby Kochamma vorbei. An den Zuschauern vorbei, die wieder die Beine einziehen mußten. Hierhindorthin. Auf dem roten Schild über der Tür leuchtete das Wort AUSGANG. Estha ging hinAUS.

Im Foyer wartete die Orangenlimonade. Wartete die Zitronenlimonade. Wartete die weiche Schokolade. Warteten die metallisch blauen, kunstledernen Autosofas. Warteten die *Demnächst-Plakate.*

Estha Allein setzte sich auf ein metallisch blaues, kunstledernes Autosofa im Princess Circle Foyer des Abhilash-Kinos und sang. Mit einer Nonnenstimme, so klar wie sauberes Wasser.

Doch wie stellt's einer an,
daß er sie auch fesseln kann?

Der Mann hinter dem Erfrischungsstand, der auf einer Reihe Stühle geschlafen und auf die Pause gewartet hatte, wachte auf. Er sah mit verklebten Augen Estha Allein mit seinen beigefarbenen, spitzen Schuhen. Und seiner zerzausten Tolle. Der Mann wischte mit einem schmutzfarbenen Lumpen die marmorne Theke ab. Und er wartete. Und wartend wischte er. Und wischend wartete er. Und sah Estha beim Singen zu.

Wie fängt man eine Welle auf dem Strand?
Wie aber löst man das Problem Marii ... ja?

»He! *Eda cherukka!*« sagte der Orangenlimo-Zitronenlimo-Mann mit einer rauhen, schlaftrunkenen Stimme. »Was zum Teufel glaubst du, daß du hier tust?«

Wie hält man einen
Mondstrahl
in der Hand?

sang Estha.

»He!« sagte der Orangenlimo-Zitronenlimo-Mann. »Hör mal, das ist meine Ausruhzeit. Bald muß ich aufwachen und arbeiten. Du kannst hier keine Lieder singen. Sei still.«

Seine goldene Armbanduhr war unter seinem lockigen Unterarmhaar fast vollständig versteckt. Seine goldene Kette war unter seinem Brusthaar fast vollständig versteckt. Sein weißes Nylonhemd war bis zum Ansatz seines Kugelbauches aufgeknöpft. Er sah aus wie ein unfreundlicher, schmuckbehängter Bär. Hinter ihm hingen Spiegel, damit die Leute sich dabei zuschauen konnten, wie sie kalte Getränke und Erfrischungen kauften. Damit sie ihre Tollen rekonstruieren und ihre Haarknoten zurechtrücken konnten. Die Spiegel beobachteten Estha.

»Ich könnte eine schriftliche Beschwerde gegen dich einreichen«, sagte der Mann zu Estha. »Wie gefällt dir das? Eine schriftliche Beschwerde?«

Estha hörte auf zu singen und stand auf, um wieder hineinzugehen.

»Jetzt, wo ich wach bin«, sagte der Orangenlimo-

Zitronenlimo-Mann. »Jetzt, wo du mich während meiner Ruhepause aufgeweckt hast, jetzt, wo du mich *gestört* hast, komm wenigstens her und trink etwas. Das ist das mindeste, was du tun kannst.«

Er hatte ein unrasiertes, hängebackiges Gesicht. Seine Zähne, die aussahen wie gelbe Klaviertasten, beobachteten den kleinen Elvis the Pelvis.

»Nein, danke«, sagte Estha höflich. »Meine Familie wartet auf mich. Und ich habe mein ganzes Taschengeld ausgegeben.«

»Taschengöld?« sagte der Orangenlimo-Zitronenlimo-Mann, und noch immer sahen seine Zähne zu. »Zuerst Lieder, und jetzt auch noch Taschengöld! Wo lebst du eigentlich? Auf dem Mond?«

Estha wandte sich ab, um zu gehen.

»Augenblick mal!« sagte der Orangenlimo-Zitronenlimo-Mann scharf. »Einen Augenblick!« sagte er noch einmal, diesmal etwas milder. »Ich hab dir eine Frage gestellt.«

Seine gelben Zähne waren Magneten. Sie sahen, sie lächelten, sie sangen, sie rochen, sie bewegten sich. Sie hypnotisierten.

»Ich hab dich gefragt, wo du lebst«, sagte er und spann sein häßliches Netz.

»Ayemenem«, sagte Estha. »Ich lebe in Ayemenem. Meiner Großmutter gehört Paradise Pickles & Konserven. Sie ist die stille Teilhaberin.«

»So, so«, sagte der Orangenlimo-Zitronenlimo-Mann. »Und an wem hat sie teil?« Er lachte ein häßliches Lachen, das Estha nicht verstand. »Egal. Das verstehst du sowieso nicht. Komm und trink was«, sagte er. »Eine kalte Limo umsonst. Komm. Komm her und erzähl mir alles über deine Großmutter.«

Estha ging zu ihm. Angezogen von gelben Zähnen.

»Hierher. Hinter die Theke«, sagte der Orangenlimo-Zitronenlimo-Mann. Er senkte die Stimme zu einem Flüstern. »Es muß ein Geheimnis bleiben, weil vor der Pause keine Getränke ausgegeben werden dürfen. Das ist gegen die Bestimmungen.« Und nach einer Weile fügte er hinzu: »Gerichtlich verfolgbar.«

Estha ging hinter die Theke des Erfrischungsstandes, um seine kostenlose Limonade abzuholen. Er sah die drei hohen Stühle, die nebeneinanderstanden, damit der Orangenlimo-Zitronenlimo-Mann darauf schlafen konnte. Das Holz glänzte vom vielen Daraufsitzen.

»Wenn du den mal für mich halten könntest«, sagte der Orangenlimo-Zitronenlimo-Mann und reichte Estha seinen Penis durch seinen weichen, weißen *dhoti.* »Wenn du den halten kannst, geb ich dir deine Limo. Orange? Zitrone?«

Estha hielt ihn, weil er mußte.

»Orange? Zitrone?« fragte der Mann. »Zitrone-Orange?«

»Zitrone, bitte«, sagte Estha höflich.

Er bekam eine kalte Flasche und einen Strohhalm. In der einen Hand hielt er jetzt eine Flasche und in der anderen einen Penis. Hart, heiß, mit hervortretenden Adern. Kein Mondstrahl.

Die Hand des Orangenlimo-Zitronenlimo-Mannes schloß sich über Esthas. Sein Daumennagel war so lang wie der einer Frau. Er bewegte Esthas Hand auf und ab. Zuerst langsam. Dann schnell.

Die Zitronenlimonade war kalt und süß. Der Penis heiß und hart.

Die Klaviertasten sahen zu.

»Deine Großmutter hat also eine Fabrik«, sagte der Orangenlimo-Zitronenlimo-Mann. »Was für eine Fabrik?«

Viele verschiedene Produkte«, sagte Estha mit dem Strohhalm im Mund und sah nicht hin. »Fruchtsäfte, Pickles, Marmeladen, Currymischungen. Ananasscheiben.«

»Gut«, sagte der Orangenlimo-Zitronenlimo-Mann. »Ausgezeichnet.«

Seine Hand schloß sich fester um Esthas. Fest und schweißnaß. Und noch schneller.

Schnell, schneller, am schnellsten,
nur nicht innehalten und nicht rasten,
bis daß das Schnell ein Schneller ist
und das Schneller ein Am-Schnellsten.

Durch den nassen Strohhalm aus Papier (der fast ganz platt war vor Spucke und Angst) stieg die flüssige Zitronensüße auf. Estha blies durch den Strohhalm (während sich seine andere Hand auf und ab bewegte) Blasen in die Flasche. Klebrigsüße Zitronenblasen in der Limonade, die er nicht trinken konnte. Im Geist listete er die Produkte seiner Großmutter auf.

PICKLES	**FRUCHTSÄFTE**	**MARMELADEN**
Mango	Orange	Banane
grüne	Trauben	Vielfrucht
Paprika	Ananas	Pampelmuse
Kürbis	Mango	
Knoblauch		
Limone		

Dann verzerrte sich das knorplig-stopplige Gesicht, und Esthas Hand war naß und heiß und klebrig. Eiweiß war darauf. Weißes Eiweiß. Glibbrig gekocht.

Die Zitronenlimonade war kalt und süß. Der

Penis war weich und geschrumpft wie eine leere lederne Geldbörse. Mit seinem schmutzfarbenen Lumpen wischte der Mann Esthas Hand ab.

»Jetzt trink deine Limo aus«, sagte er und kniff liebevoll in eine Backe von Esthas Po. Feste Pflaumen in Röhrenhosen. Und beigefarbene, spitze Schuhe.

»Du darfst sie nicht verschwenden«, sagte er. »Denk an die vielen armen Leute, die nichts zu essen und zu trinken haben. Du bist ein glücklicher reicher Junge mit Taschengöld und einer Fabrik, die du von deiner Großmutter erben kannst. Du solltest Gott dafür danken, daß du keine Sorgen hast. Jetzt trink.«

Und so trank Esthappen hinter der Theke des Erfrischungsstandes im Abhilash Princess Circle Foyer, in dem Saal, in dem sich auch Keralas erste 70-mm-Cinemascope-Leinwand befand, seine kostenlose Flasche kohlensäurehaltiger Angst mit Zitronengeschmack aus. Zitrone-zu-zitronig-zu-kalt. Zu süß. Die Kohlensäure stieg ihm in die Nase. Bald würde man ihm eine weitere Flasche (kostenlose, kohlensäurehaltige Angst) geben. Aber das wußte er noch nicht. Er hielt die klebrige andere Hand von seinem Körper weg.

Sie sollte mit nichts in Berührung kommen.

Als Estha ausgetrunken hatte, sagte der Orangenlimo-Zitronenlimo-Mann: »Fertig? Braver Junge.«

Er nahm die leere Flasche und den platten Strohhalm und schickte Estha zurück in *Meine Lieder, meine Träume.*

Erneut in der haaröligen Dunkelheit, hielt Estha seine andere Hand gewissenhaft nach oben (als würde er eine imaginäre Orange halten). Er schlich an den Zuschauern vorbei (ihre Beine zogen sich hierhinunddorthin zurück), vorbei an Baby Kochamma, an Rahel (die immer noch eingeklemmt war), an Ammu (die immer noch wütend war). Estha setzte sich, immer noch die klebrige Orange in der Hand.

Und da war Kapitän von Klapp-Trapp. Christopher Plummer. Arrogant. Hartherzig. Mit einem Mund wie ein Schlitz. Und einer metallisch-schrillen Polizeipfeife. Ein Kapitän mit sieben Kindern. Sauberen Kindern, wie eine Tüte mit Pfefferminzbonbons. Er gab vor, sie nicht zu lieben, aber er tat es. Er liebte sie. Er liebte sie (Julie Andrews), sie liebte ihn, sie liebten die Kinder, die Kinder liebten sie. Sie liebten sich alle. Sie waren saubere weiße Kinder, und sie hatten weiche Bettdecken aus Ei. Der. Daunen.

Zu dem Haus, in dem sie lebten, gehörten ein See und ein Park, ein riesiges Treppenhaus, weiße Türen und Fenster und geblümte Vorhänge.

Die sauberen weißen Kinder, sogar die großen,

hatten Angst, wenn es donnerte. Julie Andrews holte sie alle in ihr sauberes Bett und sang ihnen ein sauberes Lied vor über ein paar ihrer liebsten Dinge. Das sind ein paar ihrer liebsten Dinge.

1. Mädchen in weißen Kleidern mit blauseidenen Schuhen.
2. Fliegende Wildgänse mit dem Mond auf den Flügeln.
3. Kupferkessel.
4. Türklingeln und Schlittenglocken und Schnitzel mit Nudeln.
5. Etc.

Und dann stellten sich gewisse zweieiige Zwillinge unter den Zuschauern im Abhilash Talkies ein paar Fragen, die nach Antworten verlangten. Zum Beispiel:

(a) Hat Kapitän von Klapp-Trapp mit dem Bein gewippt? – Hat er nicht.
(b) Hat Kapitän von Klapp-Trapp Spuckeblasen geblasen? – Bestimmt nicht.
(c) Hat er gierig geschlungen? – Hat er nicht.

Oh, Kapitän von Trapp, Kapitän von Trapp, könntest du den kleinen Kerl mit der Orange in der Hand in dem muffeligen Saal lieben?

Er hat gerade den Schniepel des Orangenlimo-

Zitronenlimo-Mannes in der Hand gehalten, aber könntest du ihn trotzdem lieben?

Und seine Zwillingsschwester? Im Sitz eingeklemmt, mit ihrer Fontäne in einem Love-in-Tokyo? Könntest du auch sie lieben?

Kapitän von Trapp hatte seinerseits ein paar Fragen.

(a) Sind es saubere weiße Kinder?
Nein. (Aber Sophie Mol ist es.)
(b) Blasen sie Spuckeblasen?
Ja. (Aber Sophie Mol tut es nicht.)
(c) Wippen sie mit den Beinen? Wie Buchhalter?
Ja. (Aber Sophie Mol tut es nicht.)
(d) Haben sie, einer von beiden oder beide, jemals den Schniepel von Fremden in der Hand gehalten?
N … Nja. (Aber Sophie Mol nicht.)

»Dann tut es mir leid«, sagte Kapitän von Klapp-Trapp. »Kommt nicht in Frage. Ich kann sie nicht lieben. Ich kann nicht ihr Baba sein. O nein.«

Kapitän von Klapp-Trapp konnte nicht.

Estha legte den Kopf in den Schoß.

»Was ist los?« sagte Ammu. »Wenn du wieder

Theater machst, bring ich dich sofort nach Hause. Setz dich bitte gerade hin. Und schau zu. Deswegen haben wir dich mitgenommen.«

Jetzt trink.

Schau den Film an.

Denk an all die armen Leute.

Glücklicher reicher Junge mit Taschengöld. Der keine Sorgen hat.

Estha richtete sich auf und schaute zu. Ihm drehte sich der Magen um. Er hatte ein grün schwankendes, zähflüssiges, klumpiges, schlingerndes, wabbliges, bodenlos-banges Gefühl.

»Ammu«, sagte er.

»WAS?« Das WAS gezischt, gebellt, ausgespuckt. »Ich glaub, mir ist schlecht«, sagte Estha.

»Glaubst du das nur oder ist dir wirklich schlecht?« Ammus Stimme klang besorgt.

»Weiß nicht.«

»Gehen wir raus, und du versuchst zu brechen?«

»Okay«, sagte Estha.

Okay? Okay.

»Wohin geht ihr?« fragte Baby Kochamma.

»Estha will versuchen, sich zu übergeben«, sagte Ammu.

»Wohin geht ihr?« fragte Rahel.

»Ich glaub, mir ist schlecht«, sagte Estha.

»Kann ich mitkommen und zusehen?«

»Nein«, sagte Ammu.

Wieder an den Zuschauern vorbei (Beine hierhinunddorthin). Beim letztenmal, um zu singen. Diesmal, um sich zu übergeben. Raus durch AUSGANG. Draußen im marmornen Foyer aß der Orangenlimo-Zitronenlimo-Mann etwas Süßes. Seine Backen blähten sich beim Kauen. Er machte leise, saugende Geräusche, wie Wasser, das aus einem Waschbecken abläuft. Auf der Theke lag ein grünes Parry-Papier. Für Süßigkeiten mußte dieser Mann nicht zahlen. Vor ihm stand eine Reihe trüber Glasbehälter mit kostenlosen Süßigkeiten. Er wischte mit dem schmutzfarbenen Lumpen, den er in seinem haarigen Uhrenarm hielt, über die Theke. Als er die strahlende Frau mit den polierten Schultern und dem kleinen Jungen sah, glitt ein Schatten über sein Gesicht. Dann lächelte er sein tragbares Klavierlächeln.

»Schschon wieder draußen?« sagte er.

Estha würgte bereits. Ammu faßte ihn unter den Armen und trug ihn vor sich her in die Princess Circle Toilette. SIE.

Er wurde hochgehalten, eingeklemmt zwischen dem nicht sauberen Waschbecken und Ammus Körper. Seine Beine baumelten herunter. An dem Waschbecken waren Hähne aus Metall und Rostflecken. Überall ein braungesponnenes Netz von Haarrissen, wie die Straßenkarte einer großen komplizierten Stadt.

Estha würgte krampfhaft, spuckte aber nichts aus. Nur Gedanken. Sie schwebten aus ihm heraus und wieder hinein. Ammu konnte sie nicht sehen. Sie dräuten wie Sturmwolken über der Waschbeckenstadt. Aber die Waschbeckenmänner und Waschbeckenfrauen gingen ihren ganz normalen Waschbeckengeschäften nach. Waschbeckenautos und Waschbeckenbusse sausten herum. Das Waschbeckenleben ging weiter.

»Nein?« sagte Ammu.

»Nein«, sagte Estha.

Nein? Nein.

»Dann wasch dir das Gesicht«, sagte Ammu. »Wasser hilft immer. Wasch dir das Gesicht, und dann trinken wir eine Zitronenlimonade.«

Estha wusch sich Gesicht und Hände und Gesicht und Hände. Seine Wimpern waren naß und verklebt.

Der Orangenlimo-Zitronenlimo-Mann faltete das grüne Süßigkeitspapier zusammen und zog den Falz mit seinem lackierten Daumennagel nach. Er schlug mit einer zusammengerollten Zeitschrift nach einer Fliege. Bedächtig schnippte er sie über die Theke auf den Boden. Sie lag auf dem Rücken und bewegte die kraftlosen Beinchen.

»Netter Junge«, sagte er zu Ammu. »Singt schön.«

»Er ist mein Sohn«, sagte Ammu.

»Wirklich«, sagte der Orangenlimo-Zitronenlimo-Mann und sah Ammu mit seinen Zähnen an. »Wirklich? Sie sehen noch so jung aus!«

»Er fühlt sich nicht wohl«, sagte Ammu. »Vielleicht tut ihm was Kaltes zu trinken gut.«

»Klar«, sagte der Mann. »Klarklar. Orangezitrone? Zitroneorange?«

Fürchterliche, gefürchtete Fragen.

»Nein, danke.« Estha sah Ammu an. Grün schwankend, schlingernd, bodenlos-bang.

»Und Sie?« fragte der Orangenlimo-Zitronenlimo-Mann Ammu. »CocaColaFanta? EisRosemilk?«

»Nein. Ich möchte nichts. Danke«, sagte Ammu. Eine strahlende Frau mit tiefen Grübchen.

»Hier«, sagte der Mann und hielt ihnen eine Handvoll Süßigkeiten hin wie eine großzügige Stewardeß.

»Nein, danke«, sagte Estha und sah Ammu an.

»Nimm sie, Estha«, sagte Ammu. »Sei nicht unhöflich.« Estha nahm sie.

»Bedank dich«, sagte Ammu.

»Danke«, sagte Estha. (Für die Süßigkeiten, für das weiße Eiweiß.)

»Nichts zu danken«, sagte der Orangenlimo-Zitronenlimo-Mann auf englisch. »So!« sagte er. »Mon sagte, Sie sind aus Ayemenem?«

»Ja«, sagte Ammu.

»Ich bin oft dort«, sagte der Orangenlimo-Zitronenlimo-Mann. »Die Familie meiner Frau lebt in Ayemenem. Ich weiß, wo Ihre Fabrik ist. Paradise Pickles, stimmt's? Hat er mir erzählt. Ihr Mon.«

Er wußte, wo Estha zu finden war. Das war es, was er sagen wollte. Es war eine Warnung.

Ammu sah die fiebrigglänzenden Knopfaugen ihres Sohnes.

»Wir müssen gehen«, sagte sie. »Wir sollten kein Fieber riskieren. Morgen kommt seine Cousine«, erklärte sie dem Onkel. Und dann fügte sie beiläufig hinzu: »Aus London.«

»Aus London?« Ein neuer Respekt funkelte in Onkels Augen. Für eine Familie mit Verbindungen nach London.

»Estha, du bleibst hier bei dem Onkel. Ich hole Baby Kochamma und Rahel«, sagte Ammu.

»Komm«, sagte der Onkel. »Komm her und setz dich zu mir auf einen Stuhl.«

»Nein, Ammu! Nein, Ammu, nein! Ich will mit dir kommen!«

Ammu, überrascht von der ungewöhnlich

schrillen Hartnäckigkeit ihres gewöhnlich so stillen Sohnes, entschuldigte sich bei dem Orangenlimo-Zitronenlimo-Onkel.

»Normalerweise ist er nicht so. Dann komm, Esthappen.«

Der Wieder-drinnen-Geruch. Ventilatorschatten. Hinterköpfe. Hälse. Kragen. Knoten. Zöpfe. Pferdeschwänze.

Eine Fontäne in einem Love-in-Tokyo. Ein kleines Mädchen und eine Exnonne.

Kapitän von Trapps sieben Pfefferminzkinder hatten ihr Pfefferminzbad genommen, standen in einer Pfefferminzreihe da, das Haar angeklatscht, und sangen mit gehorsamen Pfefferminzstimmen für die Frau, die der Kapitän beinahe geheiratet hätte. Die blonde Baronin, die funkelte wie ein Diamant.

Mein Herz wird beglückt durch
das Lied der Berge,
weil Lieder für mich
meine Träume sind.

»Wir müssen gehen«, sagte Ammu zu Baby Kochamma und Rahel.

»Aber Ammu!« sagte Rahel. »Das Wichtigste ist

noch gar nicht passiert! Er hat sie noch nicht einmal *geküßt!* Er hat noch nicht einmal die Hitlerfahne zerrissen. Sie sind noch nicht einmal von Rolf dem Briefträger *verraten* worden!«

»Estha ist schlecht«, sagte Ammu. »Komm.«

»Die Nazisoldaten sind noch nicht einmal gekommen!«

»Komm«, sagte Ammu. »Steh auf!«

»Sie haben noch nicht einmal *Das Lied vom Geißhirt* gesungen!«

»Estha muß gesund sein für Sophie Mol, oder?« sagte Baby Kochamma.

»Muß er nicht«, sagte Rahel, aber überwiegend zu sich selbst.

»Was hast du gesagt?« sagte Baby Kochamma, die die allgemeine Tendenz, nicht jedoch den genauen Wortlaut verstanden hatte.

»Nichts«, sagte Rahel.

»Ich hab dich schon gehört«, sagte Baby Kochamma.

Draußen stellte der Onkel die trüben Glasbehälter um. Wischte mit dem schmutzfarbenen Lumpen die ringförmigen Wasserflecken weg, die sie auf seiner marmornen Erfrischungstheke hinterlassen hatten. Er bereitete sich auf die Pause vor. Er war ein auf Sauberkeit bedachter Orangenlimo-Zitronenlimo-Onkel. Er hatte das Herz einer Stewardeß, gefangen im Körper eines Bären.

»Sie gehen also?« sagte er.

»Ja«, sagte Ammu. »Wo kriegen wir ein Taxi?«

»Zum Eingang raus, die Straße entlang, links«, sagte er und sah dabei Rahel an. »Sie haben mir gar nicht erzählt, daß Sie auch eine kleine Mol haben.« Und er hielt ihr eine Süßigkeit hin. »Hier, Mol – für dich.«

»Nimm meine!« sagte Estha schnell, weil er nicht wollte, daß Rahel in seine Nähe kam.

Aber Rahel war bereits unterwegs zu ihm. Als sie sich ihm näherte, lächelte er sie an, und etwas an seinem tragbaren Klavierlächeln, etwas an seinem starren Blick, mit dem er sie festhielt, ließ sie vor ihm zurückschrecken. Es war das Abscheulichste, was sie je gesehen hatte. Sie wirbelte herum und schaute Estha an. Sie wich vor dem haarigen Mann zurück.

Estha drückte ihr seine Parry-Süßigkeiten in die Hand, und sie spürte seine fieberheißen Finger, deren Spitzen so kalt waren wie der Tod.

»Wiedersehen, Mon«, sagte der Onkel zu Estha. »Bis bald in Ayemenem.«

Und wieder die rote Treppe. Diesmal blieb Rahel zurück. Langsam. Nein, ich will nicht gehen. Eine Tonne Ziegelsteine an der Leine.

»Netter Kerl, der Orangenlimo-Zitronenlimo-Mann«, sagte Ammu.

»Ts, ts, ts!« sagte Baby Kochamma.

»Er sieht nicht so aus, aber er war erstaunlich nett zu Estha«, sagte Ammu.

»Warum heiratest du ihn dann nicht?« sagte Rahel bockig.

Die Zeit blieb auf der roten Treppe stehen. Estha blieb stehen. Baby Kochamma blieb stehen.

»Rahel«, sagte Ammu.

Rahel erstarrte. Was sie gesagt hatte, tat ihr entsetzlich leid. Sie wußte nicht, woher diese Worte gekommen waren. Sie hatte nicht gewußt, daß sie in ihr gewesen waren. Aber jetzt waren sie raus und kehrten nicht mehr zurück. Sie hingen über der roten Treppe wie Beamte in einer Regierungsbehörde. Manche standen still, andere saßen da und wippten mit den Beinen.

»Rahel«, sagte Ammu. »Ist dir klar, was du gerade getan hast?«

Angsterfüllte Augen und eine Fontäne blickten Ammu an.

»Ist schon in Ordnung. Hab keine Angst«, sagte Ammu. »Aber antworte mir. Ist es dir klar?«

»Was?« sagte Rahel mit der winzigsten Stimme, die sie hatte.

»Was du gerade getan hast?« sagte Ammu.

Angsterfüllte Augen und eine Fontäne blickten Ammu an.

»Weißt du, was passiert, wenn du jemandem weh tust?« fragte Ammu. »Wenn du jemandem weh tust, dann liebt er dich weniger. Das ist es, was unbedachte Worte anrichten. Sie sorgen dafür, daß die Menschen dich ein bißchen weniger lieben.«

Ein kalter Falter mit ungewöhnlich dicht geschuppten Hinterflügeln landete schwerelos auf Rahels Herz. Dort, wo seine eisigen Beine sie berührten, bekam sie eine Gänsehaut. Sechs Stellen mit Gänsehaut auf ihrem unbedachten Herzen.

Ammu liebte sie ein bißchen weniger.

Und zum Eingang hinaus, die Straße entlang, nach links. Der Taxistand. Eine gekränkte Mutter, eine Exnonne, ein heißes Kind und ein kaltes. Sechs Stellen mit Gänsehaut und ein Falter.

Das Taxi roch nach Schlaf. Nach alten, zusammengerollten Kleidungsstücken. Feuchten Handtüchern. Achselhöhlen. Es war schließlich das Zuhause des Taxifahrers. Er lebte darin. Es war der einzige Ort, an dem er seine Gerüche aufbewahren konnte. Die Sitze waren ermordet worden. Aufgerissen. Eine Schwade schmutzigen gelben Schaumgummis floß heraus und zitterte auf dem

Rücksitz wie eine riesige gelbsüchtige Leber. Der Fahrer besaß die frettchenhafte Wachsamkeit eines kleinen Nagetiers. Er hatte eine römische Hakennase und einen Little-Richard-Schnurrbart. Er war so klein, daß er durch das Lenkrad auf die Straße sah. Für den vorbeifahrenden Verkehr hatte es den Anschein, als handelte es sich um ein Taxi mit Fahrgästen, aber ohne Fahrer. Er fuhr schnell, aggressiv, flitzte in jede Lücke, brachte andere Autos von ihrer Fahrspur ab. Beschleunigte vor Zebrastreifen. Überfuhr rote Ampeln.

»Warum setzen Sie sich nicht auf ein Polster oder ein Kissen?« schlug Baby Kochamma mit ihrer freundlichen Stimme vor. »Dann würden Sie besser sehen.«

»Warum kümmern Sie sich nicht um Ihre eigenen Angelegenheiten, Schwester?« schlug der Fahrer mit seiner unfreundlichen Stimme vor.

Als sie an dem tintigen Meer entlangfuhren, steckte Estha den Kopf aus dem Fenster. Er schmeckte die heiße salzige Brise im Mund. Er spürte, wie sie sein Haar anhob. Er wußte, daß Ammu, wenn sie herausfände, was er mit dem Orangenlimo-Zitronenlimo-Mann gemacht hatte, auch ihn weniger lieben würde. Viel weniger. Er spürte die beschämende, brodelnde, sich hebende und senkende, sich windende Übelkeit in seinem

Magen. Er sehnte sich nach dem Fluß. Weil Wasser immer half.

Die klebrige Neonnacht raste am Taxifenster vorbei. Im Taxi war es heiß und still. Baby Kochamma war rot vor Aufregung. Sie liebte unangenehme Stimmungen, solange sie nicht der Grund dafür war. Jedesmal, wenn sich ein streunender Köter auf die Straße verirrte, tat der Fahrer sein Bestes, um ihn umzubringen.

Der Falter auf Rahels Herzen breitete seine samtenen Flügel aus, und die Kälte kroch ihr in die Knochen.

Auf dem Parkplatz des Sea Queen plauderte der himmelblaue Plymouth mit anderen kleineren Autos. *Hslip, hslip, hsnuuhsnah.* Eine große Dame auf einer Party für kleine Damen. Die Heckflossen flatterten aufgeregt.

»Zimmer Nummer 313 und 327«, sagte der Mann an der Rezeption. »Keine Klimaanlage. Doppelbetten. Der Aufzug wird gerade repariert.«

Der Liftboy, der sie begleitete, war weder ein Boy, noch konnte er sie im Lift hinaufbringen. Seine Augen waren trübe, und an seiner zerschlissenen braunen Jacke fehlten zwei Knöpfe. Sein graues Unterhemd war zu sehen. Er mußte die alberne Liftboykappe schräg auf dem Kopf tragen, und der kurze Riemen aus Plastik schnitt tief in sein herunterhängendes Doppelkinn. Es schien unnötig grausam, einen alten Mann die Kappe schräg auf dem Kopf tragen zu lassen und willkürlich die Art zu beeinflussen, in der das Alter beschlossen hatte, von seinem Kinn zu hängen.

Wieder mußten sie rote Treppen hinaufsteigen. Der rote Teppich aus dem Kino verfolgte sie. Ein magischer fliegender Teppich.

Chacko war in seinem Zimmer. Sie erwischten ihn beim Schlemmen. Brathuhn, Pommes frites, Mais und Hühnersuppe, zwei *parathas* und Vanilleeis mit Schokoladensauce. Die Sauce in einer Sauciere. Chacko sagte oft, daß es sein Ehrgeiz sei, sich zu Tode zu essen. Mammachi sagte, das sei ein sicheres Zeichen für unterdrücktes Unglück. Chacko sagte, das sei es nicht. Er sagte, es sei reine Gier.

Chacko wunderte sich, daß sie schon so früh kamen, wollte es sich aber nicht anmerken lassen und aß weiter.

Ursprünglich war vorgesehen, daß Estha bei Chacko schlafen sollte und Rahel bei Ammu und Baby Kochamma. Aber jetzt, da es Estha nicht gutging und die Liebe neu verteilt worden war (Ammu liebte Rahel ein bißchen weniger), mußte Rahel bei Chacko schlafen und Estha bei Ammu und Baby Kochamma.

Ammu holte Rahels Pyjama und Zahnbürste aus dem Koffer und legte sie aufs Bett.

»Hier«, sagte Ammu.

Zweimaliges Klicken, um den Koffer zu schließen.

Klick. Und Klick.

»Ammu«, sagte Rahel. »Kriege ich zur Strafe kein Abendessen?«

Sie wollte unbedingt die Strafen tauschen. Kein Abendessen im Tausch dafür, daß Ammu sie wieder so liebte wie früher.

»Wie du willst«, sagte Ammu. »Aber ich rate dir, zu essen. Das heißt, wenn du wachsen willst. Vielleicht kriegst du was von Chackos Hühnchen.«

»Vielleicht, vielleicht nicht«, sagte Chacko.

»Aber was ist mit meiner Strafe?« sagte Rahel. »Du hast mich noch nicht bestraft.«

»Manche Dinge sind ihre eigene Strafe«, sagte Baby Kochamma. Als ob sie eine Rechenaufgabe erklärte, die Rahel nicht verstand.

Manche Dinge sind ihre eigene Strafe. Wie Schlafzimmer mit eingebauten Schränken. Bald sollten sie alle mehr über Strafen lernen. Daß es sie in unterschiedlichen Größen gab. Manche waren so groß wie Schränke mit eingebauten Schlafzimmern. Man konnte sein ganzes Leben darin verbringen und durch dunkle Fächer irren.

Baby Kochammas Gutenachtkuß hinterließ ein bißchen Spucke auf Rahels Backe. Sie wischte sie mit der Schulter ab.

»Gute Nacht, schlaf gut«, sagte Ammu. Aber sie sagte es mit dem Rücken. Sie war bereits gegangen.

»Gute Nacht«, sagte Estha, der zu krank war, um seine Schwester zu lieben.

Rahel Allein sah ihnen nach, wie sie den Hotelflur entlanggingen, wie lautlose, aber wirklich vorhandene Gespenster. Zwei große, ein kleines mit beigefarbenen, spitzen Schuhen. Der rote Teppich verschluckte die Geräusche ihrer Schritte.

Rahel stand in der Hotelzimmertür, voll Traurigkeit.

Sie trug die Traurigkeit von Sophie Mol, die am nächsten Tag ankommen sollte, in sich. Die Traurigkeit darüber, daß Ammu sie ein bißchen weniger liebte. Und die Traurigkeit dessen, was immer es gewesen war, was der Orangenlimo-Zitronenlimo-Mann mit Estha im Abhilash Talkies gemacht hatte.

Ein sengender Wind wehte über ihre trockenen, schmerzenden Augen.

Chacko legte ein Hühnerbein und ein paar Pommes frites für Rahel auf einen kleinen Teller.

»Nein, danke«, sagte Rahel in der Hoffnung,

daß Ammu ihre Strafe widerrufen würde, wenn sie sich irgendwie selbst eine Strafe auferlegte.

»Wie wär's mit Eis und Schokoladensauce?« sagte Chacko.

»Nein, danke«, sagte Rahel.

»Gut«, sagte Chacko. »Aber du weißt nicht, was du versäumst.«

Er aß das ganze Huhn und dann alles Eis auf.

Rahel zog ihren Pyjama an.

»Erzähl mir bitte nicht, wofür du bestraft wirst«, sagte Chacko. »Ich kann es nicht ertragen.« Er wischte mit einem Stück *paratha* den letzten Rest Schokoladensauce aus der Sauciere. Sein widerlicher Nach-Nachtisch. »Wofür? Weil du deine Moskitostiche gekratzt hast, bis sie geblutet haben? Weil du nicht danke zum Taxifahrer gesagt hast?«

»Etwas viel Schlimmeres als das«, sagte Rahel. Sie wollte Ammu gegenüber loyal bleiben.

»Erzähl's mir nicht. Ich will's nicht wissen.«

Chako rief nach dem Zimmerkellner, und ein müder Dienstbote holte Teller und Knochen. Er versuchte, die Abendessensgerüche einzufangen, aber sie verflüchtigten sich und kletterten die schlaffen braunen Hotelvorhänge hinauf.

Eine Nichte ohne Abendessen und ein Onkel voll Abendessen putzten sich zusammen die

Zähne in einem Badezimmer des Sea Queen. Sie ein einsamer, kleiner Sträfling in einem gestreiften Schlafanzug und mit einer Fontäne in einem Love-in-Tokyo. Er in Baumwollunterhemd und Unterhose. Das Unterhemd, enganliegend und gespannt wie eine zweite Haut über seinem runden Bauch, erschlaffte über der Vertiefung seines Nabels.

Als Rahel ihre schäumende Zahnbürste still hielt und statt dessen ihre Zähne bewegte, verbot er es ihr nicht.

Er war kein Faschist.

Abwechselnd spuckten sie aus. Rahel studierte sorgfältig ihren weißen Binaca-Schaum, der langsam die Waschbeckenwand hinunterrann, um zu sehen, ob es etwas zu sehen gab.

Was für Farben und merkwürdige Geschöpfe aus den Zwischenräumen zwischen ihren Zähnen hatte sie ausgespuckt?

Keine an diesem Abend. Nichts Ungewöhnliches. Nur Binaca-Blasen.

Chacko schaltete das große Licht aus.

Im Bett zog Rahel ihr Love-in-Tokyo heraus und legte es neben ihre Sonnenbrille. Ihre Fontäne sackte ein wenig in sich zusammen, blieb aber stehen.

Chacko lag im Bett in der Lichtlache seiner Nachttischlampe. Ein dicker Mann auf einer dunklen Bühne. Er langte nach seinem Hemd, das zerknittert am Fußende des Bettes lag. Er nahm seine Brieftasche aus der Tasche und betrachtete das Bild von Sophie Mol, das Margaret ihm zwei Jahre zuvor geschickt hatte.

Rahel sah ihm dabei zu, und der kalte Falter breitete erneut die Flügel aus. Langsam. Und faltete sie langsam wieder zusammen. Das träge Blinzeln eines Raubtiers.

Die Laken waren rauh, aber sauber.

Chacko klappte seine Brieftasche zu und machte das Licht aus. Er zündete sich eine Charminar an, die rote Spitze glühte in der Nacht, und er fragte sich, wie seine Tochter jetzt wohl aussah. Mit neun Jahren. Zum letztenmal hatte er sie gesehen, als sie rot und runzlig gewesen war. Kaum ein Mensch. Drei Wochen später hatte Margaret, seine Frau, seine einzige Liebe, ihm weinend von Joe erzählt.

Margaret sagte zu Chacko, daß sie nicht länger mit ihm leben könne. Sie sagte, sie brauche mehr Raum. Als ob Chacko *seine* Kleidung in *ihre* Fächer gelegt hätte. Was er, so wie er nun einmal war, wahrscheinlich tatsächlich getan hatte.

Sie bat ihn um die Scheidung.

Die letzten qualvollen Nächte, bevor er auszog,

schlüpfte Chacko immer wieder aus dem Bett und betrachtete mit einer Taschenlampe sein schlafendes Kind. Um sie sich einzuprägen. Sie in sein Gedächtnis einzubrennen. Um sicherzugehen, daß das Bild des Kindes, das er vor Augen hatte, wenn er an es dachte, präzise wäre. Er prägte sich den braunen Flaum auf ihrem weichen Kopf ein. Die Form ihres Schmollmundes, der sich ständig in Bewegung befand. Die Zwischenräume zwischen ihren Zehen. Die Andeutung eines Muttermals. Und dann, ohne es wirklich zu wollen, merkte er, daß er sein Kind nach Zeichen von Joe absuchte. Das Baby umklammerte seinen Zeigefinger, während er seine wahnsinnige, kranke, eifersüchtige Suche im Schein der Taschenlampe durchführte. Sophies Nabel ragte aus ihrem satten Satinbauch hervor wie ein gewölbtes Monument auf einem Hügel. Chacko legte das Ohr darauf und horchte verwundert auf die Geräusche im Inneren. Auf Botschaften, die von hier nach dort geschickt wurden. Auf neue Organe, die sich aneinander gewöhnten. Auf eine neue Regierung, die das Ruder übernahm. Die Arbeitsteilung organisierte, die entschied, wer was tun sollte.

Sie roch nach Milch und Urin. Chacko wunderte sich, wie jemand, der so klein und undefiniert, so vage in seinen Ähnlichkeiten war, die Aufmerksamkeit, die Liebe, den Verstand eines erwachsenen Mannes so vollständig mit Beschlag belegen konnte.

Als er ging, hatte er das Gefühl, etwas würde aus ihm herausgerissen. Etwas Großes.

Aber Joe war jetzt tot. Umgekommen bei einem Autounfall. Tot wie ein Türknauf. Ein Joe-förmiges Loch im Universum.

Auf Chackos Foto war Sophie Mol sieben Jahre alt. Weiß und blau. Rosenrote Lippen und nirgendwo etwas Syrisch-Christliches. Obwohl Mammachi, wenn sie das Foto betrachtete, darauf bestand, daß sie Pappachis Nase habe.

»Chacko?« sagte Rahel von ihrem dunklen Bett aus. »Kann ich dir eine Frage stellen?«

»Stell mir zwei Fragen«, sagte Chacko.

»Chacko, liebst du Sophie Mol am meisten auf der Welt?«

»Sie ist meine Tochter«, sagte Chacko.

Rahel dachte darüber nach.

»Chacko? Ist es *notwendig,* daß die Leute ihre eigenen Kinder am meisten in der Welt lieben *müssen?«*

»Es gibt keine Regeln«, sagte Chacko. »Aber normalerweise ist es so.«

»Chacko, zum Beispiel«, sagte Rahel. »Nur zum *Beispiel,* ist es möglich, daß Ammu Sophie Mol mehr liebt als mich und Estha? Oder daß du mich mehr liebst als Sophie Mol, zum *Beispiel?«*

»In der menschlichen Natur ist alles möglich«, sagte Chacko mit seiner Vorlesestimme. Er sprach jetzt zu der Dunkelheit, war plötzlich unempfänglich für seine Nichte mit der Haarfontäne. »Liebe. Irrsinn. Hoffnung. Grenzenlose Freude.«

Von den vier Dingen, die in der menschlichen Natur möglich waren, klang »grenzenlose Freude« am traurigsten, fand Rahel. Vielleicht lag es an der Art, wie Chacko es ausgesprochen hatte.

Grenzenlose Freude. Es klang nach Kirche. Wie ein trauriger Fisch mit Flossen überall am Körper.

Ein kalter Falter hob ein kaltes Bein.

Der Zigarettenrauch kräuselte sich in die Nacht. Und der dicke Mann und das kleine Mädchen lagen schweigend wach.

Ein paar Zimmer weiter, während seine kleine Großtante schnarchte, erwachte Estha.

Ammu schlief und sah in dem vergitterten blauen Straßenlicht, das durch das vergitterte blaue Fenster fiel, wunderschön aus. Sie lächelte ein Schlaflächeln, das von Delphinen und einem tiefen vergitterten Blau träumte. Es war ein Lächeln, das keinerlei Hinweis darauf gab, daß die Person, die dazu gehörte, eine Bombe war, die darauf wartete, zu explodieren.

Estha Allein ging schwerfällig ins Bad. Er erbrach eine klare, bittere, zitronige, glitzernde, prikkelnde Flüssigkeit. Der beißende Nachgeschmack der ersten Begegnung eines kleinen Mannes mit der Angst. Dum dum.

Er fühlte sich etwas besser. Er zog seine Schuhe an, ging mit schleifenden Schuhbändern aus dem Zimmer, den Flur entlang, und blieb still vor Rahels Tür stehen.

Rahel stand auf einem Stuhl und entriegelte die Tür für ihn.

Chacko machte sich nicht die Mühe, sich zu fragen, wie sie hatte wissen können, daß Estha vor der Tür stand. Er war an die gelegentlichen Wunderlichkeiten der Zwillinge gewöhnt.

Er lag wie ein gestrandeter Wal auf dem schmalen Hotelbett und fragte sich müßig, ob es tatsächlich Velutha gewesen war, den Rahel gesehen hatte. Er hielt es nicht für wahrscheinlich. Für Velutha stand zuviel auf dem Spiel. Er war ein Paravan mit Zukunft. Chacko fragte sich, ob Velutha offiziell Mitglied der Marxistischen Partei geworden war. Und ob er sich in letzter Zeit mit dem Genossen K. N. M. Pillai getroffen hatte.

Ein paar Monate zuvor hatte der politische Ehrgeiz des Genossen Pillai einen unerwarteten Aufschwung erfahren. Zwei örtliche Parteimitglieder, Genosse J. Katakaran und Genosse Guhan Menon, waren als mutmaßliche Naxaliten aus der Partei ausgeschlossen worden. In einem der beiden – dem Genossen Guhan Menon – hatte man bereits den Kandidaten der Partei für die Nachwahl zum Landesparlament gesehen, die im nächsten März in Kottayam stattfinden sollte. Sein Parteiausschluß schuf ein Vakuum, das ein paar Hoffnungsvolle nur zu gern gefüllt hätten. Unter ihnen Genosse K. N. M. Pillai.

Genosse Pillai hatte begonnen, die Vorgänge bei Paradise Pickles mit dem Interesse eines Fußballspielers auf der Ersatzbank zu beobachten. Eine neue Gewerkschaft, wie klein auch immer, in seinem, wie er hoffte, zukünftigen Wahlkreis einzuführen, wäre ein ausgezeichneter Start für das Rennen ins Parlament gewesen.

Bislang war »Genosse! Genosse!« (wie Ammu es nannte) bei Paradise Pickles ein harmloses Spiel außerhalb der Arbeitszeit gewesen. Sollte jedoch der Einsatz erhöht und der Taktstock Chackos Händen entrungen werden, dann, so wußten alle (außer Chacko), würde die Fabrik, die bereits hoch verschuldet war, ernsthaft in Schwierigkeiten geraten.

Da die Dinge finanziell nicht zum besten standen, wurde den Mitarbeitern weniger gezahlt als der von der Gewerkschaft ausgehandelte Mindestlohn. Selbstverständlich war Chacko selbst derjenige, der sie darauf hinwies und ihnen versprach, die Löhne zu erhöhen, sobald sich die Lage besserte. Er glaubte, daß sie ihm vertrauten und wußten, wie sehr ihm ihre Interessen am Herzen lagen.

Es gab jedoch jemanden, der anderer Meinung war. Abends, nach dem Ende der Schicht in der Fabrik, lauerte Genosse K. N. M. Pillai den Paradise-Pickles-Arbeitern auf und trieb sie in seine Druckerei. Mit näselnder, pfeifender Stimme drängte er sie zur Revolution. In seinen Reden gelang ihm eine schlaue Mischung aus relevanten lokalen Themen und großartiger maoistischer Rhetorik, die in Malayalam noch großartiger klang.

»Menschen dieser Welt«, zirpte er los, »seid mutig, *traut* euch zu kämpfen, *trotzt* den Schwierigkeiten und drängt vorwärts, Welle um Welle. Dann wird die ganze Welt dem Volk gehören, und Ungeheuer jeder Art werden vernichtet. Ihr müßt einfordern, was euch von Rechts wegen zusteht. Jährliche Prämien. Unterstützungskasse. Unfallversicherung.« Da diese Reden teilweise Proben waren für die Zeit, da Genosse Pillai als Mitglied des Landesparlaments zu millionenstarken Massen sprechen würde, hatten die Stimmlage und der Tonfall etwas Befremdliches an sich. In seiner Stimme schwangen grüne Reisfelder und rote Banner mit, die einen Bogen über einen blauen Himmel spannten statt über das kleine heiße Zimmer und den Geruch nach Druckerschwärze.

Genosse K. N. M. Pillai zog nie offen gegen Chacko zu Felde. Wann immer er sich in seinen Ansprachen auf ihn bezog, legte er Wert darauf, ihm alle menschlichen Eigenschaften abzusprechen und ihn als abstrakten Funktionär in einem übergeordneten System darzustellen. Als theoretisches Konstrukt. Als Schachfigur im ungeheuerlichen Komplott der Bourgeoisie, das darauf abzielte, die Revolution zu unterminieren. Er nannte ihn nie beim Namen, sondern immer nur »das Management«. Als ob Chacko viele Personen wäre. Abgesehen davon, daß sein Vorgehen taktisch richtig war, half die Trennung von Mann und Funktion dem Genossen Pillai, ein gutes Gewissen zu behalten, was seine privaten Geschäfte mit Chacko anbelangte. Der Auftrag, die Paradise-Pickles-Etiketten zu drucken, sicherte ihm ein Einkommen, das er dringend brauchte. Er sagte sich, daß Chacko-der-Kunde und Chacko-das-Management zwei unterschiedliche Personen waren. Und selbstverständlich überhaupt nichts mit Chacko-dem-Genossen zu tun hatten.

Der einzige Haken in den Plänen des Genossen K. N. M. Pillai war Velutha. Von allen Mitarbeitern bei Paradise Pickles war er das einzige offizielle Mitglied der Partei, und das verschaffte dem Genossen Pillai einen Verbündeten, auf den er lieber verzichtet hätte. Er wußte, daß alle berührbaren Mitarbeiter der Fabrik Velutha aus ureigenen, uralten Gründen nicht mochten. Genosse Pillai drückte sich um diese Falte mit großer Umsicht herum und wartete auf eine geeignete Gelegenheit, sie auszubügeln.

Er hielt ständigen Kontakt zu den Arbeitern. Er machte es sich zur Aufgabe, immer genau zu wissen, was in der Fabrik vor sich ging. Er lachte sie aus dafür, daß sie die zu niedrigen Löhne akzeptierten, da doch *ihre* Regierung, die Regierung des Volkes, an der Macht war.

Als Punnachen, der Buchhalter, der Mammachi jeden Morgen die Zeitung vorlas, ihr berichtete, daß die Arbeiter davon redeten, eine Lohnerhöhung zu fordern, wurde Mammachi wütend. »Sag ihnen, sie sollen die Zeitung lesen. Wir haben eine Hungersnot. Es gibt keine Arbeit. Menschen verhungern. Sie sollen froh sein, überhaupt eine Arbeit zu haben.«

Wann immer in der Fabrik etwas Ernstes geschah, wurde stets Mammachi und nicht Chakko davon unterrichtet. Vielleicht war das so, weil Mammachi hervorragend in das konventionelle Schema der Dinge paßte. Sie war die Modalali. Sie spielte ihre Rolle. Ihre Reaktionen waren, wie rigoros auch immer, geradeheraus und vorhersagbar. Chacko dagegen zog sich ständig – obwohl er der Herr des Hauses war, obwohl er »*meine* Pickles, *meine* Marmelade, *meine* Currymischungen« sagte – unterschiedliche Kleider an, so daß die Gefechtslinien verwischten.

Mammachi versuchte, Chacko zu warnen. Er ließ es über sich ergehen, hörte ihr aber nicht wirklich zu. Und trotz des frühzeitigen Rumorens von Unzufriedenheit auf dem Gelände von Paradise Pickles fuhr Chacko fort, als Probe für die Revolution »Genosse! Genosse!« zu spielen.

In dieser Nacht, auf seinem schmalen Hotelbett, faßte er schläfrig einen Plan. Er würde dem Genossen Pillai zuvorkommen, indem er seine Arbeiter in einer Art privater Gewerkschaft organisierte. Er würde Wahlen abhalten lassen. Sie sollten abstimmen. Sie könnten sich abwechselnd als Vertreter wählen lassen. Er lächelte angesichts der Idee, mit Genossin Sumathi Gespräche am runden Tisch zu führen, oder, besser noch, mit Genossin Lucykutty, die viel schöneres Haar hatte.

Seine Gedanken kehrten zu Margaret Kochamma und Sophie Mol zurück. Stahlharte Bänder der Liebe legten sich fest um seine Brust, bis er kaum mehr atmen konnte. Er lag wach und zählte die Stunden, bis sie zum Flughafen fahren würden.

Auf dem Bett neben ihm schliefen seine Nichte und sein Neffe Arm in Arm. Ein heißer Zwilling und ein kalter. Er und Sie. Wir und Uns. Irgendwie waren sie sich der Andeutung des Verhängnisses und all dessen, was in den Kulissen auf sie wartete, nicht völlig unbewußt.

Sie träumten vom Fluß.

Von den Kokosnußpalmen, die sich zu ihm hinunterbeugten und mit ihren Kokosnußaugen zusahen, wie die Boote vorüberglitten. Flußaufwärts am Morgen. Flußabwärts am Abend. Und das dumpfe, düstere Geräusch der Bambusstangen, wenn die Bootsmänner damit gegen das dunkle, geölte Holz der Boote stießen.

Es war warm, das Wasser. Graugrün. Wie gekräuselte Seide.

Mit Fischen darin.

Mit dem Himmel und den Bäumen darin.

Und nachts mit dem gebrochenen gelben Mond darin.

Als sie des Wartens überdrüssig waren, kletterten die Abendessensgerüche von den Vorhängen und schwebten durch die Fenster des Sea Queen hinaus, um die ganze Nacht auf dem nach Abendessen riechenden Meer zu tanzen.

Es war zehn vor zwei.

Gottes eigenes Land

Jahre später, als Rahel zu dem Fluß zurückkehrte, begrüßte er sie mit dem Lächeln eines gräßlichen Totenschädels, mit Löchern, wo früher Zähne gewesen waren, und einer schlaffen Hand, die sich aus einem Krankenbett erhob.

Beides war geschehen.

Er war geschrumpft. Und sie war gewachsen.

Flußabwärts war ein Salzwasserstauwehr gebaut worden, im Tausch für die Stimmen der einflußreichen Reisbauernlobby. Das Stauwehr regulierte den Zufluß von Salzwasser aus den Backwaters, die sich in die Arabische See ergossen. Jetzt ernteten sie zweimal im Jahr statt einmal. Mehr Reis für den Preis eines Flusses.

Obwohl es Juni war und regnete, war der Fluß nur mehr ein angeschwollenes Rinnsal. Ein schmales Band dickflüssigen Wassers, das müde an den Lehmufern zu beiden Seiten leckte, gelegentlich trieb ein toter Fisch vorbei, eine silberne Paillette. Er wurde erstickt von einem sukkulenten Unkraut, dessen pelzige braune Wurzeln unter Wasser winkten wie dünne Tentakel. Bronzeflüglige Wasserläufer stakten darüber. Mit gespreizten Füßen, vorsichtig.

Einst hatte er die Macht besessen, Furcht zu erregen. Leben zu verändern. Aber jetzt waren ihm die Zähne gezogen, sein Geist war erloschen. Er war nur noch ein träges, schlammiges grünes Batistband, das stinkenden Abfall ins Meer schwemmte. Bunte Plastiktüten wehten über seine zähflüssige, unkrautverseuchte Oberfläche wie fliegende subtropische Blumen.

Die Steintreppe, über die einst Badende ins Wasser und Fischer zu den Fischen gelangt waren, lag frei und führte von nirgendwo nach nirgendwo, wie ein absurder Kragstein für ein Denkmal, das an nichts erinnerte. Farne zwängten sich durch die Ritzen.

Auf der anderen Seite des Flusses verwandelte sich das steile Lehmufer abrupt in die niedrigen Lehmwände von armseligen Hütten. Kinder hängten ihre Hintern über die Mauer und koteten direkt auf den quatschenden, saugenden Schlamm des freiliegenden Flußbettes. Die tropfenden Senfstreifen der Kleineren mußten ihren Weg die Mauer hinunter selbst finden. Am Abend schließlich ließ sich der Fluß dazu bewegen, die Gaben des

Tages anzunehmen und ins Meer zu schwemmen, in seinem Schlepptau Wellenlinien dicken weißen Schaums. Flußaufwärts wuschen reinliche Mütter Kleider und Töpfe in ungepanschten Fabrikabwässern. Menschen badeten. Abgetrennte Torsos, die sich einseiften, aufgereiht wie dunkle Büsten auf einem schmalen, schwappenden Batistband.

An einem warmen Tag erhob sich der Geruch nach Scheiße vom Fluß und hing über Ayemenem wie ein Hut.

Weiter im Landesinneren und weit jenseits des Flusses hatte eine Fünf-Sterne-Hotelkette das Herz der Finsternis gekauft.

Das Haus der Geschichte (in dem einst Vorfahren mit Landkartenatem und harten Zehennägeln wisperten) war vom Fluß aus nicht mehr zugänglich. Es hatte Ayemenem den Rücken gekehrt. Die Hotelgäste wurden direkt aus Cochin über die Backwaters hergebracht. Sie trafen mit Schnellbooten ein, die auf dem Wasser ein V aus Schaum zeichneten und einen Regenbogenfilm aus Benzin hinterließen.

Der Blick vom Hotel war großartig, aber auch hier war das Wasser dickflüssig und giftig. Stilvoll kalligraphierte *Schwimmen-verboten*-Schilder waren aufgestellt, und eine hohe Mauer war gebaut worden, um den Slum abzuschirmen und ihn daran zu hindern, auf Kari Saipus Anwesen überzugreifen. Gegen den Geruch konnten sie nicht viel tun.

Zum Schwimmen gab es einen Swimmingpool. Und auf der Speisekarte standen frische Brachsenmakrelen aus dem Tandoori-Ofen und Crêpes Suzette.

Die Bäume waren nach wie vor grün, der Himmel war nach wie vor blau, das war schon etwas. Und so gingen sie daran und machten Werbung für ihr stinkendes Paradies – »Gottes eigenes Land« nannten sie es in ihren Broschüren –, denn sie wußten, diese gerissenen Hotelleute, daß man sich an Gestank ebenso gewöhnt wie an anderer Leute Armut. Es war nur eine Frage von Disziplin. Von Unerbittlichkeit und Klimaanlagen. Mehr nicht.

Kari Saipus Haus war renoviert und frisch gestrichen worden. Es war der Mittelpunkt einer kunstvollen Anlage, die kreuz und quer von Kanälen und Brücken durchzogen war. Kleine Boote schaukelten auf dem Wasser. Der alte Bungalow im Kolonialstil mit der tiefen Veranda und den dorischen Säulen war umgeben von kleineren, älteren Holzhäusern – Familienstammsitze –, die die Hotelkette alten Familien abgekauft und ins Herz der Finsternis verpflanzt hatte. Spielzeuggeschichte, in der reiche Touristen spielen konnten. Wie die Garben in Josephs Traum, wie das Gedränge beflissener Einheimischer, die sich mit einer Bittschrift an einen englischen Richter wandten, waren die alten Häuser in Demutshaltung um das Haus der Geschichte gruppiert worden. Das Hotel hieß »Heritage«.

Gern erzählten die Hotelleute ihren Gästen, daß das älteste der Holzhäuser mit seinem luftdichten, verschalten Vorratsraum, in dem so viel Reis gelagert wurde, daß sich ein ganzes Heer ein ganzes Jahr lang davon ernähren könnte, der Familienstammsitz des Genossen E. M. S. Namboodiripad gewesen war. »Der Mao Tse-tung Keralas«, erklärten sie den Uneingeweihten. Die Einrichtung und der Krimskrams, der mit dem Haus erworben worden war, waren ausgestellt. Ein Regenschirm aus Schilf, eine Couch aus Rattan. Eine Mitgifttruhe aus Holz. Sie waren mit erbaulichen Schildchen versehen, auf denen stand: *Traditioneller Regenschirm aus Kerala* oder *Traditionelle Mitgifttruhe einer Braut.*

Da waren sie also, Geschichte und Literatur im Dienste des Kommerzes. Kurtz und Karl Marx, die gemeinsame Sache machten, um die wohlhabenden Gäste zu begrüßen, wenn sie aus den Booten steigen.

Das Haus des Genossen Namboodiripad fungierte als der Speisesaal des Hotels, in dem halbgebräunte Touristen in Badeanzügen das Wasser reifer Kokosnüsse (in der Nuß serviert) schlürften und alte Kommunisten, die jetzt in farbenprächtigen folkloristischen Kostümen als liebedienernde Kellner arbeiteten, hinter ihren Tabletts mit Drinks buckelten.

Abends wurden die Touristen (wegen des Lokalkolorits) mit gestutzten Kathakali-Vorführungen bedient (»Sie haben nur kurze Aufmerksamkeitsspannen«, erklärten die Hotelleute den Tänzern). Und so wurden alte Geschichten zerschlagen und amputiert. Sechsstündige Klassiker zu zwanzigminütigen Miniaturen zusammengestrichen.

Die Vorführungen fanden neben dem Swimmingpool statt. Während die Trommler trommelten und die Tänzer tanzten, tollten die Hotelgäste mit ihren Kindern im Wasser herum. Während Kunti Karna am Flußufer ihr Geheimnis offenbarte, rieben sich flirtende Paare gegenseitig mit Sonnenöl ein. Während Väter sublimierte sexuelle Spiele mit ihren gut entwickelten Teenagertöchtern spielten, saugte der junge Krishna an Poothanas vergifteter Brust. Bhima schlachtete Dushasana ab und tauchte Draupadis Haar in sein Blut.

Die rückwärtige Veranda des Hauses der Geschichte (wo ein Trupp berührbarer Polizisten zusammenströmte, wo eine aufblasbare Gans platzte) war überdacht und ummauert und in die luftige Hotelküche verwandelt worden. Hier spielte sich jetzt nichts Schlimmeres ab, als daß Kebabs und Karamelpudding zubereitet wurden. Das Grauen war vorbei. Überwältigt von Essensgerüchen. Zum Schweigen gebracht von summenden Hotelköchen. Vom fröhlichen Hack-hack-Hacken von Ingwer und Knoblauch. Vom Abschlachten minderer Säugetiere wie Schweine und Ziegen. Vom Würfeln von Fleisch. Vom Schuppen von Fisch.

In der Erde lag etwas vergraben. Unter dem Gras. Unter dreiundzwanzig Jahren Juniregen.

Ein kleines vergessenes Ding.

Nichts, was die Welt vermißte.

Eine Kinderuhr aus Plastik, auf der die Zeit aufgemalt war. Zehn vor zwei.

Eine Bande Kinder folgte Rahel auf ihrem Spaziergang. »Hallo, Hippie«, sagten sie fünfundzwanzig Jahre zu spät. »Wieheißtdu?«

Dann warf jemand einen kleinen Stein nach ihr, und ihre Kindheit floh, mit wild fuchtelnden, dünnen Ärmchen.

Auf dem Rückweg zog Rahel eine Schleife um das Haus und kam auf die Hauptstraße. Auch hier waren Häuser wie Pilze aus dem Boden geschossen, und nur weil sie sich unter Bäumen drängten und die schmalen Wege, die von der Hauptstraße zu ihnen führten, nicht befahrbar waren, hatte sich Ayemenem den Anschein ländlicher Ruhe bewahrt. Tatsächlich aber war die Einwohnerschaft auf die Größe einer Kleinstadt angewachsen. Hinter der fragilen Fassade von Grün lebte eine große Menge Menschen, die sofort zusammenströmen konnten. Um einen unvorsichtigen Busfahrer totzuschlagen. Um die Windschutzscheibe eines Autos einzuwerfen, das sich an einem Tag auf die Straße wagte, an dem die Opposition zum Streik aufgerufen hatte.

Um Baby Kochammas importiertes Insulin zu stehlen und ihre Butterbrötchen, die den weiten Weg aus der Bestbakery in Kottayam hinter sich hatten.

Vor der Lucky Press stand Genosse K. N. M. Pillai an der Grundstücksmauer und redete mit einem Mann auf der anderen Seite. Genosse Pillai hatte die Arme über der Brust gekreuzt und hielt besitzergreifend seine Achselhöhlen fest, als hätte jemand darum gebeten, sie ausleihen zu dürfen, und er hätte eben erst abgelehnt. Der Mann auf der anderen Seite der Mauer wühlte mit einer Miene gekünstelten Interesses in einer Zellophantüte mit Fotos. Die Fotos waren in der Mehrzahl Bilder von Genossen K. N. M. Pillais Sohn, Lenin, der in Delhi lebte und für die holländische und die deutsche Botschaft arbeitete – er erledigte alle anfallenden Maler-, Klempner- und Elektrikerarbeiten. Um Ängste auszuräumen, die seine Arbeitgeber hinsichtlich seiner politischen Neigungen möglicherweise hegten, hatte er seinen Namen in Levin umgewandelt. P. Levin nannte er sich jetzt.

Rahel versuchte, unbemerkt vorbeizugehen. Der Gedanke, das wäre möglich, war absurd.

»Aiyyo Rahel Mol!« sagte Genosse K. N. M. Pillai, der sie augenblicklich erkannt hatte. *»Orkunnilley?* Genosse Onkel?«

»Oower«, sagte Rahel.

Erinnerte sie sich an ihn? Sie erinnerte sich.

Sowohl Frage als auch Antwort waren als höfliche Einleitung zu einem Gespräch gedacht. Beide, sie und er, wußten, daß es Dinge gibt, die man vergessen kann. Und Dinge, die man nicht vergessen kann – die auf verstaubten Regalbrettern sitzen wie ausgestopfte Vögel mit stieren, seitwärts starrenden Augen.

»Also, so was!« sagte Genosse Pillai. »Ich dachte, du bist jetzt in Amayrika?«

»Nein«, sagte Rahel. »Ich bin hier.«

»Jaja«, er klang etwas ungeduldig, »aber sonst in Amayrika, vermute ich?«

Genosse Pillai entkreuzte die Arme. Seine Brustwarzen blickten Rahel über die Mauer hinweg an wie die traurigen Augen eines Bernhardiners.

»Verstanden?« fragte Genosse Pillai den Mann mit den Fotos und deutete mit dem Kinn auf Rahel.

Der Mann hatte nicht verstanden.

»Die Tochter der Tochter der alten Paradise-Pickles-Kochamma«, sagte Genosse Pillai.

Der Mann blickte verständnislos drein. Er war eindeutig ein Fremder. Und kein Pickles-Esser. Genosse Pillai versuchte es anders.

»Punnyan Kunju?« fragte er. Der Patriarch von Antiochia tauchte kurz am Himmel auf – und winkte mit einer welken Hand.

Für den Mann mit den Fotos begannen die Dinge langsam einen Sinn zu ergeben. Er nickte begeistert.

»Punnyan Kunjus Sohn? Benaan John Ipe? Der lange in Delhi gelebt hat?« sagte Genosse Pillai.

»Oower, oower, oower«, sagte der Mann.

»Das ist die Tochter seiner Tochter. Lebt jetzt in Amayrika.«

Der Nicker nickte, als er begriff, aus welcher Familie Rahel stammte. *»Oower, oower, oower.* Lebt jetzt in Amayrika, nicht wahr.« Es war keine Frage. Es war reine Bewunderung.

Er erinnerte sich verschwommen an einen Hauch von Skandal. Die Einzelheiten hatte er vergessen, aber er wußte noch, daß Sex und Tod eine Rolle gespielt hatten. Es hatte in den Zeitungen gestanden. Nach einem kurzen Schweigen und mehrmaligem Nicken reichte der Mann dem Genossen Pillai die Tüte mit den Fotos. »Okay, Genosse, ich muß los.«

Er mußte zum Bus.

»Also!« Das Lächeln des Genossen Pillai wurde breiter, als er seine ungeteilte Aufmerksamkeit wie einen Suchscheinwerfer auf Rahel richtete. Sein Zahnfleisch war erstaunlich rosig, der Lohn für ein Leben als kompromißloser Vegetarier. Er war die Art Mann, von dem man sich nur schwerlich vorstellen konnte, daß er jemals ein Kind gewesen war. Oder ein Baby. Er sah aus, als wäre er als Mann mittleren Alters *geboren* worden. Mit zurückweichendem Haaransatz.

»Mols Mann?« wollte er wissen.

»Ist nicht mitgekommen.«

»Fotos?«

»Nein.«

»Name?«

»Larry. Lawrence.«

»*Oower.* Lawrence.« Genosse Pillai nickte, als wäre er einverstanden. Als hätte auch er sich für diesen Namen entschieden, hätte er die Wahl gehabt.

»Nachkommen?«

»Nein«, sagte Rahel.

»Noch in der Planung, vermute ich? Oder in Erwartung?«

»Nein.«

»Eins ist ein Muß. Junge, Mädchen, egal«, sagte Genosse Pillai. »Zwei sind natürlich besser.«

»Wir sind geschieden.« Rahel hoffte, ihn damit so zu schockieren, daß er verstummen würde.

»Ver-schieden?« Seine Stimme schwang sich in solche Höhen auf, daß sie beim Fragezeichen brach. Er sprach das Wort aus, als wäre es eine Form von Tod.

»Das ist höchst bedauerlich«, sagte er, als er sich erholt hatte. Aus unerfindlichem Grund verlegte er sich auf eine untypisch trockene Sprache. »Höchstbedauerlich.«

Dem Genossen Pillai ging durch den Sinn, daß diese Generation möglicherweise für die bourgeoise Dekadenz ihrer Vorväter bezahlte.

Der eine war verrückt. Ihr war der Mann ver-schieden. Und sie selbst wahrscheinlich unfruchtbar.

Vielleicht war *das* die wahre Revolution. Die

christliche Bourgeoisie war dabei, sich selbst zu zerstören.

Obwohl niemand in der Nähe war, senkte Genosse Pillai die Stimme, als ob andere zuhörten.

»Und Mon?« flüsterte er vertraulich. »Wie geht es ihm?«

»Gut«, sagte Rahel. »Ihm geht's gut.«

Gut. Schlank und honigfarben. Er wäscht seine Kleider mit bröckliger Seife.

»Aiyyo paavam«, flüsterte Genosse Pillai, und seine Brustwarzen erschlafften in gespielter Bestürzung. »Armer Kerl.«

Rahel fragte sich, was er davon hatte, sie so indiskret auszufragen und ihre Antworten dann so vollständig zu ignorieren. Er erwartete sicher nicht, die Wahrheit von ihr zu erfahren, aber warum gab er sich nicht einmal die Mühe, so zu tun, als ob?

»Lenin lebt jetzt in Delhi«, platzte Genosse Pillai endlich heraus, unfähig, seinen Stolz zu verbergen. »Arbeitet bei ausländischen Botschaften. Schau!«

Er gab Rahel die Tüte. Es waren überwiegend Fotos von Lenin und seiner Familie. Seiner Frau, seinem Kind, seinem neuen Bajaj-Motorroller. Auf einem war Lenin zu sehen, wie er einem sehr gutgekleideten, sehr rosigen Mann die Hand schüttelte.

»Deutscher Erster Sekretär«, sagte Genosse Pillai.

Sie sahen fröhlich aus auf den Fotos, Lenin und seine Frau. Als hätten sie in ihrem Wohnzimmer einen neuen Kühlschrank stehen und eine Eigentumswohnung bereits angezahlt.

Rahel erinnerte sich genau daran, wann sie und Estha Lenin zum erstenmal als reale Person wahrgenommen hatten, statt ihn als eine der Falten im Sari seiner Mutter zu betrachten. Sie und Estha waren fünf gewesen, Lenin vielleicht drei oder vier. Sie begegneten sich in der Praxis von Dr. Verghese Verghese (Kottayams führendem Kinderarzt und Betatscher von Müttern), Rahel in Begleitung von Ammu und Estha (der darauf bestanden hatte mitzukommen), Lenin zusammen mit seiner Mutter Kalyani. Beide, Rahel und Lenin, litten unter der gleichen Unpäßlichkeit – körperfremde Objekte waren in ihren Nasen steckengeblieben. Was jetzt wie ein überaus denkwürdiger Zufall wirkte, war damals irgendwie ganz normal erschienen. Es war eigenartig, wie die Politik auch in den Dingen lauerte, die sich Kinder in die Nase stopften. Sie, die Enkelin eines Entomologen des britischen Empires, er, der Sohn eines Funktionärs an der Basis der Marxistischen Partei. Sie, eine Glasperle, er, eine grüne Kichererbse.

Das Wartezimmer war voll.

Hinter dem Vorhang des Untersuchungszimmers murmelten unheilverkündende Stimmen, unterbrochen vom Geheul gepeinigter Kinder. Das Klirren von Glas auf Metall und das Zischen und Sprudeln kochenden Wassers waren zu hören. Ein Junge spielte mit dem hölzernen *Doktor-ist-DA/Doktor-ist-NICHT-DA*-Schild an der Wand, schob es hin und her. Ein fiebriges Baby hing an der Mutterbrust und hatte Schluckauf. Der lahme Deckenventilator schnitt die dicke, angsterfüllte Luft in eine endlose Spirale, die sich wie die Schale einer endlosen Kartoffel langsam zu Boden drehte. Niemand las in den Zeitschriften.

Von unterhalb des knappen Vorhangs, der statt einer Tür die Begrenzung zur Straße darstellte, ertönte das unablässige Flipp-flapp körperloser Füße in Sandalen. Die lärmige, sorgenfreie Welt derjenigen, in deren Nasen nichts steckte.

Ammu und Kalyani tauschten Kinder aus. Nasen wurden in die Höhe, Köpfe nach hinten und ins Licht geschoben – vielleicht sah die eine Mutter, was die andere übersehen hatte. Als das nichts half, eroberte Lenin, der angezogen war wie ein Taxi – gelbes Hemd, schwarze Shorts aus Stretch –, den Nylonschoß seiner Mutter (und sein Päckchen Kaugummi) zurück. Er saß auf Sariblumen, und von dieser unangreifbaren Position der Stärke aus überblickte er teilnahmslos das Geschehen. Er steckte den linken Zeigefinger tief in das leere Nasenloch und atmete lautstark durch den Mund. Sein Haar war ordentlich auf der Seite gescheitelt und mit ayurvedischem Öl angeklatscht. Bis der Doktor ihn gesehen hatte, durfte er die Kaugummis nur halten, danach konnte er sie essen. Die Welt war in Ordnung. Vielleicht war er ein bißchen zu jung, um zu wissen, daß sich die Atmosphäre im Wartezimmer plus die Schreie hinter dem Vorhang eigentlich und logischerweise zu einer gesunden Angst vor Dr. VV addieren sollten.

Eine Ratte mit borstigen Schultern lief mehrmals geschäftig zwischen dem Zimmer des Doktors und dem Schrank im Wartezimmer hin und her.

Eine Krankenschwester kam und ging durch die zerlumpte Vorhangtür des Doktors. Sie trug merkwürdige Waffen. Ein winziges Fläschchen. Eine viereckige Glasscheibe, auf die Blut geschmiert war. Ein Röhrchen mit glitzerndem hellen Urin. Ein rostfreies Tablett mit kochendheißen Nadeln. Die Haare auf ihren Beinen preßten sich wie Drahtschlingen gegen die durchsichtigen weißen Strümpfe. Die Absätze ihrer alten weißen Sandalen waren an den Innenseiten abgetreten, und ihre Füße knickten nach innen, aufeinander zu. Glänzende schwarze Haarnadeln, die aussahen wie geradegezogene Schlangen, hielten die gestärkte Schwesternhaube auf ihrem öligen Kopf fest.

Sie schien Rattenfilter auf ihrer Brille zu haben, denn sie bemerkte die Ratte mit den borstigen Schultern nicht, auch wenn sie ihr direkt vor die Füße trippelte. Mit einer Stimme so tief wie die eines Mannes rief sie Namen auf. *A. Ninan. S. Kusumalatha. B. V. Roshini. N. Ambady.* Die aufgeregte, spiralförmige Atmosphäre ignorierte sie.

Esthas Augen waren angsterfüllte Untertassen. Das *Doktor-ist-DA/Doktor-ist-NICHT-DA*-Schild hatte ihn hypnotisiert.

In Rahel stieg eine Flutwelle Panik auf. »Ammu, laß es uns noch einmal versuchen.«

Ammu nahm Rahels Hinterkopf in die Hand. In der anderen Hand hatte sie ein Taschentuch, und mit dem Daumen hielt sie das perlenlose Nasenloch zu. Alle Augen im Wartezimmer waren auf Rahel gerichtet. Es sollte die Vorstellung ihres Lebens werden. Estha verzog das Gesicht, als wollte er sich die Nase putzen. Seine Stirn legte sich in Falten, und er holte tief Luft.

Rahel nahm all ihre Kraft zusammen. *Bitte, lieber Gott, bitte, laß sie herauskommen.* Von den

Fußsohlen aus, vom Innersten ihres Herzens aus blies sie ins Taschentuch ihrer Mutter.

Und mit einem Schwall Rotz und Erleichterung kam sie heraus. Eine kleine mauvefarbene Glasperle in einem schimmernden Bett aus Schleim. So stolz wie eine Perle in einer Auster. Kinder versammelten sich, um sie zu bewundern. Der Junge, der mit dem Schild spielte, war voll Verachtung.

»Das hätt ich auch gekonnt, mit links!« verkündete er.

»Versuch's nur, und du fängst dir eine schallende Ohrfeige ein«, sagte seine Mutter.

»Miss Rahel!« rief die Krankenschwester und sah sich um.

»Sie ist raus!« sagte Ammu zu der Schwester. »Sie ist herausgekommen.« Sie hielt ihr zerknittertes Taschentuch hoch. Die Krankenschwester hatte keine Ahnung, wovon sie sprach.

»Alles in Ordnung. Wir gehen wieder«, sagte Ammu. »Die Perle ist raus.«

»Der nächste«, sagte die Schwester und schloß die Augen hinter den Rattenfiltern. (*Was es nicht alles gibt,* sagte sie sich.) »S. V. S. Kurup!«

Der verächtliche Junge begann zu schreien, als ihn seine Mutter ins Untersuchungszimmer stieß.

Rahel und Estha verließen triumphierend die Praxis. Der kleine Lenin blieb zurück, um sein Nasenloch von Dr. Verghese Vergheses kalten Stahlinstrumenten und seine Mutter von anderen, weicheren Werkzeugen untersuchen zu lassen.

Das war Lenin damals.

Jetzt hatte er eine Wohnung und einen Bajaj-Motorroller. Eine Frau und einen *Nachkommen.*

Rahel gab dem Genossen Pillai die Tüte mit den Fotos zurück und versuchte zu gehen.

»Augenblick«, sagte Genosse Pillai. Er war wie ein Exhibitionist, der sich in einer Hecke versteckt. Erst lockte er die Leute mit seinen Brustwarzen an, und dann zwang er ihnen Fotos von seinem Sohn auf. Er blätterte in dem Packen (ein bebilderter Führer von Lenins Leben-in-einer-Minute) und holte das letzte heraus.

»Orkunnundo?«

Es war ein altes Schwarzweißfoto. Das Chacko mit der Rolleiflex-Kamera, einem Weihnachtsgeschenk von Margaret Kochamma, aufgenommen hatte. Alle vier waren drauf. Lenin, Estha, Sophie Mol und Rahel selbst standen auf der vorderen Veranda des Hauses in Ayemenem. Hinter ihnen hing Baby Kochammas Weihnachtsschmuck in Schlingen von der Decke. An einer Glühbirne war ein Stern aus Pappe befestigt. Lenin, Rahel und Estha sahen aus wie erschrockene Tiere, die von den Scheinwerfern eines Autos eingefangen worden waren. Die Knie zusammengepreßt, das Lächeln auf ihren Gesichtern erstarrt, die Arme seitlich an den Körper gedrückt, die Oberkörper frontal zur Kamera. Als ob seitliches Stehen eine Sünde wäre.

Nur Sophie Mol hatte sich mit dem Elan der ersten Welt für sich und das Foto ihres biologischen Vaters ein Gesicht zurechtgemacht. Sie zog die unteren Augenlider nach unten, so daß ihre Augen aussahen wie rosa geäderte fleischige Blütenblätter (grau auf einem Schwarzweißfoto). Im Mund hatte sie ein Gebiß mit vorstehenden Zähnen, herausgeschnitten aus der gelben Schale einer süßen Limone. Sie streckte die Zunge durch die falschen Zähne, und auf der Spitze steckte Mammachis silberner Fingerhut. (Sie hatte ihn am Tag ihrer Ankunft stibitzt und geschworen, die Ferien über nur aus dem Fingerhut zu trinken.) In jeder Hand hielt sie eine brennende Kerze. Ein Bein ihrer Hose mit Schlag war aufgerollt und entblößte ein weißes, knochiges Knie, auf das ein Gesicht gezeichnet war. Minuten bevor dieses Foto aufgenommen wurde, hatte sie Estha und Rahel geduldig erklärt (und dabei alle gegenteiligen Beweise, Fotos, Erinnerungen, vom Tisch gefegt), daß sie mit ziemlich großer Wahrscheinlichkeit unehe liche Kinder seien, und was uneheliches Kind eigentlich bedeutete. Ihre Erklärung hatte eine ausführliche, etwas inakkurate Beschreibung von Sex beinhaltet. »Schaut, sie machen folgendes ...«

Das war nur Tage, bevor sie starb.

Sophie Mol.

Die aus einem Fingerhut trank.

Die in ihrem Sarg ein Rad schlug.

Sie traf mit dem Flug Bombay–Cochin ein. Mit einem Hut auf dem Kopf, in Hosen mit Schlag, und sie wurde vom ersten Augenblick an geliebt.

Cochin-Känguruhs

Am Flughafen von Cochin war Rahels neue getupfte Unterhose noch frisch. Die Proben waren geprobt worden. Es war der Tag der Aufführung. Der Höhepunkt der Was-wird-Sophie-Mol-denken?-Woche.

Am Morgen im Sea Queen Hotel hatte Ammu – die in der Nacht von Delphinen und einem tiefen Blau geträumt hatte – Rahel dabei geholfen, ihr wolkiges Flughafenkleidchen anzuziehen. Es war eine von Ammus verblüffenden Geschmacksverirrungen: eine Wolke steifer gelber Spitze mit winzigen silbernen Pailletten und einer Schleife auf jeder Schulter. Der Rüschenrock war mit Buckram gefüttert, damit er sich besser blähte. Rahel machte sich Sorgen, daß das Kleid nicht wirklich zu ihrer Sonnenbrille paßte.

Ammu hielt ihr die frische, dazupassende Unterhose hin. Rahel, die Hände auf Ammus Schultern, stieg in ihre neue Unterhose (linker Fuß, rechter Fuß) und gab Ammu einen Kuß auf jedes Grübchen (linke Backe, rechte Backe). Der Gummi schnalzte leise gegen ihren Bauch.

»Danke schön, Ammu«, sagte Rahel.

»Danke schön?« sagte Ammu.

»Für mein neues Kleid und die Unterhose«, sagte Rahel. Ammu lächelte.

»Bitte schön, mein Liebling«, sagte sie, aber traurig.

Bitte schön, mein Liebling.

Der Falter auf Rahels Herz hob ein kleines pelziges Bein. Und stellte es wieder ab. Das Beinchen war kalt. *Ihre Mutter liebte sie ein bißchen weniger.*

In dem Zimmer im Sea Queen roch es nach Eiern und Kaffee.

Auf dem Weg zum Auto trug Estha die Eagle-Thermosflasche mit dem Leitungswasser. Rahel trug die Eagle-Thermosflasche mit dem abgekochten Wasser. Auf Eagle-Thermosflaschen waren Thermosadler mit ausgebreiteten Flügeln und einem Globus in den Klauen abgebildet. Die Thermosadler, so glaubten die Zwillinge, beobachteten tagsüber die Welt und flogen nachtsüber um ihre Flaschen. Sie flogen so lautlos wie Eulen, mit dem Mond auf den Flügeln.

Estha trug ein langärmeliges rotes Hemd mit spitzem Kragen und eine schwarze Röhrenhose.

Seine Tolle sah frisch und verblüfft aus. Wie steif geschlagenes Eiweiß.

Estha sagte – zugegebenermaßen nicht ohne Grund –, daß Rahel in ihrem Flughafenkleid dämlich aussehe. Rahel haute ihm eine runter, und er schlug zurück.

Auf dem Flughafen sprachen sie nicht miteinander.

Chacko, der normalerweise einen *mundu* anhatte, trug einen komischen engen Anzug und ein strahlendes Lächeln. Ammu zog seine Krawatte zurecht, die extravagant war und schief saß. Die Krawatte hatte gefrühstückt und war zufrieden.

Ammu sagte: »Was ist plötzlich los – mit unserem Mann der Massen?«

Aber sie sagte es mit Grübchen, weil Chacko fast platzte. Vor Glück.

Chacko haute ihr keine runter.

Deswegen schlug Ammu nicht zurück.

Im Blumenladen des Sea Queen kaufte Chakko zwei rote Rosen, die er vorsichtig in der Hand hielt.

Dick.

Voller Liebe.

Der Flughafenladen, geführt von der Kerala Tourism Development Corporation, war vollgestopft mit Air-India-Maharadschas *(small, medium, large),* Elefanten aus Sandelholz *(small, medium, large)* und Masken von Kathakali-Tänzern aus Pappmaché *(small, medium, large).* Der Geruch nach süßlichem Sandelholz und Frotteeachselhöhlen *(small, medium, large)* hing in der Luft.

In der Ankunftshalle standen vier lebensgroße Känguruhs aus Beton mit Beuteln aus Beton, auf denen stand: *Benutz mich.* In den Beuteln wimmelte es statt von jungen Känguruhs aus Beton von Zigarettenkippen, abgebrannten Streichhölzern, verbogenen Flaschenverschlüssen, zerdrückten Papierbechern und Kakerlaken.

Rote Betelspuckeflecken überzogen die Känguruhbäuche wie frische Wunden.

Die Flughafenkänguruhs lächelten mit roten Mündern.

Und hatten rosa geränderte Ohren.

Sie sahen aus, als würden sie mit tonlosen Batteriestimmen *Ma-ma* sagen, wenn man auf sie drückte.

Als Sophie Mols Flugzeug am himmelblauen Bombay-Cochin-Himmel auftauchte, drängte sich die Menge gegen die eiserne Absperrung, um mehr von allem zu sehen.

In der Ankunftshalle drängelten sich Liebe und Eifer, denn der Flug Bombay–Cochin war der Flug, mit dem alle die nach Hause zurückkehrten, die im Ausland arbeiteten.

Ihre Familien waren gekommen, um sie zu begrüßen. Aus ganz Kerala. In langen Busfahrten. Aus Ranni, aus Kumili, aus Vizhinjam, aus Uzhavoor.

Manche hatten im Flughafen übernachtet und ihr Essen mitgebracht. Und Tapioka-Chips und *chakka velaichathu* für den Rückweg.

Alle waren sie da – die tauben *ammoomas,* die mürrischen, arthritischen *appoopans,* die sehnsüchtigen Ehefrauen, die intrigierenden Onkel, die Kinder mit Durchfall. Die verlobten Mädchen, die neu eingeschätzt werden mußten. Der Mann der Lehrerin, der noch auf sein Visum für Saudi-Arabien wartete. Die Schwestern des Mannes der Lehrerin, die auf ihre Mitgift warteten. Die schwangere Frau des Stahlarbeiters.

»Überwiegend Sweeper-Klasse«, sagte Baby Kochamma grimmig und sah fort, als eine Mutter, die ihren guten Platz an der Absperrung nicht aufgeben wollte, den Penis ihres zerstreuten Babys in eine leere Flasche steckte, während der kleine Junge die Menschen um sich herum anlächelte und ihnen zuwinkte.

»Sschsch ...«, zischte seine Mutter. Zuerst schmeichelnd, dann wütend. Aber ihr Baby hielt sich für den Papst. Er lächelte und winkte und lächelte und winkte. Mit seinem Penis in einer Flasche.

»Vergeßt nicht, daß ihr Botschafter Indiens seid«, sagte Baby Kochamma zu Rahel und Estha. »Ihr werdet der erste Eindruck sein, den sie von eurem Land haben.«

Zweieiige Zwillingsbotschafter. Ihre Exzellenzen Botschafter E(lvis). Pelvis und Botschafterin S(tech). Insekt.

In ihrem steifen Spitzenkleid und ihrer Fontäne in einem Love-in-Tokyo sah Rahel aus wie eine Flughafenfee mit grauenhaftem Geschmack. Sie war eingekeilt zwischen feuchten Hüften (wie sie es bald wieder sein sollte, bei einer Beerdigung in einer gelben Kirche) und grimmigem Eifer. Auf ihrem Herzen saß der Falter ihres Großvaters. Sie wandte sich ab von dem kreischenden Stahlvogel am himmelblauen Himmel, in dem ihre Cousine saß, und sah folgendes: Rotmündige Ruhs mit rubinrotem Lächeln bewegten sich betonartig über den Boden des Flughafens.

Ferse und Zeh
Ferse und Zeh

Lange Plattfüße.

Flughafenabfälle in ihren Babybeuteln.

Das Kleinste reckte den Hals wie in englischen Filmen die Männer, die nach dem Büro ihre Krawatten lockern. Die Mittlere kramte in ihrem Beutel nach einer langen Zigarettenkippe, die sie rauchen konnte. Sie fand eine alte Cashewnuß in einer schmutzigen Plastiktüte. Sie knabberte die Nuß mit den Schneidezähnen wie ein Nagetier. Die Mittlere brachte das aufrechtstehende Schild zum Wackeln, auf dem stand: *Die Kerala Tourism Development Corporation heißt Sie willkommen,* daneben ein Kathakali-Tänzer, der Namasté machte. Auf einem anderen Schild, nicht zum Wackeln gebracht von einem Känguruh, stand: *sneidnI etsükzrüweG red na nemmoklliW,* das heißt: Willkommen an der Gewürzküste Indiens.

Hastig buddelte sich Botschafterin Rahel durch das Menschengedränge bis zu ihrem Bruder und Botschafterkollegen. *Estha schau! Schau, Estha, schau!*

Botschafter Estha schaute nicht. Wollte nicht. Er beobachtete die holprige Landung, die Eagle-Thermosflasche mit Leitungswasser umgeschlungen und ein bodenlos-banges Gefühl im Bauch. Der Orangenlimo-Zitronenlimo-Mann wußte, wo er ihn finden konnte. In der Fabrik in Ayemenem. Am Ufer des Meenachal.

Ammu sah mit ihrer Handtasche zu.

Chacko mit seinen Rosen.

Baby Kochamma mit ihrem abstehenden Muttermal am Hals.

Dann stiegen die Bombay-Cochin-Leute aus. Aus der kalten Luft in die heiße Luft. Zerknautschte Menschen entknautschten sich auf dem Weg in die Ankunftshalle.

Und da waren sie, die aus dem Ausland Zurückgekehrten, in ihren pflegeleichten Anzügen und mit ihren regenbogenfarbenen Sonnenbrillen. Mit dem Ende der drückenden Armut in den aristokratischen Koffern. Mit Betondächern für ihre strohgedeckten Häuser und Durchlauferhitzern für die Badezimmer ihrer Eltern. Mit Abwassersystemen und Klärbehältern. Maxiröcken und Stöckelschuhen. Puffärmeln und Lippenstift. Küchenmaschinen und automatischen Blitzen für ihre Fotoapparate. Mit Schlüsseln zum Zählen und Schränken zum Verschließen. Mit Appetit auf *kappa* und *meen vevichathu,* die sie so lange nicht mehr gegessen hatten. Mit Liebe und einem Funken Scham, weil die Familien, die sie abholten, so … so … provinziell waren. Schaut nur, wie sie angezogen waren! Sie mußten doch geeignetere Flughafenkleidung haben! Warum hatten Malayalis so schlechte Zähne?

Und erst der Flughafen! Sah eher aus wie ein Busbahnhof! Vogelscheiße auf dem Gebäude! Oh, die Spuckeflecken auf den Känguruhs!

Oho! Indien geht vor die Hunde.

Als die langen Busfahrten und die Flughafenübernachtungen auf die Liebe und den Funken Scham trafen, taten sich kleine Risse auf, die größer und größer werden würden, und bevor sie sich's versahen, würden die aus dem Ausland Zurückgekehrten zu Gefangenen außerhalb des Hauses der Geschichte, und ihre Träume würden wiedergeträumt werden.

Dann, dort, zwischen den pflegeleichten Anzügen und den glänzenden Koffern, Sophie Mol.

Die aus einem Fingerhut trank.

Die in ihrem Sarg ein Rad schlug.

Sie kam die Runway herunter, den Geruch nach London im Haar. Der Schlag der gelben Hose flatterte um ihre Knöchel. Ihr langes Haar strömte unter dem Strohhut auf ihrem Kopf hervor. Eine Hand in der ihrer Mutter. Der andere Arm schwang wie der eines Soldaten (links, links, linksrechtslinks).

Es war einmal ein Mädchen.
Groß und schlank und blond.
Ihr Haar

ihr Haar
hatte die Farbe des
Ing…ng…wers (linkslinks, rechts)
Es war einmal
Ein Mäd–

Margaret Kochamma sagte, sie solle aufhören.
Sie hörte auf.

Ammu sagte: »Kannst du sie sehen, Rahel?«

Sie drehte sich um und sah, wie ihre frisch beunterhoste Tochter mit Beuteltieren aus Beton Zwiesprache hielt. Sie ging und holte sie, schimpfend. Chacko sagte, daß er Rahel nicht auf den Schultern tragen könne, weil er bereits etwas zu tragen hatte. Zwei Rosen rot.

Dick.

Voller Liebe.

Als Sophie Mol die Ankunftshalle betrat, zwickte Rahel Estha, überwältigt von Aufregung und Groll. Fest. Seine Haut zwischen ihren Fingernägeln. Estha revanchierte sich mit einem chinesischen Armreif. Er drehte die Haut an ihrem Handgelenk mit beiden Händen in unterschiedliche Richtungen. Ihre Haut brannte. Als sie sie ableckte, schmeckte sie nach Salz. Die Spucke auf ihrem Handgelenk war kühl und angenehm.

Ammu bemerkte es nicht.

Über die hohe eiserne Absperrung, die die Abholer von den Abgeholten, die Begrüßer von den Begrüßten trennte, verneigte sich Chacko, strahlend, aus seinem Anzug platzend und mit schiefer Krawatte, vor seiner neuen Tochter und seiner Exfrau.

Im Geiste sagte sich Estha: Verneig dich.

»Hallo, meine Damen«, sagte Chacko mit seiner Vorlesestimme (in der Stimme der vergangenen Nacht, mit der er *Liebe. Irrsinn. Haß. Grenzenlose Freude* gesagt hatte). »Wie war die Reise?«

Und die Atmosphäre war voller Gedanken und Dinge zum Sagen. Aber bei Gelegenheiten wie dieser werden immer nur die kleinen Dinge gesagt. Die großen Dinge lauern unausgesprochen im Inneren.

»Sag hallo und wie geht's dir?« sagte Margaret Kochamma zu Sophie Mol.

»Hallo und wie geht's dir?« sagte Sophie Mol durch die eiserne Absperrung, an alle gerichtet.

»Eine für dich und eine für dich«, sagte Chacko mit den Rosen.

»Und danke?« sagte Margaret Kochamma zu Sophie Mol.

»Und danke?« sagte Sophie Mol zu Chacko und ahmte das Fragezeichen ihrer Mutter nach.

Margaret Kochamma schüttelte sie ein bißchen für diese Frechheit.

»Bitte«, sagte Chacko. »Und jetzt will ich euch alle miteinander bekannt machen.« Dann, mehr zum Nutzen der Zuschauer und Zuhörer, denn Margaret Kochamma mußte nun wirklich nicht vorgestellt werden: »Meine Frau Margaret.«

Margaret Kochamma lächelte und drohte ihm mit der Rose. *Exfrau, Chacko.* Ihre Lippen formten die Worte, obwohl ihre Stimme sie nicht aussprach.

Alle Welt konnte sehen, daß Chacko ein stolzer und glücklicher Mann sein konnte, weil er einst eine Ehefrau wie Margaret gehabt hatte. Eine Weiße. In einem geblümten Baumwollkleid mit Beinen darunter. Und braunen Rückensommersprossen auf dem Rücken. Und Armsommersprossen auf den Armen.

Aber um sie herum war die Atmosphäre irgendwie traurig. Und hinter dem Lächeln in ihren Augen war die Trauer noch frisch und strahlend blau. Wegen eines katastrophalen Autounfalls. Wegen eines Joe-förmigen Lochs im Universum.

»Hallo, alle miteinander«, sagte sie. »Mir kommt es so vor, als würde ich euch schon seit Jahren kennen.«

»Meine Tochter Sophie«, sagte Chacko und

lachte ein kurzes nervöses Lachen, das etwas besorgt klang, für den Fall, daß Margaret Kochamma »Extochter« sagen sollte. Aber sie tat es nicht. Es war ein leichtverständliches Lachen. Nicht wie das Lachen des Orangenlimo-Zitronenlimo-Mannes, das Estha nicht verstanden hatte.

»'llo«, sagte Sophie Mol.

Sie war größer als Estha. Und breiter. Ihre Augen waren blaugraublau. Ihre blasse Haut hatte die Farbe des Strandsandes. Aber ihr Haar unter dem Hut war wunderschön, ein tiefes Rotbraun. Und, ja (o ja!), in ihrer Nase wartete Pappachis Nase. Die Nase eines Entomologen des britischen Empires in einer Nase. Die Nase eines Falterliebhabers. Sie trug ihre kleine Made-in-England-Handtasche, die sie so liebte.

»Ammu, meine Schwester«, sagte Chacko.

Ammu sagte ein Erwachsenen-Hallo zu Margaret Kochamma und ein Kinder-Hallo zu Sophie Mol. Rahel beobachtete sie mit Adleraugen, um abzuwägen, wie sehr Ammu Sophie Mol liebte, aber es gelang ihr nicht.

Gelächter wehte durch die Ankunftshalle wie eine plötzliche Brise. Adoor Basi, der bekannteste und beliebteste Komiker des Malayalam-Kinos, war gerade hereingekommen (Bombay–Cochin). Belastet mit etlichen kleinen, unhandlichen Paketen und schamloser öffentlicher Verherrlichung, fühlte er sich verpflichtet, zu agieren. Er ließ immer wieder ein Paket fallen und sagte: *»Ende Deivomay! Eee sadhanangal!«*

Estha lachte ein hohes, entzücktes Lachen.

»Schau, Ammu! Adoor Basi läßt seine Sachen fallen!« sagte Estha. »Er kann nicht einmal seine Sachen tragen!«

»Das macht er mit Absicht«, sagte Baby Kochamma mit einem neuen, merkwürdigen englischen Akzent. »Beachtet ihn einfach nicht!«

»Er ist Filmschauspieler«, erklärte sie Margaret Kochamma und Sophie Mol, und aus ihrem Mund klang Adoor Basi wie ein Mschauspieler, der ab und zu einen Fil machte. »Er versucht nur, die Aufmerksamkeit auf sich zu ziehen«, sagte Baby Kochamma und weigerte sich entschlossen, ihre Aufmerksamkeit anziehen zu lassen.

Aber Baby Kochamma irrte sich. Adoor Basi versuchte nicht, die Aufmerksamkeit auf sich zu ziehen. Er versuchte lediglich, die Aufmerksamkeit zu verdienen, die er bereits auf sich gezogen hatte.

»Meine Tante Baby«, sagte Chacko.

Sophie Mol stand vor einem Rätsel. Sie musterte Baby Kochamma mit knopfäugigem Interesse. Sie kannte Kuhbabys und Hundebabys. Bärenbabys – ja. (Demnächst würde sie Rahel auf ein Fledermausbaby aufmerksam machen.) Aber Tantenbabys verwirrten sie.

Baby Kochamma sagte: »Hallo, Margaret« und »Hallo, Sophie Mol«. Sie sagte, Sophie Mol sei so hübsch, daß sie sie an einen Luftgeist erinnere. An Ariel.

»Weißt du, wer Ariel ist?« fragte Baby Kochamma Sophie Mol. »Ariel in *Der Sturm?«*

Sophie Mol sagte, sie wisse es nicht.

»Wo die Bien', saug' ich mich ein?« sagte Baby Kochamma. Sophie Mol sagte, sie wisse es nicht.

»Bette mich in Maiglöcklein?«

Sophie Mol sagte, sie wisse es nicht.

»Der Sturm von Shakespeare?« beharrte Baby Kochamma.

Der Sinn der Sache lag natürlich in erster Linie darin, Margaret Kochamma über ihre Referenzen zu informieren. Den Abstand zur Sweeper-Klasse zu verdeutlichen.

»Sie gibt nur an«, flüsterte Botschafter E. Pelvis ins Ohr der Botschafterin S. Insekt. Botschafterin Rahels Kichern entfleuchte in einer blaugrünen Blase (die Farbe der Jackfruchtfliege) und platzte in der heißen Flughafenluft. Pffft! machte sie.

Baby Kochamma sah es und wußte, daß Estha damit angefangen hatte.

»Und jetzt die VIPs«, sagte Chacko (noch immer mit seiner Vorlesestimme). »Mein Neffe Esthappen.«

»Elvis Presley«, sagte Baby Kochamma aus Rache. »Leider hinken wir hier der Zeit immer ein bißchen hinterher.« Alle sahen Estha an und lachten.

Von den Sohlen der beigefarbenen spitzen Schuhe Botschafter Esthas stieg ein Gefühl der Wut auf und hielt in Höhe seines Herzens an.

»Wie geht's dir, Esthappen?« sagte Margaret Kochamma.

»Gut, danke.« Esthas Stimme klang mißmutig.

»Estha«, sagte Ammu liebevoll. »Wenn jemand sagt: Wie geht's dir?, wird erwartet, daß du ebenfalls fragst: Wie geht's dir? Und nicht nur ›Gut, danke‹ sagst. Na los, sag: Wie geht's DIR?«

Botschafter Estha sah Ammu an.

»Na los«, sagte Ammu zu Estha. *»Wie geht's DIR?«* Esthas schläfrige Augen blickten stur.

Ammu sagte in Malayalam: »Hast du gehört, was ich gesagt habe?«

Botschafter Estha spürte blaugraublaue Augen auf sich und die Nase eines Entomologen des britischen Empires. Er hatte kein *Wie geht's DIR?* in sich.

»Esthappen!« sagte Ammu. Ein Gefühl der Wut

stieg in ihr auf und hielt in Höhe ihres Herzens an. Ein Gefühl weit größerer Wut als angebracht. Sie fühlte sich irgendwie gedemütigt durch diesen öffentlichen Aufstand in ihrem Zuständigkeitsbereich. Sie hatte sich einen reibungslosen Auftritt gewünscht. Einen Preis für ihre Kinder im Indobritischen Verhaltenswettbewerb.

Chacko sagte zu Ammu in Malayalam: »Bitte. Später. Nicht jetzt.«

Und Ammus wütender Blick sagte zu Estha: *In Ordnung. Später.*

Und Später wurde ein schreckliches, bedrohliches Gänsehautwort.

Spä. Ter.

Wie eine tief klingende Glocke in einem moosbewachsenen Brunnen. Bebend und pelzig. Wie Falterbeine.

Das Stück war gekippt. Wie Pickles im Monsun.

»Und meine Nichte«, sagte Chacko. »Wo ist Rahel?« Er schaute sich um und sah sie nirgends.

Botschafterin Rahel, unfähig, mit den ständig hin und her schwankenden Veränderungen in ihrem Leben fertig zu werden, hatte sich wie ein Würstchen in den schmutzigen Flughafenvorhang gewickelt und wollte sich nicht wieder auswickeln. Ein Würstchen mit Bata-Sandalen.

»Beachtet sie einfach nicht«, sagte Ammu. »Sie versucht nur, die Aufmerksamkeit auf sich zu ziehen.«

Auch Ammu irrte sich. Rahel versuchte, nicht die Aufmerksamkeit auf sich zu ziehen, die sie verdiente.

»Hallo, Rahel«, sagte Margaret Kochamma zu dem schmutzigen Flughafenvorhang.

»Wie geht's DIR?« erwiderte der schmutzige Vorhang murmelnd.

»Willst du nicht herauskommen und hallo sagen?« fragte Margaret Kochamma mit der Stimme einer freundlichen Schullehrerin. (Wie Miss Mittens Stimme, bevor sie den Satan in ihren Augen entdeckte.)

Botschafterin Rahel kam nicht aus dem Vorhang, weil sie nicht konnte. Sie konnte nicht, weil sie nicht konnte. Weil alles falsch war. Und bald gäbe es ein SpäTer für sie beide, sie und Estha.

Voll pelziger Falter und eiskalter Schmetterlinge. Und tief klingender Glocken. Und Moos.

Und einer Reule.

Der schmutzige Flughafenvorhang war ein großer Trost und eine Dunkelheit und ein Schutzschild.

»Beachtet sie einfach nicht«, sagte Ammu und lächelte gezwungen.

Rahels Kopf war voller Mühlsteine mit blaugraublauen Augen.

Jetzt liebte Ammu sie noch weniger. Und bei Chacko ging es langsam auch ans Eingemachte.

»Dort kommt das Gepäck!« sagte Chacko gutgelaunt. Froh, wegzukönnen. »Komm, Sophieken, wir holen deinen Koffer.« Sophieken.

Estha sah ihnen nach, wie sie die Absperrung entlanggingen, durch die Menschenmenge, die sie durchließ, weil Chackos Anzug und schiefe Krawatte und sein allgemein platzendes Verhalten sie einschüchterten. Wegen seines großen Bauches hatte Chacko eine Haltung, als würde er ständig bergauf gehen. Als würde er die steilen, gefährlichen Klippen des Lebens voll Optimismus erklimmen. Er ging diesseits der Absperrung. Margaret Kochamma und Sophie Mol gingen jenseits davon.

Sophieken.

Der sitzende Mann mit der Mütze und den Epauletten, ebenfalls eingeschüchtert von Chackos Anzug und schiefer Krawatte, gestattete ihm, durch die Absperrung zu gehen.

Als sie nichts mehr trennte, küßte Chacko Margaret Kochamma und nahm Sophie Mol auf den Arm.

»Als ich das das letzte Mal getan habe, habe ich ein nasses Hemd für meine Mühe bekommen«, sagte Chacko und lachte.

Er umarmte sie und umarmte sie und umarmte sie. Er küßte ihre blaugraublauen Augen, ihre Entomologennase, ihr rotbraunes Haar unter dem Hut.

Dann sagte Sophie Mol zu Chacko: »Hm … Entschuldigung. Könntest du mich jetzt vielleicht runterlassen? Ich bin es, hm … nicht gewohnt, getragen zu werden.«

Chacko stellte sie auf den Boden.

Botschafter Estha sah (mit sturem Blick), daß Chackos Anzug plötzlich lockerer saß, weniger am Platzen war.

Und während Chacko das Gepäck holte, wurde am Fenster neben dem schmutzigen Vorhang SpäTer zu Jetzt.

Estha sah, wie Baby Kochammas Muttermal am Hals sich die Lefzen leckte und in köstlicher Vorfreude pulsierte. Bum-buum. Bum-buum. Es wechselte die Farbe wie ein Chamäleon. Bum-grün. Bum-blauschwarz, Bum-senfgelb.

Zwillinge zum Tee
Das wäree

»So«, sagte Ammu. »Mir reicht's. Von euch beiden. Rahel, komm dort *raus!*«

Im Vorhang schloß Rahel die Augen und dachte an den grünen Fluß, an die stillen, in der Tiefe schwimmenden Fische und die Marienseidenflügel der Libellen (die alles sehen konnten, was hinter ihnen war) im Sonnenschein. Sie dachte an die allerglückbringendste Angelrute, die Velutha für sie gemacht hatte. Gelber Bambus mit einem Schwimmer, der jedesmal untertauchte, wenn ein dummer Fisch Nachforschungen anstellte. Sie dachte an Velutha und wünschte, sie wäre bei ihm.

Dann wickelte Estha sie aus. Die Betonkänguruhs ließen sie nicht aus den Augen.

Ammu sah sie beide an. Die Atmosphäre war ruhig, abgesehen von Baby Kochammas geräuschvoll pulsierendem Muttermal am Hals.

»Also?« sagte Ammu.

Und es war tatsächlich eine Frage. Also?

Und es gab keine Antwort.

Botschafter Estha blickte zu Boden und sah, daß seine Schuhe (von wo aus das Gefühl der Wut aufstieg) beigefarben und spitz waren. Botschafterin Rahel blickte zu Boden und sah, daß ihre Zehen in den Bata-Sandalen sich davonmachen wollten. Sie wanden sich, um sich an die Füße von jemand anders anzuschließen. Und daß sie sie nicht aufhalten konnte. Bald hätte sie keine Zehen mehr, sondern einen Verband wie der Aussätzige am Bahnübergang.

»Wenn ihr jemals«, sagte Ammu, »und ich meine es ernst, wenn ihr JEMALS wieder mir gegenüber in der Öffentlichkeit ungehorsam seid, dann werde ich dafür sorgen, daß ihr irgendwohin geschickt werdet, wo ihr sehr wohl lernen werdet, euch zu benehmen. Ich meine es ernst. Ist das klar?«

Wenn Ammu wirklich wütend war, sagte sie »sehr wohl«. »Sehr wohl« war ein tiefer Brunnen mit grinsenden toten Menschen darin.

»Ist. Das. Klar?« sagte Ammu noch einmal.

Angsterfüllte Augen und eine Fontäne sahen Ammu an.

Schläfrige Augen und eine verblüffte Tolle sahen Ammu an.

Zwei Köpfe nickten dreimal.

Ja. Ist. Klar.

Aber Baby Kochamma war unzufrieden damit, wie eine Situation verpuffte, die so voll Potential gewesen war. Sie schüttelte den Kopf.

»Von wegen!« sagte sie.

Von wegen!

Ammu wandte sich um, und die Drehung ihres Kopfes war eine Frage.

»Es ist zwecklos«, sagte Baby Kochamma. »Sie sind durchtrieben. Sie sind ungehobelt. Falsch. Sie werden immer wilder. Du wirst mit ihnen nicht fertig.«

Ammu wandte sich wieder Estha und Rahel zu, und ihre Augen waren verschwommene Juwelen.

»Alle sagen, daß Kinder einen Baba brauchen. Und ich sage, nein. *Meine* Kinder nicht. Und wißt ihr, warum?«

Zwei Köpfe nickten.

»Warum? Sagt es mir«, sagte Ammu.

Und nicht ganz, aber fast gleichzeitig sagten Esthappen und Rahel: »Weil du unsere Ammu und unser Baba bist und uns doppelt liebst.«

»Mehr als doppelt«, sagte Ammu. »Also denkt dran, was ich gesagt habe. Die Gefühle der Menschen sind etwas Wertvolles. Und wenn ihr mir gegenüber in der Öffentlichkeit ungehorsam seid, bekommen *alle* einen falschen Eindruck.«

»Was für mickrige Botschafter ihr gewesen seid!« sagte Baby Kochamma.

Botschafter E. Pelvis und Botschafterin S. Insekt ließen die Köpfe hängen.

»Und noch etwas, Rahel«, sagte Ammu. »Es ist höchste Zeit, daß du den Unterschied zwischen SAUBER und SCHMUTZIG lernst. Besonders in diesem Land.«

Botschafterin Rahel sah zu Boden.

»Dein Kleid ist – war – SAUBER«, sagte Ammu. »Der Vorhang ist SCHMUTZIG. Die Känguruhs sind SCHMUTZIG. Deine Hände sind SCHMUTZIG.«

Die Lautstärke, mit der Ammu SAUBER und SCHMUTZIG sagte, jagte Rahel Angst ein. Als würde ihre Mutter mit einer tauben Person reden.

»So, und jetzt will ich, daß ihr hingeht und *anständig* hallo sagt«, sagte Ammu. »Werdet ihr das tun oder nicht?«

Zwei Köpfe nickten zweimal.

Botschafter Estha und Botschafterin Rahel gingen auf Sophie Mol zu.

»Wohin, glaubst du, werden die Leute geschickt, damit sie sich sehr wohl benehmen?« fragte Estha flüsternd Rahel.

»Zur Regierung«, flüsterte Rahel, weil sie es wußte.

»Wie geht's dir?« sagte Estha zu Sophie Mol laut genug, damit Ammu es hörte.

»Wie einem *laddoo* von vorletzter Woche«, flüsterte Sophie Mol Estha zu. Sie hatte diesen Spruch von einem pakistanischen Klassenkameraden gelernt.

Estha sah Ammu an.

Ammus Blick sagte: *Mach dir nichts draus, du hast dich richtig verhalten.*

Auf dem Weg über den Flughafenparkplatz kroch die Hitze in ihre Kleidung, und frische Unterhosen wurden feucht. Die Kinder hingen zurück, schlängelten sich durch die geparkten Autos und Taxis.

»Schlägt euch eure?« fragte Sophie Mol.

Rahel und Estha, die unsicher waren, wie sie taktisch vorgehen sollten, schwiegen.

»Meine tut es«, sagte Sophie Mol auffordernd. »Meine gibt sogar Ohrfeigen.«

»Unsere nicht«, sagte Estha loyal.

»Glück gehabt«, sagte Sophie Mol.

Ein glücklicher, reicher Junge mit Taschengöld. Der die Fabrik seiner Großmutter erben kann. Und keine Sorgen hat.

Sie gingen an dem symbolischen eintägigen Hungerstreik der Gewerkschaft der Flughafenarbeiter Klasse III vorbei. Und an den Leuten, die dem symbolischen eintägigen Hungerstreik der Gewerkschaft der Flughafenarbeiter Klasse III zusahen.

Und an den Leuten, die den Leuten zusahen, die den Leuten zusahen.

Auf einem kleinen Blechschild an einem riesigen Banyanbaum stand: *Bei Sexbeschwerden wegen*

Geschlechtskrankheiten wenden Sie sich an Dr. OK Joy.

»Wen liebst du am meisten auf der Welt?« fragte Rahel Sophie Mol.

»Joe«, sagte Sophie Mol, ohne zu zögern. »Meinen Papa. Er ist vor zwei Monaten gestorben. Wir sind hergekommen, um den Schock zu überwinden.«

»Aber Chacko ist dein Papa«, sagte Estha.

»Er ist nur mein *richtiger* Papa«, sagte Sophie Mol. »Joe ist mein Papa. Er schlägt mich nie. Fast nie.«

»Wie kann er dich schlagen, wenn er tot ist?« fragte Estha mit gutem Grund.

»Wo ist *euer* Papa?« wollte Sophie Mol wissen.

»Er ist ...« Rahel sah Estha hilfesuchend an.

»... nicht hier«, sagte Estha.

»Soll ich dir meine Liste aufsagen?« fragte Rahel Sophie Mol.

»Wenn du willst«, sagte Sophie Mol.

Rahels »Liste« war der Versuch, Ordnung ins Chaos zu bringen. Sie revidierte sie unablässig, ständig hin- und hergerissen zwischen Liebe und Pflichtgefühl. Die Liste war keinesfalls ein wahrer Gradmesser ihrer Gefühle.

»Zuerst kommen Ammu und Chacko«, sagte Rahel. »Dann Mammachi –«

»Unsere Großmutter«, stellte Estha klar.

»*Mehr* als deinen Bruder?« fragte Sophie Mol.

»Wir zählen nicht«, sagte Rahel. »Und außerdem kann er sich noch verändern. Sagt Ammu.«

»Wie meinst du das? Wie verändern?« fragte Sophie Mol.

»Er kann zu einem männlichen Chauvinistenschwein werden«, sagte Rahel.

»Sehr unwahrscheinlich«, sagte Estha.

»Jedenfalls, nach Mammachi kommt Velutha und dann –«

»Wer ist Velutha?« wollte Sophie Mol wissen.

»Ein Mann, den wir lieben«, sagte Rahel. »Und nach Velutha kommst du«, sagte Rahel.

»Ich? Warum liebst du mich?« sagte Sophie Mol.

»Weil wir Cousinen ersten Grades sind. Deshalb muß ich«, sagte Rahel fromm.

»Aber du kennst mich doch gar nicht«, sagte Sophie Mol. »Und außerdem lieb ich dich nicht.«

»Wirst du aber, wenn du mich besser kennst«, sagte Rahel zuversichtlich.

»Das bezweifle ich«, sagte Estha.

»Warum?« fragte Sophie Mol.

»Darum«, sagte Estha. »Und außerdem wird sie wahrscheinlich ein Zwerg werden.«

Als ob es nicht in Frage käme, einen Zwerg zu lieben.

»Werd ich nicht«, sagte Rahel.

»Wirst du schon«, sagte Estha.

»Werd ich nicht.«

»Wirst du schon.«

»Werd ich nicht.«

»Doch. Wir sind Zwillinge«, erklärte Estha Sophie Mol. »Und schau nur, wieviel kleiner sie ist.«

Rahel holte zuvorkommend tief Luft, streckte die Brust raus und stellte sich Rücken an Rücken mit Estha auf dem Flughafenparkplatz auf, damit Sophie Mol überprüfen konnte, wieviel kleiner sie war.

»Vielleicht wirst du ein Liliputaner«, schlug Sophie Mol vor. »Der ist größer als ein Zwerg und kleiner als ein … Mensch.«

Das Schweigen war sich dieses Kompromisses nicht sicher.

An der Tür der Ankunftshalle winkte eine schattenhafte, rotmundige, Ruh-förmige Silhouette einzig und allein Rahel mit einer Betonpfote zu. Betonküsse schwirrten durch die Luft wie kleine Hubschrauber.

»Wißt ihr, wie man mit den Hüften wackelt?« wollte Sophie Mol wissen.

»Nein. In Indien wackeln wir nicht mit den Hüften«, sagte Botschafter Estha.

»Wir in England schon«, sagte Sophie Mol. »Alle Mannequins wackeln mit den Hüften. Im Fernsehen. Schaut – es ist ganz einfach.«

Und die drei, angeführt von Sophie Mol, stolzierten über den Flughafenparkplatz, mit den Hüften wackelnd wie Mannequins, Eagle-Thermosflaschen und Made-in-England-Handtaschen hüpften um sie herum. Feuchte Zwerge, die wie Erwachsene gingen.

Schatten folgten ihnen. Silberne Flugzeuge an einem blauen Kirchenhimmel, wie Motten in einem Lichtstrahl.

Der himmelblaue Plymouth mit den Heckflossen begrüßte Sophie Mol mit einem Lächeln. Einem chromgepufferten Haifischlächeln.

Einem Paradise-Pickles-Autolächeln.

Als sie die Reklametafeln mit den aufgemalten Picklesgläsern und der Liste der Paradise-Produkte sah, sagte Margaret Kochamma: »Gütiger Himmel! Ich komm mir ja vor wie in einer Anzeige.«

Sie sagte oft »Gütiger Himmel!«.

Gütiger Himmel! Gütiger HimmelgütigerHimmel!

»Ich wußte nicht, daß ihr Ananasscheiben habt!« sagte sie. »Sophie liebt Ananas, nicht wahr, Soph?«

»Manchmal«, sagte Soph. »Manchmal auch nicht.«

Margaret Kochamma mit den braunen Rükkensommersprossen und den Armsommersprossen und dem geblümten Kleid mit den Beinen darunter stieg in die Anzeige.

Sophie Mol saß vorne zwischen Chacko und Margaret Kochamma, nur ihr Hut ragte über den Sitz. Weil sie ihre Tochter war.

Rahel und Estha saßen hinten.

Das Gepäck war im Kofferraum.

»Kofferraum« war ein sehr schönes Wort. »Feist« war ein schreckliches Wort.

Nahe Ettumanoor kamen sie an einem toten Tempelelefanten vorbei, der von einer auf die Straße gefallenen Hochspannungsleitung getötet worden war. Ein Ingenieur von der Gemeindeverwaltung von Ettumanoor überwachte die Beseitigung des Kadavers. Es mußte mit Bedacht vorgegangen werden, denn die Entscheidung würde einen Präzedenzfall für die offizielle Beseitigung aller zukünftigen Dickhäuterleichen schaffen. Keine Angelegenheit, die auf die leichte Schulter genommen werden durfte. Ein Feuerwehrwagen und ein paar verwirrte Feuerwehrleute standen herum. Der Abgesandte der Gemeindeverwaltung hielt einen Aktenordner in der Hand und schrie ständig.

Ein Joy-Icecream-Wagen hatte sich eingefunden und ein Mann, der Erdnüsse in winzigen Tüten verkaufte, die so schlau gefaltet waren, daß nicht mehr als acht oder neun Nüsse hineinpaßten.

Sophie Mol sagte: »Schaut mal, ein toter Elefant.«

Chacko hielt an, um sich zu erkundigen, ob es sich zufällig um Kochu Thomban (kleiner Elefantenbulle) handelte, den Tempelelefanten von Ayemenem, der einmal im Monat zu ihnen ans Haus kam und sich eine Kokosnuß abholte. Sie sagten, er sei es nicht.

Erleichtert, daß es ein fremder und nicht ein Elefant war, den sie kannten, fuhren sie weiter.

»Gott sei Dang«, sagte Estha.

»Gott sei Dan*k*, Estha«, verbesserte ihn Baby Kochamma.

Unterwegs lernte Sophie Mol, den ersten Hauch des Gestanks von unverarbeitetem Kautschuk zu erkennen und sich die Nase zuzuhalten, bis der Lastwagen, der ihn geladen hatte, längst vorbei war.

Baby Kochamma schlug ein Autolied vor.

Estha und Rahel mußten mit gehorsamen Stimmen auf englisch singen. Forsch-fröhlich. Als ob sie nicht eine Woche lang gezwungen gewesen wären zu üben. Botschafter E. Pelvis und Botschafterin S. Insekt.

Freu-heut euch des Härren ih-immerdar
freu-heut euch des Härren.

Ihre Aussprache war pro-nonn-siert.

Der Plymouth rauschte durch die grüne Mittagshitze. Auf dem Dach warb er für Pickles und auf den Heckflossen für den himmelblauen Himmel.

Kurz vor Ayemenem fuhren sie in einen kohlgrünen Schmetterling (oder vielleicht flatterte er in sie).

Weisheitsübungshefte

In Pappachis Zimmer waren aufgespießte Schmetterlinge und Falter zu kleinen Häufchen irisierenden Staubs zerfallen, der den Boden der Glaskästen bedeckte und die Nadeln, auf denen die Insekten gepfählt waren, nackt zurückgelassen hatte. Grausam. Der Raum stank nach Schimmel und Nichtbenutzung. Ein alter neongrüner Hula-Hoop-Reifen hing an einem hölzernen Haken an der Wand, der abgelegte Heiligenschein eines gigantischen Heiligen. Eine Kolonne glänzendschwarzer Ameisen marschierte mit nach oben gebogenen Hinterteilen über ein Fensterbrett, wie eine Reihe trippelnder Tänzerinnen in einem Musical von Busby Berkeley. Ihre Silhouetten zeichneten sich gegen die Sonne ab. Poliert und wunderschön.

Rahel (auf einem Stuhl, der auf einem Tisch stand) kramte in einem Bücherschrank mit blinden, schmutzigen Glasscheiben. Die Abdrücke ihrer nackten Füße waren deutlich im Staub auf dem Boden zu erkennen. Sie führten von der Tür zum Tisch (der zum Bücherschrank gezogen worden war), zum Stuhl (der zum Tisch gezogen und darauf gestellt worden war). Sie suchte nach etwas. Ihr Leben hatte jetzt eine Größe und eine Form. Unter ihren Augen waren Halbmonde, und an ihrem Horizont stand ein Trupp Kobolde.

Im obersten Regal hatte sich der Ledereinband von jedem Band von Pappachis *Der Insektenreichtum Indiens* gelöst und war verzogen wie gewellte Asbestpappe. Silberfische hatten Tunnel durch die Seiten gegraben, sich planlos von Art zu Art gebuddelt und systematische Informationen in gelbe Spitze verwandelt.

Rahel tastete hinter der Buchreihe herum und holte verborgene Dinge hervor.

Eine glatte Meeresmuschel und eine gezähnte.

Einen Plastikbehälter für Kontaktlinsen. Eine orangefarbene Pipette.

Ein silbernes Kruzifix an einer Kette mit Perlen. Baby Kochammas Rosenkranz.

Sie hielt ihn gegen das Licht. Jede Perle holte sich gierig ihren Anteil am Sonnenlicht.

Ein Schatten fiel über das sonnenbeschienene Viereck am Boden des Zimmers. Rahel wandte sich mit der Kette aus Licht der Tür zu.

»Stell dir vor. Er ist noch da. Ich hab ihn gestohlen. Nachdem du zurückgegeben wurdest.«

Das Wort rutschte leicht heraus. *Zurückgegeben.* Als ob es das wäre, wofür Zwillinge existierten. Um ausgeliehen und zurückgegeben zu werden. Wie Bücher aus der Bibliothek.

Estha blickte nicht auf. Durch seine Gedanken fuhren Züge. Er blockierte das Licht in der Tür. Ein Estha-förmiges Loch im Universum.

Hinter den Büchern entdeckten Rahels verblüffte Finger etwas anderes. Eine andere Elster hatte die gleiche Idee gehabt. Sie holte es heraus und wischte den Staub mit dem Ärmel ihres T-Shirts ab. Es war ein flaches Paket, in durchsichtige Plastikfolie gewickelt und mit Tesafilm zugeklebt. Auf einem weißen Zettel unter der Plastikfolie stand: *Esthappen und Rahel.* In Ammus Handschrift.

Es waren vier zerfledderte Hefte. Die Deckel waren beschriftet mit: *Weisheitsübungshefte.* Darunter war Platz für *Name, Klasse, Schule, Fach.* Auf zwei Heften fand sich ihr Name, auf zweien Esthas.

In einem Heft stand hinten auf der Innenseite des Einbands etwas in der Handschrift eines Kindes. Die bemühte Form jedes Buchstabens und die unregelmäßigen Zwischenräume zwischen den Worten sprachen vom Kampf um Kontrolle über den abtrünnigen, eigenwilligen Stift. Die Botschaft dagegen war eindeutig: *Ich hasse Miss Mitten und ich glaube Ihre Uhnterhose hat LÖCHER.*

Auf der Vorderseite des Heftes hatte Estha seinen Nachnamen mit Spucke getilgt und dabei das Papier durchgerubbelt. Über diese häßliche Stelle hatte er mit Bleistift geschrieben: *Unbekannt.* Esthappen Un-bekannt. (Sein Nachname aufgeschoben, bis sich Ammu zwischen dem Namen ihres Mannes und dem ihres Vaters entschieden hatte.) Neben *Fach* stand: *Aufsatz.* Und neben *Klasse: 6 Jahre.*

Rahel saß im Schneidersitz (auf dem Stuhl auf dem Tisch). »Esthappen Un-bekannt«, sagte sie. Sie schlug das Heft auf und las laut:

»Als Ulyxis nach hause kam kam sein Son und sagte: Vater ich hab geglaubt du kommst nicht zurück. viele Brinzen sind gekommen und alle wollten Pen Lope heiraten. Aber Pen Lope hat gesagt: der Mann der durch zwölf ringe schißt kann mich heiraten. keiner hats geschafft. und Ulyxis ist in den Balast gegangen angezogen wie ein Bättler und hat gefragt, ob er es brobieren kann. alle Männer haben ihn ausgelacht und haben gesagt: wenn wir es nicht können kanst du es auch nicht. Ulyxis Son hat gesagt: schluß er soll es versuchen. Und er hat den Bogen genommen und genau durch die zwölf Ringe geschossen.«

Darunter waren Verbesserungen einer früheren Aufgabe.

Ferus Gebildet Wieder Kutschen Brücke Kellner Fest
Ferus Gebildet Wider Kutschen Brücke Kellner Fest
Ferus Gebildet weider
Ferus Gebildet Wider

Lachen schlängelte sich um Rahels Stimme.

»Sicherheit an erster Stelle«, sagte sie. Ammu hatte mit einem roten Stift eine Wellenlinie von oben nach unten auf die Seite gezogen. *Rand? Und in Zukunft bitte in Schreibschrift!*

Wenn wir in der Stadt auf der Straße gehen, lautete die Geschichte des vorsichtigen Estha, *müssen wir immer auf dem Gehsteig gehen. Wenn man auf dem Gehsteig geht, gibt es keinen Verkehr, der Unfälle verursacht, aber auf der Hauptstraße gibt es so viel gefehrlichen Verkehr, daß man leicht umgeworfen werden kann und sinnlos oder ein krüppel wird. Wenn man sich den Kopf oder das Kreuz bricht, hat man großes Pech. Polizisten können den Verkehr so leiten, daß nicht all zu viele Invaliden in die krankenhäuser müssen. Wenn wir aus dem Bus aussteigen wollen, müssen wir erst den Schaffner fragen oder wir werden verletzt und der Doktor hat viel zu tun.*

Die Arbeit des Busfahrers ist rieskant. Seine Fammilie muß große Angst haben, weil der Busfahrer leicht sterben kann.

»Makabres Kind«, sagte Rahel zu Estha. Als sie umblätterte, griff etwas in ihren Hals, rupfte ihre Stimme aus, schüttelte sie aus und gab sie ihr ohne das sich schlängelnde Lachen zurück. Esthas nächste Geschichte hatte den Titel: *Kleine Ammu.*

Geschrieben in Schreibschrift. Die Schleifen der Gs und Fs waren verschlungen und verschnörkelt. Der Schatten in der Tür stand mucksmäuschenstill.

Am Samstag gingen wir in einen Buchladen in Kottayam um Ammu ein Geschenk zu kaufen, weil ihr Geburtstag am 17. November ist. Wir kauften ihr ein Tagebuch. Wir versteckten es im Schranck und dann war es schon nacht. Dann sagten wir: willst du dein Geschenck sehen. Sie sagte ja ich möchte es sehen. Und wir haben auf das Babier geschrieben: für die kleine Ammu in Liebe von Estha und Rahel. und wir haben es Ammu gegeben und sie sagte, was für ein schönes Geschenk es ist genau was ich wollte. und dann haben wir ein bißchen geredet und wir haben über das Tagebuch geredet und dann haben wir ihr einen Guß gegeben und sind ins Bett gegangen.

Wir haben miteinander geredet und sind eingeschlafen. Wir haben einen kleinen Traum gedräumt. Dann bin ich aufgestanden und hab großen Durst gehabt und bin in Ammus Zimmer gegangen und hab gesagt: ich hab Durst. Ammu ha mir Wasser gegeben. Und dann wollte ich in mein Bett gehen und Ammu hat mich gerufen und gesagt: komm und schlaf bei mir. Und ich hab mich an ihren Rücken gelegt und mit Ammu geredet und dann bin ich eingeschlafen. Dann bin ich aufgestanden und wir haben wider geredet und dann haben wir ein Mitternachtsfest gefeiert. Dann gabs Orangen kaffe und Banananen. Dann ist Rahel gekommen und wir haben noch zwei Bananen gegessen und wir haben Ammu einen Guß gegeben, weil es ihr Geburtstag war und dann haben wir happy birthday gesungen. Und am morgen haben wir neue Sachen zum anziehen von Ammu gerkiegt als Gegengeschenk. Rahel war eine Maharani und ich war ein kleiner Nehru.

Ammu hatte die Rechtschreibfehler korrigiert und unter den Aufsatz geschrieben: *Wenn ich mit jemandem spreche, darfst du mich nur unterbrechen, wenn es sehr dringend ist. Wenn du es tust, sag bitte »Entschuldigung«. Ich werde dich sehr streng bestrafen, wenn du meinen Anweisungen nicht gehorchst. Bitte verbessere deine Fehler.*

Kleine Ammu.

Die *ihre* Fehler niemals verbessert hat.

Die ihre Sachen packen und fortgehen mußte. Weil sie nicht das Recht hatte, gehört zu werden. Weil Chacko sagte, daß sie schon genug kaputtgemacht habe.

Die nach Ayemenem zurückkam mit Asthma und einem Rasseln in der Brust, das klang wie ein aus weiter Ferne rufender Mann.

Estha hatte sie nie so gesehen.

Wild. Krank. Traurig.

Als Ammu zum letztenmal nach Ayemenem zurückkehrte, war Rahel gerade von der Nazareth-Klosterschule verwiesen worden (weil sie Dung geschmückt und mit älteren Schülerinnen zusammengestoßen war). Ammu hatte den letzten einer ganzen Reihe von Jobs verloren – als Empfangsdame in einem billigen Hotel –, weil sie krank gewesen war und zu viele Arbeitstage gefehlt hatte. Das Hotel könne sich das nicht leisten, hatten sie ihr gesagt. Sie brauchten eine gesündere Empfangsdame.

Bei diesem letzten Besuch hatte Ammu den Vormittag mit Rahel verbracht. Mit dem Rest ihres mageren Gehalts hatte sie ihrer Tochter kleine Geschenke gekauft, in braunes Papier eingewickelt und bunte Papierherzen darauf geklebt. Eine

Schachtel Schokoladezigaretten, eine Phantom-Blechschachtel für Stifte und *Paul Bunyan* – einen illustrierten Kindercomic. Es waren Geschenke für eine Siebenjährige; Rahel war fast elf. Es war, als glaubte Ammu, die Zeit würde stehenbleiben, wenn sie sich einfach weigerte anzuerkennen, daß sie verging, wenn sie nur wollte, daß sie im Leben ihrer Zwillinge stillstand. Als ob schiere Willenskraft ausreichte, um die Kindheit ihrer Kinder anzuhalten, bis sie es sich leisten konnte, sie zu sich zu nehmen. Dann könnten sie dort weitermachen, wo sie aufgehört hatten. Bei sieben neu anfangen. Ammu erzählte Rahel, daß sie auch für Estha einen Comic gekauft habe, aber sie wollte ihn für ihn aufheben, bis sie wieder Arbeit hätte und genug verdienen würde, um ein Zimmer zu mieten, in dem sie alle drei zusammenleben könnten. Dann würde sie nach Kalkutta fahren und Estha holen und ihm den Comic geben. Der Tag sei nicht mehr fern, sagte Ammu. Jeden Tag könne es soweit sein. Bald wäre die Miete kein Problem mehr. Sie sagte, sie habe sich für eine Stelle bei der UNO beworben, und sie würden alle in Den Haag leben, mit einer holländischen Ayah, die sich um sie kümmern würde. Oder aber, sagte Ammu, vielleicht würde sie auch in Indien bleiben und endlich tun, was sie schon seit langem tun wolle – eine Schule gründen. Zwischen einer Karriere im Schulwesen und einer Stelle bei der UNO zu entscheiden sei nicht leicht, sagte sie – aber man dürfe nicht vergessen, daß es ein großes Privileg sei, überhaupt die Wahl zu haben.

Im Augenblick jedoch, sagte sie, wolle sie Esthas Geschenke behalten, bis sie sich entschieden habe.

Den ganzen Vormittag über redete Ammu ununterbrochen. Sie stellte Rahel Fragen, ließ sie sie jedoch nie beantworten. Wenn Rahel versuchte, etwas zu sagen, unterbrach Ammu sie mit einem neuen Gedanken oder einer neuen Frage. Sie schien entsetzliche Angst davor zu haben, daß ihre Tochter erwachsene Dinge sagen könnte, die die eingefrorene Zeit zum Tauen bringen würden. Die Angst machte sie geschwätzig. Mit ihrem Geplapper hielt sie sie im Zaum.

Sie war aufgeschwemmt vom Kortison, mondgesichtig, nicht die schlanke Mutter, die Rahel kannte. Die Haut spannte sich über ihre geschwollenen Backen wie schimmerndes Narbengewebe über alte Impfnarben. Wenn sie lächelte, sahen ihre Grübchen aus, als würden sie weh tun. Ihr lockiges Haar hatte den Glanz verloren und hing um ihr aufgequollenes Gesicht wie ein stumpfer Vorhang. Ihren Atem trug sie in einem gläsernen Inhalationsapparat in ihrer zerschlissenen Handtasche mit sich herum. Braune Brovon-Dämpfe. Jeder Atemzug, den sie machte, war wie ein gewonnener Krieg gegen die stählerne Faust, die versuchte, alle Luft aus ihrer Lunge zu pressen. Rahel sah ihrer Mutter beim Atmen zu. Jedesmal, wenn sie inhalierte, wurden die Mulden neben ihren Schlüsselbeinen zu steilen, schattigen Senken.

Ammu hustete einen Schleimpfropfen in ihr Taschentuch und zeigte ihn Rahel.

»Du mußt ihn immer genau ansehen«, sagte sie heiser, als wäre Schleim eine Mathematikaufgabe, die man noch einmal nachrechnete, bevor man sie abgab.

»Wenn der Schleim weiß ist, ist er noch nicht reif. Wenn er gelb ist und eklig riecht, ist er reif und kann ausgehustet werden. Schleim ist wie Obst. Reif oder unreif. Man muß den Unterschied erkennen können.«

Beim Mittagessen rülpste sie wie ein Lastwagenfahrer und sagte »Entschuldigung« mit einer tiefen, unnatürlichen Stimme. Rahel sah, daß in ihren Augenbrauen neue dicke Haare wuchsen, so lang wie Fühler. Ammu lächelte das Schweigen um den Tisch herum an, während sie die Gräten aus einem gebratenen Kaiserfisch zog. Sie sagte, sie komme sich vor wie ein Straßenschild, auf das die Vögel scheißen. Ihre Augen glitzerten merkwürdig, fiebrig.

Mammachi fragte sie, ob sie getrunken habe, und schlug vor, sie solle Rahel so selten wie möglich besuchen.

Ammu stand vom Tisch auf und ging, ohne ein Wort zu sagen. Nicht einmal auf Wiedersehen.

»Geh ihr nach und verabschiede dich von ihr«, sagte Chacko zu Rahel.

Rahel tat so, als hätte sie ihn nicht gehört. Sie aß ihren Fisch weiter. Sie dachte an den Schleim und hätte beinahe gekotzt. Damals haßte sie ihre Mutter. *Haßte* sie.

Sie sah sie nie wieder.

Ammu starb in einem schmutzigen Zimmer in Alleppey, wohin sie wegen eines Vorstellungsgesprächs als Sekretärin gefahren war. Sie starb allein. In Gesellschaft eines lauten Deckenventilators und ohne einen Estha, der an ihrem Rükken lag und mit ihr redete. Sie war einunddreißig. Nicht alt, nicht jung, aber ein lebensfähiges, sterbensfähiges Alter.

In der Nacht war sie aufgewacht, um einem vertrauten, immer wiederkehrenden Traum zu entfliehen, in dem sich ihr Polizisten mit schnappenden Scheren näherten, um ihr Haar abzuschneiden. In Kottayam taten sie das mit Prostituierten, die sie im Basar aufgriffen – sie brandmarkten sie, damit jeder wußte, was sie waren. *Veshyas.* Damit neue Polizisten, die ihre Runde machten, kein Problem hatten, diejenigen zu identifizieren, die sie schikanieren konnten. Ammu sah sie immer auf dem Markt, die Frauen mit den leeren Augen und den gewaltsam geschorenen Köpfen in dem Land, in dem das lange, geölte Haar nur den moralisch Rechtschaffenen zustand.

In dieser Nacht setzte sich Ammu auf einem fremden Bett in einem fremden Zimmer in einer fremden Stadt auf. Sie wußte nicht, wo sie war, sie erkannte nichts um sich herum. Nur ihre Angst war ihr vertraut. Aus weiter Ferne hatte der Mann in ihr zu rufen begonnen. Diesmal lockerte die stählerne Faust ihren Griff nicht. Schatten versammelten sich wie Fledermäuse in den steilen Senken neben ihren Schlüsselbeinen.

Der Sweeper fand sie am Morgen. Er stellte den Ventilator ab.

Unter einem Auge hatte sie einen dunkelblauen Sack, der aufgebläht war wie eine Blase. Als hätte ihr Auge versucht zu tun, was ihre Lunge nicht tun konnte. Irgendwann gegen Mitternacht hatte der Mann, der in ihrer Brust lebte, aufgehört zu rufen. Eine Kolonne Ameisen trug gemächlich eine tote Kakerlake aus der Tür, machte vor, wie mit Leichen zu verfahren war.

Die Kirche weigerte sich, Ammu zu beerdigen. Aus mehreren Gründen. Deshalb mietete Chacko einen Lieferwagen, um den Leichnam zum elektrischen Krematorium zu bringen. Er hatte sie in ein schmutziges Laken gewickelt und auf eine Bahre gelegt. Rahel fand, daß sie aussah wie ein römischer Senator. *Et tu, Ammu,* dachte sie und lächelte in Erinnerung an Estha.

Es war merkwürdig, mit einem toten römischen Senator auf dem Boden des Lieferwagens durch helle, geschäftige Straßen zu fahren. Der blaue Himmel wurde dadurch blauer. Vor den Autofenstern lebten die Menschen wie ausgeschnittene Papierpuppen ihr Papierpuppenleben weiter. Das wahre Leben fand im Wagen statt. Wo sich der Tod befand. Ammus Leiche wurde über den holprigen Unebenheiten und Schlaglöchern in der Straße hin und her geworfen und glitt von der Bahre. Ihr Kopf stieß gegen einen Eisenbolzen am Boden. Sie zuckte nicht zusammen und wachte nicht auf. In Rahels Kopf war ein Brummen, und für den Rest des Tages mußte Chacko sie anschreien, wenn er sich Gehör verschaffen wollte.

Im Krematorium herrschte die gleiche elende, heruntergekommene Atmosphäre wie in einem

Bahnhof, nur daß es menschenleer war. Keine Züge, keine Menschenmengen. Niemand außer Bettlern, Obdachlosen und den Toten aus dem Polizeigewahrsam wurde hier verbrannt. Menschen, die starben und niemanden hatten, der an ihrem Rücken lag und mit ihnen redete. Als Ammu an der Reihe war, hielt Chacko Rahels Hand. Sie wollte ihre Hand nicht gehalten haben. Sie nutzte die Schlüpfrigkeit des Krematoriumsschweißes, um sie seinem Griff zu entwinden. Niemand sonst von der Familie war da.

Die Stahltür des Verbrennungsofens ging auf, und das gedämpfte Prasseln des ewigen Feuers wurde zu einem roten Tosen. Die Hitze stürzte sich auf sie wie ein ausgehungertes wildes Tier. Dann wurde es mit Rahels Ammu gefüttert. Mit ihrem Haar, ihrer Haut, ihrem Lächeln. Ihrer Stimme. Der Art, wie sie Kipling benutzte, um ihre Kinder zu lieben, wenn sie sie ins Bett brachte: *Wir sind von einem Blut, du und ich.* Mit ihrem Gutenachtkuß. Der Art, wie sie ihre Gesichter mit einer Hand hielt (zusammengepreßte Backen, fischmundig), während sie mit der anderen ihr Haar scheitelte und kämmte. Der Art, wie sie Rahel die Unterhose hinhielt, damit sie hineinsteigen konnte. *Linkes Bein, rechtes Bein.* All das wurde dem wilden Tier zum Fraß vorgeworfen, und es war zufrieden.

Sie war ihre Ammu *und* ihr Baba gewesen und hatte sie doppelt geliebt.

Die Tür des Ofens fiel zu. Es gab keine Tränen.

Der Diensthabende des Krematoriums war auf eine Tasse Tee auf die Straße gegangen und kehrte erst nach zwanzig Minuten zurück. So lange mußten Chacko und Rahel auf die rosa Quittung warten, die sie ermächtigte, Ammus Überreste an sich zu nehmen. Ihre Asche. Die Splitter ihrer Knochen. Die Zähne ihres Lächelns. Das, was sie gewesen war, in einen kleinen Tontopf gefüllt. Quittung Nr. Q498673.

Rahel fragte Chacko, wie die Leitung des Krematoriums wisse, welche Asche zu wem gehöre. Chacko sagte, sie müßten ein System haben.

Wäre Estha dabeigewesen, hätte er die Quittung aufbewahrt. Er war der Verwahrer der Akten. Der geborene Hüter von Busfahrkarten, Bankquittungen, Rechnungen, Scheckbuchabschnitten. Kleiner Mann. Er lebte in einem Cara-van. Dum dum.

Aber Estha war nicht dabei. Alle hatten beschlossen, daß es besser so wäre. Statt dessen schrieben sie ihm. Mammachi sagte, Rahel solle ihm auch schreiben. Was schreiben? *Mein lieber Estha, wie geht es Dir? Mir geht es gut. Gestern ist Ammu gestorben.*

Rahel schrieb ihm nicht. Es gibt Dinge, die man

nicht tun kann – wie zum Beispiel einen Brief an einen Teil seiner selbst schreiben. An die eigenen Füße oder das Haar. Oder das Herz.

In Pappachis Zimmer blickte Rahel (nicht alt, nicht jung), mit Bodenstaub an den Füßen, von dem Weisheitsübungsheft auf und sah, daß Estha Un-bekannt nicht mehr da war.

Sie kletterte herunter (vom Stuhl, vom Tisch) und ging hinaus auf die Veranda.

Sie sah, wie Esthas Rücken durch das Tor verschwand.

Es war mitten am Vormittag und würde demnächst wieder regnen. Das Grün – während der letzten Momente dieses seltsamen, glühenden Vorregenlichts – war grell.

In der Ferne krähte ein Hahn, und seine Stimme teilte sich in zwei. Wie ein Sohle, die sich von einem alten Schuh ablöst.

Rahel stand da mit ihren zerfledderten Weisheitsübungsheften. Auf der vorderen Veranda eines alten Hauses, unter einem knopfäugigen Büffelkopf, wo Jahre zuvor, an dem Tag, an dem Sophie Mol eingetroffen war, *Willkommen zu Hause, unsere Sophie Mol* aufgeführt worden war.

Die Dinge können sich an einem einzigen Tag verändern.

Willkommen zu Hause, unsere Sophie Mol

Es war ein großes altes Haus, das Haus in Ayemenem, aber es wirkte unnahbar. Als ob es kaum etwas zu tun hätte mit den Menschen, die darin lebten. Wie ein alter Mann mit wäßrigen Augen, der Kinder beim Spielen beobachtet und in ihrem schrillen Übermut und ihrer uneingeschränkten Hingabe an das Leben nur Vergänglichkeit sieht.

Alter und Regen hatten das steile, mit Dachziegeln gedeckte Dach mit dunklem Moos überzogen. Die dreieckigen hölzernen Verzierungen der Giebel waren aufwendig geschnitzt, das Licht, das schräg durch die Schnitzerei fiel und Muster auf den Boden zeichnete, war voller Geheimnisse. Wölfe. Blumen. Leguane. Es veränderte die Gestalt, während die Sonne über den Himmel wanderte. Und starb pünktlich in der Abenddämmerung.

Die Türen waren nicht mit zwei, sondern mit vier Fensterläden aus Teakholz versehen, so daß

Damen in früheren Zeiten die untere Hälfte geschlossen lassen, sich mit den Ellbogen auf die Kanten stützen und mit vorbeikommenden Händlern feilschen konnten, ohne sich unterhalb der Taille preiszugeben. Technisch war es möglich, mit verhülltem Busen und nacktem Hintern Teppiche oder Armreife zu erwerben. Technisch.

Neun Stufen führten von der Einfahrt zur vorderen Veranda hinauf. Die erhöhte Lage verlieh ihr die Würde einer Bühne, und alles, was dort geschah, war umgeben von der Aura und der Bedeutsamkeit einer Vorführung. Die Veranda ging auf Baby Kochammas Ziergarten hinaus, der Kiesweg führte daran vorbei und fiel dann ab zum Fuß des Hügels, auf dem das Haus stand.

Es war eine tiefe Veranda, kühl sogar mittags, wenn die Sonne am heißesten brannte.

Als der rote Betonboden gelegt wurde, kam das Eiweiß von fast neunhundert Eiern hinein. Er glänzte wie auf Hochglanz poliert.

Unter dem ausgestopften, knopfäugigen Büffelkopf, der zwischen den Porträts ihres Schwiegervaters und ihrer Schwiegermutter hing, saß Mammachi auf einem niedrigen Korbstuhl an einem Korbtisch, auf dem eine grüne Glasvase stand, darin ein einziger Orchideenstiel mit purpurroten Blüten.

Der Nachmittag war still und heiß. Die Atmosphäre erwartungsvoll.

Mammachi hielt sich eine schimmernde Violine unter das Kinn. Sie trug eine schwarze Sonnenbrille aus den fünfziger Jahren mit schrägen undurchsichtigen Gläsern und Straß in den Ecken des Gestells. Ihr Sari war gestärkt und parfümiert. Eierschalenfarben und gold. Brillantohrringe funkelten in ihren Ohren wie winzige Lüster. Die Ringe mit den Rubinen saßen locker. Ihre blasse, feine Haut war gerunzelt wie Rahm auf erkalteter Milch und mit winzigen roten Muttermalen bestäubt. Sie war wunderschön. Alt, ungewöhnlich, königlich.

Blinde Mutter und Witwe mit einer Violine.

In früheren Jahren hatte Mammachi in weiser Voraussicht und mit großer Gewissenhaftigkeit alle ihre ausgefallenen Haare gesammelt und in einem kleinen bestickten Täschchen auf ihrer Kommode aufbewahrt. Als sie genug gesammelt hatte, machte sie daraus in einem Haarnetz einen Knoten, den sie zusammen mit ihrem Schmuck in eine Schublade legte. Seit ihr Haar ein paar Jahre zuvor begonnen hatte, dünner und silbern zu werden, steckte sie den pechschwarzen Knoten mit Nadeln an ihren kleinen silbernen Kopf, um ihrem Haar mehr Fülle zu geben. Ihrer Meinung nach war das vollkommen akzeptabel, da es sich um ihr eigenes Haar handelte. Abends, wenn sie den Knoten abnahm, gestattete sie ihren Enkelkindern, das verbliebene Haar zu einem festen geölten Zopf zu flechten, zu einem grauen Rattenschwanz mit einem Gummiband am Ende. Ein Enkelkind flocht den Zopf, das andere zählte die zahllosen Muttermale. Dabei wechselten sie sich ab.

Auf ihrem Schädel, sorgfältig verdeckt von ihrem spärlichen Haar, hatte Mammachi erhöhte, halbmondförmige Schrammen. Die Narben alter Schläge aus einer alten Ehe. Ihre Messingvasennarben.

Sie spielte das *Lentement* aus der Suite II in G-Dur aus Händels *Wassermusik.* Die nutzlosen Augen hinter der Schmetterlingssonnenbrille waren geschlossen, aber sie sah die Musik, als die Töne von ihrer Geige aufstiegen und wie Rauch in den Nachmittag schwebten.

Das Innere ihres Kopfes war wie ein Raum, in dem dunkle Vorhänge den hellen Tag ausschlossen.

Während sie spielte, wanderten ihre Gedanken über die Jahre zurück zu ihrer ersten professionellen Ladung Pickles. Wie schön sie ausgesehen hatten! In Gläser abgefüllt und luftdicht verschlossen, standen sie auf einem Tisch neben dem Kopfende ihres Bettes, so daß sie sie am Morgen, wenn sie erwachte, als erstes berühren konnte. An jenem Abend war sie früh zu Bett gegangen, wachte jedoch kurz nach Mitternacht auf. Sie griff nach einem Glas, und ihre bangen Finger waren von einem Ölfilm überzogen. Die Picklesgläser standen in einer Öllache. Überall war Öl. Als Ring unter ihrer Thermosflasche. Unter ihrer Bibel. Auf ihrem Nachttisch. Die eingemachten Mangos hatten das Öl aufgesogen und sich ausgedehnt, und deswegen leckten die Gläser.

Mammachi las in einem Buch nach, das Chakko ihr kaufte, *Hausgemachte Konserven,* aber es bot keine Lösung. Dann diktierte sie einen Brief an Annamma Chandys Schwager, der der für die Region zuständige Manager von Padma Pickles in Bombay war. Er schlug vor, sie solle den Anteil des Konservierungsmittels, das sie benutzte, erhöhen. Und mehr Salz hinzufügen. Das half, löste das Problem jedoch nicht gänzlich. Auch jetzt noch, nach so vielen Jahren, leckten die Paradise-Pickles-Gläser ein bißchen. Kaum wahrnehmbar, aber sie leckten, und wenn sie weit transportiert wurden, wurden die Etiketten ölig und transparent. Die Pickles selbst waren etwas salzig.

Mammachi fragte sich, ob sie wohl je die Kunst des Einmachens zur Vollkommenheit bringen würde und ob Sophie Mol wohl eiskalten Traubensaft mochte. Kalten purpurroten Saft in einem Glas.

Dann dachte sie an Margaret Kochamma, und Händels getragen fließende Töne klangen auf einmal schrill und ärgerlich.

Mammachi war Margaret Kochamma nie begegnet. Aber sie verachtete sie trotzdem. *Tochter eines Ladenbesitzers* – so wurde Margaret Kochamma in Mammachis Kopf abgelegt. Mammachi ordnete die Welt auf diese Weise. Wenn sie zu einer Hochzeit in Kottayam eingeladen war, verbrachte sie die ganze Zeit damit, wem immer, der gerade in der Nähe war, zuzuflüstern: *Der Großvater mütterlicherseits der Braut war der Schreiner meines Vaters. Kunjukutty Eapen? Die Schwester seiner Urgroßmutter war nichts weiter als eine Hebamme in Trivandrum. Der Familie meines Mannes hat früher einmal der ganze Hügel gehört.*

Selbstverständlich hätte Mammachi Margaret Kochamma auch verachtet, wenn sie die Anwärterin auf den englischen Thron gewesen wäre. Es war nicht nur ihre Herkunft aus der Arbeiterklasse, die sie ablehnte. Sie haßte Margaret Kochamma, weil sie Chackos Frau war. Sie haßte sie, weil sie ihn verlassen hatte. Hätte sie jedoch noch mehr gehaßt, wäre sie bei ihm geblieben.

An dem Tag, als Chacko Pappachi daran hinderte, sie zu schlagen (und Pappachi statt dessen seinen Schaukelstuhl meuchelte), hatte Mammachi ihre ehelichen Koffer gepackt und sie in Chakkos Obhut transferiert. Von da an wurde er zum Objekt all ihrer fraulichen Gefühle. Ihr Mann. Ihre einzige Liebe.

Sie war sich seiner libertinären Beziehungen zu den Frauen in der Fabrik sehr wohl bewußt, ließ sich davon jedoch nicht mehr verletzen. Als Baby Kochamma das Thema ansprach, wurde Mammachi nervös und war kurz angebunden.

»Er hat nun mal die Bedürfnisse eines Mannes«, sagte sie prüde.

Überraschenderweise akzeptierte Baby Kochamma diese Erklärung, und die rätselhafte, insgeheim erregende Vorstellung von männlichen Bedürfnissen fand in dem Haus in Ayemenem implizit Zustimmung. Weder Mammachi noch Baby Kochamma sahen irgendeinen Widerspruch zwischen Chackos marxistischem Gedankengut und seiner feudalen Libido. Sorgen machten sie sich nur wegen der Naxaliten, die bekanntermaßen Männer aus guten Familien zwangen, Dienstmädchen zu heiraten, die sie geschwängert hatten. Natürlich hatten sie nicht die leiseste Ahnung, daß das Geschoß, das den guten Namen der Familie für immer zerstören würde, nachdem es einmal abgefeuert war, aus einer völlig unerwarteten Ecke kommen würde.

Mammachi ließ einen Extraeingang zu Chackos Zimmer bauen, das sich auf der Ostseite des Hauses befand, so daß die Objekte seiner »Bedürfnisse« nicht *durch* das Haus latschen mußten. Heimlich steckte sie ihnen Geld zu, um sie bei Laune zu halten. Sie nahmen es, weil sie es brauchten. Sie hatten junge Kinder und alte Eltern. Oder Männer, die ihren gesamten Verdienst in Palmweinbars ausgaben. Dieses Arrangement kam Mammachi zupaß, weil ihrer Ansicht nach ein Honorar *die Lage klärte.* Sex von Liebe abkoppelte. Bedürfnisse von Gefühlen.

Margaret Kochamma allerdings war etwas ganz anderes. Da Mammachi keine Möglichkeit hatte, es definitiv herauszufinden (obwohl sie einmal versuchte, Kochu Maria dazu zu bringen, die Laken nach Flecken abzusuchen), konnte sie nur hoffen, daß Margaret Kochamma nicht beabsichtigte, ihre sexuellen Beziehungen zu Chacko wiederaufzunehmen. Während Margaret Kochamma in Ayemenem war, bewältigte Mammachi ihre nicht zu bewältigenden Gefühle, indem sie Geld in die Taschen der Kleider steckte, die Margaret Kochamma in den Wäschekorb legte. Margaret Kochamma gab das Geld nie zurück, weil sie es nie fand. Die Taschen wurden routinemäßig von Aniyan, dem Wäscher, geleert. Mammachi wußte das, zog es jedoch vor, Margaret Kochammas Schweigen als wortlose Annahme des Geldes – Bezahlung für die Gefälligkeiten, die Margaret Kochamma in Mammachis Vorstellung ihrem Sohn zuteil werden ließ – zu interpretieren.

Mammachi verschaffte sich so die Befriedigung, Margaret Kochamma als Hure betrachten zu können, Aniyan der Wäscher freute sich über die tägliche Zuwendung, und Margaret Kochamma blieb in seliger Unkenntnis des ganzen Arrangements.

Von der Stange neben dem Brunnen rief ein schmutziger Kuckuck *huup-huup* und flatterte mit den rostroten Flügeln.

Eine Krähe stahl ein Stückchen Seife, die in ihrem Schnabel schäumte.

In der dunklen, rauchigen Küche stand die kleine Kochu Maria auf den Zehenspitzen und glasierte den großen zweistöckigen WILLKOMMEN-ZU-HAUSE-UNSERE-SOPHIE-MOL-Kuchen. Obwohl zu dieser Zeit bereits die meisten syrischen Christinnen Saris trugen, kleidete sich Kochu Maria immer noch in ihre weiße *chatta* mit den kurzen Ärmeln und dem V-Ausschnitt und ihren weißen *mundu,* der auf ihrem Hintern zu einem steifen Stoffächer gefaltet war. Kochu Marias Fächer war jedoch mehr oder weniger verborgen unter der blauweißkarierten, rüschenbesetzten, absurd unpassenden Küchenschürze, auf der Mammachi im Haus bestand.

Sie hatte kurze dicke Unterarme, Finger wie Cocktailwürstchen und eine breite fleischige Nase mit geblähten Nasenflügeln. Tiefe Hautfalten verbanden die Nase mit dem Kinn und trennten diesen Teil vom Rest ihres Gesichts ab wie eine Schnauze. Ihr Kopf war zu groß für ihren Körper. Sie sah aus wie ein konservierter Fötus, der in einem biologischen Labor aus seinem Glas mit Formaldehyd entkommen und mit der Zeit glatt und dick geworden war.

In ihrem Mieder, das sie sich fest um die Brust schnürte, um ihre unchristlichen Brüste platt zu drücken, bewahrte sie feuchte Geldscheine auf. Ihre Kunukku-Ohrringe waren schwer und aus Gold. Ihre Ohrläppchen waren zu großen beschwerten Schlingen geworden, die um ihren Hals schwangen; darin saßen die Ohrringe wie ausgelassene Kinder in einem Karussell (das sich fast ganz um die eigene Achse drehte). Ihr rechtes Ohrläppchen war einmal aufgerissen und von Dr. Verghese Verghese wieder zusammengenäht worden. Kochu Maria mußte die Kunukku tragen, denn wenn sie es nicht tat, wie sollten dann die Leute wissen, daß sie trotz ihrer niederen Stellung als Köchin (fünfundsiebzig Rupien im Monat) eine syrische Christin und Mitglied der Mar-Thoma-Kirche war? Keine Pelaya oder Pulaya oder Paravan. Sondern eine berührbare Christin der oberen Kasten (in die das Christentum gesickert war wie Tee aus einem Teebeutel). Zerrissene und wieder zusammengeflickte Ohrläppchen waren da bei weitem die bessere Alternative.

Kochu Maria hatte damals noch nicht Bekanntschaft geschlossen mit der Fernsehsüchtigen, die in ihr schlummerte. Der Hulk-Hogan-Süchtigen. Sie hatte noch nicht einmal ein Fernsehgerät gesehen. Sie hätte nicht geglaubt, daß das Fernsehen überhaupt existierte. Hätte es ihr jemand erzählt, hätte Kochu Maria angenommen, daß er oder sie ihre Intelligenz beleidigen wollte. Kochu Maria begegnete den Versionen der Welt, die andere Leute hatten, mit Mißtrauen. Meistens hielt sie sie für einen willentlichen Affront gegen ihre mangelnde Bildung und (frühere) Leichtgläubigkeit. In einer entschlossenen Umkehrung der ihr innewohnenden Natur glaubte Kochu Maria jetzt prinzipiell kaum noch, was ihr irgend jemand erzählte. Ein paar Monate zuvor, im Juli, als Rahel ihr mitteilte, daß ein amerikanischer Astronaut namens Edwin Armstrong auf dem Mond spazierengegangen war, hatte sie sarkastisch gelacht und erwidert, daß ein Malayali-Akrobat namens O. Muthachen Saltos auf der Sonne geschlagen hatte. Wobei ihm Bleistifte in der Nase steckten. Sie war bereit zuzugestehen, daß Amerikaner *existierten,* obwohl sie noch nie einen gesehen hatte. Sie war sogar bereit zu glauben, daß Edwin Armstrong ein durchaus vorstellbarer, wenn auch höchst absurder Name war. Aber auf dem Mond spazierengehen? Nein, Sir. Ebensowenig traute sie den verschwommenen grauen Fotos, die in der *Malayala Manorama* erschienen, die sie nicht lesen konnte.

Sie war sich sicher, daß Estha, wenn er *Et tu, Kochu Maria!* sagte, sie auf englisch beleidigte. Sie glaubte, daß es so etwas wie *Kochu Maria, du häßlicher schwarzer Zwerg* bedeutete. Sie wartete ab, wollte den rechten Augenblick abpassen, um sich über ihn zu beschweren.

Als sie mit dem Glasieren des großen Kuchens fertig war, warf sie den Kopf in den Nacken und preßte sich die restliche Glasur auf die Zunge. Endlose Spiralen Schokoladenzahnpasta auf der rosa Kochu-Maria-Zunge. Als Mammachi auf der Veranda rief (»Kochu Marije! Ich hör das Auto!«), war ihr Mund voll Glasur, und sie konnte nicht antworten. Sie schluckte die Paste hinunter, fuhr sich mit der Zunge erst über die Zähne, drückte sie dann mehrmals gegen den Gaumen und gab kurze schmatzende Laute von sich, als hätte sie gerade etwas Saures gegessen.

Ferne Geräusche eines himmelblauen Autos (vorbei an der Bushaltestelle, an der Schule, an der gelben Kirche und die holprige rote Straße zwischen den Kautschukbäumen entlang) schickten ein Murmeln durch die schummrige, rußige Paradise-Pickles-Fabrik.

Das Einmachen (und das Entsaften, das Schneiden, das Kochen und das Rühren, das Reiben, das Salzen, das Trocknen, das Wiegen und das luftdicht Verschließen) hörte auf.

»Chacko Saar vannu«, ging es flüsternd von Mund zu Mund. Messer wurden weggelegt. Gemüse wurde im Stich gelassen, halb geschnitten auf riesigen Aluminiumplatten. Einsame Kürbisse, unvollständige Ananas. Bunte Gummifingerhüte (leuchtend, wie fröhliche dicke Kondome) wurden ausgezogen. Marinierte Hände wurden gewaschen und an kobaltblauen Schürzen abgetrocknet. Entwichene Haarsträhnen wurden eingefangen und unter weiße Kopftücher gesteckt. Unter den Schürzen geraffte *mundus* wurden herunter-

gelassen. Die Fliegentüren der Fabrik waren mit Federverbindungen befestigt und schlossen sich lautstark von selbst.

Auf einer Seite der Einfahrt, neben dem alten Brunnen, im Schatten des *Kodam-puli*-Baumes, versammelte sich eine schweigende blaubeschürzte Armee, um in der grünen Hitze zuzuschauen.

Blau beschürzt und weiß bekopftucht, wie ein Häuflein flotter blauweißer Flaggen.

Achoo, Jose, Yako, Aniyan, Elayan, Kuttan, Vijayan, Vawa, Joy, Sumathi, Ammal, Annamma, Kanakamma, Latha, Sushila, Vijayamma, Jolly Kutty, Molly Kutty, Lucy Kutty, Beena Mol (Mädchen mit Busnamen). Das erste Rumoren von Unzufriedenheit, verborgen unter einer dikken Schicht Loyalität.

Der himmelblaue Plymouth fuhr am Tor vorbei auf die Einfahrt und knirschte über den Kies, zermalmte kleine Muscheln, verspritzte rote und gelbe Steinchen. Kinder torkelten heraus.

In sich zusammengesackte Fontänen.

Plattgedrückte Tollen.

Zerknitterte gelbe Hosen mit Schlag und eine geliebte Handtasche. Jet-lagged und kaum wach. Dann die geschwollenen Knöchel der Erwachsenen. Langsam vom langen Sitzen.

»Seid ihr da?« fragte Mammachi und wandte

die dunkle Schmetterlingsbrille den neuen Geräuschen zu: zugeschlagenen Autotüren, Aussteigen. Sie senkte die Violine.

»Mammachi!« sagte Rahel zu ihrer wunderschönen blinden Großmutter. »Estha hat sich übergeben! Mitten in *Meine Lieder, meine Träume!* Und ...«

Ammu berührte ihre Tochter sanft. An der Schulter. Und ihre Berührung bedeutete *Psst* ... Rahel blickte sich um und sah, daß sie in einem Schauspiel mitspielte. Aber sie hatte nur eine kleine Rolle.

Sie war nur die Landschaft. Eine Blume vielleicht. Oder ein Baum.

Ein Gesicht in der Menge. Eine Städterin.

Niemand sagte hallo zu Rahel. Nicht einmal die blaue Armee in der grünen Hitze.

»Wo ist sie?« fragte Mammachi die Autogeräusche. »Wo ist meine Sophie Mol? Komm her und laß mich dich anschauen.«

Während sie sprach, zerfiel die wartende Melodie, die über ihr hing wie der funkelnde Sonnenschirm eines Tempelelefanten, und schwebte lautlos wie Staub zu Boden.

Chacko in seinem Was-ist-mit-unserem-Mann-der-Massen-los?-Anzug und seiner wohlgenährten Krawatte führte Margaret Kochamma und Sophie

Mol triumphierend die neun roten Stufen hinauf wie zwei Tennistrophäen, die er gerade gewonnen hatte.

Und wieder wurden nur die kleinen Dinge gesagt. Die großen Dinge lauerten unausgesprochen im Inneren.

»Hallo, Mammachi«, sagte Margaret Kochamma mit der Stimme einer freundlichen Schullehrerin (die manchmal zuschlug). »Danke, daß wir hiersein dürfen. Wir mußten unbedingt weg.«

Mammachi fing einen Hauch billigen Parfüms auf, säuerlich an den Rändern von Flugzeugschweiß. (Sie selbst bewahrte eine Flasche Dior in einem weichen grünen Lederbeutel in ihrem Safe auf.)

Margaret Kochamma nahm Mammachis Hand. Die Finger waren weich, die Ringe mit den Rubinen hart.

»Hallo, Margaret«, sagte Mammachi (nicht unhöflich, nicht höflich). Noch immer hatte sie die Sonnenbrille auf. »Willkommen in Ayemenem. Es tut mir leid, daß ich dich nicht sehen kann. Aber wie du weißt, bin ich fast blind.« Sie sprach absichtlich langsam.

»Ach, das ist schon in Ordnung«, sagte Margaret Kochamma. »Ich seh' bestimmt schrecklich aus.« Sie lachte nervös, unsicher, ob es die richtige Antwort gewesen war.

»Falsch«, sagte Chacko. Er wandte sich an Mammachi, lächelte ein stolzes Lächeln, das seine Mutter nicht sehen konnte. »Sie ist so hübsch wie eh und je.«

»Es hat mir leid getan, als ich gehört habe … von Joe«, sagte Mammachi.

Sie klang, als ob es ihr nur ein bißchen leid getan hätte. Und nicht sehr leid.

Es folgte ein kurzes Wir-sind-traurig-wegen-Joe-Schweigen. »Wo ist meine Sophie Mol?« sagte Mammachi. »Komm her und laß deine Großmutter dich ansehen.«

Sophie Mol wurde zu Mammachi geführt. Mammachi schob sich die Brille mit den dunklen Gläsern ins Haar. Sie blickten wie schräge Katzenaugen hinauf zu dem schimmligen Büffelkopf. Der schimmlige Büffel sagte: *»Nein. Absolut nicht.«* In schimmligem Büffelisch.

Auch nach der Hornhauttransplantation konnte Mammachi nur Licht und Schatten erkennen. Wenn jemand in der Tür stand, sah sie, daß jemand in der Tür stand. Aber sie sah nicht, wer es war. Sie konnte einen Scheck lesen, eine Quittung oder einen Geldschein, wenn sie ihn so nah vor die Augen hielt, daß ihre Wimpern ihn berührten. Dann hielt sie ihn still und bewegte den Kopf. Führte ihr Auge von Wort zu Wort.

Die Flughafenfee (in ihrem Feenkleid) sah, wie Mammachi Sophie Mol zu ihren Augen zog, um sie anzusehen. Sie zu lesen wie einen Scheck. Sie zu überprüfen wie einen Geldschein. Mammachi sah (mit ihrem besseren Auge) rotbraunes Haar (n… nahezu blond), die Rundungen zweier sommersprossiger Backen (nnnn…nahezu rosig), blaugraublaue Augen.

»Pappachis Nase«, sagte Mammachi. »Sag mir, bist du ein hübsches Mädchen?« fragte sie Sophie Mol.

»Ja«, sagte Sophie Mol.

»Und groß?«

»Groß für mein Alter«, sagte Sophie Mol.

»Sehr groß«, sagte Baby Kochamma. »Viel größer als Estha.«

»Sie ist auch älter«, sagte Ammu.

»Trotzdem«, sagte Baby Kochamma.

Ein kleines Stück entfernt nahm Velutha die Abkürzung durch die Kautschukbäume. Mit nacktem Oberkörper. Über eine Schulter hatte er eine Rolle elektrisches Kabel geschlungen. Er trug seinen dunkelblau und schwarz gemusterten *mundu* locker oberhalb der Knie gebunden. Auf seinem Rücken das Glücksblatt vom Muttermalbaum (das dafür sorgte, daß der Monsun rechtzeitig einsetzte). Sein Herbstblatt bei Nacht.

Bevor er aus den Bäumen auf die Einfahrt trat, entdeckte Rahel ihn, schlich sich aus dem Schauspiel und ging zu ihm. Ammu sah sie gehen.

Hinter den Kulissen beobachtete sie, wie sie ihre komplizierte offizielle Begrüßung aufführten. Velutha machte einen Knicks, wie es ihm beigebracht worden war, sein *mundu* rockartig ausgebreitet, wie die englische Melkerin in *The King's Breakfast.* Rahel verneigte sich (und sagte: »Verneig dich.«). Dann hakten sie die kleinen Finger ineinander und schüttelten sich ernst die Hände mit einer Miene wie Bankdirektoren bei einer Konferenz.

In dem fleckigen Sonnenlicht, gefiltert durch die dunkelgrünen Bäume, sah Ammu, wie Velutha ihre Tochter mühelos hochhob, als wäre sie ein aufblasbares Kind, aus Luft bestehend. Als er sie hochwarf und in seinen Armen auffing, sah Ammu auf Rahels Gesicht das unermeßliche Glück der luftgetragenen jungen Kinder.

Sie sah, wie die Muskelstränge auf Veluthas Bauch sich anspannten und unter seiner Haut abzeichneten wie die Rippen einer Tafel Schokolade. Sie wunderte sich, wie sich sein Körper verändert hatte – so unauffällig, vom Körper eines Jungen mit flachen Muskeln zum Körper eines Mannes. Konturenreich und hart. Der Körper eines

Schwimmers. Der Körper eines Schwimmerschreiners. Auf Hochglanz gebracht mit einer wachshaltigen Körperpolitur.

Er hatte hohe Backenknochen und ein weißes, überraschendes Lächeln.

Es war das Lächeln, das sie an Velutha den kleinen Jungen erinnerte. Der Vellya Paapen dabei half, Kokosnüsse zu zählen. Der Ammu kleine Geschenke hinhielt, die er für sie gebastelt hatte, auf der flachen Hand, so daß sie sie nehmen konnte, ohne ihn zu berühren. Boote, Schachteln, kleine Windmühlen. Und der sie Ammukutty nannte. Kleine Ammu. Obwohl sie älter war als er. Als sie ihn jetzt ansah, konnte sie nicht umhin, zu denken, daß der Mann, zu dem er geworden war, kaum Ähnlichkeit hatte mit dem Jungen, der er gewesen war. Sein Lächeln war das einzige Gepäckstück, das er aus seiner Kindheit mitgenommen hatte ins Erwachsenenalter.

Plötzlich hoffte Ammu, daß er es tatsächlich gewesen war, den Rahel in der Demonstration gesehen hatte. Sie hoffte, daß er es gewesen war, der wütend eine Fahne und einen knorrigen Arm erhoben hatte. Sie hoffte, daß er unter dem ordentlichen Mantel der guten Laune einen lebendigen, atmenden Zorn gegen die selbstgefällige geordnete Welt hegte, gegen die sie selbst so wütete.

Sie hoffte, daß er es gewesen war.

Das Ausmaß der körperlichen Vertrautheit ihrer Tochter mit ihm überraschte sie. Es überraschte sie, daß ihr Kind eine Nebenwelt zu haben schien, von der *sie* vollkommen ausgeschlossen war. Eine taktile Welt des Lächelns und des Lachens, an der sie, ihre Mutter, keinerlei Anteil hatte. Ammu wurde vage bewußt, daß eine heikle purpurrote Spur Eifersucht ihre Gedanken durchschoß. Sie erlaubte sich nicht, darüber nachzudenken, auf wen sie eifersüchtig war. Auf den Mann oder auf ihr eigenes Kind. Oder auf ihre Welt der ineinander verhakten Finger und des überraschenden Lächelns.

Der Mann, der im Schatten eines Kautschukbaumes stand, auf dessen Körper Münzen aus Sonnenschein tanzten, der ihre Tochter in den Armen hielt, blickte auf und begegnete Ammus Blick. Jahrhunderte schoben sich in einen vergänglichen Augenblick zusammen. Die Geschichte wurde auf dem falschen Fuß, in einem unachtsamen Moment erwischt. Abgestreift wie eine alte Schlangenhaut. Ihre Schrammen, ihre Narben, ihre Wunden aus alten Kriegen und den Rückwärts-Kriech-Tagen, all das fiel ab. In ihrer Abwesenheit hinterließ sie eine Aura, ein greifbares Schimmern, das so deutlich sichtbar war wie das Wasser im Flußbett oder die Sonne am Himmel. So deutlich spürbar wie die Hitze an einem heißen Tag oder das Ziehen eines Fisches an einer gespannten Angelschnur. So offensichtlich, daß niemand es bemerkte.

In diesem kurzen Moment blickte Velutha auf und sah Dinge, die er noch nie gesehen hatte. Dinge, die bislang verboten gewesen waren, verdunkelt von den Scheuklappen der Geschichte.

Einfache Dinge.

Zum Beispiel sah er, daß Rahels Mutter eine Frau war.

Daß sie tiefe Grübchen bekam, wenn sie lächelte. Und daß die Grübchen noch da waren, lange nachdem das Lächeln aus ihren Augen verschwunden war. Er sah, daß ihre braunen Arme rund und fest und makellos waren. Daß ihre Schultern schimmerten, aber ihre Augen woanders waren. Er sah, daß er ihr Geschenke nicht mehr auf der flachen Hand reichen mußte, damit sie ihn nicht zu berühren brauchte. Seine Boote und Schachteln. Seine kleinen Windmühlen. Er sah auch, daß nicht notwendigerweise er der einzige war, der etwas zu verschenken hatte. Daß auch *sie* ihm etwas schenken wollte.

Dieses Wissen glitt widerstandslos in ihn hinein wie die scharfe Schneide eines Messers. Kalt und heiß zugleich. Nur ein Augenblick war dafür nötig.

Ammu sah, daß er sah. Sie wandte den Blick ab. Er ebenso. Die Dämonen der Geschichte kehrten zurück, um sie wieder für sich zu beanspruchen. Um sie wieder in die alte vernarbte Haut einzuwickeln und dorthin zurückzuzerren, wo sie wirklich lebten. Wo die Gesetze der Liebe festlegten, wer geliebt werden durfte. Und wie. Und wie sehr.

Ammu ging auf die Veranda, zurück in das Schauspiel. Zitternd.

Velutha sah Botschafterin S. Insekt in seinen Armen an. Er setzte sie ab. Ebenfalls zitternd.

»Da sieh mal einer an!« sagte er und musterte ihr lächerliches wolkiges Kleid. »So eine Schönheit! Willst du heiraten?«

Rahel langte in seine Achselhöhlen und kitzelte ihn gnadenlos. *Kille kille kille!*

»Ich hab dich gestern gesehen«, sagte sie.

»Wo?« Velutha ließ seine Stimme hoch und erstaunt klingen.

»Du lügst«, sagte Rahel. »Du lügst und tust nur so. Ich hab dich gesehen. Du warst ein Kommunist und hast ein Hemd angehabt und eine Fahne. *Und* du hast mich übersehen.«

»Aiyyo kashtam«, sagte Velutha. »Das würd ich niemals tun. Sag, würde Velutha das *jemals* tun?

Das muß mein lange verlorener Zwillingsbruder gewesen sein.«

»Welcher lange verlorene Zwillingsbruder?«

»Urumban, du Dummchen … der in Kochi lebt.«

»Welcher Urumban?« Dann sah sie das Zwinkern. »Du lügst! Du hast überhaupt keinen Zwillingsbruder! Das war nicht Urumban! Du warst es!«

Velutha lachte. Er hatte ein wunderschönes Lachen, das er ehrlich meinte.

»Das war ich nicht«, sagte er. »Ich hab krank im Bett gelegen.«

»Siehst du, du lachst!« sagte Rahel. »Das heißt, du warst es. Lachen heißt: ›Du warst es.‹«

»Nur auf englisch«, sagte Velutha. »Mein Lehrer hat immer gesagt, in Malayalam heißt Lachen: ›Ich war's nicht.‹«

Rahel brauchte einen Augenblick, um das zu verstehen. Wieder langte sie nach ihm. *Kille kille kille!*

Noch immer lachend blickte Velutha auf das Schauspiel und hielt Ausschau nach Sophie. »Wo ist unsere Sophie Mol? Laß uns einen Blick auf sie werfen. Hast du sie mitgebracht oder hast du sie vergessen?«

»Nicht hinschauen«, sagte Rahel drängend.

Sie stieg auf die Betonbrüstung, die die Einfahrt von den Kautschukbäumen trennte, und hielt Velutha mit den Händen die Augen zu.

»Warum nicht?« sagte Velutha.

»Darum«, sagte Rahel. »Weil ich es nicht will.«

»Wo ist Estha Mon?« fragte Velutha, an dessen Rücken eine Botschafterin (verkleidet als Stechinsekt, verkleidet als Flughafenfee) hing, die Beine um seine Taille geschlungen, und ihm mit ihren kleinen klebrigen Händen die Augen zuhielt. »Ich hab ihn nicht gesehen.«

»Ach, wir haben ihn in Cochin verkauft«, sagte Rahel leichthin. »Für einen Sack voll Reis. Und eine Taschenlampe.«

Die Wolken ihres steifen Kleides preßten unregelmäßige Spitzenblumen auf Veluthas Rücken. Spitzenblumen und ein Glücksblatt blühten auf einem schwarzen Rücken.

Aber als Rahel in dem Schauspiel nach Estha Ausschau hielt, bemerkte sie, daß er nicht dabei war.

Nun traf Kochu Maria ein, klein hinter dem großen Kuchen. »Hier kommt der Kuchen«, sagte sie etwas zu laut zu Mammachi.

Kochu Maria redete immer etwas zu laut mit

Mammachi, da sie davon ausging, daß ein schwaches Augenlicht automatisch alle anderen Sinne beeinträchtigte.

»*Kando* Kochu Marije?« sagte Mammachi. »Siehst du unsere Sophie Mol?«

»*Kandoo* Kochamma«, sagte Kochu Maria extra laut. »Ich sehe sie.«

Sie lächelte Sophie Mol an. Extra breit. Sie war genauso groß wie Sophie Mol. Trotz aller Anstrengungen eher klein als syrisch-christlich.

»Sie hat die Hautfarbe ihrer Mutter«, sagte Kochu Maria.

»Und Pappachis Nase«, beharrte Mammachi.

»Das kann ich nicht beurteilen, aber sie ist sehr hübsch«, rief Kochu Maria. »*Sundarikutty.* Sie ist ein kleiner Engel.«

Kleine Engel waren strandfarben und trugen Hosen mit Schlag.

Kleine Teufel waren schlammbraun und trugen Flughafen-Feenkleider und hatten Beulen auf der Stirn, die sich womöglich zu Hörnern auswuchsen. Fontänen in Love-in-Tokyos. Und die Gewohnheit, rückwärts zu lesen.

Wenn man sich die Mühe machte, entdeckte man den Satan in ihren Augen.

Kochu Maria nahm Sophies Hände in ihre, die

Handflächen nach oben, hob sie an ihr Gesicht und atmete tief ein.

»Was macht sie da?« wollte Sophie Mol wissen, ihre zarten Londoner Hände im Griff schwieliger Ayemenem-Hände. »Wer ist sie und warum riecht sie an meinen Händen?«

»Sie ist die Köchin«, sagte Chacko. »Das ist ihre Art, dich zu küssen.«

»Küssen?« Sophie Mol war nicht überzeugt, aber interessiert.

»Wie wunderbar!« sagte Margaret Kochamma. »Eine Art Schnüffeln. Machen das auch Männer und Frauen miteinander?«

Sie hatte nicht gewollt, daß es so klang, wie es klang, und wurde rot. Ein verlegenes schullehrerinnenförmiges Loch im Universum.

»Die ganze Zeit«, sagte Ammu etwas lauter als das sarkastische Murmeln, das sie beabsichtigt hatte. »So machen wir Kinder.«

Chacko haute ihr keine runter.

Deswegen schlug sie nicht zurück.

Aber die erwartungsvolle Atmosphäre wurde ärgerlich.

»Ich denke, du schuldest meiner Frau eine Entschuldigung, Ammu«, sagte Chacko mit der fürsorglichen Miene eines Eigentümers (und hoffte, daß Margaret Kochamma nicht *Exfrau, Chacko!* sagen und ihm mit einer Rose drohen würde).

»O nein!« sagte Margaret Kochamma. »Es war mein Fehler. Ich wollte nicht, daß es so klingt wie … ich habe nur gemeint … ich meine, es ist faszinierend, daß …«

»Es war eine absolut berechtigte Frage«, sagte Chacko. »Und ich denke, Ammu sollte sich entschuldigen.«

»Müssen wir uns aufführen wie irgendein verdammter gottverlassener Stamm, der gerade entdeckt worden ist?« fragte Ammu.

»Gütiger Himmel!« sagte Margaret Kochamma.

Im wütenden Schweigen des Schauspiels (die blaue Armee in der grünen Hitze sah immer noch zu) ging Ammu zum Plymouth, holte ihren Koffer heraus, knallte die Tür zu und ging mit schimmernden Schultern in ihr Zimmer. Ließ die anderen mit der Frage zurück, wo sie diese Unverschämtheiten gelernt hatte.

Und um die Wahrheit zu sagen, es war keine leicht zu beantwortende Frage.

Weil Ammu weder die Art Bildung hatte noch die Art Bücher gelesen hatte oder die Sorte Leute kannte, die sie beeinflußt haben könnten, so zu denken, wie sie dachte.

Sie war einfach diese Art von Wesen.

Als Kind hatte sie sehr schnell gelernt, die Vater-Bär-Mutter-Bär-Geschichten zu ignorieren, die man ihr zu lesen gab. In ihrer Version schlug Vater Bär Mutter Bär mit Messingvasen. Mutter Bär ertrug die Schläge mit stummer Resignation.

Während sie heranwuchs, hatte Ammu zugesehen, wie ihr Vater sein schreckliches Netz spann. Er war charmant und weltgewandt mit Besuchern, und wenn sie zufällig weiß waren, fehlte nicht viel, und er hätte gekatzbuckelt. Er spendete Geld für Waisenhäuser und Leprakrankenhäuser. Er arbeitete hart an seinem öffentlichen Image als gebildeter, großzügiger, moralischer Mann. Aber allein mit seiner Frau und seinen Kindern verwandelte er sich in einen monströsen, argwöhnischen Tyrannen und legte einen Zug bösartiger Schläue an den Tag. Sie wurden geschlagen, gedemütigt und gezwungen, den Neid von Freunden und Verwandten zu ertragen, weil sie einen so wunderbaren Mann und Vater hatten.

Ammu erinnerte sich an kalte Winternächte in Delhi, die sie in der Mehndihecke, die ihr Haus umgab (für den Fall, daß anständige Familien sie beobachteten), zugebracht hatte, weil Pappachi von der Arbeit nach Hause gekommen war, sich nicht wohl gefühlt und sie und Mammachi geschlagen und aus dem Haus gejagt hatte.

An einem dieser Abende suchten die neunjährige Ammu und ihre Mutter wieder in der Hekke Zuflucht und sahen zu, wie Pappachis adrette Silhouette hinter den erleuchteten Fenstern von Zimmer zu Zimmer flitzte. Nicht damit zufrieden, Frau und Tochter (Chacko war fort in der Schule) verprügelt zu haben, riß er die Vorhänge herunter, trat gegen Möbel und zerschlug eine Tischlampe. Eine Stunde nachdem die Lichter ausgegangen waren, setzte sich die kleine Ammu über Mammachis ängstliche Bitten hinweg und kroch durch einen Lüftungsschacht zurück ins Haus, um ihre neuen Gummistiefel zu retten, die sie mehr als alles andere liebte. Sie steckte sie in eine Papiertüte und schlich zurück ins Wohnzimmer, als plötzlich das Licht anging.

Pappachi hatte die ganze Zeit in seinem Mahagonischaukelstuhl gesessen und in der Dunkelheit lautlos geschaukelt. Als er sie erwischte, sagte er kein Wort. Er verdrosch sie mit seiner Reitpeitsche mit dem Elfenbeingriff (die auf dem Foto auf seinem Schoß lag). Ammu weinte nicht. Als er damit fertig war, mußte sie ihm Mammachis Zickzackschere aus dem Nähkörbchen bringen. Vor Ammus Augen zerschnitt der Entomologe des britischen Empires ihre neuen Gummistiefel mit der Zickzackschere ihrer Mutter. Streifen schwarzen

Gummis fielen zu Boden. Die Schere machte zuschnappende Scherengeräusche. Ammu ignorierte das angstverzerrte Gesicht ihrer Mutter, das im Fenster auftauchte. Es dauerte zehn Minuten, bis ihre geliebten Gummistiefel vollständig zerschnitten waren. Als sich der letzte Streifen Gummi auf dem Boden ringelte, sah ihr Vater sie mit kalten Insektenaugen an und schaukelte und schaukelte und schaukelte. Umgeben von einem Meer sich windender Gummischlangen.

Als sie älter wurde, lernte Ammu mit seiner kalten, berechnenden Grausamkeit zu leben. Sie entwickelte einen stolzen Sinn für Ungerechtigkeit und den störrischen, leichtsinnigen Zug, wie er sich in jemand Kleinem bildet, der sein Leben lang von jemand Großem schikaniert worden ist. Sie tat überhaupt nichts, um Streitigkeiten und Konfrontationen zu vermeiden. Tatsächlich könnte man sagen, daß sie sie suchte, vielleicht sogar genoß.

»Ist sie gegangen?« fragte Mammachi das Schweigen um sich herum.

»Sie ist gegangen«, sagte Kochu Maria laut.

»Darf man in Indien ›verdammt‹ sagen?« fragte Sophie Mol.

»Wer hat verdammt gesagt?« fragte Chacko.

»Sie«, sagte Sophie Mol. »Tante Ammu. Sie hat ›wie irgendein verdammter gottverlassener Stamm‹ gesagt.«

»Schneide den Kuchen auf und gib jedem ein Stück«, sagte Mammachi.

»In England dürfen wir es nämlich nicht«, sagte Sophie Mol zu Chacko.

»Dürft ihr was nicht?« sagte Chacko.

»›Verdammt‹ sagen«, sagte Sophie Mol.

Mammachi blickte, ohne etwas zu sehen, in den glitzernden Nachmittag.

»Sind alle da?« fragte sie.

»*Oower,* Kochamma«, sagte die blaue Armee in der grünen Hitze. »Wir sind alle da.«

Außerhalb des Schauspiels sagte Rahel zu Velutha: »*Wir* sind nicht da, stimmt's? Wir spielen nicht einmal mit.«

»Das ist haargenau richtig«, sagte Velutha. »Wir spielen nicht einmal mit. Aber ich würde zu gerne wissen, wo dein Esthappappychachen Kuttappen Peter Mon ist.«

Und daraus wurde ein vergnügter, atemloser Rumpelstilzchentanz zwischen den Kautschukbäumen.

Oh, Esthappappychachen Kuttappen Peter Mon,
Wo, oh, wo bist du bloß, mein Son?

Und aus Rumpelstilzchen wurde Scarlet Pimpernel.

Wir suchen ihn hier, wir suchen ihn dort.
Die Franzmänner suchen ihn jetzt und immerfort.
Ist er im Himmel? In der Hölle? Oder wo?
Dieser verdammte Estha – wir vermissen ihn so!

Kochu Maria schnitt probeweise ein Stück Kuchen ab, damit Mammachi ihre Zustimmung geben konnte.

»Für jeden ein Stück«, wies Mammachi Kochu Maria an und berührte vorsichtig das Stück mit ihren rubinberingten Fingern, um zu überprüfen, ob es klein genug war.

Kochu Maria sägte den Kuchen schlampig und umständlich auseinander, schwer durch den Mund atmend, als würde sie einen Lammbraten zersäbeln. Sie legte die Stücke auf ein großes silbernes Tablett.

Mammachi spielte eine WILLKOMMEN-ZU-HAUSE-UNSERE-SOPHIE-MOL-Melodie auf ihrer Geige.

Eine süßliche Schokoladenmelodie. Klebrig süß

und schmelzbraun. Schokoladenwellen an einem Schokoladenstrand.

Mitten in der Melodie erhob Chacko die Stimme über die Schokoladenklänge.

»Mamma!« sagte er (mit seiner Vorlesestimme). »Mamma! Das ist genug! Du hast genug Geige gespielt.«

Mammachi hörte auf zu spielen und blickte in Chackos Richtung, der Bogen stand still in der Luft.

»Genug? Meinst du, daß es reicht, Chacko?«

»Mehr als genug«, sagte Chacko.

»Genug ist genug«, murmelte Mammachi zu sich selbst. »Ich glaub, ich hör jetzt auf.« Als ob ihr diese Idee gerade gekommen wäre.

Sie legte die Geige zurück in den schwarzen geigenförmigen Kasten. Er klappte zu wie ein Koffer. Und schloß die Musik ein. Klick. Und Klick.

Mammachi setzte ihre dunkle Sonnenbrille wieder auf. Und zog die Vorhänge vor den heißen Tag.

Ammu trat aus dem Haus und rief nach Rahel.

»Rahel! Ich will, daß du jetzt dein Nachmittagsnickerchen hältst. Komm rein, wenn du deinen Kuchen gegessen hast.«

Rahel wurde schwer ums Herz. Nachmittagsknickerchen. Die haßte sie.

Ammu ging zurück ins Haus.

Velutha setzte Rahel ab, und sie stand verloren neben der Einfahrt, an der Peripherie des Schauspiels, und ein Knickerchen ragte groß und häßlich an ihrem Horizont auf.

»Und bitte hör auf, so übervertraulich mit diesem Mann zu sein«, sagte Baby Kochamma zu Rahel.

»Übervertraulich?« sagte Mammachi. »Wer ist da, Chacko? Wer ist übervertraulich?«

»Rahel«, sagte Baby Kochamma.

»Übervertraulich mit *wen?*«

»Mit wem«, korrigierte Chacko seine Mutter.

»Na gut, mit *wem* ist sie übervertraulich?« fragte Mammachi.

»Mit deinem geliebten Velutha – mit wem sonst?« sagte Baby Kochamma, und an Chacko gewandt: »Frag ihn, wo er gestern gewesen ist. Laßt uns ein für allemal der Katze die Schelle umhängen.«

»Nicht jetzt«, sagte Chacko.

»Was ist übervertraulich?« fragte Sophie Mol Margaret Kochamma, die nicht antwortete.

»Velutha? Ist Velutha da? Bist du da?« fragte Mammachi den Nachmittag.

»Oower, Kochamma.« Er trat aus den Bäumen ins Schauspiel. »Hast du herausgefunden, was es

war?« fragte Mammachi. »Die Dichtung im Bodenventil«, sagte Velutha. »Ich hab sie ausgewechselt. Jetzt funktioniert sie wieder.«

»Dann schalt sie ein«, sagte Mammachi. »Der Tank ist leer.«

»Dieser Mann wird unsere Nemesis sein«, sagte Baby Kochamma. Nicht weil sie hellsichtig war und eine plötzliche prophetische Vision hatte. Sondern um ihn in Schwierigkeiten zu bringen. Niemand beachtete sie.

»Laßt euch das gesagt sein«, sagte sie bitter.

»Hast du sie gesehen«, sagte Kochu Maria, als sie mit dem Kuchentablett bei Rahel anlangte. Sie meinte Sophie Mol. »Wenn sie groß ist, wird sie unsere Kochamma sein und unsere Löhne erhöhen und uns Nylonsaris zu Onam schenken.« Kochu Maria sammelte Saris, obwohl sie noch nie einen getragen hatte und wahrscheinlich auch nie einen tragen würde.

»Na und?« sagte Rahel. »Bis dahin werde ich in Afrika leben.«

»Afrika?« Kochu Maria kicherte. »In Afrika wimmelt's nur so vor häßlichen schwarzen Menschen und Moskitos.«

»Du bist häßlich«, sagte Rahel und fügte (auf englisch) hinzu: »Dummer Zwerg!«

»Was hast du gesagt?« sagte Kochu Maria drohend. »Brauchst mir's gar nicht zu sagen. Ich weiß Bescheid. Ich hab's gehört. Ich werd's Mammachi erzählen. Wart nur ab.«

Rahel ging hinüber zu dem alten Brunnen, wo es normalerweise ein paar rote Ameisen umzubringen gab. Chottan-Ameisen, die furzig-sauer rochen, wenn man sie zerquetschte. Kochu Maria folgte ihr mit dem Tablett.

Rahel sagte, sie wolle nichts von dem dummen Kuchen.

»Kushumbi«, sagte Kochu Maria. »Eifersüchtige Menschen kommen geradewegs in die Hölle.«

»Wer ist eifersüchtig?«

»Ich weiß es nicht. Sag du's mir«, sagte Kochu Maria mit der Rüschenschürze und Essig im Herzen.

Rahel setzte ihre Sonnenbrille auf und blickte zurück ins Schauspiel. Alles war zornfarben. Sophie Mol, die zwischen Margaret Kochamma und Chacko stand, sah aus, als ob ihr eine Ohrfeige verpaßt werden sollte. Rahel fand eine ganze Kolonne saftiger Ameisen. Sie waren unterwegs zur Kirche. Alle rot angezogen. Sie mußten getötet werden, bevor sie dort eintrafen. Mit einem Stein zermatscht und zerquetscht werden. Stinkende Ameisen hatten in einer Kirche nichts zu suchen.

Die Ameisen machten ein leises knackendes Geräusch, als das Leben aus ihnen entwich. Wie eine Elfe, die Toast aß oder einen knusprigen Keks.

Die Ameisenkirche wäre leer, und der Ameisenbischof würde in seinem komischen Ameisenbischofsornat warten und einen silbernen Topf mit Weihrauch schwenken. Und niemand würde kommen.

Nachdem er eine angemessene Ameisenweile gewartet hätte, würde sich seine Stirn in komische Ameisenbischofsfalten legen, und er würde traurig den Kopf schütteln. Er würde zu den funkelnden bunten Ameisenglasfenstern blicken, und wenn er damit fertig wäre, würde er die Kirche mit einem riesengroßen Schlüssel zusperren und verdunkeln. Dann würde er nach Hause zu seiner Frau gehen, und sie würden (wenn sie nicht tot wäre) ein Ameisennachmittagsknickerchen halten.

Sophie Mol, mit Hut, Schlaghosen und geliebt von Anfang an, verließ das Schauspiel, um nachzusehen, was Rahel hinter dem Brunnen tat. Aber das Schauspiel begleitete sie. Ging, wenn sie ging, blieb stehen, wenn sie stehenblieb. Liebevolles Lächeln folgte ihr. Kochu Maria hielt das Kuchentablett ihrem nach unten gerichteten, bewundernden Lächeln aus dem Weg, als sich Sophie in den Brunnenmatsch setzte (der gelbe Schlag der Hose jetzt matschignaß).

Sophie Mol inspizierte das stinkende Massaker mit klinischer Distanz. Der Stein war überzogen mit zerdrückten roten Kadavern und ein paar hilflos sich bewegenden Beinen.

Kochu Maria sah mit ihren Kuchenkrümeln zu.

Das liebevolle Lächeln sah liebevoll zu.

Kleine spielende Mädchen.

Süß.

Eine strandfarben.

Eine braun.

Eine geliebt.

Eine ein bißchen weniger geliebt.

»Wir könnten eine am Leben lassen, damit sie einsam ist«, schlug Sophie Mol vor.

Rahel ignorierte sie und tötete alle. Dann lief sie in ihrem wolkigen Flughafenkleid und der dazupassenden Unterhose (die nicht mehr frisch war) und der nicht dazupassenden Sonnenbrille davon. Verschwand in der grünen Hitze.

Das liebevolle Lächeln blieb an Sophie Mol haften wie Scheinwerferlicht. Es meinte vielleicht, daß die süßen Cousinen Verstecken spielten, was süße Cousinen oft tun.

Mrs. Pillai, Mrs. Eapen, Mrs. Rajagopalan

Das frische Grün des Tages war von den Bäumen getropft. Dunkle Palmwedel spreizten sich wie herabhängende Kämme vor dem Monsunhimmel. Die orangefarbene Sonne glitt durch ihre gebogenen, spitzen Zinken.

Eine Schwadron Flederhunde flitzte durch die Dämmerung.

In dem aufgegebenen Ziergarten setzte sich Rahel, beobachtet von den herumlümmelnden Zwergen und einem einsamen Cherub, an den Teich und sah den Kröten zu, die von einem Stein zum nächsten hüpften. Schöne häßliche Kröten.

Schleimig. Warzig. Quakend.

Sehnsuchtsvolle, ungeküßte Prinzen waren in ihnen gefangen. Fressen für Schlangen, die im langen Junigras lauerten. Raschelten. Zuschnappten. Keine Kröte mehr, die von einem schaumigen Stein zum nächsten hüpfte. Kein Prinz zum Küssen mehr.

Es war der erste Abend seit ihrer Ankunft, an dem es nicht regnete.

Wenn ich in Washington wäre, dachte Rahel, *würde ich um diese Zeit zur Arbeit fahren. Im Bus. Die Straßenlampen. Die Abgase. Die Formen des Atems der Menschen auf dem kugelsicheren Glas meiner Kabine. Das Geklapper von Münzen auf dem Blechfach. Der Geruch des Geldes an meinen Fingern. Der pünktliche Betrunkene mit den nüchternen Augen, der genau um zehn Uhr abends auftaucht. »He, du! Schwarze Nutte! Lutsch meinen Schwanz!«*

Sie besaß siebenhundert Dollar. Und einen goldenen Armreif mit Schlangenköpfen. Aber Baby Kochamma hatte sie bereits gefragt, wie lange sie noch bleiben wollte. Und welche Pläne sie für Estha hatte.

Sie hatte keine Pläne.

Keine Pläne.

Kein Recht, gehört zu werden.

Sie sah zu dem hoch aufragenden, giebeligen, hausförmigen Loch im Universum und stellte sich vor, in der silbernen Schüssel zu leben, die Baby Kochamma auf dem Dach hatte installieren lassen. Sie *schien* groß genug, daß Menschen darin wohnen konnten. Jedenfalls war sie größer als die Wohnstätten vieler Menschen. Größer zum Beispiel als Kochu Marias enges Quartier.

Wenn sie dort schliefen, sie und Estha, zusammengerollt wie Föten in einem flachen Metallbauch, was würden Hulk Hogan und Bam Bam Bigelow dann tun? Wenn die Schüssel besetzt wäre, wohin würden sie dann gehen? Würden sie durch den Kamin in Baby Kochammas Leben und Fernsehapparat schlüpfen? Würden sie mit einem *Hiiaa!* auf dem alten Herd landen, vollbepackt mit Muskeln und in glitzernden Kostümen? Würden die dünnen Menschen – die Opfer der Hungersnöte und die Flüchtlinge – durch die Ritzen in den Türen schlüpfen? Würde Völkermord zwischen die Dachziegel kriechen?

Am Himmel wimmelte es vor Fernsehen. Wenn man eine Spezialbrille trug, konnte man sie zwischen den Fledermäusen und den in die Nester fliegenden Vögeln erkennen – Blondinen, Kriege, Hungersnöte, Fußballspiele, Lebensmittelreklame, Staatsstreiche, mit Haarspray steif gesprühte Frisuren. Designerbrüste. Die auf Ayemenem zuglitten wie Drachenflieger. Muster auf den Himmel malten. Räder. Windmühlen. Blühende und nicht blühende Blumen.

Hiiaa!

Rahel wandte sich wieder den Kröten zu.

Fett. Gelb. Von einem schaumigen Stein zum nächsten. Vorsichtig berührte sie eine. Sie öffnete die Augenlider. Merkwürdig selbstsicher. Sie erinnerte sich, daß sie und Estha einmal einen ganzen Tag lang »Niktitation« gesagt hatten. Sie und Estha und Sophie Mol.

Niktitation
iktitation
titation
itation
tation
ation
tion
ion.

An jenem Tag trugen sie, alle drei, Saris (alte, zerrissene). Estha war der Drapierexperte. Er faltete Sophie Mols Falten. Zog Rahels *pallu* zurecht und seinen eigenen ebenfalls. Auf der Stirn hatten sie rote *bindis.* Bei dem Versuch, Ammus verbotenen Khol auszuwaschen, hatten sie ihn sich über die Augen verschmiert, und insgesamt sahen sie aus wie drei Waschbären, die als Hindu-Damen durchgehen wollten. Es war ungefähr eine Woche nachdem Sophie angekommen war. Eine Woche bevor sie starb. In der Zwischenzeit hatte sie unter den durchdringenden Blicken der Zwillinge alle ihre Erwartungen über den Haufen geworfen, ohne auch nur einen Moment zu zögern.

Sie hatte:

(a) Chacko davon in Kenntnis gesetzt, daß sie ihn, obwohl er ihr richtiger Vater war, weniger liebte als Joe (dadurch wurde er verfügbar – auch wenn ihm nicht viel daran lag – als Ersatzvater für bestimmte zweieiige Personen, die nach seiner Zuneigung lechzten);

(b) Mammachis Angebot abgelehnt, Estha und Rahel als Muttermalzähler und privilegierte Flechter von Mammachis nächtlichem Rattenschwanz abzulösen;

(c) (& am wichtigsten) scharfsinnig Baby Kochammas Naturell durchschaut und alle ihre Annäherungs- und kleinen Verführungsversuche zurückgewiesen, und zwar offen und höchst unhöflich.

Und als ob das noch nicht genug wäre, offenbarte sie sich auch noch als menschlich. Eines Tages kehrten die Zwillinge von einem heimlichen Ausflug zum Fluß zurück (von dem sie Sophie Mol ausgeschlossen hatten) und fanden sie in Tränen aufgelöst im Garten, wo sie auf der höchsten Stelle von Baby Kochammas Kräutergarten kauerte und »einsam war«, wie sie es nannte. Am nächsten Tag nahmen Estha und Rahel sie mit zu Velutha.

Sie besuchten ihn in Saris, stapften tolpatschig über roten Schlamm und durch langes Gras *(Nik-*

titation, iktitation, titation, itation, tation) und stellten sich als Mrs. Pillai, Mrs. Eapen und Mrs. Rajagopalan vor. Velutha stellte sich und seinen gelähmten Bruder Kuttappen (der fest schlief) vor. Er begrüßte sie mit ausgesuchter Höflichkeit. Er sprach sie alle mit Kochamma an und brachte ihnen frisches Kokoswasser zum Trinken. Er plauderte mit ihnen über das Wetter. Den Fluß. Die Tatsache, daß seiner Meinung nach die Kokospalmen jedes Jahr knapper würden. Ebenso die Damen in Ayemenem. Er stellte ihnen seine mißmutige Henne vor. Er zeigte ihnen sein Schreinerwerkzeug und schnitzte jedem von ihnen einen kleinen Holzlöffel.

Erst jetzt, Jahre später, erkannte Rahel mit der nachträglichen Einsicht der Erwachsenen die Zärtlichkeit dieser Geste. Ein erwachsener Mann, der drei Waschbären empfing und sie wie echte Damen behandelte. Der instinktiv an ihrer Verschwörung teilnahm und dabei darauf achtete, ihre Fiktion nicht durch erwachsene Unachtsamkeit zu schmälern. Oder durch Zuneigung.

Es ist schließlich so leicht, eine Geschichte zu ruinieren. Einen Gedankengang zu unterbrechen. Das Fragment eines Traumes zu zerstören, das vorsichtig wie ein Stück aus Porzellan herumgetragen wird.

Genau das nicht zu tun, sondern sich darauf einzulassen, wie es Velutha getan hatte, ist so viel schwieriger.

Drei Tage vor dem Grauen ließ er sie seine Fingernägel mit rotem Cutex-Nagellack, den Ammu weggeworfen hatte, lackieren. So sah er aus an dem Tag, als die Geschichte sie auf der rückwärtigen Veranda heimsuchte. Ein Schreiner mit roten Fingernägeln. Der Trupp Polizisten hatte die Nägel angesehen und gelacht.

»Was soll das?« sagte einer. »Bist du bi?«

Ein anderer hob den Fuß, in dessen welliger Sohle sich ein Tausendfüßler ringelte. Dunkelrostbraun. Eine Million Beine.

Der letzte Streifen Licht glitt von der Schulter des Cherubs. Düsternis verschlang den Garten. Mit Haut und Haar. Wie ein Python. Im Haus gingen die Lichter an.

Rahel sah Estha in seinem Zimmer auf dem Bett sitzen. Er blickte durch das vergitterte Fenster hinaus in die Dunkelheit. Er konnte sie nicht sehen, wie sie draußen im Dunkeln saß und ins Licht hineinblickte.

Zwei Schauspieler, gefangen in einem abstrusen Stück ohne Hinweis auf die Handlung. Sie stolperten durch ihre Rollen, nährten den Kummer einer anderen Person. Trauerten die Trauer einer anderen Person.

Irgendwie unfähig, das Stück zu wechseln. Oder gegen eine Gebühr irgendeinen billigen Exorzismus zu kaufen von einem Berater mit einem phantasievollen Titel, der sie Platz nehmen ließ und auf eine von vielen Arten zu ihnen sagte:

»Ihr seid nicht die Sünder. Ihr seid diejenigen, gegen die gesündigt wurde. Ihr wart noch Kinder. Es lag nicht in eurer Hand. Ihr seid die Opfer, nicht die Täter.«

Es hätte geholfen, wenn sie diesen Schritt hätten machen können. Wenn sie, nur kurzfristig, die tragische Kappe des Opfers hätten tragen können. Dann wären sie in der Lage gewesen, ihr ein Gesicht zu geben und Wut heraufzubeschwören auf das, was geschehen war. Oder Wiedergutmachung zu suchen. Und schließlich, vielleicht, die Erinnerungen auszumerzen, die sie heimsuchten.

Aber Wut stand ihnen nicht zur Verfügung, und es gab kein Gesicht, das sie diesem anderen Ding hätten geben können, das sie in ihren klebrigen anderen Händen hielten wie eine imaginäre Orange. Sie konnten es nirgendwo ablegen. Es mußte gehalten werden. Behutsam und für alle Zeit.

Beide, Esthappen und Rahel, wußten, daß es an jenem Tag (neben ihnen) mehrere Täter gegeben hatte. Aber nur ein einziges Opfer. Und er hatte blutrote Fingernägel und ein braunes Blatt auf dem Rücken, das dafür sorgte, daß der Monsun rechtzeitig einsetzte.

Er ließ ein Loch im Universum zurück, durch das die Dunkelheit sickerte wie flüssiger Teer. Durch das ihre Mutter ihm folgte, ohne sich umzudrehen und ihnen zum Abschied zuzuwinken. Sie ließ sie zurück, in der Dunkelheit wirbelnd, ohne Verankerung, an einem Ort ohne Fundament.

Stunden später ging der Mond auf, und der düstere Python mußte wieder hergeben, was er verschluckt hatte. Der Garten tauchte wieder auf. Ausgespuckt mit Haut und Haar. Mit Rahel, die darin saß.

Der Wind wechselte die Richtung und trug das Geräusch von Trommeln zu ihr. Ein Geschenk. Das Versprechen einer Geschichte. *Es war einmal,* sagten sie, *da lebte ein …*

In klaren Nächten drang der Klang der *chenda* bis zu einem Kilometer weit vom Tempel Ayemenems herauf und kündigte eine Kathakali-Vorstellung an.

Rahel stand auf. Angezogen von der Erinnerung an ein steiles Dach und weiße Wände. An brennende Messinglampen und dunkles, geöltes Holz. Sie ging in der Hoffnung, einem alten Elefanten zu begegnen, der nicht auf der Strecke Kottaya–Cochin von einer Hochspannungsleitung getötet worden war. Sie holte eine Kokosnuß aus der Küche.

Unterwegs sah sie, daß eine Fliegentür der Fabrik aus den Angeln gehoben und gegen den Türrahmen gelehnt worden war. Sie schob sie zur Seite und trat ein. Die Luft war gesättigt mit Feuchtigkeit, so naß, daß Fische darin hätten schwimmen können.

Der Boden unter ihren Füßen war glitschig vom Monsunschleim. Eine kleine ängstliche Fledermaus flitzte zwischen den Dachbalken umher.

Die niedrigen Picklesströge aus Beton, die sich in der Dunkelheit als Silhouetten abzeichneten, verliehen der Fabrik das Aussehen eines überdachten Friedhofs für tote Zylinder.

Die sterblichen Überreste von Paradise Pickles & Konserven.

Wo vor langer Zeit, an dem Tag, an dem Sophie Mol ankam, Botschafter E. Pelvis in einem Topf mit scharlachroter Marmelade rührte und zwei Gedanken dachte. Wo ein rotes, mangoförmiges Geheimnis eingemacht, luftdicht verschlossen und weggestellt wurde.

Es stimmt. Die Dinge können sich an einem einzigen Tag verändern.

Der Fluß im Boot

Während auf der vorderen Veranda das Stück *Willkommen zu Hause, unsere Sophie Mol* aufgeführt wurde und Kochu Maria Kuchen an die blaue Armee in der grünen Hitze verteilte, stieß Botschafter E. Pelvis/S. Pimpernel (mit einer Tolle) von den beigefarbenen, spitzen Schuhen die Fliegentür der feuchten und nach Pickles riechenden Paradise-Pickles-Fabrik auf. Er schlenderte zwischen den riesigen Pickleströgen aus Beton umher auf der Suche nach einem Platz zum Nachdenken. Ousa, die Schleie-Reule, die auf dem rußschwarzen Balken neben dem Oberlicht lebte (und gelegentlich zum Geschmack gewisser Paradise-Produkte beitrug), beobachtete ihn beim Schlendern.

Vorbei an in Salzlake schwimmenden gelben Limonen, die ab und zu umgerührt werden mußten (sonst bildeten sich Inseln von schwarzem Schimmel wie schwarzgerüschte Pilze in einer klaren Suppe).

Vorbei an grünen Mangos, die aufgeschnitten

und mit Gelbwurz und Chilipulver gefüllt und mit Zwirn zusammengebunden waren. (Um sie mußte man sich eine Weile lang nicht kümmern.)

An mit Korken verschlossenen großen Flaschen mit Essig.

An Regalen mit Pektin und Konservierungsmitteln.

An Tabletts mit Kürbissen, Messern und bunten Fingerhüten aus Gummi.

An bauchigen Säcken mit Knoblauch und kleinen Zwiebeln.

An Bergen frischer grüner Pfefferkörner.

An einem Haufen Bananenschalen auf dem Boden (dem Abendessen der Schweine).

An dem Etikettenschränkchen voller Etiketten.

Am Klebstoff.

Am Pinsel für den Klebstoff.

An einer eisernen Wanne mit leeren, in schaumiger Seifenlauge schwimmenden Flaschen.

Am Zitronensaft.

Am Traubensaft.

Und zurück.

Im Inneren war es dunkel; erhellt wurde der Raum nur durch das Licht, das durch die verklebte Fliegentür drang, und einen Balken staubigen Sonnenlichts (auf dem Ousa nicht saß), der durch das Oberlicht fiel. Der Geruch nach Essig und Asa foetida stach ihn zwar in der Nase, aber Estha war daran gewöhnt, liebte ihn. Der Platz zum Nachdenken, für den er sich entschied, befand sich zwischen der Wand und dem schwarzen Eisenkessel, in dem eine Ladung frisch gekochter (illegaler) Bananenmarmelade langsam abkühlte.

Die Marmelade war noch heiß, und auf ihrer klebrigen roten Oberfläche erstarb langsam dicker rosafarbener Schaum. Kleine Bananenblasen, die in der tiefen Marmelade ertranken, und niemand kam ihnen zu Hilfe.

Der Orangenlimo-Zitronenlimo-Mann konnte jeden Augenblick hereinkommen. Einen Bus der Linie Cochin–Kottayam nehmen und hier sein. Und Ammu würde ihm Tee anbieten. Oder vielleicht Ananassaft. Mit Eis. Gelb in einem Glas.

Mit dem langen eisernen Löffel rührte Estha die dicke, frisch gekochte Marmelade.

Der sterbende Schaum formte sterbende schaumige Gebilde. Eine Krähe mit gebrochenem Flügel.

Eine geballte Hühnerkralle.

Eine in kränklicher Marmelade steckengebliebene Reule (nicht Ousa).

Einen traurigen Wirbel.

Und niemanden, der ihm zu Hilfe kam.

Während Estha in der dicken Marmelade rührte, dachte er zwei Gedanken, und die zwei Gedanken, die er dachte, waren folgende:

(a) Jedem kann alles passieren.

Und:

(b) Am besten, man ist darauf vorbereitet.

Nachdem er diese Gedanken gedacht hatte, war Estha Allein glücklich mit seinem Stückchen Weisheit.

Während sich die heiße magentarote Marmelade drehte, wurde Estha zum rührenden Hexenmeister mit einer zerzausten Tolle und unregelmäßigen Zähnen und dann zu den Hexen aus *Macbeth.*

Brenn, Feuer. Schäumt, Bananen.

Ammu hatte Estha erlaubt, Mammachis Bananenmarmeladerezept in ihr neues Rezeptbuch zu übertragen, das schwarz war mit einem weißen Rücken.

Sich voll und ganz der Ehre bewußt, die Ammu ihm zuteil werden ließ, hatte Estha seine zwei schönsten Handschriften zum Einsatz gebracht.

Bananenmarmelade (in seiner *alten* schönsten Handschrift)

Reife Bananen zerdrücken. Wasser hinzufügen, bis sie bedeckt sind, dann auf sehr heißer Flamme kochen, bis die Bananen weich sind.

Den Saft ausbressen, indem man sie durch ein grobes Mousslintuch preßt.

Die gleiche Menge Zucker abwiegen und bereitstellen.

Den Fruchtsaft kochen, bis er rot wird und ungefähr die Hälfte verdampft ist.

Die Gelatine (Pektin) folgendermaßen vorbereiten:

Verhältnis 1:5

d. h. 4 Teelöffel Pektin : 20 Teelöffel Zucker.

Estha stellte sich Pektin immer als den jüngsten von drei Brüdern mit Hämmern in den Händen vor, Pektin, Hektin und Abednego. Er malte sich aus, daß sie, bei schwindendem Licht und im Nieselregen, ein Schiff bauten. Wie Noahs Söhne. Er sah sie deutlich vor sich. Im Wettlauf gegen die Zeit. Das Geräusch ihrer Hämmer echote dumpf unter dem brütenden stürmischen Himmel. Und im nahen Dschungel, im gespenstischen stürmischen Licht, stellten sich paarweise Tiere auf.

Mädchenjunge
Mädchenjunge
Mädchenjunge

Mädchenjunge
Zwillinge waren nicht zugelassen.

Der Rest des Rezepts war in Esthas *neuer* schönster Handschrift geschrieben. Eckig, zackig. Sie lehnte sich nach links, als wollten die Buchstaben nur widerwillig Worte formen und sich die Worte nur widerwillig in Sätze einfügen:

Das Pektin zum konzentrierten Saft hinzufügen. Einige (5) Minuten kochen.
Auf starker Flamme, damit alles kräftig kocht.
Den Zucker zufügen. Kochen, bis alles gut sidet.
Langsam abkühlen lassen.
Hoffentlich wird dir das Rezept schmecken.

Abgesehen von den Rechtschreibfehlern war die letzte Zeile –*Hoffentlich wird dir das Rezept schmekken* – Esthas einzige Erweiterung des Originaltextes.

Langsam, während Estha rührte, wurde die Bananenmarmelade dicker und kühlte ab, und Gedanke Nummer drei stieg unaufgefordert von seinen beigefarbenen, spitzen Schuhen auf.

Gedanke Nummer drei war:

(c) Ein Boot.

Ein Boot, um über den Fluß zu rudern. Akkara. Die andere Seite. Ein Boot, um Vorräte zu transportieren. Streichhölzer. Kleidung. Töpfe und Pfannen. Dinge, die sie brauchen würden und mit denen sie nicht schwimmen konnten.

Estha hatte eine Gänsehaut auf den Armen. Das Marmeladerühren wurde zum Rudern des Bootes. Die kreisende Bewegung wurde zu einem Vor-und-Zurück. Über einen klebrigen, scharlachroten Fluß. Ein Lied des Onam-Wettruderns erfüllte die Fabrik. »*Thaiy thaiy thaka thaiy thaiy thome!*«

> *Enda da korangacha, chandi ithra thenjadu?*
> (He, Herr Affe, warum ist Ihr Hintern so rot?)
> *Pandyill thooran poyappol nerakkamuthiri nerangi njan.*
> (Ich war beim Scheißen in Madras und hab gekratzt, bis er blutete.)

Über die etwas unanständigen Fragen und Antworten des Bootliedes drang Rahels Stimme in die Fabrik.

»Estha! Estha! Estha!«

Estha antwortete nicht. Der Refrain des Bootliedes wurde in die dicke Marmelade geflüstert.

Theeyome
Thithome
Tharaka
Thithome
Theem.

Eine Fliegentür krächzte, und eine Flughafenfee mit Hornbeulen und einer gelben Sonnenbrille mit roten Plastikgläsern schaute herein, die Sonne hinter ihr. Die Fabrik war zornfarben. Die gesalzenen Limonen waren rot. Die reifen Mangos waren rot. Das Etikettenschränkchen war rot. Der staubige Balken Sonnenlicht (auf dem Ousa nie saß) war rot.

Die Fliegentür fiel zu.

Rahel stand in der leeren Fabrik mit ihrer Fontäne in einem Love-in-Tokyo. Sie hörte, wie eine Nonnenstimme das Bootlied sang. Ein klarer Sopran sich über Essigdämpfe und Picklesströge erhob.

Sie ging zu Estha, der sich über die scharlachrote Brühe in dem schwarzen Kessel beugte.

»Was willst du?« sagte Estha, ohne aufzublicken.

»Nichts«, sagte Rahel.

»Warum bist du dann gekommen?«

Rahel antwortete nicht. Es folgte ein kurzes, aggressives Schweigen.

»Wohin ruderst du die Marmelade?« fragte Rahel.

»Indien ist ein freies Land«, sagte Estha.

Dagegen konnte niemand etwas einwenden.

Indien war ein freies Land.

Man konnte Salz gewinnen. Marmelade rudern, wenn man wollte.

Der Orangenlimo-Zitronenlimo-Mann konnte jederzeit durch die Fliegentür hereinkommen.

Wenn er wollte.

Und Ammu würde ihm Ananassaft anbieten. Mit Eis.

Rahel setzte sich auf den Rand eines Betontrogs (Rüschenenden aus Buckram und Spitze hingen in Pickles aus reifen Mangos) und probierte die Fingerhüte an. Drei Schmeißfliegen kämpften wild entschlossen gegen die Fliegentür, wollten eingelassen werden. Und Ousa die Schleie-Reule beobachtete das nach Pickles riechende Schweigen, das zwischen den Zwillingen lag wie ein blauer Fleck.

Rahels Finger waren gelb grün blau rot gelb.

Esthas Marmelade war durchgerührt.

Rahel stand auf, um zu gehen. Zu ihrem Nachmittagsknickerchen.

»Wohin gehst du?«

»Irgendwohin.«

Rahel nahm ihre neuen Finger ab, und ihre alten fingerfarbenen Finger waren wieder da. Nicht gelb, nicht grün, nicht blau, nicht rot. Nicht gelb.

»Ich gehe nach Akkara«, sagte Estha. Ohne aufzublicken. »Zum Haus der Geschichte.«

Rahel blieb stehen und drehte sich um, und auf ihrem Herzen breitete ein grauer Falter (mit ungewöhnlich dicht geschuppten Hinterflügeln) seine räuberischen Flügel aus.

Langsam nach außen.

Langsam zurück.

»Warum?« fragte Rahel.

»Weil jedem alles passieren kann«, sagte Estha. »Und am besten, man ist darauf vorbereitet.«

Dagegen konnte niemand etwas einwenden.

Keiner ging mehr zu Kari Saipus Haus. Vellya Paapen behauptete von sich, das letzte menschliche Wesen gewesen zu sein, das es gesehen hatte. Er sagte, es sei verflucht. Er hatte den Zwillingen die Geschichte seiner Begegnung mit Kari Saipus Geist erzählt. Das sei vor zwei Jahren gewesen. Er war über den Fluß geschwommen auf der Suche nach einem Muskatnußbaum. Er wollte für Chella, seine Frau, die an Tuberkulose starb, eine Paste aus Muskatnuß und frischem Knoblauch machen. Plötzlich roch er Zigarrenrauch (den er sofort erkannte, weil Pappachi dieselbe Marke geraucht hatte). Vellya Paapen wirbelte herum und schlug mit seiner Sichel nach dem Geruch. Er nagelte den Geist an den Stamm eines Kautschukbaumes, wo er sich, laut Vellya Paapen, immer noch befand. Ein gesichelter Geruch, der deutlich bernsteinfarben blutete und um Zigarren bettelte.

Vellya Paapen fand keinen Muskatnußbaum und mußte sich eine neue Sichel kaufen. Aber ihm war das höchst befriedigende Wissen zuteil geworden, daß seine blitzschnellen Reflexe (trotz seines mit einer Hypothek belasteten Auges) und seine Geistesgegenwart dem blutrünstigen Umherschweifen eines pädophilen Geistes ein Ende gesetzt hatten.

Solange niemand auf die List des Geistes hereinfiel und ihn mit einer Zigarre entsichelte.

Was Vellya Paapen (der fast alles wußte) *nicht* wußte, war, daß Kari Saipus Haus das Haus der Geschichte war (dessen Türen verschlossen und Fenster offen waren). Und daß sich in seinem Inneren Vorfahren, mit einem nach Landkarten riechenden Atem und harten Zehennägeln, wispernd mit den Eidechsen an der Wand unterhielten. Daß die Geschichte auf der rückwärtigen Veranda ihre Bedingungen aushandelte und ihren Tribut einforderte. Daß Nichtzahlung schwerwiegende Konsequenzen nach sich zog. Daß an dem Tag, den sich die Geschichte für die Abrechnung aussuchte, Estha die Quittung behalten würde für den Tribut, den Velutha zahlte.

Vellya Paapen hatte keine Ahnung, daß es Kari Saipu war, der Träume gefangennahm und wiederträumte. Daß er sie aus den Gedanken derjenigen, die vorbeikamen, pickte, wie Kinder Johannisbeeren aus einem Kuchen picken. Daß die Träume, nach denen er sich am meisten sehnte, die Träume, die er am liebsten wiederträumte, die zarten Träume zweieiiger Zwillinge waren.

Der arme alte Vellya Paapen: Hätte er damals gewußt, daß die Geschichte ihn zu ihrem Stellvertreter erwählen würde, daß es seine Tränen sein würden, die das Grauen in Gang setzen sollten, dann wäre er vielleicht nicht wie ein junger Gokkel in den Basar von Ayemenem stolziert und hätte damit geprahlt, wie er mit der Sichel im Mund (der Geschmack von Eisen sauer auf seiner Zunge) durch den Fluß geschwommen war. Wie er sie für einen Augenblick abgelegt hatte, um niederzuknien und den Flußsand aus seinem mit einer Hypothek belasteten Auge zu waschen (manchmal war der Fluß etwas aufgewühlt, vor allem während der Regenzeit), und wie er plötzlich den ersten Hauch von Zigarrenrauch roch. Wie er zur

Sichel griff, herumwirbelte, den Geruch sichelte und den Geist für immer festnagelte. Alles in einer einzigen fließenden athletischen Bewegung.

Als er seine Rolle in den Plänen der Geschichte begriff, war es zu spät, um seine Schritte rückgängig zu machen. Er hatte seine Fußspuren selbst verwischt. Indem er mit einem Besen in der Hand rückwärts kroch.

In der Fabrik stürzte das Schweigen von neuem auf die Zwillinge herab und legte sich fest um sie. Aber diesmal war es eine andere Art Schweigen. Das Schweigen eines alten Flusses. Das Schweigen von Fischern und wächsernen Meerjungfrauen.

»Aber Kommunisten glauben nicht an Geister«, sagte Estha, als würden sie mit einer Diskussion fortfahren und die Lösung des Geisterproblems analysieren. Ihre Gespräche tauchten an die Oberfläche und flossen unterirdisch wie Gebirgsflüsse. Manchmal konnten andere Menschen sie hören. Manchmal nicht.

»Werden wir ein Kommunist?« fragte Rahel.

»Müssen wir vielleicht.«

Estha-der-Pragmatiker.

Ferne kuchenbröslige Stimmen und die Schritte der sich nähernden blauen Armee veranlaßten die Genossen, ihr Geheimnis luftdicht zu verschließen.

Es war eingemacht, luftdicht verschlossen und wurde weggestellt. Ein rotes mangoförmiges Geheimnis in einem Trog. Über dem eine Reule wachte.

Der rote Plan wurde ausgearbeitet und einstimmig beschlossen.

Genossin Rahel würde ins Haus gehen, um ihr Nachmittagsknickerchen zu halten, jedoch wach bleiben, bis Ammu einschlief.

Genosse Estha würde nach der Fahne suchen (die Baby Kochamma hatte schwenken müssen) und am Fluß auf sie warten, und dort würden sie:

(b) *alles vorbereiten, um sich darauf vorzubereiten, vorbereitet zu sein.*

Das ausgezogene Feenkleid eines Kindes stand aus eigener Kraft steif (halb eingemacht) auf dem Boden mitten in Ammus verdunkeltem Schlafzimmer.

Die Atmosphäre draußen war wachsam, hell und heiß. Rahel lag neben Ammu, hellwach in ihrer dazupassenden Flughafenunterhose. Sie sah das Muster aus Kreuzstichblumen der blauen Kreuzstichtagesdecke auf Ammus Backe. Sie hörte den blauen Kreuzstichnachmittag.

Den langsamen Deckenventilator. Die Sonne hinter den Vorhängen.

Die gelbe Wespe, die mit einem gefährlichen *Dssss* gegen die Fensterscheibe anflog.

Das Blinzeln einer ungläubigen Eidechse.

Die hoch ausschreitenden Hühner im Hof.

Das Geräusch der in der Sonne knitternden Wäsche. Frische weiße Laken. Steife gestärkte Saris. Eierschalenfarben und gold. Rote Ameisen auf gelben Steinen.

Eine schwitzende Kuh, die schwitzte. *Amuh.* In der Ferne.

Und den Geruch des schlauen Geistes eines Engländers, festgesichelt an einem Baum, der höflich um eine Zigarre bat.

»Ähm … Entschuldigung. Sie haben nicht zufällig eine ähm … Zigarre für mich?«

Mit einer freundlichen Schullehrerstimme.

Ach du *gütiger Himmel.*

Und Estha wartete auf sie. Am Fluß. Unter dem Mangostanbaum, den Reverend E. John Ipe von einem Besuch in Mandalay mitgebracht hatte.

Worauf saß Estha?

Worauf sie immer unter dem Mangostanbaum saßen. Etwas Graues und Ergrautes. Überzogen von Moos und Flechten, unter Farnen vergraben.

Etwas, was die Erde für sich gefordert hatte. Kein Baumstamm. Kein Felsen …

Bevor sie den Gedanken zu Ende gedacht hatte, war Rahel aufgestanden und lief davon.

Durch die Küche, an der fest schlafenden Kochu Maria vorbei. Mit dicken Falten wie ein Rhinozeros mit einer rüschenbesetzten Schürze.

An der Fabrik vorbei.

Barfuß stolperte sie durch die grüne Hitze, verfolgt von einer gelben Wespe.

Genosse Estha war da. Unter dem Mangostanbaum. Die rote Fahne steckte neben ihm in der Erde. Eine mobile Republik. Eine Zwillingsrevolution mit Tolle.

Und worauf saß er?

Auf etwas, das mit Moos überzogen und unter Farnen versteckt war.

Wenn man darauf klopfte, gab es ein hohles Klopfgeräusch von sich.

Das Schweigen tauchte ab und schwebte empor und stürzte herab und wand sich in Achtern.

Juwelenbesetzte Libellen schwebten wie schrille Kinderstimmen in der Sonne.

Fingerfarbene Finger kämpften die Farne nieder, schafften die Steine weg, bereiteten den Weg. Verschwitzt griffen sie nach einer Kante, um sich festzuhalten. Und eins, zwei und.

Die Dinge können sich an einem einzigen Tag verändern.

Es war tatsächlich ein Boot. Ein kleines hölzernes *vallom.*

Das Boot, auf dem Estha saß und das Rahel fand.

Das Boot, in dem Ammu den Fluß überqueren würde. Um nachts den Mann zu lieben, den ihre Kinder tagsüber liebten.

Ein so altes Boot, daß es Wurzeln geschlagen hatte. Fast.

Eine graue alte Bootpflanze mit Bootblüten und Bootfrüchten. Und darunter ein bootförmiger Fleck verwelktes Gras. Ein Gewusel und Geflitze, Bootwelt.

Dunkel und trocken und kühl. Plötzlich obdachlos. Und blind.

Weiße Termiten auf dem Weg zur Arbeit.

Weiße Marienkäfer auf dem Weg nach Hause.

Weiße Käfer, die sich vom Licht fortbuddelten.

Weiße Heuschrecken mit Violinen aus weißem Holz. Traurige weiße Musik.

Eine weiße Wespe. Tot.

Eine brüchige weiße Schlangenhaut, in Dunkelheit konserviert, zerkrümelte in der Sonne.

Aber wäre es tauglich, dieses kleine *vallom?* War es vielleicht schon zu alt? Zu tot? War Akkara zu weit weg dafür? Zweieiige Zwillinge sahen hinaus auf den Fluß.

Der Meenachal.

Graugrün. Fische darin. Der Himmel und die Bäume darin. Und nachts der zerbrochene gelbe Mond darin.

Als Pappachi noch ein Junge war, hatte ein Sturm einen alten Tamarindenbaum gefällt. Er lag noch immer da. Ein glatter Stamm ohne Rinde, geschwärzt von einer Überdosis grünen Wassers. Treibholz, das nicht trieb.

Das erste Flußdrittel war ihr Freund. Bevor die wirkliche Tiefe begann. Sie kannten die glitschigen Steinstufen (dreizehn), die in den schleimigen Schlamm führten. Sie kannten den nachmittäglichen Tang, der von den Backwaters bei Komarakom hereinfloß. Sie kannten die kleineren Fische. Den flachen albernen *pallathi,* den silbernen *paral,* den gerissenen schnurrbärtigen *koori,* den seltenen *karimeen.*

Hier hatte Chacko ihnen das Schwimmen beigebracht (was bedeutete, daß sie ohne Hilfe um seinen umfangreichen Onkelbauch herumplanschten). Hier hatten sie für sich das zweckfreie Vergnügen des Unterwasserfurzens entdeckt.

Hier hatten sie gelernt zu angeln. Sich ringelnde rote Regenwürmer auf die Haken der Angelruten zu spießen, die Velutha aus den geschmeidigen Stengeln des gelben Bambus machte.

Hier studierten sie das Schweigen (wie die Kinder der Fischer) und lernten die glitzernde Sprache der Libellen.

Hier lernten sie zu warten. Zu schauen. Gedanken zu denken, ohne sie auszusprechen. Wie der Blitz zu reagieren, wenn sich der elastische gelbe Bambus nach unten bog.

Das erste Drittel des Flusses kannten sie also gut. Die nächsten zwei Drittel dagegen weniger.

Im zweiten Drittel begann die wirkliche Tiefe. Die Strömung war schnell und entschieden (flußabwärts bei Ebbe, flußaufwärts aus den Backwaters bei Flut). Das dritte Drittel war wieder seicht. Das Wasser braun und trüb. Voll Pflanzen und dahinflitzender Aale und trägem Schlamm, den man wie Zahnpasta zwischen den Zehen durchdrücken konnte.

Die Zwillinge konnten schwimmen wie kleine Robben und hatten unter Chackos Aufsicht den Fluß mehrmals durchschwommen, waren, vor Anstrengung keuchend und schielend, zurückgekehrt mit einem Stein, einem Zweig oder einem Blatt vom anderen Ufer als Beweis ihrer Heldentat. Aber die Mitte des achtunggebietenden Flusses und das andere Ufer waren keine Orte, an denen Kinder herumlungern, sich herumtreiben oder etwas lernen sollten. Estha und Rahel brachten dem zweiten und dem dritten Drittel des Meenachal den ihnen gebührenden Respekt entgegen. Ihn zu durchschwimmen war kein Problem. Aber das Boot mit Dingen darin mitzunehmen (so daß sie alles vorbereiten konnten, um sich darauf vorzubereiten, vorbereitet zu sein), das war ein Problem.

Sie sahen mit den Augen eines alten Bootes über den Fluß. Von der Stelle, an der sie standen, konnten sie das Haus der Geschichte nicht sehen. Es war nur eine Finsternis jenseits des Sumpfes, im Herzen der aufgegebenen Kautschukplantage, von woher das Zirpen der Grillen drang.

Estha und Rahel hoben das kleine Boot hoch und trugen es zum Wasser. Es schien überrascht, wie ein ergrauter Fisch, der aus der Tiefe an die Oberfläche geschwommen war. Weil er dringend Sonnenlicht brauchte. Es mußte vielleicht geschuppt und geputzt werden, mehr nicht.

Zwei glückliche Herzen schwebten wie bunte Drachen in dem himmelblauen Himmel empor. Aber dann, mit einem leisen grünen Flüstern, blubberte der Fluß (mit den Fischen darin, mit dem Himmel und den Bäumen darin) hinein.

Langsam sank das alte Boot und machte es sich schließlich auf der sechsten Stufe bequem.

Und zwei zweieiige Zwillingsherzen sanken und machten es sich auf der Stufe darüber bequem.

Die in der Tiefe schwimmenden Fische hielten sich die Flossen vor den Mund und lachten verstohlen angesichts dieses Spektakels.

Eine weiße Bootspinne schwebte mit dem Fluß im Boot nach oben, kämpfte kurz um ihr Leben und ertrank. Ihr weißer Eiersack wurde vor der Zeit aufgerissen, und hundert kleine Spinnenbabys (zu leicht, um zu ertrinken, zu klein, um zu schwimmen) tüpfelten die glatte Oberfläche des grünen Wassers, bevor sie ins Meer geschwemmt wurden. Und weiter nach Madagaskar, um dort einen neuen Stamm von Malayali-Schwimmspinnen zu gründen.

Als ob sie es abgesprochen hätten (was sie nicht hatten), begannen die Zwillinge nach einer Weile, das Boot im Fluß zu waschen. Die Spinnweben, der Schmutz, das Moos und die Flechten trieben davon. Als es sauber war, drehten sie es um und hievten es sich über die Köpfe. Wie einen großen tropfenden Hut. Estha entwurzelte die rote Fahne.

Eine kleine Prozession (eine Fahne, eine Wespe und ein Boot auf Beinen) setzte sich kundig auf dem schmalen Pfad durch das Unterholz in Bewegung. Sie vermied Nesseln und wich bekannten Löchern und Ameisenhügeln aus. Sie umging eine tiefe Grube, in der Laterit abgebaut worden war und die jetzt ein stiller See mit steilen orangefarbenen Ufern füllte, das dickflüssige Wasser mit einem leuchtenden Film aus grünem Schaum bedeckt. Ein grüner heimtückischer Rasen, in dem Moskitos brüteten und die Fische fett, aber unerreichbar waren.

Der Pfad, der parallel zum Fluß verlief, führte zu einer kleinen, grasbewachsenen Lichtung, die von dicht zusammengedrängt stehenden Bäumen gesäumt war. Kokosnuß, Cashew, Mango, Bilimbi. Am Rand der Lichtung, die Rückseite dem Fluß zugewandt, stand eine niedrige strohgedeckte Hütte. Sie kauerte auf dem Boden, als würde sie auf ein gemurmeltes unterirdisches Geheimnis horchen. Die Mauern aus Laterit waren mit Lehm verputzt und von der gleichen Farbe wie die Erde, auf der sie standen; sie schienen aus einem Haussamen im Boden gesprossen zu sein, der rechtwinklige Erdwände getrieben und Raum umschlossen hatte. In dem kleinen Hof vor der Hütte, der mit Matten aus geflochtenen Palmwedeln eingezäunt war, wuchsen drei schmutzige Bananenbäume.

Das Boot auf Beinen näherte sich der Hütte.

Eine nicht brennende Öllampe hing an der Mauer neben der Tür, die Wand dahinter war rußgeschwärzt. Die Tür stand einen Spaltbreit offen. In der Hütte war es dunkel. Eine schwarze Henne trat auf die Schwelle. Sie machte auf der Stelle kehrt, Bootbesuche interessierten sie nicht.

Velutha war nicht zu Hause. Vellya Paapen auch nicht. Aber jemand anders.

Eine Männerstimme drang aus der Hütte und hallte auf der Lichtung wider, was den Mann einsam klingen ließ.

Die Stimme rief immer wieder das gleiche, und jedesmal erklomm sie ein höheres, hysterischeres Register. Es war eine Bitte an eine überreife Guave, die vom Baum zu fallen und den Boden zu verschmutzen drohte.

Pa pera-pera-pera-perakka,
(He Guggga-gug-gug-Guave,)
Ende parambil thooralley.
(scheiß nicht hier auf meinem Hof.)
Chetende parambil thoorikko,
(scheiß nebenan auf den Hof meines Bruders,)
Pa pera-pera-pera-perakka.
(He Guggga-gug-gug-Guave.)

Der Rufer war Kuttappen, Veluthas älterer Bruder. Zwei Jahre zuvor war er, während er in Olassa Kokosnüsse pflückte, von einem Baum gefallen und hatte sich am Rückgrat verletzt. Drei Monate nach dem Unfall wurde er aus dem staatlichen Krankenhaus entlassen, von der Brust an abwärts gelähmt. Die Ärzte sagten, sie könnten nichts mehr für ihn tun.

Tag für Tag, Monat für Monat, während sein Bruder fort war und sein Vater arbeitete, lag Kuttappen flach auf dem Rücken und sah zu, wie seine Jugend vorbeischlenderte, ohne stehenzubleiben und hallo zu sagen. Den ganzen Tag lang lag er da und horchte auf das Schweigen der dicht zusammengedrängt wachsenden Bäume, und nur die freche schwarze Henne leistete ihm Gesellschaft. Er vermißte seine Mutter Chella, die in derselben Ecke des Raumes gestorben war, in der er jetzt lag. Sie war einen hustenden, spuckenden, schmerzhaften, schleimigen Tod gestorben. Kuttappen erinnerte sich daran, daß ihre Füße lange vor ihr starben. Daß die Haut darauf grau wurde und abstarb. Daß er ängstlich dabei zugesehen hatte, wie der Tod langsam an ihr hinaufkroch. Mit wachsendem Entsetzen wachte Kuttappen über seine eigenen tauben Füße. Gelegentlich stieß er voll Hoffnung mit einem Stecken, der in der Ecke stand, damit er sich gegen Schlangenbesuch wehren konnte, gegen seine Beine. Er spürte überhaupt nichts, und nur weil er sie sah, wußte er, daß sie noch immer mit seinem Körper verbunden waren und tatsächlich zu ihm gehörten.

Nachdem Chella gestorben war, wurde er in ihre Ecke verlegt, in die Ecke seines Heims, von der Kuttappen sich vorstellte, daß der Tod sie für seine tödlichen Geschäfte reserviert hatte. Eine Ekke zum Kochen, eine für die Kleider, eine für die Bettrollen, eine zum Sterben.

Er fragte sich, wie lange es bei ihm wohl dauern würde und was die Leute, die mehr als vier Ecken in ihren Häusern hatten, mit dem Rest ihrer Ekken machten. Hatten sie die Wahl, in welcher Ekke sie sterben wollten?

Nicht ohne Grund nahm er an, daß er als erster in seiner Familie seiner Mutter nachfolgen würde. Er sollte eines Besseren belehrt werden. Bald. Nur allzubald.

Manchmal (aus Gewohnheit und weil er sie vermißte) hustete Kuttappen, wie seine Mutter gehustet hatte, und sein Oberkörper zuckte wie ein Fisch am Angelhaken. Der untere Teil seines Körpers lag da wie Blei, als würde er zu jemand anders gehören. Jemand, der tot war, dessen Geist gefangen war und nicht fortkonnte.

Im Gegensatz zu Velutha war Kuttappen ein

guter, ungefährlicher Paravan. Er konnte weder lesen noch schreiben. Während er auf seinem harten Bett lag, rieselten Stroh- und Schmutzstückchen aus dem Dach auf ihn herab und vermischten sich mit seinem Schweiß. Manchmal fielen Ameisen und andere Insekten mit herunter. An schlechten Tagen wuchsen den orangefarbenen Wänden Hände, und sie beugten sich über ihn, untersuchten ihn wie verkommene Ärzte, langsam, gründlich, preßten die Luft aus ihm heraus, bis er schrie. Manchmal zogen sie sich aus eigenem Antrieb zurück, und der Raum, in dem er lag, wurde unwahrscheinlich groß und terrorisierte ihn mit dem Gespenst seiner eigenen Bedeutungslosigkeit. Auch dann mußte er schreien.

Der Wahnsinn lauerte immer in seiner Nähe, wie ein beflissener Kellner in einem teuren Restaurant (der Zigaretten anzündete, Gläser nachfüllte). Kuttappen beneidete die Wahnsinnigen, die gehen konnten. Er hegte keinerlei Zweifel daran, daß der Handel nur recht und billig wäre: seine geistige Gesundheit gegen brauchbare Beine.

Die Zwillinge stellten das Boot ab, und dem Geklapper antwortete ein plötzliches Schweigen in der Hütte.

Kuttappen erwartete niemanden.

Estha und Rahel stießen die Tür auf und traten ein. Klein wie sie waren, mußten sie doch den Kopf ein wenig einziehen. Die Wespe wartete draußen auf der Lampe.

»Wir sind's.«

Der Raum war dunkel und sauber. Es roch nach Fischcurry und Holzrauch. Die Hitze klammerte sich an die Gegenstände wie ein schwaches Fieber. Aber der Lehmboden unter Rahels bloßen Füßen war kühl. Veluthas und Vellya Paapens Bettzeug lehnte aufgerollt an der Wand. Kleidungsstücke hingen über einer Schnur. Auf einem niedrigen hölzernen Küchenregal standen zugedeckte Tontöpfe, aus Kokosnußschalen hergestellte Schöpflöffel und drei angeschlagene Emailteller mit dunkelblauem Rand. In der Mitte des Raums konnte ein erwachsener Mann aufrecht stehen, nicht jedoch neben den Wänden. Eine zweite niedrige Tür führte hinaus auf den Hinterhof, wo mehr Bananenbäume wuchsen. Durch die Blätter schimmerte der Fluß. Der Hinterhof fungierte als Schreinerwerkstatt.

Es gab keine Schlüssel oder Schränke zum Zusperren.

Die schwarze Henne ging durch die Hintertür hinaus und scharrte zerstreut im Hof, wo Hobelspäne herumflogen wie blonde Locken. Ihrer Persönlichkeit nach zu urteilen wurde sie mit Eisenteilen ernährt: mit Haken und Ösen, Nägeln und alten Schrauben.

»*Aiyyo. Mon. Mol.* Was müßt ihr von mir denken? Daß Kuttappen ein Nervenbündel ist!« sagte eine verlegene, körperlose Stimme.

Es dauerte eine Weile, bis sich die Augen der Zwillinge an die Dunkelheit gewöhnt hatten. Dann löste sie sich auf, und Kuttappen tauchte auf seinem Bett auf, ein schimmernder Dschinn in der Düsternis. Das Weiße seiner Augen war dunkelgelb. Die Sohlen seiner Füße (weich vom vielen Liegen) ragten unter dem Tuch hervor, das seine Beine bedeckte. Sie waren noch immer blaßorange von den vielen Jahren, die er barfuß auf dem roten Lehmboden gegangen war. An den Knöcheln hatte er graue Schwielen vom Scheuern der Stricke, die sich die Paravans um die Füße banden, wenn sie auf Kokospalmen kletterten.

An der Wand hinter ihm hing ein gütiger, maushaariger Kalender-Jesus, der Lippenstift und Rouge aufgetragen hatte; durch seine Kleidung glühte ein grelles, juwelenbesetztes Herz. Das untere Viertel des Kalenders (der Teil mit den Tagen und Monaten) war gebauscht wie ein Rock. Jesus in einem Mini. Zwölf Schichten Petticoat für die zwölf Monate des Jahres. Keiner war abgerissen.

Da waren noch andere Dinge aus dem Haus in Ayemenem, die sie entweder geschenkt bekommen oder aus dem Abfall gerettet hatten. Reiche Dinge in einem armen Haus. Eine Uhr, die nicht funktionierte, ein geblümter Papierkorb aus Blech. Pappachis alte Reitstiefel (braun mit grünem Schimmel), in denen noch die Stiefelknechte des Schusters steckten. Keksdosen mit prächtigen Abbildungen von englischen Schlössern und Damen mit Turnüren und Ringellocken.

Neben dem Jesus hing ein kleines Plakat (das Baby Kochamma wegen eines feuchten Flecks hergegeben hatte). Darauf war ein blondes Mädchen zu sehen, das einen Brief schrieb, während ihm Tränen über die Wangen liefen. Darunter stand: *Ich schreibe, damit Du weißt, daß ich Dich vermisse.* Sie sah aus, als wäre ihr kürzlich das Haar geschnitten worden, und es waren ihre abgeschnittenen Locken, die über Veluthas Hinterhof wehten.

Ein durchsichtiger Plastikschlauch führte unter Kuttappens verschlissenem Tuch zu einer Flasche mit einer gelben Flüssigkeit, die in dem Lichtstreifen in der Tür stand und eine Frage erstickte, die in Rahel Gestalt angenommen hatte. Sie brachte ihm in einem Blechbecher Wasser aus der tönernen *koojah.* Sie schien sich auszukennen. Kuttappen hob den Kopf und trank. Ein wenig Wasser tropfte an seinem Kinn herunter.

Die Kinder gingen in die Hocke wie professionelle erwachsene Klatschmäuler auf dem Markt von Ayemenem.

Eine Weile verharrten sie schweigend. Kuttappen schämte sich, die Zwillinge dachten Bootgedanken.

»Ist Chacko *saars* Mol gekommen?« fragte Kuttappen.

»Muß sie wohl«, sagte Rahel lakonisch.

»Wo ist sie?«

»Wer weiß? Irgendwo wird sie schon sein. Wir wissen's nicht.«

»Werdet ihr sie herbringen, damit ich sie mir ansehen kann?«

»Können wir nicht«, sagte Rahel.

»Warum nicht?«

»Sie muß im Haus bleiben. Sie ist sehr empfindlich. Wenn sie schmutzig wird, stirbt sie.«

»Verstehe.«

»Wir dürfen sie nicht herbringen … und außerdem gibt's wirklich nichts zu sehen«, versicherte ihm Rahel. »Sie hat Haare, Beine, Zähne – du weißt schon, das Übliche … nur daß sie ein bißchen groß ist.« Das war das einzige Zugeständnis, das sie machen wollte.

»Und das ist alles?« sagte Kuttappen, der verstanden hatte. »Was hätte es dann für einen Sinn, wenn ich sie mir ansehen würde?«

»Hat keinen Sinn«, sagte Rahel.

»Kuttappen, wenn ein *vallom* leckt, ist es dann sehr schwierig, es zu richten?« fragte Estha.

»Eigentlich nicht«, sagte Kuttappen. »Kommt drauf an. Warum, wessen *vallom* leckt?«

»Unseres – das wir gefunden haben. Willst du's sehen?«

Sie gingen hinaus und kamen mit dem ergrauten Boot wieder herein, damit der gelähmte Mann es sich ansehen konnte. Sie hielten es wie ein Dach über das Bett. Wasser tropfte auf ihn.

»Zuerst müssen wir die Löcher finden«, sagte Kuttappen.

»Dann müssen wir sie dicht machen.«

»Dann schmirgeln und polieren«, sagte Estha.

»Dann brauchen wir Ruder«, sagte Rahel.

»Dann brauchen wir Ruder«, stimmte Estha zu.

»Dann auf und davon«, sagte Rahel.

»Wohin?« fragte Kuttappen.

»Ach, nach hier und da«, sagte Estha leichthin.

»Ihr müßt aufpassen«, sagte Kuttappen. »Unser Fluß – der ist nicht immer, was er vorgibt zu sein.«

»Was gibt er vor?« fragte Rahel.

»Ach … er tut wie eine kleine alte *ammooma,* die zur Kirche geht, still und sauber … *idi appams* zum Frühstück, *kanji* und *meen* zum Mittagessen. Kümmert sich nur um seine eigenen Angelegenheiten. Schaut nicht nach rechts oder links.«

»Und in Wirklichkeit ist er …?«

»Ein wildes Ding … Ich hör ihn nachts, wenn er im Mondschein vorbeirauscht, immer hat er's eilig. Ihr müßt aufpassen.«

»Und was ißt er?«

»Was er ißt? Ach, Eintopf und …« Er suchte nach etwas Englischem, das der Fluß essen könnte.

»Ananasscheiben«, schlug Rahel vor.

»Genau! Ananasscheiben und Eintopf. Und er trinkt. Whisky.«

»Und Brandy.«

»Und Brandy. Stimmt.«

»Und schaut nach rechts UND links.«

»Stimmt.«

»Und mischt sich in anderer Leute Angelegenheiten.«

Esthappen sicherte mit Hilfe von ein paar Holzblöcken, die er in Veluthas Schreinerei im Hof gefunden hatte, das Boot auf dem Boden. Er reichte Rahel einen Schöpflöffel – ein hölzerner Griff, der in einer polierten Kokosnußhälfte steckte.

Die Zwillinge stiegen in das *vallom* und ruderten über weite kabbelige Wasser. Mit einem *thaiy thaiy thaka thaiy thaiy thome.* Und ein juwelenbesetzter Jesus sah zu.

Er ging über Wasser. Vielleicht. Aber hätte Er an Land *schwimmen* können?

In dazupassender Unterhose und mit Sonnenbrille? Mit Seiner Fontäne in einem Love-in-Tokyo. In spitzen Schuhen und mit einer Tolle? Hätte Er soviel Phantasie gehabt?

Velutha kam, um nach seinem Bruder zu sehen. Aus der Ferne hörte er heiseres Singen. Junge Stimmen hoben mit dem größten Vergnügen die skatologischen Partien hervor.

He, Herr Affe,
warum ist Ihr HINTERN so ROT?
Ich war beim SCHEISSEN in Madras
und hab gekratzt, bis er BLUTETE.

Kurzfristig, für ein paar glückliche Augenblicke, klappte der Orangenlimo-Zitronenlimo-Mann sein gelbes Lächeln zu und ging fort. Die Angst sank und blieb am Grund des tiefen Wassers liegen. Schlief den Schlaf eines Hundes. Bereit, kurzerhand wieder aufzutauchen und die Dinge erneut zu trüben.

Velutha lächelte, als er die rote Fahne vor seiner Türschwelle blühen sah wie einen Baum. Er mußte sich tief bücken, um seine Hütte zu betreten. Ein tropischer Eskimo. Als er die Kinder sah, zog sich etwas in ihm zusammen. Und er verstand es nicht. Er sah sie jeden Tag. Er liebte sie, ohne es zu wissen. Aber plötzlich war es anders. Jetzt. Nachdem die Geschichte einen so bösen Schnitzer gemacht hatte. Früher hatte sich keine Faust in ihm geballt.

Ihre Kinder. Flüsterte ihm ein wahnsinniges Flüstern zu.

Ihre Augen, *ihr* Mund. *Ihre* Zähne.

Ihre weiche schimmernde Haut.

Wütend verscheuchte er den Gedanken. Der Gedanke kehrte zurück und setzte sich neben seinen Kopf. Wie ein Hund.

»Ha!« sagte er zu seinen jungen Gästen. »Und wer, wenn ich fragen darf, sind diese Fischer?«

»Esthappappychachen Kuttappen Peter Mon. Mr. und Mrs. FreutmichSiekennenzulernen.« Rahel hielt ihm ihren Schöpflöffel hin, damit er ihn zur Begrüßung schütteln konnte.

Er wurde zur Begrüßung geschüttelt. Erst ihrer, dann Esthas.

»Und wohin, wenn ich fragen darf, wollen die Herrschaften mit dem Boot?«

»Nach Afrika!« rief Rahel.

»Hör auf zu *schreien«,* sagte Estha.

Velutha ging um das Boot herum. Sie erzählten ihm, wo sie es gefunden hatten.

»Es gehört also niemand«, sagte Rahel etwas zweifelnd, weil ihr plötzlich eingefallen war, daß es jemandem gehören könnte. »Oder sollen wir es der Polizei melden?«

»Red keinen Quatsch«, sagte Estha.

Velutha klopfte auf das Holz und kratzte dann mit einem Fingernagel ein kleines Stück sauber. »Gutes Holz«, sagte er.

»Es sinkt«, sagte Estha. »Es leckt.«

»Kannst du es für uns richten, Veluthapappychachen Peter Mon?« fragte Rahel.

»Das werden wir sehen«, sagte Velutha. »Ich will nicht, daß ihr auf dem Fluß irgendwelche Dummheiten anstellt.«

»Werden wir nicht. Wir versprechen's. Wir benutzen es nur, wenn du dabei bist.«

»Zuerst müssen wir die Löcher finden«, sagte Velutha.

»Und dann müssen wir sie dicht machen!« riefen die Zwillinge, als handelte es sich um die zweite Zeile eines allseits bekannten Gedichts.

»Wie lang wird es dauern?« fragte Estha.

»Einen Tag«, sagte Velutha.

»Einen *Tag!* Ich dachte, du sagst, einen Monat!«

Estha, außer sich vor Freude, hüpfte auf Velutha, schlang die Beine um seine Taille und küßte ihn.

Das Sandpapier wurde in zwei genau gleich große Hälften geteilt, und die Zwillinge machten sich an die Arbeit mit einer unheimlichen Konzentration, die alles andere ausschloß.

Bootsstaub schwebte durch den Raum und ließ sich auf Haar und Augenbrauen nieder. Auf Kuttappen wie eine Wolke, auf Jesus wie eine Opfergabe. Velutha mußte ihnen das Sandpapier entwinden.

»Nicht hier«, sagte er bestimmt. »Draußen.«

Er nahm das Boot und trug es hinaus. Die Zwillinge folgten ihm, die Augen mit unverwandter Konzentration auf das Boot gerichtet, ausgehungerte Hündchen, die mit Futter rechneten.

Velutha stellte das Boot für sie auf. Das Boot, auf dem Estha gesessen und das Rahel gefunden hatte. Er zeigte ihnen, wie sie die Richtung der Maserung erkennen konnten. Er brachte ihnen bei, wie man schmirgelte. Als er in die Hütte zurückging, folgte ihm die schwarze Henne, entschlossen, überall zu sein, wo das Boot nicht war.

Velutha tauchte ein dünnes Baumwollhandtuch in einen irdenen Topf mit Wasser. Er wrang das Tuch aus (heftig, als wäre das Wasser ein unerwünschter Gedanke) und reichte es Kuttappen, damit er sich den Schmutz von Gesicht und Hals wischen konnte.

»Haben sie etwas gesagt?« fragte Kuttappen. »Daß sie dich bei der Demonstration gesehen haben?«

»Nein«, sagte Velutha. »Noch nicht. Aber sie werden. Sie wissen es.«

»Sicher?«

Velutha zuckte die Achseln und nahm das Handtuch, um es zu waschen. Und zu spülen. Und es auf einen Stein zu schlagen. Und auszuwringen. Als wäre es sein lächerliches, ungehorsames Gehirn.

Er versuchte, sie zu hassen.

Sie ist eine von ihnen, sagte er sich. *Und sonst nichts.*

Es gelang ihm nicht.

Sie bekam tiefe Grübchen, wenn sie lächelte. Ihre Augen waren immer woanders.

Wahnsinn schlüpfte durch eine Ritze in der Geschichte. Und nur ein Augenblick war dafür nötig.

Nach einer Stunde Schmirgeln fiel Rahel ihr Nachmittagsknickerchen ein. Sie stand auf und lief davon. Stolperte durch die grüne Nachmittagshitze. Gefolgt von ihrem Bruder und einer gelben Wespe.

Hoffend, betend, daß Ammu nicht aufgewacht war und ihr Verschwinden entdeckt hatte.

Der Gott der kleinen Dinge

An diesem Nachmittag reiste Ammu aufwärts durch einen Traum, in dem ein gutgelaunter Mann mit nur einem Arm sie im Schein einer Öllampe an sich zog. Er hatte keinen zweiten Arm, um die Schatten zu verscheuchen, die um ihn herum auf der Erde flackerten.

Schatten, die nur er sehen konnte.

Unter der Haut auf seinem Bauch zeichneten sich Muskelstränge ab wie die Rippen einer Tafel Schokolade.

Er hielt sie fest, im Schein einer Öllampe, und er schimmerte, als wäre er mit wachshaltiger Körperpolitur auf Hochglanz gebracht worden.

Er konnte immer nur eine Sache auf einmal tun.

Wenn er sie festhielt, konnte er sie nicht küssen. Wenn er sie küßte, konnte er sie nicht ansehen. Wenn er sie ansah, konnte er sie nicht fühlen.

Sie hätte seinen Körper leicht mit den Fingern

berühren und spüren können, wie sich seine glatte Haut in Gänsehaut verwandelte. Sie hätte ihre Finger seinen flachen Bauch hinuntergleiten lassen können. Nachlässig, über diese polierten Schokoladenrippen. Und eine sichtbare Spur Gänsehaut auf seinem Körper hinterlassen, wie Kreide auf einer Tafel, wie eine Brise in einem Reisfeld, wie Kondensstreifen auf einem blauen Kirchenhimmel. Sie hätte es so leicht tun können, aber sie tat es nicht. Auch er hätte sie berühren können. Aber er tat es nicht, weil in der Düsternis jenseits der Öllampe, im Schatten, Klappstühle aus Metall in einem Kreis aufgestellt waren, und auf den Stühlen saßen Leute, die mit Straß besetzte Schmetterlingsbrillen trugen und zusahen. Alle hielten sich schimmernde Geigen unters Kinn, die Bögen im gleichen Winkel gezückt. Alle hatten die Beine übergeschlagen, das linke über das rechte, und alle wippten mit dem linken Bein.

Manche von ihnen hatten Zeitungen. Andere nicht. Manche bliesen Spuckeblasen. Andere nicht. Aber auf jedem Brillenglas spiegelte sich flackernd die Öllampe.

Jenseits des Kreises der Klappstühle war ein Strand, übersät mit zerbrochenen blauen Glasflaschen. Die lautlosen Wellen schwemmten neue blaue Flaschen zum Zerbrechen an und nahmen die alten in der Unterströmung mit. Glas klirrte auf Glas. Auf einem Felsen draußen im Meer, in einem Schacht aus purpurrotem Licht, lag ein Schaukelstuhl aus Mahagoni und Rattan. Zerschlagen.

Das Meer war schwarz, die Gischt grün wie Erbrochenes. Fische fraßen das zerbrochene Glas.

Die Nacht stützte die Ellbogen auf das Wasser, und herabstürzende Sterne warfen funkelnde Splitter ab.

Falter erhellten den mondlosen Himmel.

Er konnte mit seinem einen Arm schwimmen. Sie mit zwei Armen.

Seine Haut war salzig. Ihre auch.

Er hinterließ keine Spuren im Sand, keine Wellen im Wasser, kein Abbild in Spiegeln.

Sie hätte ihn mit den Fingern berühren können, aber sie tat es nicht. Sie standen nur beieinander.

Still.

Haut an Haut.

Eine pudrige farbige Brise hob ihr Haar an und wehte es wie einen welligen Schal um seine armlose Schulter. Die abrupt endete wie eine Klippe.

Eine magere rote Kuh mit hervorstehenden Beckenknochen tauchte auf und schwamm hinaus aufs Meer, ohne ihre Hörner naß zu machen, ohne zurückzublicken.

Ammu flog auf schweren, bebenden Flügeln durch ihren Traum und hielt an, um sich auszuruhen, direkt unter der Haut des Traumes.

Auf ihrer Backe waren die gepreßten Rosen der blauen Kreuzstichtagesdecke.

Sie spürte, daß die Gesichter ihrer Kinder über ihrem Traum hingen wie zwei dunkle besorgte Monde, die hereingelassen werden wollten.

»Meinst du, sie stirbt?« hörte sie Rahel Estha zuflüstern.

»Es ist ein Nachmittagsmahr«, sagte Estha-der-Präzise. »Sie träumt eine Menge.«

Wenn er sie berührte, konnte er nicht mit ihr reden, wenn er sie liebte, konnte er nicht weggehen, wenn er sprach, konnte er nicht zuhören, wenn er kämpfte, konnte er nicht gewinnen.

Wer war er, der einarmige Mann? Wer *konnte* er gewesen sein? Der Gott des Verlustes? Der Gott der kleinen Dinge? Der Gott der Gänsehaut und des überraschenden Lächelns? Der Gott der säuerlichen Metallgerüche – wie eiserne Haltestangen im Bus, wie der Geruch der Hände des Busschaffners, der sich daran festgehalten hatte?

»Sollen wir sie aufwecken?« fragte Estha.

Streifen des spätnachmittäglichen Lichts schlichen sich durch die Vorhänge ins Zimmer und fielen auf Ammus mandarinenförmiges Transistorradio, das sie immer mit zum Fluß nahm. (Mandarinenförmig war auch das Ding gewesen, das Estha in seiner klebrigen anderen Hand in *Meine Lieder, meine Träume* getragen hatte.)

Helle Sonnenlichtstreifen brachten Ammus zerzaustes Haar zum Glänzen. Sie wartete unter der Haut ihres Traumes, wollte ihre Kinder nicht hereinlassen.

»Sie hat gesagt, man soll träumende Menschen langsam aufwecken«, sagte Rahel. »Sonst kriegen sie leicht einen Herzinfarkt.«

Sie beschlossen, daß es am besten wäre, sie diskret zu *stören,* statt sie abrupt zu wecken. Sie öffneten Schubladen, sie räusperten sich, sie flüsterten laut, sie summten eine kleine Melodie. Sie verrückten Schuhe. Und fanden eine Schranktür, die quietschte.

Ammu, die sich unter der Haut ihres Traumes ausruhte, beobachtete sie und liebte sie so sehr, daß es weh tat.

Der einarmige Mann blies die Lampe aus und ging über den ausgefransten Strand, fort in die Schatten, die nur er sehen konnte.

Er hinterließ keine Spuren im Sand.

Die Klappstühle wurden zusammengeklappt. Das schwarze Meer geglättet. Die zerknitterten Wellen gebügelt. Die Gischt wieder in eine Flasche gefüllt. Die Flasche verkorkt.

Die Nacht bis auf weiteres vertagt.

Ammu schlug die Augen auf.

Es war eine lange Reise gewesen, die sie gemacht hatte, von der Umarmung des einarmigen Mannes bis zu ihren nichtidentischen zweieiigen Zwillingen.

»Du hast einen Nachmittagsmahr gehabt«, informierte ihre Tochter sie.

»Es war kein Mahr«, sagte Ammu. »Es war ein Traum.«

»Estha hat geglaubt, du stirbst.«

»Du hast so traurig ausgesehen«, sagte Estha.

»Ich war glücklich«, sagte Ammu, und ihr wurde bewußt, daß sie es tatsächlich gewesen war.

»Wenn man in einem Traum glücklich ist, Ammu, zählt das?« fragte Estha.

»Zählt was?«

»Das Glück – zählt es?«

Sie wußte genau, was er meinte, ihr Sohn mit der zerzausten Tolle.

Denn die Wahrheit ist, daß nur zählt, was *zählt*.

Die schlichte, unbeirrbare Weisheit der Kinder.

Zählte es, wenn man im Traum einen Fisch aß? Hieß das, daß man den Fisch gegessen hatte?

Der gutgelaunte Mann, der keine Spuren hinterließ – zählte *er?*

Ammu langte nach dem Mandarinenradio und schaltete es ein. Ein Lied aus dem Film *Chemmeen* wurde gespielt.

Die Geschichte handelte von einem armen Mädchen, das gezwungen wird, einen Fischer aus dem Nachbardorf zu heiraten, obwohl es jemand anders liebt. Als der Fischer von dem früheren Geliebten seiner jungen Frau erfährt, fährt er mit seinem kleinen Boot hinaus aufs Meer, obwohl er weiß, daß sich ein Sturm zusammenbraut. Es ist dunkel, und es fängt an zu stürmen. Im Ozean bildet sich ein Strudel. Sturmmusik erklingt, und der Fischer ertrinkt, wird von dem Strudel auf den Grund des Meeres gerissen.

Die Liebenden begehen gemeinsam Selbstmord und werden am nächsten Morgen gefunden, angespült am Strand, die Arme umeinander geschlungen. Alle sind tot. Der Fischer, seine Frau, ihr Geliebter und ein Hai, der nichts mit der Geschichte zu tun hat, aber trotzdem stirbt. Das Meer holt sie alle.

In der blauen, mit Lichtkanten verzierten Kreuzstichdunkelheit, mit Kreuzstichrosen auf Ammus schläfriger Backe sangen sie und die Zwillinge (Ammu zwischen ihnen) leise mit dem Mandarinenradio. Das Lied, das die Fischersfrauen für die traurige junge Braut sangen, während sie ihr Haar flochten und sie für die Hochzeit mit einem Mann vorbereiteten, den sie nicht liebte.

Pandoru mukkavan muthinu poyi,
(Einst fuhr ein Fischer hinaus aufs Meer,)
Padinjaran kattathu mungi poyi
(der Westwind wehte und verschlang sein Boot.)

Ein Flughafenfeenkleid stand auf dem Boden, gestützt von der eigenen wolkigen Steifheit. Draußen auf dem *mittam* lagen frisch gewaschene Saris und trockneten in der Sonne. Eierschalenfarben und gold. Kleine Steinchen versteckten sich in den gestärkten Falten und mußten herausgeschüttelt werden, bevor die Saris zusammengelegt und zum Bügeln ins Haus getragen wurden.

Arayathi pennu pizhachu poyi,
(Weil seine Frau vom rechten Weg abkam,)

Der von einer Hochspannungsleitung getötete Elefant (nicht Kochu Thomban) wurde in Ettumanoor verbrannt. Ein riesiges Verbrennungs-*ghat* wurde auf der Straße errichtet. Die Ingenieure der betroffenen Gemeindeverwaltung sägten die Stoßzähne ab und teilten sie inoffiziell untereinander auf. Zu ungleichen Teilen. Achtzig Dosen reines *ghee* wurden auf den Elefanten gegossen, um das Feuer zu entfachen. Der Rauch stieg in dichten Schwaden auf und bildete komplizierte Muster vor dem Himmel. Die Leute versammelten sich in sicherer Entfernung und lasen Bedeutungen hinein.

Unmengen von Fliegen hatten sich eingefunden.

Kadalamma avaney kondu poyi.
(Mutter Meer ihn mit sich nahm.)

Paria-Geier ließen sich auf den umstehenden Bäumen nieder, um die Überwachung der letzten Riten für den toten Elefanten zu überwachen. Sie hofften, nicht ohne Grund, sich an den riesigen Innereien gütlich tun zu können. An einer gigantischen Gallenblase vielleicht. Oder einer verkohlten riesigen Milz.

Sie wurden weder enttäuscht. Noch gänzlich zufriedengestellt.

Ammu bemerkte, daß ihre beiden Kinder von einer feinen Staubschicht bedeckt waren. Wie zwei mit Puderzucker bestäubte, nichtidentische Stükke Kuchen. Unter Rahels schwarzen Locken befand sich eine blonde. Eine Locke von Veluthas Hinterhof. Ammu zog sie heraus.

»Ich hab euch schon zigmal gesagt«, sagte sie, »daß ich nicht will, daß ihr zu diesem Haus geht. Das gibt nur Ärger.«

Was für Ärger, sagte sie nicht. Sie wußte es nicht.

Irgendwie, indem sie seinen Namen nicht aussprach, wußte sie, daß sie ihn mit hinein in die zerzauste Intimität des blauen Kreuzstichnachmittags und des Mandarinenradioliedes gezogen hatte. Sie spürte, daß zwischen ihrem Traum und der Welt ein Pakt geschlossen worden war, weil sie seinen Namen nicht aussprach. Und daß die Hebammen dieses Paktes ihre mit Sägemehl bestäubten zweieiigen Zwillinge waren oder sein würden.

Sie wußte, wer er war – der Gott des Verlustes, der Gott der kleinen Dinge. Selbstverständlich wußte sie es.

Sie schaltete das Mandarinenradio aus. In der (mit Lichtkanten verzierten) Nachmittagsstille kuschelten sich ihre Kinder in ihre Wärme. Ihren Geruch. Sie bedeckten ihre Köpfe mit ihrem Haar. Sie spürten, daß sie in ihrem Traum von ihnen fortgereist war. Jetzt holten sie sie mit ihren kleinen Händen zurück, die sie flach auf die nackte Haut ihres Bauches legten. Zwischen ihrem Unterrock und ihrer Bluse. Ihnen gefiel, daß ihre Handrücken von genau dem gleichen Braun waren wie die Bauchhaut ihrer Mutter.

»Schau, Estha«, sagte Rahel und zog an dem weichen Flaum, der in einer Linie von Ammus Nabel nach Süden führte.

»Hier haben wir dich getreten.« Estha folgte mit einem Finger einem silbernen Schwangerschaftsstreifen.

»War das im Bus, Ammu?«

»Auf der kurvigen Plantagenstraße?«

»Als Baba deinen Bauch festhalten mußte?«

»Habt ihr Fahrkarten kaufen müssen?«

»Haben wir dir weh getan?«

Und dann fragte Rahel ganz beiläufig: »Glaubst du, daß er unsere Adresse verloren hat?«

Die Andeutung einer Pause im Rhythmus von Ammus Atem veranlaßte Estha, mit seinem Mittelfinger Rahels Mittelfinger zu berühren. Und Mittelfinger an Mittelfinger auf dem Bauch ihrer schönen Mutter verzichteten sie auf weitere Fragen in dieser Richtung.

»Da hat Estha dich getreten und da ich«, sagte Rahel. »Und da Estha und da ich.«

Sie teilten die sieben Schwangerschaftsstreifen ihrer Mutter unter sich auf. Anschließend küßte Rahel Ammus Bauch und saugte das weiche Fleisch in ihren Mund, dann zog sie den Kopf zurück und bewunderte das glänzende Oval aus Spucke und den schwachen roten Abdruck ihrer Zähne auf der Haut ihrer Mutter.

Ammu staunte über die Transparenz dieses Kusses. Es war ein Kuß so klar wie Glas. Ungetrübt von Leidenschaft und Begehren – diesen zwei Hunden, die so fest in Kindern schlafen und darauf warten, daß sie erwachsen werden. Es war ein Kuß, der keinen Kuß zurückforderte.

Kein Kuß umwölkt von Fragen, die nach Antworten verlangten. Wie die Küsse gutgelaunter einarmiger Männer in Träumen.

Ammu wurde der besitzergreifenden Behandlung überdrüssig. Sie wollte ihren Körper zurück. Er gehörte ihr. Sie schüttelte ihre Kinder ab wie eine Hündin, die ihre Jungen abschüttelt, wenn sie genug von ihnen hat. Sie setzte sich auf und drehte ihr Haar im Nacken zu einem Knoten. Dann schwang sie die Beine aus dem Bett, ging zum Fenster und zog die Vorhänge auf.

Schräges Nachmittagslicht durchflutete das

Zimmer und fiel auf zwei Kinder im Bett. Die Zwillinge hörten, wie Ammu die Tür zu ihrem Badezimmer abschloß.

Klick.

Ammu betrachtete sich in dem langen Spiegel an der Badezimmertür, und das Gespenst ihrer Zukunft zeigte sich darin, um sie zu verspotten. Eingemacht. Grau. Mit wäßrigen Augen. Kreuzstichrosen auf einer schlaffen eingefallenen Wange. Verwelkte Brüste, die herunterhingen wie gefüllte Socken. Knochentrocken zwischen den Beinen, das Haar federweiß. Spärlich. So brüchig wie gepreßter Farn.

Haut, die sich schuppte und herabrieselte wie Schnee. Ammu fröstelte.

Weil sie an einem heißen Nachmittag das kalte Gefühl überkommen hatte, daß sie das Leben gelebt hatte. Daß ihre Tasse voll Staub war. Daß die Luft, der Himmel, die Bäume, die Sonne, der Regen, das Licht und die Dunkelheit – daß sich alles langsam in Sand verwandelte. Daß Sand ihre Nase, ihre Lunge, ihren Mund füllen würde. Sie hinunterziehen und auf der Oberfläche einen Wirbel zurücklassen würde wie Krabben, die sich am Strand einbuddeln.

Ammu zog sich aus und steckte eine rote Zahnbürste unter eine Brust, um zu sehen, ob sie halten würde. Sie fiel herunter. Wo immer sie sich berührte, war ihr Fleisch fest und glatt. Unter ihren Händen stellten sich ihre Brustwarzen auf und wurden hart wie dunkle Nüsse, zerrten ein wenig an der zarten Haut ihrer Brüste. Die dünne Linie Flaum führte von ihrem Nabel über die sanfte Wölbung ihres Bauches hinunter zu ihrem dunklen Dreieck. Wie ein Pfeil einen Reisenden leitet, der sich verirrt hat. Einen unerfahrenen Liebhaber.

Sie löste den Knoten in ihrem Haar und drehte sich um, um zu sehen, wie lang es gewachsen war. Es fiel, in Wellen und Locken und unfügsamen krausen Strähnen – innen weich, außen spröder –, bis zu der Stelle unterhalb ihrer Taille, an der sie sich zu den Hüften verbreiterte. Im Badezimmer war es heiß. Kleine Schweißperlen schmückten ihre Haut wie Diamanten. Dann wurden sie zu schwer und tropften an ihr hinunter. Schweiß rann die Vertiefung ihres Rückgrats hinab. Sie betrachtete etwas kritisch ihren runden, schweren Po. Als solcher war er nicht groß. Nicht groß *per se* (wie Oxford-Chacko es zweifellos ausgedrückt hätte). Groß nur, weil sie überall sonst so schlank war. Er gehörte zu einem anderen, sinnlicheren Körper.

Sie mußte zugeben, daß ihre Pobacken problemlos jeweils eine Zahnbürste halten würden

Vielleicht sogar zwei. Bei dem Gedanken, nackt mit vielen bunten Zahnbürsten, die unter ihren Pobacken steckten, durch Ayemenem zu laufen, mußte sie laut herauslachen. Sie brachte sich sofort wieder zum Schweigen. Sie sah, wie eine Spur Wahnsinn aus der Flasche entkam und triumphierend im Badezimmer Kapriolen schlug.

Ammu sorgte sich, daß sie wahnsinnig würde.

Mammachi sagte, daß der Wahnsinn in der Familie liege. Daß er die Menschen plötzlich überfalle, wenn sie gerade nicht auf der Hut seien. Da war Pathil Ammai, die sich im Alter von fünfundsechzig auszog und nackt den Fluß entlanglief und den Fischen etwas vorsang. Da war Thampi Chachen, der jeden Morgen mit einer Stricknadel seine Scheiße nach einem Goldzahn durchsuchte, den er Jahre zuvor verschluckt hatte. Und Dr. Muthachen, der in einem Sack von seiner eigenen Hochzeit entfernt werden mußte. Würden zukünftige Generationen sagen: »Da war Ammu – Ammu Ipe. Sie hat einen Bengali geheiratet. Wurde verrückt. Ist jung gestorben. Irgendwo in einer billigen Absteige.«

Chacko behauptete, daß die hohe Rate von Wahnsinnigen unter syrischen Christen der Preis war, den sie für Inzucht zahlten. Mammachi behauptete, dem sei nicht so.

Ammu faßte mit den Händen ihr dichtes Haar zusammen, hielt es sich vors Gesicht und spähte durch die Strähnen auf die Straße ins Alter und in den Tod. So wie ein mittelalterlicher Scharfrichter durch die schrägen Schlitze seiner spitzen schwarzen Kapuze auf den zum Tode Verurteilten hinunterblickt. Eine schlanke, nackte Scharfrichterin mit dunklen Brustwarzen und tiefen Grübchen, wenn sie lächelte. Mit sieben silbernen Schwangerschaftsstreifen von ihren zweieiigen Zwillingen, die ihr bei Kerzenlicht geboren wurden, mitten unter Nachrichten von einem verlorenen Krieg.

Nicht so sehr das, was am Ende ihrer Straße lag, jagte Ammu Angst ein, als vielmehr die Straße selbst. Keine Meilensteine markierten ihren Verlauf. Keine Bäume säumten sie. Keine gesprenkelten Schatten fielen darauf. Keine Nebel zogen darüber hinweg. Keine Vögel kreisten darüber. Keine Kurven, Kehren oder Serpentinen behinderten auch nur für einen kurzen Augenblick ihre klare Sicht auf das Ende. Das erfüllte Ammu mit einer schrecklichen Angst, denn sie war keine Frau, die ihre Zukunft vorhergesagt haben wollte. Sie fürchtete sich zu sehr davor. Wenn sie einen kleinen Wunsch freigehabt hätte, dann hätte sie sich vielleicht nichts weiter gewünscht, als nicht zu wissen. Nicht zu wissen, was jeder einzelne Tag für sie bereithielt. Nicht zu wissen, wo sie nächsten Monat, nächstes Jahr sein würde. In zehn Jahren. Nicht zu wissen, welche Richtung die Straße einschlagen und was hinter der Biegung auf sie warten würde. Denn Ammu wußte es. Oder *glaubte,* es zu wissen, was genauso schlimm war (denn wenn man in einem Traum Fisch gegessen hat, bedeutet das, daß man Fisch gegessen hat). Und das, was Ammu wußte (oder zu wissen glaubte), roch nach schalen Essigdämpfen, die von den Betontrögen voll Paradise Pickles aufstiegen. Dämpfen, die die Jugend zum Verwelken brachten und die Zukunft sauer einmachten.

In der Kapuze aus ihrem eigenen Haar lehnte sich Ammu an sich selbst im Badezimmerspiegel und versuchte zu weinen.

Um sich selbst.

Um den Gott der kleinen Dinge.

Um die mit Puderzucker bestäubten Zwillingshebammen ihres Traumes.

An diesem Nachmittag – während sich das Schicksal im Badezimmer verschwor, um den Verlauf der Straße ihrer geheimnisvollen Mutter auf schreckliche Weise zu verändern, während in Veluthas Hinterhof ein Boot ihrer harrte, während in einer gelben Kirche eine kleine Fledermaus darauf wartete, geboren zu werden – machte Estha im Schlafzimmer ihrer Mutter einen Kopfstand auf Rahels Po.

Das Schlafzimmer mit den blauen Vorhängen und den gelben Wespen, die die Fensterscheiben ärgerten. Das Schlafzimmer, dessen Wände bald ihre quälenden Geheimnisse erfahren sollten.

Das Schlafzimmer, in das Ammu zuerst gesperrt werden und sich dann selbst einsperren würde. Dessen Tür Chacko, wahnsinnig vor Schmerz, vier Tage nach Sophie Mols Beerdigung einschlagen würde.

»Verschwinde aus meinem Haus, bevor ich dir jeden Knochen einzeln breche!«

Mein Haus. *Meine* Ananas. *Meine* Pickles.

Danach würde Rahel jahrelang immer wieder denselben Traum träumen: Ein dicker, gesichtsloser Mann kniete neben der Leiche einer Frau. Schnitt ihr Haar ab. Brach jeden einzelnen Knochen ihres Körpers. Sogar die ganz kleinen. Die Finger. Die Knochen im Ohr knackten wie Zweige. *Knackknack,* das leise Geräusch brechender Knochen. Ein Klavierspieler, der die Klaviertasten zerbrach. Sogar die schwarzen. Und Rahel (obwohl sie Jahre später im elektrischen Krematorium die Schlüpfrigkeit des Schweißes benutzen würde, um sich Chackos Griff zu entziehen) liebte sie beide. Den Klavierspieler und das Klavier.

Den Mörder und die Leiche.

Während die Tür langsam zerbrach, säumte Ammu, um das Zittern ihrer Hände unter Kontrolle zu halten, die Enden von Rahels Bändern, die nicht gesäumt werden mußten.

»Versprecht mir, daß ihr einander immer lieben werdet«, sagte sie und zog ihre Kinder an sich.

»Versprochen«, sagten Estha und Rahel. Sie fanden keine Worte, um ihr zu erklären, daß es für sie keinen einen und keinen anderen gab.

Zwillingsmühlsteine und ihre Mutter. Betäubte Mühlsteine. Was sie getan hatten, sollte zurückkehren, um sie leer zu machen. Aber das war erst später.

Spä. Ter. Eine tief klingende Glocke in einem moosbewachsenen Brunnen. Bebend und pelzig wie Falterbeine.

Damals war alles ohne Zusammenhang. Als ob sich jegliche Bedeutung aus den Dingen geschlichen und sie als Bruchstücke zurückgelassen hätte. Unverbunden. Das Aufblitzen von Ammus Nadel. Die Farbe eines Bandes. Das Gewebe der Kreuzstichtagesdecke. Eine langsam berstende Tür. Isolierte Dinge, die nichts *bedeuteten.* Als ob die Fähigkeit, die verborgenen Muster des Lebens zu dekodieren – die Reflexionen mit Bildern zu verknüpfen, ein Aufblitzen mit Licht, Gewebe mit

Stoff, Nadel mit Faden, Wände mit Zimmer, Liebe mit Angst mit Wut mit Reue –, plötzlich verlorengegangen wäre.

»Pack deine Sachen und verschwinde«, sagte Chacko und stieg über das zersplitterte Holz. Baute sich bedrohlich vor ihnen auf. In der Hand einen Türgriff aus Chrom. Plötzlich seltsam ruhig. Überrascht von seiner eigenen Kraft. Seiner Größe. Seiner tyrannischen Macht. Dem enormen Ausmaß seines schrecklichen Schmerzes.

Rot die Farbe des gesplitterten Türholzes.

Ammu, äußerlich ruhig, innerlich zitternd, blickte von ihrem unnötigen Säumen nicht auf. Die Blechdose mit den bunten Bändern stand offen auf ihrem Schoß, in dem Zimmer, in dem sie das Recht, gehört zu werden, verloren hatte.

Dasselbe Zimmer, in dem Ammu (nachdem die Zwillingsexpertin aus Hyderabad geantwortet hatte) Esthas kleinen Koffer und die khakifarbene Tasche packen würde: 12 ärmellose Baumwollunterhemden, 12 Baumwollunterhemden mit kurzem Arm. *Estha, da steht dein Name mit Tinte drauf.* Seine Socken. Seine Röhrenhosen. Seine Hemden mit den spitzen Krägen. Seine beigefarbenen, spitzen Schuhe (von denen die wütenden Gefühle aufstiegen). Seine Elvis-Platten. Seine Kalziumtabletten und seinen Vydalin-Sirup.

Seine Giraffe, die er (zum Vydalin) geschenkt bekommen hatte. Seine Bücher des Wissens, Bände 1 bis 4. *Nein, Liebling, dort gibt es keinen Fluß, in dem man angeln kann.* Seine in weißes Leder gebundene Bibel, verschließbar mit einem Reißverschluß, an dessen Griff der Amethystmanschettenknopf eines Entomologen des britischen Empires hing. Seinen Becher. Seine Seife. Sein verfrühtes Geburtstagsgeschenk, das er noch nicht öffnen durfte. Vierzig grüne, vorfrankierte Inlandsbriefbögen. *Schau, Estha, ich habe unsere Adresse draufgeschrieben. Du mußt sie nur zusammenfalten. Probier mal, ob du es kannst.* Und Estha faltete einen grünen Inlandsbriefbogen ordentlich entlang der gepunkteten Linien, unter denen *Hier falten* stand, und blickte auf zu Ammu mit einem Lächeln, das ihr das Herz brach. *Versprichst du mir, daß du schreiben wirst? Auch wenn es nichts Neues gibt?*

Versprochen, sagte Estha. Der die Situation nicht ganz begriff. Die scharfen Kanten seiner Ängste abgestumpft durch die plötzliche Fülle an irdischen Besitztümern. Sie gehörten ihm. Waren in Tinte mit seinem Namen beschriftet. Sie wurden in den Koffer (mit seinem Namen darauf) gepackt, der offen auf dem Schlafzimmerboden stand.

Das Zimmer, in das Rahel Jahre später zurückkehren und wo sie einen Fremden dabei beobachten würde, wie er badete. Und seine Kleider wusch – mit bröckliger hellblauer Seife.

Schlank, muskulös und honigfarben. Meergeheimnisse in seinen Augen. Ein silberner Regentropfen auf seinem Ohr.

Esthappappychachen Kuttappen Peter Mon.

Kochu Thomban

Der Klang der *chenda* erhob sich über dem Tempel wie ein Pilz, unterstrich die Stille der allumfassenden Nacht. Der verlassenen, nassen Straße. Der Bäume, die zusahen. Rahel, atemlos, in der Hand eine Kokosnuß, betrat das Tempelgelände durch das hölzerne Tor in der hohen weißen Mauer.

Im Inneren war alles weiß gemauert, moosgekachelt und mondbeschienen. Und alles roch nach Regen. Auf der erhöhten steinernen Veranda schlief der dünne Priester auf einer Matte. Neben seinem Kopfkissen lag ein Messingteller mit Münzen wie eine Comic-strips-Illustration seiner Träume. Der Hof war übersät mit Monden, einer in jeder Pfütze. Kochu Thomban hatte seine zeremoniellen Runden beendet und lag, an einen hölzernen Pfahl gebunden, neben einem dampfenden Haufen seines eigenen Kotes. Er hatte seine Pflichten erfüllt, sein Gedärm war leer, er schlief, ein Stoßzahn lag auf der Erde, der andere wies zu den Sternen. Rahel näherte sich ihm leise. Sie sah, daß seine Haut loser war, als sie sie in Erinnerung hatte. Er war nicht mehr *Kochu* Thomban. Seine Stoßzähne waren gewachsen. Er war jetzt *Vellya* Thomban. Der große Elefantenbulle. Sie legte die Kokosnuß neben ihn auf den Boden. Eine lederne Falte teilte sich und enthüllte das flüssige Glitzern eines Elefantenauges. Dann schloß sie sich wieder, und lange, geschwungene Wimpern fielen erneut in Schlaf. Ein Stoßzahn wies zu den Sternen.

Juni ist eine schlechte Saison für Kathakali. Aber es gibt Tempel, an denen eine Gruppe nicht vorbeikann, ohne eine Vorstellung zu geben. Der Tempel von Ayemenem gehörte ursprünglich nicht dazu, aber dieser Tage lagen die Dinge anders – aufgrund seiner geographischen Lage.

In Ayemenem tanzten sie, um die Demütigung, die sie im Herzen der Finsternis erfahren hatten, abzuschütteln. Ihre gestutzten Swimmingpool-Vorstellungen. Ihre Hinwendung zum Tourismus, um den Hungertod abzuwehren.

Auf dem Rückweg vom Herzen der Finsternis kehrten sie im Tempel ein, um ihre Götter um Vergebung zu bitten. Um sich für die Korrumpierung ihrer Geschichten zu entschuldigen. Dafür, daß sie ihre Identität zu Geld machten. Ihr Leben veruntreuten.

Bei diesen Gelegenheiten war ein menschliches Publikum willkommen, aber völlig zufällig.

In dem breiten überdachten Säulengang – der *kuthambalam* grenzte an das Herz des Tempels, wo der blaue Gott mit seiner Flöte lebte – trommelten die Trommler und tanzten die farbenprächtigen Tänzer, bewegten sich langsam in der Nacht. Rahel setzte sich im Schneidersitz, den Rücken an eine runde weiße Säule gelehnt. Ein großer Kanister mit Kokosnußöl funkelte im flackernden Licht der Messinglampe. Das Öl nährte das Licht. Das Licht brachte das Öl zum Funkeln.

Es spielte keine Rolle, daß die Geschichte bereits begonnen hatte, weil der Kathakali vor langer Zeit entdeckt hatte, daß das Geheimnis der großen Geschichten darin liegt, daß sie kein Geheimnis haben. Die großen Geschichten sind die, die man gehört hat und wieder hören will. Die man überall betreten und bequem bewohnen kann. Sie führen einen nicht mit Nervenkitzel und einem unerwarteten Ende hinters Licht. Sie überraschen nicht mit Unvorhergesehenem. Sie sind einem so vertraut wie das Haus, in dem man lebt. Oder wie der Geruch der Haut des Geliebten. Man weiß, wie sie enden, aber man hört zu, als würde man es nicht wissen. So wie man, obwohl man weiß, daß man eines Tages sterben wird, lebt, als wüßte man es nicht. Man weiß, wer in den großen Geschichten leben, wer sterben, wer die Liebe finden und wer sie nicht finden wird. Und doch will man es immer wieder wissen.

Darin liegt ihr Geheimnis und ihr Zauber.

Für den Kathakali-Tänzer sind diese Geschichten seine Kinder und seine Kindheit. Er ist in ihnen aufgewachsen. Sie sind das Haus, in dem er erzogen wurde, die Wiesen, auf denen er spielte. Sie sind seine Fenster und seine Art zu sehen. Wenn er eine Geschichte erzählt, behandelt er sie, als wäre sie ein Kind von ihm. Er neckt sie. Er bestraft sie. Er läßt sie fliegen wie eine Seifenblase. Er ringt sie zu Boden und läßt sie wieder laufen. Er lacht sie aus, weil er sie liebt. Er kann in wenigen Minuten ganze Welten erschließen, und er kann innehalten und stundenlang ein welkendes Blatt betrachten. Oder mit dem Schwanz eines schlafenden Affen spielen. Er kann mühelos vom Blutbad eines Krieges zum Glücksgefühl einer Frau überwechseln, die sich in einem Gebirgsfluß das Haar wäscht. Von der listigen Überschwenglichkeit eines Rakshasa, der einen Einfall hat, zu einem geschwätzigen Malayali, der eine Skandalgeschichte in Umlauf bringt. Von der Sinnlichkeit einer Frau, die ein Kind stillt, zum verführerischschelmischen Lächeln Krishnas. Er kann den Kern des Schmerzes enthüllen, der im Glück enthalten ist. Den in einem Meer des Ruhmes verborgenen Fisch der Schande.

Er erzählt Geschichten von Göttern, aber sein Garn spinnt er aus den ungöttlichen Herzen der Menschen.

Der Kathakali-Tänzer ist der schönste aller Männer. Weil sein Körper seine Seele ist. Sein einziges Instrument. Seitdem er drei Jahre alt war, wurde er rundherum abgehobelt und poliert, beschnitten und angeschirrt, um Geschichten erzählen zu können. Magie steckt in ihm, in diesem Mann mit der gemalten Maske und den wirbelnden Röcken.

Aber dieser Tage ist er nicht mehr lebensfähig. Ungeeignet. Für unbrauchbar erklärte Ware. Seine Kinder machen sich über ihn lustig. Sie sehnen sich zu sein, was er nicht ist. Er sieht zu, wie sie heranwachsen, um Buchhalter und Busschaffner zu werden. Beamte der Klasse IV. Mit eigenen Gewerkschaften.

Aber er, der irgendwo zwischen Himmel und Hölle hängengeblieben ist, kann nicht tun, was sie tun. Er kann nicht den Gang eines Busses entlangtaumeln, Wechselgeld zählen und Fahrkarten verkaufen. Er kann sich nicht nach Klingeln richten, die ihn auffordern zu kommen. Er kann nicht hinter einem Tablett mit Tee und Keksen den Rükken krumm machen.

In seiner Verzweiflung wendet er sich an den Tourismus. Er begibt sich auf den Markt. Er verhökert das einzige, was er besitzt. Die Geschichten, die sein Körper erzählen kann.

Er wird zu Lokalkolorit.

Im Herzen der Finsternis verhöhnen sie ihn mit ihrer sich rekelnden Nacktheit und ihrer importierten Aufmerksamkeitsspanne. Er beherrscht seine Wut und tanzt für sie. Er sammelt sein Honorar ein. Er betrinkt sich. Oder raucht einen Joint. Gutes Keralagras. Das bringt ihn zum Lachen. Er macht halt im Tempel von Ayemenem, er und die anderen, und sie tanzen, um die Götter um Vergebung zu bitten.

Rahel (keine Pläne, kein Recht, gehört zu werden), den Rücken an eine Säule gelehnt, sieht zu, wie Karna am Ufer der Ganga betet. Karna in seiner Rüstung aus Licht, Karna, der melancholische Sohn Suryas, Gott des Tages. Karna, der Großzügige. Karna, das verlassene Kind. Karna, der am meisten verehrte Krieger.

In dieser Nacht war Karna stoned. Sein zerlumpter Rock geflickt. In seiner Krone waren Löcher, wo Juwelen sein sollten. Sein samtenes Hemd war abgewetzt vom vielen Tragen. Seine Fersen waren voller Risse. Hart. Er drückte seine Joints darauf aus.

Aber wenn in den Kulissen eine Truppe Maskenbildner warten würde, ein Agent, ein Vertrag, ein prozentualer Anteil am Profit – was wäre er dann? Ein Hochstapler. Ein reicher Betrüger. Ein Schauspieler, der eine Rolle spielt. Könnte er Karna sein? Oder würde er sich in seiner Hülse aus Reichtum zu geborgen fühlen? Würde sich das Geld zu einer Rinde zwischen ihm und der Geschichte auswachsen? Wäre er in der Lage, in ihr Herz, in ihre verborgenen Geheimnisse vorzustoßen, so wie er es jetzt kann?

Vielleicht nicht.

Dieser Mann ist heute abend gefährlich. Seine Verzweiflung ist vollkommen. Die Geschichte ist das Netz, über dem er hochspringt und abtaucht wie ein genialer Clown in einem bankrotten Zirkus. Sie ist alles, was ihn daran hindern kann, wie ein fallender Stein durch die Welt zu stürzen. Sie ist seine Farbe und sein Licht. Sie ist das Gefäß, in das er sich ergießt. Sie gibt ihm Form. Struktur. Sie ist sein Geschirr. Das ihn in Zaum hält. Seine Liebe. Seinen Irrsinn. Seine Hoffnung. Seine grenzenlose Freude. Ironischerweise ist sein Kampf das Gegenteil des Kampfes eines Schauspielers – er kämpft nicht darum, in eine Rolle hineinzukommen, sondern darum, aus ihr zu entfliehen. Und genau das kann er nicht. In seiner erbärmlichen Niederlage liegt sein größter Triumph. Er *ist* Karna, den die Welt im Stich gelassen hat. Karna Allein. Für unbrauchbar erklärte Ware. Ein in Armut aufgewachsener Prinz. Geboren, um auf unfaire Weise zu sterben, unbewaffnet und allein, durch die Hand seines Bruders. Majestätisch in seiner vollkommenen Verzweiflung. Betet er an den Ufern der Ganga. Stoned bis an den Rand der Bewußtlosigkeit.

Dann erschien Kunti. Auch sie war ein Mann, aber ein Mann, der weich und weiblich geworden war, ein Mann mit Brüsten, weil er jahrelang weibliche Rollen gespielt hatte. Ihre Bewegungen waren fließend. Voll Frau. Auch Kunti war stoned. High von den Joints, die sie miteinander geraucht hatten. Sie war gekommen, um Karna eine Geschichte zu erzählen.

Karna neigte seinen schönen Kopf und hörte zu.

Die rotäugige Kunti tanzte für ihn. Sie erzählte ihm von einer jungen Frau, der eine Gunst erwiesen worden war. Ein geheimes Mantra, das sie benutzen konnte, um sich einen Liebhaber unter den Göttern zu erwählen. Davon, wie die Frau, geschlagen mit der Dummheit der Jugend, beschloß, auszuprobieren, ob es tatsächlich funktionierte. Davon, wie sie allein auf einem leeren Feld stand, das Gesicht dem Himmel zuwandte und das Mantra rezitierte. Kaum waren die Worte über ihre unklugen Lippen, erzählte Kunti, als Surya, der Gott des Tages, vor ihr erschien. Die junge Frau, bezaubert von der Schönheit des schimmernden jungen Gottes, gab sich ihm hin. Neun Monate später gebar sie ihm einen Sohn. Das Baby wurde in einer Rüstung aus Licht geboren, mit goldenen Ohrringen in den Ohren und einer goldenen Brustplatte auf der Brust, darauf eingraviert das Emblem der Sonne.

Die junge Mutter liebte ihren erstgeborenen Sohn, erzählte Kunti, aber sie war nicht verheiratet und konnte ihn nicht behalten. Sie legte ihn in einen Weidenkorb und setzte ihn im Fluß aus. Das Kind wurde flußabwärts von Adhirata, einem Wagenlenker, gefunden. Und Karna genannt.

Karna sah auf zu Kunti. *Wer war sie? Wer war meine Mutter? Sag mir, wo sie ist. Bring mich zu ihr.*

Kunti senkte den Kopf. *Hier ist sie,* sagte sie. *Sie steht vor dir.*

Karnas Freude und Wut angesichts dieser Offenbarung. Sein Tanz der Verwirrung und Verzweiflung. *Wo warst du,* fragte er sie, *als ich dich so dringend brauchte? Hast du mich je in den Armen gehalten? Hast du mir zu essen gegeben? Hast du je nach mir gesucht? Hast du dich gefragt, wo ich sein könnte?*

Als Antwort nahm Kunti ihre königliche Maske in die Hände, grün das Gesicht, rot die Augen, und küßte ihn auf die Stirn. Karna erschauderte vor Glück. Ein Krieger als kleines Kind. Die Ekstase dieses Kusses. Er schickte sie in alle Glieder seines Körpers. Zu seinen Zehen. Seinen Fingerspitzen. Den Kuß seiner wunderschönen Mutter. *Wußtest du, wie sehr ich dich vermißte?* Rahel sah, wie er durch seine Adern pulsierte, so deutlich wie ein Ei, das den Hals eines Straußes hinunterwandert.

Ein wandernder Kuß, dessen Reise beendet wurde durch Karnas Bestürzung, als er begriff, daß sich seine Mutter ihm nur offenbart hatte, um die Sicherheit ihrer fünf anderen, geliebteren Söhne – der Pandavas – zu garantieren, denen die epische Schlacht gegen ihre einhundert Vettern bevorstand. Sie waren es, die Kunti beschützen wollte, indem sie Karna gestand, daß sie seine Mutter war. Sie wollte ihm ein Versprechen entlocken.

Sie berief sich auf die Gesetze der Liebe.

Sie sind deine Brüder. Dein eigen Fleisch und Blut. Versprich mir, daß du nicht gegen sie in den Krieg ziehen wirst. Versprich es mir.

Karna der Krieger konnte dieses Versprechen nicht geben, denn wenn er es täte, müßte er ein anderes widerrufen. Morgen würde er in den Krieg ziehen, und seine Gegner wären die Pandavas. Sie waren es gewesen, insbesondere Arjuna, die ihn öffentlich als Sohn eines gemeinen Wagenlenkers geschmäht hatten. Und Duryodhana, der älteste der einhundert Kaurava-Brüder, war es gewesen, der ihm zu Hilfe kam und ihm ein eigenes Königreich schenkte. Im Gegenzug hatte Karna Duryodhana ewige Treue geschworen.

Aber Karna der Großzügige konnte seiner Mutter die Bitte nicht abschlagen. Deswegen wandelte er sein Versprechen ab. Wich aus. Nahm eine kleine Anpassung vor, schwor einen leicht veränderten Schwur.

Ich verspreche dir folgendes, sagte Karna zu Kunti. *Du wirst immer fünf Söhne haben. Yudhishtra werde ich nichts tun. Bhima wird nicht durch meine Hand sterben. Die Zwillinge – Nakula und Sahadeva – werde ich nicht anfassen. Aber was Arjuna betrifft, verspreche ich nichts. Ich werde ihn töten oder er wird mich töten. Einer von uns beiden wird sterben.*

Etwas in der Atmosphäre veränderte sich. Und Rahel wußte, daß Estha gekommen war.

Sie sah sich nicht um, aber ein Glühen breitete sich in ihr aus. *Er ist gekommen,* dachte sie. *Er ist hier. Bei mir.*

Estha setzte sich an eine andere Säule, und so saßen sie die ganze Vorstellung über, getrennt durch die Breite des *kuthambalam,* aber vereint durch eine Geschichte. Und die Erinnerung an eine andere Frau.

Die Atmosphäre erwärmte sich. Wurde weniger feucht.

Vielleicht war der Abend im Herzen der Finsternis besonders schlimm gewesen. In Ayemenem tanzten die Männer, als könnten sie nicht mehr aufhören. Wie Kinder, die in einem warmen Haus Obdach vor einem Gewitter suchten. Die sich weigerten, hinauszugehen und das Wetter anzuerkennen. Den Wind und den Donner. Die Ratten mit den Dollarzeichen in den Augen, die durch die zerstörte Landschaft rasten. Die Welt, die um sie herum zusammenbrach.

Sie tauchten aus einer Geschichte auf, nur um in die nächste einzutauchen. Von *Karna Shabadam* – Karnas Schwur – zu *Duryodhana Vadham* – dem Tod des Duryodhana und seines Bruders Dushasana.

Es war fast vier Uhr morgens, als Bhima den gemeinen Dushasana zur Strecke brachte. Der Mann, der in aller Öffentlichkeit versucht hatte, Draupadi, die Frau der Pandavas, zu entkleiden, nachdem die Kauravas sie im Würfelspiel gewonnen hatten. Draupadi (merkwürdigerweise nur wütend auf die Männer, die sie gewonnen hatten, und nicht auf die, die sie zum Einsatz machten) schwor, sich das Haar erst wieder aufzustecken, nachdem sie es in Dushasanas Blut gewaschen hatte. Bhima gab sein Wort, ihre Ehre zu rächen.

Bhima trieb Dushasana auf einem Schlachtfeld in die Enge, das bereits mit Leichen übersät war. Eine Stunde lang fochten sie miteinander. Tauschten Beleidigungen aus. Zählten alle Gemeinheiten auf, die der eine dem anderen angetan hatte. Als das Licht in der Messinglampe flakkerte und erlöschen wollte, riefen sie einen Waffenstillstand aus. Bhima goß Öl nach, Dushasana säuberte den verrußten Docht. Dann zogen sie erneut in den Krieg. Ihr atemloser Kampf schwappte über den *kuthambalam* hinaus und wirbelte durch den Tempel. Sie jagten einander über den Hof, schwangen die Keulen aus Pappmaché. Zwei Männer in zu Ballons geblähten Röcken und abgewetzten Samthemden sprangen über Monde und Dunghaufen, kreisten um den riesigen Körper eines schlafenden Elefanten. Im einen Augenblick warf sich Dushasana tapfer ins Gefecht. Im nächsten zuckte er ängstlich zurück. Bhima spielte mit ihm. Beide stoned.

Der Himmel war eine rosa Schüssel. Das graue elefantenförmige Loch im Universum bewegte sich im Schlaf und schlief weiter. Es begann zu dämmern, als sich das Tier in Bhima regte. Die Trommeln schlugen lauter, die Atmosphäre jedoch war reglos und bedrohlich.

Im ersten Morgenlicht sahen Esthappen und Rahel, wie Bhima seinen Draupadi geleisteten Eid erfüllte. Er schlug Dushasana zu Boden. Jedes noch so schwache Zittern in dem sterbenden Körper verfolgte er mit seiner Keule, schlug darauf, bis sich nichts mehr rührte. Ein Schmied, der ein Stück Wellblech glatthämmerte. Systematisch jede Beule oder Delle glättete. Er fuhr fort, ihn zu töten, lange nachdem er tot war. Dann riß er mit bloßen Händen den Bauch der Leiche auf. Zerrte die Innereien heraus und beugte sich hinunter, um Blut zu trinken, direkt aus der Schüssel des zerfetzten Rumpfes. Seine wahnsinnigen Augen spähten über den Rand, funkelten vor Wut und Haß und wahnsinniger Erfüllung. Blut trieb blaßrosa Blasen zwischen seinen Zähnen. Tröpfelte sein geschminktes Gesicht hinunter, sein Kinn, seinen Hals. Als er genug getrunken hatte, stand er auf, blutiges Gedärm um den Hals drapiert wie einen Schal, und ging auf die Suche nach Draupadi, um ihr Haar in dem frischen Blut zu baden. Noch immer umgab ihn die Aura einer Wut, die selbst Mord nicht besänftigen konnte.

An diesem Morgen herrschte Wahnsinn. Unter der rosa Schüssel. Es war keine Vorstellung. Esthappen und Rahel erkannten ihn wieder. Sie hatten ihn schon früher am Werk gesehen. An einem anderen Morgen. Auf einer anderen Bühne. In einer anderen Art von Raserei (Tausendfüßler in den Sohlen seiner Schuhe). Die brutale Extravaganz dieser Vorführung durchaus ebenbürtig der grausamen Sparsamkeit in den künstlerischen Mitteln der früheren.

Da saßen sie, Stille und Leere, erstarrte zweieiige Fossilien, mit Beulen, die sich nicht zu Hörnern ausgewachsen hatten. Getrennt durch die Breite eines *kuthambalam.* Gefangen im Sumpf einer Geschichte, die ihre war und nicht war. Die sich am Anfang den Anschein von Struktur und Ordnung gegeben hatte und dann wie ein erschrockenes Pferd in die Anarchie durchgegangen war.

Vellya Thomban erwachte und knackte behutsam seine morgendliche Kokosnuß.

Die Kathakali-Tänzer nahmen ihre Masken ab und gingen nach Hause, um ihre Frauen zu schlagen. Auch Kunti, der frauliche Mann mit den Brüsten.

Um den Tempel herum regte sich die kleine Stadt, die sich als Dorf maskierte, und erwachte zum Leben. Ein alter Mann stand auf und taumelte zum Ofen, um sein gepfeffertes Kokosnußöl zu erhitzen.

Genosse Pillai. Ayemenems professioneller Spänehobler.

Seltsamerweise war er es gewesen, der den Zwillingen Kathakali nahegebracht hatte. Wider Baby Kochammas bessere Einsicht hatte er sie und Lenin zu nächtelangen Aufführungen in den Tempel mitgenommen, hatte bis zum Morgengrauen bei ihnen gesessen und ihnen die Sprache und Gestik des Kathakali erklärt. Im Alter von sechs Jahren hatten sie genau diese Geschichte mit ihm gesehen. Er hatte sie mit Raudra Bhima bekannt gemacht – dem wahnsinnigen, blutrünstigen Bhima, der auf der Suche nach Tod und Rache ist. »Er sucht nach dem Tier, das in ihm lebt«, hatte Genosse Pillai zu ihnen – ängstlichen Kindern mit weit aufgerissenen Augen – gesagt, als der bislang gutmütige Bhima zu bellen und knurren begann.

Welches Tier genau, erklärte Genosse Pillai nicht. Der den *Menschen* sucht, der in ihm lebt, war vielleicht, was er tatsächlich meinte, denn kein Tier hat sich je an der unerschöpflichen, unendlich erfindungsreichen Kunst des menschlichen Hasses versucht. Kein Tier kann es mit seiner Mannigfaltigkeit und Macht aufnehmen.

Die rosa Schüssel wurde blaß und schickte einen warmen grauen Nieselregen auf die Erde. Als Estha und Rahel durch das Tempeltor traten, trafen sie auf den Genossen Pillai, der von Kopf bis Fuß ölig glänzte. Sandelholzpaste auf der Stirn. Die geölte Haut mit Regentropfen verziert wie mit Nieten. In den hohlen Händen trug er ein Häuflein frischen Jasmins.

»Oho!« sagte er mit seiner pfeifenden Stimme. »Hier seid ihr! Ihr interessiert euch also noch für eure indische Kultur? Gutgut. Sehr gut.«

Die Zwillinge, nicht unhöflich, nicht höflich, erwiderten nichts. Sie gingen zusammen nach Hause. Er und Sie. Wir und Uns.

Der Pessimist und der Optimist

Chacko war aus seinem Zimmer ausgezogen und schlief in Pappachis Arbeitszimmer, damit Sophie Mol und Margaret Kochamma sein Zimmer haben konnten. Es war ein kleiner Raum mit einem Fenster, das hinausging auf die schrumpfende, etwas vernachlässigte Kautschukplantage, die Reverend. E. John Ipe von einem Nachbarn gekauft hatte. Eine Tür verband ihn mit dem Haus, und eine andere (der separate Eingang, den Mammachi hatte bauen lassen, damit Chacko diskret seine »Bedürfnisse eines Mannes« befriedigen konnte) führte direkt hinaus auf den seitlichen *mittam.*

Sophie Mol schlief auf einem kleinen Feldbett, das für sie neben dem großen Bett aufgestellt worden war. Das Dröhnen des Deckenventilators füllte ihren Kopf. Blaugraublaue Augen klappten auf.

A ufgewacht.

A m Leben.

A ufmerksam.

Der Schlaf wurde ohne viel Federlesens entlassen.

Zum erstenmal, seitdem Joe gestorben war, war er nicht das erste, woran sie nach dem Aufwachen dachte.

Sie sah sich im Zimmer um. Ohne sich zu rühren, nur die Augäpfel bewegten sich. Eine in Feindesland gefangengenommene Spionin, die ihre spektakuläre Flucht plante.

Eine Vase mit unbeholfen arrangierten Hibiskusblüten, die bereits verwelkten, stand auf Chakkos Tisch. Die Wände waren bedeckt mit Büchern. Ein Glasschrank war vollgestopft mit kaputten Flugzeugen aus Balsaholz.

Zerbrochene Schmetterlinge mit flehenden Augen. Die hölzernen Frauen eines gemeinen Königs, die unter einem bösen hölzernen Fluch verschmachteten.

Gefangen.

Nur eine, ihre Mutter Margaret, war nach England entkommen.

Das Zimmer drehte sich in dem ruhigen Chromzentrum des silbernen Ventilators im Kreis. Ein beigefarbener Gecko, blaß wie ein zu kurz gebakkenes Keks, betrachtete sie aus interessierten Augen. Sie dachte an Joe. Irgend etwas in ihr erbebte. Sie schloß die Augen.

Das ruhige Chromzentrum des silberfarbenen Ventilators drehte sich in ihrem Kopf.

Joe konnte auf den Händen gehen. Wenn er auf dem Fahrrad bergab fuhr, fing er den Wind in seinem Hemd ein.

Auf dem Bett neben ihr schlief Margaret Kochamma. Sie lag auf dem Rücken, die Hände auf dem Bauch gefaltet. Die Finger waren geschwollen, und ihr Ehering sah aus, als wäre er unangenehm eng. Das Fleisch ihrer Backen hing zu beiden Seiten ihres Gesichts nach unten, so daß ihre Backenknochen hervorstanden und ihr Mund zu einem freudlosen Lächeln verzogen war, durch das ein wenig die Zähne schimmerten. Ihre einst buschigen Augenbrauen hatte sie zu zeitgemäß modischen, bleistiftdünnen Bögen gezupft, die ihr sogar im Schlaf eine etwas überraschte Miene verliehen. Ihre anderen Mienen wuchsen in kurzen Stoppeln nach. Ihr Gesicht war gerötet. Ihre Stirn glänzte. Unter der Röte war eine Blässe. Eine aufgeschobene Blässe.

Als wäre auch er an die Hitze nicht gewöhnt und bräuchte ein Nickerchen, war der dünne Stoff ihres dunkelblau-weißgeblümten Baumwoll-Polyester-Kleides gewelkt und hing schlaff an den Konturen ihres Körpers, erhob sich über ihren Brüsten, tauchte ab in die Vertiefung zwischen ihren langen, kräftigen Beinen.

Auf dem Nachttisch stand in einem silbernen Rahmen ein schwarzweißes Hochzeitsfoto von Chacko und Margaret Kochamma, aufgenommen vor der Kirche in Oxford. Es schneite leicht. Die ersten frischen Schneeflocken lagen auf der Straße und dem Gehsteig. Chacko war angezogen wie Nehru. Er trug ein weißes *churidar* und einen schwarzen *sherwani.* Seine Schultern waren schneebestäubt. In einem Knopfloch steckte eine Rose, und die Spitze eines zu einem Dreieck gefalteten Taschentuchs ragte aus seiner Brusttasche. An den Füßen trug er glänzende schwarze Halbschuhe. Er sah aus, als würde er über sich selbst und die Art, wie er gekleidet war, lachen. Wie jemand auf einem Kostümfest. Margaret Kochamma trug ein langes schäumendes Kleid und eine billige Tiara auf ihrem kurzen lockigen Haar. Der Schleier war vom Gesicht zurückgeschlagen. Sie war so groß wie er. Sie wirkten glücklich. Schlank und jung, stirnrunzelnd, weil sie die Sonne in den Augen hatten. Margarets dicke dunkle Augenbrauen wuchsen über der Nase zusammen und bildeten einen hübschen Kontrast zu dem duftigen bräutlichen Weiß. Eine stirnrunzelnde Wolke mit Augenbrauen. Hinter dem Paar stand eine große matronenhafte Frau mit dicken Knöcheln, alle Knöpfe an ihrem langen Mantel zugeknöpft.

Margaret Kochammas Mutter. Rechts und links von ihr ihre beiden Enkelinnen in Schottenrock, Kniestrümpfen und mit identischen Ponyfransen. Beide kicherten und hielten die Hand vor den Mund. Margaret Kochammas Mutter sah weg, aus dem Foto hinaus, als wäre sie lieber woanders.

Margaret Kochammas Vater hatte sich geweigert, an der Hochzeit teilzunehmen. Er mochte keine Inder, hielt sie für verschlagene, unehrliche Menschen. Er wollte nicht glauben, daß seine Tochter einen Inder heiratete.

In der rechten oberen Ecke des Fotos hatte ein Mann, der ein Fahrrad schob, den Kopf umgewandt und starrte das Paar an.

Margaret Kochamma arbeitete als Kellnerin in einem Café in Oxford, als sie Chacko kennenlernte. Ihre Familie lebte in London. Ihr Vater war der Besitzer eines kleinen Ladens. Ihre Mutter arbeitete bei einer Hutmacherin. Ein Jahr zuvor war Margaret Kochamma bei ihren Eltern ausgezogen, aus keinem stichhaltigeren Grund, als um ihre jugendliche Unabhängigkeit zu behaupten. Sie hatte vor, zu arbeiten und Geld zu sparen, um sich eine Ausbildung als Lehrerin leisten zu können und dann nach einer Stelle an einer Schule zu suchen. In Oxford teilte sie sich mit einer Freundin eine kleine Wohnung. Einer anderen Kellnerin in einem anderen Café.

Nachdem sie ausgezogen war, mußte Margaret Kochamma feststellen, daß sie zu genau der Art Mädchen wurde, das ihre Eltern sich wünschten. Angesichts der wirklichen Welt klammerte sie sich nervös an alte, unvergessene Regeln und hatte niemanden außer sich selbst, gegen den sie rebellieren konnte. Und abgesehen davon, daß sie Schallplatten etwas lauter spielte, als es ihr zu Hause erlaubt gewesen war, setzte sie in Oxford das gleiche kleine rigide Leben fort, von dem sie glaubte, sie wäre ihm entkommen.

Bis eines Morgens Chacko ins Café spazierte.

Es war der Sommer seines letzten Jahres in Oxford. Er war allein. Sein zerknittertes Hemd war falsch geknöpft. Seine Schuhbänder waren nicht gebunden. Sein Haar, vorne sorgfältig gekämmt und angeklatscht, stand am Hinterkopf ab wie ein steifer Heiligenschein aus Stacheln. Er sah aus wie ein unordentliches, seliggesprochenes Stachelschwein. Er war groß, und Margaret Kochamma sah, daß er unter seiner chaotischen Kleidung (unpassende Krawatte, schäbiger Mantel) gut gebaut war. Er hatte etwas Amüsiertes an sich und eine Art, die Augen zusammenzukneifen, als wollte er ein weit entferntes Schild lesen und hätte vergessen, seine Brille einzustecken. Die Ohren standen ihm zu beiden Seiten des Kopfes ab wie die Henkel einer Teekanne. Seine athletische Statur und seine schludrige Erscheinung hatten etwas Anachronistisches. Das einzige Anzeichen, daß ein fetter Mann in ihm lauerte, waren seine glänzenden glücklichen Backen.

Er hatte nichts von der Vagheit und um Entschuldigung heischenden Unbeholfenheit, die man für gewöhnlich mit unordentlichen, geistesabwesenden Männern in Verbindung bringt. Er wirkte fröhlich, als wäre er zusammen mit einem imaginären Freund gekommen, dessen Gesellschaft er genoß.

Er setzte sich ans Fenster, stützte den Kopf auf die Hand und lächelte ins leere Café, als würde er in Erwägung ziehen, mit der Einrichtung ein Gespräch zu beginnen. Mit dem gleichen freundlichen Lächeln bestellte er Kaffee, aber er schien die große Kellnerin mit den buschigen Augenbrauen, die seine Bestellung aufnahm, nicht wirklich zu bemerken.

Sie zuckte zusammen, als er zwei gehäufte Löffel Zucker in seinen extrem milchigen Kaffee gab.

Dann bat er um Spiegeleier und Toast. Mehr Kaffee und Erdbeermarmelade.

Als sie mit seiner Bestellung zurückkam, sagte er, als würde er in einer unterbrochenen Unterhaltung fortfahren: »Haben Sie von dem Mann mit den Zwillingssöhnen gehört?«

»Nein«, sagte sie und stellte sein Frühstück ab. Aus irgendeinem Grund (angeborene Klugheit vielleicht und eine instinktive Zurückhaltung gegenüber Ausländern) legte sie nicht das lebhafte Interesse an den Tag, das er von ihr hinsichtlich des Mannes mit den Zwillingssöhnen zu erwarten schien. Chacko störte das nicht weiter.

»Ein Mann hatte Zwillingssöhne«, sagte er zu Margaret Kochamma. »Pete und Stuart. Pete war ein Optimist, und Stuart war ein Pessimist.«

Er pickte die Erdbeeren aus der Marmelade und legte sie auf eine Seite des Tellers. Die Marmelade verstrich er in einer dicken Schicht auf dem gebutterten Toast.

»An ihrem dreizehnten Geburtstag schenkte der Vater Stuart eine teure Armbanduhr, einen Tischlerbaukasten und ein Fahrrad.«

Chacko blickte zu Margaret Kochamma auf, um zu überprüfen, ob sie zuhörte.

»Und das Zimmer des Optimisten Pete füllte er mit Pferdedung.«

Chacko hob die Spiegeleier auf den Toast, zerstach die glänzenden, wabbligen Dotter und verstrich sie mit dem Rücken seines Teelöffels auf der Erdbeermarmelade.

»Nachdem Stuart seine Geschenke ausgepackt hatte, war er den ganzen Morgen schlecht gelaunt. Er hatte sich keinen Tischlerbaukasten gewünscht, die Uhr gefiel ihm nicht, und das Fahrrad hatte die falschen Reifen.«

Margaret Kochamma hörte nicht mehr zu, weil sie gefesselt war von dem kuriosen Ritual, das sich auf seinem Teller abspielte. Die Toastscheiben mit Marmelade und Spiegeleiern wurden in kleine Vierecke, die Erdbeeren aus der Marmelade eine nach der anderen in winzige Scheiben geschnitten.

»Als der Vater ins Zimmer von Pete dem Optimisten ging, konnte er Pete nicht sehen, aber er hörte, wie hektisch geschaufelt und schwer geatmet wurde. Pferdedung flog durch das Zimmer.«

Chacko schüttelte sich vor lautlosem Lachen, so sehr freute er sich selbst offenbar auf die Pointe des Witzes. Mit lachenden Händen legte er eine Erdbeerscheibe auf jedes leuchtend gelb-rote Viereck Toast – sie sahen jetzt aus wie ein greller Snack, den eine alte Frau bei einer Bridgegesellschaft hätte servieren können.

»›Was um Himmels willen tust du da?‹ rief der Vater Pete zu.«

Die Toastvierecke wurden gepfeffert und gesalzen.

Chacko hielt vor der Pointe inne, lachte Margaret Kochamma an, die ihrerseits seinen Teller anlächelte.

»Tief im Dung erklang eine Stimme. ›Nun, Vater‹, sagte Pete, ›wo soviel Scheiße ist, muß auch ein Pony sein.‹«

Chacko lehnte sich in dem leeren Café auf seinem Stuhl zurück, hielt Messer und Gabel in den Händen und lachte sein hohes, ansteckendes, wie ein Schluckauf-klingendes Dicker-Mann-Lachen, bis ihm Tränen über die Backen liefen. Margaret Kochamma, die den größten Teil des Witzes nicht mitgekriegt hatte, lächelte. Dann lachte sie über sein Lachen. Das Lachen der beiden schaukelte sich gegenseitig hoch und erklomm hysterische Höhen. Als der Besitzer des Cafés auftauchte, sah er einen Gast (keinen besonders wünschenswerten) und eine Kellnerin (eine nur durchschnittlich wünschenswerte), die sich eine Spirale wiehernden, hilflosen Gelächters hinaufschraubten.

In der Zwischenzeit war unbemerkt ein weiterer Gast (ein normaler) eingetroffen und wartete darauf, bedient zu werden.

Der Besitzer spülte ein paar bereits gespülte Gläser, ließ sie geräuschvoll klirrend aufeinanderstoßen und klapperte mit dem Geschirr auf der Theke, um Margaret Kochamma sein Mißvergnügen mitzuteilen. Sie versuchte, sich zu fassen, und ging dann, um die neue Bestellung aufzunehmen. Aber sie hatte noch Tränen in den Augen und mußte einen erneuten Kicheranfall unterdrücken, so daß der hungrige Mann von der Speisekarte aufsah, die Lippen gespitzt in wortloser Mißbilligung.

Verstohlen blickte sie zu Chacko, der sie ansah und lächelte. Es war ein wahnsinnig freundliches Lächeln.

Er beendete sein Frühstück, zahlte und ging.

Der Besitzer machte Margaret Kochamma Vorwürfe und hielt ihr einen Vortrag über Cafémoral. Sie entschuldigte sich bei ihm. Ihr Verhalten tat ihr aufrichtig leid.

Am Abend, nach der Arbeit, dachte sie nach über das, was geschehen war, und ihr eigenes Verhalten war ihr nicht ganz geheuer. Für gewöhnlich war sie nicht frivol, und sie hielt es auch nicht für richtig, so unkontrolliert mit einem vollkommen Fremden zu lachen. Es schien etwas so Übervertrauliches, Intimes zu sein. Sie fragte sich, warum sie so gelacht hatte. Sie wußte, daß es nicht wegen des Witzes gewesen war.

Sie erinnerte sich an Chackos Lachen, und noch lange Zeit danach lächelten ihre Augen.

Chacko kam öfter ins Café.

Jedesmal brachte er seinen unsichtbaren Freund und sein freundliches Lächeln mit. Auch wenn Margaret Kochamma ihn nicht bediente, suchte er sie mit den Augen, und sie tauschten heimlich ein Lächeln aus, das die Erinnerung an ihr gemeinsames Lachen wachrief.

Margaret Kochamma stellte fest, daß sie sich auf die Besuche des zerknitterten Stachelschweins freute. Ohne beunruhigt zu sein, aber mit einer Art wachsender Zuneigung. Sie wußte mittlerweile, daß er ein Rhodes-Stipendiat aus Indien war. Daß er klassische Philologie studierte. Und für Balliol ruderte.

Bis zu dem Tag, an dem sie ihn heiratete, glaubte sie nicht, daß sie je zustimmen würde, seine Frau zu werden.

Nachdem sie ein paar Monate miteinander gingen, begann er, sie auf sein Zimmer zu schmuggeln, in dem er wie ein hilfloser Prinz im Exil lebte. Trotz größter Anstrengungen seitens des College-Hausdieners und seiner Putzfrau sah sein Zimmer immer aus wie ein Saustall. Bücher, leere Weinflaschen, schmutzige Unterwäsche und Zigarettenkippen lagen auf dem Boden verstreut. Es war gefährlich, die Schranktüren zu öffnen, denn Kleidung, Bücher und Schuhe purzelten heraus, und einige seiner Bücher waren immerhin so schwer, daß sie ernsthaften Schaden anrichten konnten. Margaret Kochammas kleines, ordentliches Leben überließ sich diesem wahrhaft barocken Chaos mit dem leisen Aufschrei eines warmen Körpers, der sich in ein kaltes Meer stürzt.

Sie entdeckte, daß in dem zerknitterten Stachelschwein ein leidgeprüfter Marxist auf Kriegsfuß stand mit einem unverbesserlichen, unheilbaren Romantiker – der die Kerzen vergaß, der die Weingläser zerbrach, der den Ring verlor. Der so leidenschaftlich mit ihr schlief, daß es ihr den Atem raubte. Sie hatte sich immer für ein ziemlich uninteressantes Mädchen mit dicker Taille und dicken Knöcheln gehalten. Nicht häßlich. Nichts Besonderes. Aber wenn sie mit Chacko zusammen war, wurden alte Schranken niedergerissen. Horizonte erweitert.

Nie zuvor hatte sie einen Mann gekannt, der von der Welt sprach – davon, was sie war, und wie sie wurde, was sie war, oder davon, was er dachte, daß aus ihr werden würde –, so wie andere Männer, die sie kannte, von ihrer Arbeit, ihren Freunden oder ihren Wochenenden am Strand sprachen.

Wenn sie mit Chacko zusammen war, hatte Margaret Kochamma das Gefühl, ihre Seele hätte sich aus den engen Grenzen ihrer Inselheimat in die weiten, extravaganten Räume seines Landes geflüchtet. Er gab ihr das Gefühl, daß ihnen die Welt gehörte – als läge sie vor ihnen wie ein aufgeschnittener Frosch auf dem Seziertisch, der darum bettelte, untersucht zu werden.

In dem Jahr, das sie zusammen waren, bevor sie heirateten, entdeckte sie ein bißchen Zauber in sich selbst, und für eine Weile kam sie sich vor wie ein unbekümmerter Dschinn, den man aus seiner Flasche gelassen hatte. Vielleicht war sie zu jung, um zu merken, daß das, was sie als Liebe für Chakko deutete, tatsächlich die versuchsweise zaghafte Akzeptanz ihrer selbst war.

Was Chacko anbelangte, so war Margaret Kochamma der erste weibliche Freund, den er hatte. Nicht die erste Frau, mit der er schlief, aber seine erste wirkliche Freundin. Was Chacko am meisten an ihr liebte, war ihre Selbstgenügsamkeit. Vielleicht keine bemerkenswerte Eigenschaft bei einer Durchschnittsengländerin, aber Chacko hielt sie für bemerkenswert.

Er liebte es, daß Margaret Kochamma sich nicht an ihn klammerte. Daß sie sich ihrer Gefühle für ihn nicht sicher war. Daß er bis zum letzten Tag nicht wußte, ob sie ihn heiraten würde oder nicht. Er liebte die Art, wie sie sich nackt in seinem Bett aufsetzte, den langen weißen Rücken von ihm wegdrehte, auf ihre Uhr blickte und auf ihre praktische Art sagte: »Hoppla, ich muß weg.« Er liebte die Art, wie sie jeden Morgen auf ihrem Fahrrad zur Arbeit schaukelte. Daß sie Meinungsverschiedenheiten hatten, hieß er gut und jubilierte innerlich über Margarets gelegentliche Wutanfälle angesichts seiner Dekadenz.

Er war ihr dankbar dafür, daß sie sich nicht um ihn kümmern wollte. Daß sie nicht anbot, sein Zimmer aufzuräumen. Daß sie nicht seine widerwärtige Mutter spielte. Er wurde abhängig von Margaret Kochamma, weil sie nicht von ihm abhängig war. Er betete sie an, weil sie ihn nicht anbetete.

Von seiner Familie wußte Margaret nur sehr wenig. Er sprach selten von ihr.

Die Wahrheit ist, daß Chacko während seiner Jahre in Oxford kaum an sie dachte. Zuviel geschah in seinem Leben, und Ayemenem schien so weit weg. Der Fluß zu klein. Die Fische zu wenige.

Es gab keinen dringenden Grund, warum er Kontakt zu seinen Eltern halten sollte. Das Rhodes-Stipendium war großzügig. Er brauchte kein Geld. Er war heftig verliebt in seine Liebe zu Margaret Kochamma, und in seinem Herzen war kein Platz für jemand anders.

Mammachi schickte ihm regelmäßig detaillierte Schilderungen ihrer elenden Zänkereien mit ihrem Mann und ihrer Sorgen wegen Ammus Zukunft. Er las nur selten einen Brief von Anfang bis Ende. Bisweilen machte er sich nicht einmal die Mühe, sie zu öffnen. Er schrieb nie zurück.

Und das eine Mal, als er auf Besuch kam (als er Pappachi daran hinderte, Mammachi mit der Messingvase zu schlagen, und ein Schaukelstuhl im Mondschein gemeuchelt wurde), nahm er kaum wahr, wie getroffen sein Vater war oder wie seine Mutter ihn nun doppelt anhimmelte oder wie schön seine junge Schwester geworden war. Er kam und ging in Trance, sehnte sich vom Augenblick seiner Ankunft danach, zu dem weißen Mädchen mit dem langen Rücken zurückzukehren, das auf ihn wartete.

In dem Winter, als er das Studium in Balliol abschloß (seine Prüfungsergebnisse waren schlecht), heirateten Margaret Kochamma und Chacko. Ohne daß ihre Familie ihre Zustimmung gab. Ohne daß seine Familie davon wußte.

Sie beschlossen, daß er in Margaret Kochammas Wohnung ziehen sollte (er verdrängte die andere Kellnerin aus dem anderen Café), bis er Arbeit gefunden hätte.

Der Zeitpunkt der Hochzeit hätte nicht schlechter gewählt werden können.

Neben dem Druck des Zusammenlebens litten sie unter Geldmangel. Er bekam kein Stipendium mehr, und die gesamte Miete mußte bezahlt werden.

Nachdem er nicht mehr ruderte, ging er plötzlich, vorzeitig und ungebührlich, in die Breite. Chacko wurde ein dicker Mann, bekam den Körper, der zu seinem Lachen paßte.

Nach einem Jahr Ehe hatte Chackos studentische Faulheit in Margaret Kochammas Augen jeglichen Charme verloren. Es amüsierte sie nicht länger, daß die Wohnung abends, wenn sie von der Arbeit zurückkehrte, genauso schmutzig und chaotisch war wie am Morgen, als sie gegangen war. Daß er nicht im Traum daran dachte, das Bett zu machen oder die Wäsche zu waschen oder das Geschirr zu spülen. Daß er sich nicht für die Brandflecken entschuldigte, die er mit seinen Zigaretten in das neue Sofa brannte. Daß er unfähig schien, sein Hemd richtig zuzuknöpfen, seine Krawatte *und* seine Schuhbänder zu binden, wenn er zu einem Vorstellungsgespräch mußte. Nach einem Jahr war sie bereit, den Frosch gegen ein paar kleine, praktische Zugeständnisse zurückzugeben. Wie zum Beispiel eine Arbeit für ihren Mann und eine saubere Wohnung.

Schließlich fand Chacko eine kurzfristige, schlechtbezahlte Anstellung in der Auslandsabteilung des India Tea Board. In der Hoffnung, daß weitere Jobs folgen würden, zogen Chacko und Margaret nach London. In noch kleinere, trostlosere Zimmer. Margaret Kochammas Eltern weigerten sich, sie zu sehen.

Sie hatte gerade gemerkt, daß sie schwanger war, als sie Joe begegnete. Er war ein alter Schulfreund ihres Bruders. Als sie sich trafen, befand sich Margaret Kochamma in der körperlich attraktivsten Phase ihres Lebens. Die Schwangerschaft brachte Farbe in ihre Backen und ihr dickes dunkles Haar zum Glänzen. Trotz der ehelichen Schwierigkeiten strahlte sie eine Aura insgeheimer Hochstimmung, eine Zufriedenheit mit dem eigenen Körper aus, die oft typisch für schwangere Frauen sind.

Joe war Biologe. Er bearbeitete für einen bekannten Verlag die dritte Ausgabe eines biologischen Wörterbuchs. Joe war alles, was Chacko nicht war. Stabil. Solvent. Schlank.

Margaret Kochamma fühlte sich zu ihm hingezogen wie eine Pflanze in einem dunklen Raum zu einem Fleckchen Licht.

Als Chackos Vertrag auslief und er keine andere Stelle fand, schrieb er Mammachi, daß er geheiratet habe, und bat um Geld. Mammachi war am Boden zerstört, verpfändete jedoch heimlich ihren Schmuck und schickte ihm Geld nach England. Es war nicht genug. Es war nie genug.

Als Sophie Mol geboren wurde, war Margaret Kochamma klar, daß sie Chacko um ihret- und ihrer Tochter willen verlassen *mußte.* Sie bat ihn um die Scheidung.

Chacko ging nach Indien zurück, wo er mühelos Arbeit fand. Ein paar Jahre lang lehrte er am Madras Christian College, und nachdem Pappachi gestorben war, kehrte er mit seiner Bharat-Maschine, seinem Balliol-Ruder und seinem gebrochenen Herzen nach Ayemenem zurück.

Mammachi hieß ihn überglücklich erneut in ihrem Leben willkommen. Sie ernährte ihn, sie nähte für ihn, sie sorgte dafür, daß in seinem Zimmer jeden Tag frische Blumen standen. Chacko brauchte die Vergötterung seiner Mutter. In der Tat forderte er sie von ihr, und er verachtete und bestrafte sie dafür auf seine heimtückische Art. Er begann seine Leibesfülle und allgemeine physische Verwahrlosung zu kultivieren. Er trug billige bedruckte Buschhemden aus Nylon zu seinem weißen *mundu* und die scheußlichsten Plastiksandalen, die man auf dem Markt auftreiben konnte. Wenn Mammachi Gäste hatte, Verwandte oder vielleicht alte Freunde auf Besuch aus Delhi, erschien Chacko an ihrem geschmackvoll gedeckten Eßtisch – geschmückt mit exquisiten Orchideenarrangements und ihrem besten Porzellan – und kratzte an altem Schorf oder an den großen, ovalen schwarzen Schwielen, die er an seinen Ellbogen züchtete.

Besonders gern brüskierte er Baby Kochammas Gäste – katholische Bischöfe oder anderen Klerus, der auf einen Snack vorbeischaute. In ihrer Gegenwart zog Chacko seine Sandalen aus und lüftete das ekelhafte, eitrige Furunkel auf seinem Fuß.

»Gott erbarme dich dieses armen Aussätzigen«, sagte er dann, während Baby Kochamma verzweifelt versuchte, ihre Gäste von diesem Schauspiel abzulenken, indem sie ihnen Kekskrümel und Bananenchipsstückchen aus den Bärten klaubte.

Aber von allen heimtückischen Strafen, mit denen Chacko Mammachi peinigte, war die schlimmste und demütigendste das Schwelgen in Erinnerungen an Margaret Kochamma. Er sprach oft und mit außergewöhnlichem Stolz von ihr. Als ob er sie dafür bewunderte, daß sie sich von ihm hatte scheiden lassen. »Sie hat mich für einen besseren Mann verlassen«, sagte er zu Mammachi, die jedesmal zusammenzuckte, als hätte er sie und nicht sich selbst beleidigt.

Margaret Kochamma schrieb regelmäßig, berichtete Chacko von Sophie Mol. Sie versicherte ihm, daß Joe ein wunderbarer, liebevoller Vater sei und Sophie Mol ihn sehr liebe – Dinge, die Chacko gleichermaßen freuten wie betrübten.

Margaret Kochamma war glücklich mit Joe. Glücklicher, als sie es vielleicht gewesen wäre, hätte sie nicht diese wilden, unsicheren Jahre mit Chacko erlebt. Sie dachte voll Zuneigung an ihn, aber ohne Bedauern. Es kam ihr einfach nicht in den Sinn, daß sie ihn so tief verletzt hatte, wie es der Fall war, weil sie sich selbst nach wie vor für eine gewöhnliche Frau und ihn für einen außergewöhnlichen Mann hielt. Und weil Chacko weder damals noch in der Zwischenzeit die üblichen Symptome von Kummer und gebrochenem Herzen an den Tag gelegt hatte, nahm Margaret Kochamma an, daß er wie sie der Meinung war, ihre Ehe sei ein Fehler gewesen. Als sie ihm von Joe erzählte, war er traurig und still gegangen. Mit seinem unsichtbaren Freund und seinem freundlichen Lächeln.

Sie schrieben sich oft, und über die Jahre reifte ihre Freundschaft. Für Margaret Kochamma wurde es eine angenehme, engagierte Freundschaft. Für Chacko war es eine Möglichkeit, die *einzige* Möglichkeit, in Verbindung zu bleiben mit der Mutter seines Kindes und der einzigen Frau, die er je geliebt hatte.

Als Sophie Mol alt genug war, um in die Schule zu gehen, machte Margaret Kochamma die Lehrerausbildung und fand anschließend eine Stelle als Grundschullehrerin in Clapham. Sie war im Lehrerzimmer, als sie von Joes Unfall erfuhr. Ein junger Polizist mit ernster Miene und dem Helm in der Hand überbrachte ihr die Nachricht. Er sah merkwürdig komisch aus, wie ein schlechter Schauspieler, der für eine ernste Rolle in einem Stück vorsprach. Margaret Kochamma wußte noch, daß ihr erster Impuls bei seinem Anblick gewesen war, zu lächeln.

Wenn nicht um ihret-, so doch um Sophie Mols willen tat Margaret Kochamma ihr Bestes, um die Tragödie mit Gleichmut zu ertragen. Um *so zu tun,* als würde sie die Tragödie mit Gleichmut ertragen. Sie nahm sich nicht frei. Sie sorgte dafür, daß Sophie Mols schulische Routine beibehalten wurde. *Mach deine Hausaufgaben. Iß dein Ei. Nein, wir können nicht zu Hause bleiben.*

Sie verbarg ihren Schmerz unter der forschen praktischen Maske der Schullehrerin. Das strenge-

Schullehrerin-(die manchmal zuschlug)förmige Loch im Universum.

Aber als Chacko schrieb und sie nach Ayemenem einlud, seufzte etwas in ihr auf und setzte sich hin. Trotz allem, was zwischen ihr und Chacko vorgefallen war, gab es niemanden in der Welt, mit dem sie Weihnachten lieber verbracht hätte. Je länger sie darüber nachdachte, desto gewillter wurde sie. Sie überzeugte sich davon, daß eine Reise nach Indien genau das Richtige für Sophie Mol wäre.

Und obwohl sie wußte, ihre Freunde und Kollegen an der Schule würden es sonderbar finden, daß sie, kaum war ihr zweiter Mann gestorben, zu ihrem ersten zurücklief, plünderte Margaret Kochamma schließlich ihre Ersparnisse und kaufte zwei Flugtickets. London–Bombay–Cochin.

Diese Entscheidung sollte sie bis an ihr Lebensende verfolgen.

Mit ins Grab nahm sie das Bild der Leiche ihrer kleinen Tochter, die auf der Chaiselongue im Wohnzimmer des Hauses in Ayemenem lag. Auch aus der Entfernung war es offensichtlich, daß sie tot war. Daß sie weder krank war noch schlief. Es hatte etwas zu tun mit der Art, wie sie dalag. Wie ihre Gliedmaßen angewinkelt waren. Mit der Autorität des Todes. Mit seiner entsetzlichen Stille.

Grüner Tang und Schmutz aus dem Fluß waren in ihr wunderschönes rotbraunes Haar gewebt. Ihre eingesunkenen Augenlider waren wund, von den Fischen angeknabbert. (O ja, sie tun es, die in der Tiefe schwimmenden Fische. Sie probieren alles.) Auf ihrem mauvefarbenen Kittel aus Kordsamt stand in einer schrägen fröhlichen Schrift *Ferien!*. Sie war so verrunzelt wie der Daumen eines Wäschers, weil sie zu lange im Wasser gelegen hatte.

Eine aufgeschwemmte Meerjungfrau, die das Schwimmen verlernt hatte.

Ihre kleine Faust umklammerte einen silbernen Fingerhut, des Glückes wegen.

Die aus einem Fingerhut trank.

Die in ihrem Sarg ein Rad schlug.

Margaret Kochamma verzieh es sich nie, daß sie mit Sophie Mol nach Ayemenem gekommen war. Daß sie sie übers Wochenende allein ließ, während sie und Chacko nach Cochin fuhren, um den Rückflug bestätigen zu lassen.

Es war gegen neun Uhr morgens, als Mammachi und Baby Kochamma erfuhren, daß flußabwärts, dort, wo der Meenachal breiter wurde und sich den Backwaters näherte, die Leiche eines weißen Kindes im Fluß gefunden worden war. Estha und Rahel wurden noch vermißt.

Früher am Morgen waren die Kinder – alle drei – nicht zu ihrem morgendlichen Glas Milch erschienen. Baby Kochamma und Mammachi nahmen an, daß sie vielleicht zum Fluß gegangen waren, um zu schwimmen, was besorgniserregend war, weil es den Tag zuvor und ein gut Teil der Nacht heftig geregnet hatte. Sie wußten, daß der Fluß gefährlich sein konnte. Baby Kochamma schickte Kochu Maria los, die sie suchen sollte, aber sie kehrte ohne sie zurück. In dem Chaos, das auf Vellya Paapens Besuch gefolgt war, erinnerten sie sich nicht mehr, wann sie die Kinder zum letztenmal gesehen hatten. Andere Dinge, nicht die Kinder, hatten sie beschäftigt. Womöglich waren sie schon die ganze Nacht fort.

Ammu war noch immer in ihr Schlafzimmer

eingesperrt. Baby Kochamma hatte die Schlüssel. Durch die Tür fragte sie Ammu, ob sie eine Ahnung habe, wo die Kinder sein könnten. Sie versuchte die Panik aus ihrer Stimme herauszuhalten, es sollte wie eine beiläufige Frage klingen. Etwas krachte gegen die Tür. Ammu war außer sich vor Wut und Ungläubigkeit angesichts dessen, was mit ihr geschah – daß sie eingesperrt war wie die Familienirre in einem mittelalterlichen Haushalt. Erst später, als die Welt um sie herum zusammenbrach, nachdem Sophie Mols Leiche nach Ayemenem gebracht worden war und Baby Kochamma aufsperrte, siebte Ammu ihre Wut durch und versuchte, den Geschehnissen einen Sinn zu geben. Angst und Besorgnis zwangen sie, klar zu denken, und erst da fiel ihr ein, was sie zu ihren Zwillingen gesagt hatte, als sie an ihre Schlafzimmertür gekommen waren und sie gefragt hatten, warum sie eingesperrt sei. Die leichtsinnigen Worte, die sie nicht so gemeint hatte.

»Wegen euch!« hatte Ammu geschrien. »Wenn ihr nicht wärt, wäre ich nicht hier! Nichts wäre passiert! Ich wäre nicht hier! Ich wäre frei! Ich hätte euch an dem Tag, an dem ihr geboren seid, ins Waisenhaus bringen sollen! *Ihr* seid die Mühlsteine um meinen Hals!«

Sie konnte sie nicht sehen, wie sie an der Tür

kauerten. Eine verblüffte Tolle und eine Fontäne in einem Love-in-Tokyo. Verwirrte Zwillingsbotschafter von Gott-weiß-was. Ihre Exzellenzen die Botschafter E. Pelvis und S. Insekt.

»Verschwindet!« hatte Ammu gesagt. »Warum könnt ihr nicht einfach verschwinden und mich in Ruhe lassen?«

Das hatten sie getan.

Aber als Baby Kochamma auf ihre Frage nach den Kindern nur ein Krachen gegen die Tür zur Antwort erhielt, ging sie weg. Langsam baute sich Angst in ihr auf, als sie die auf der Hand liegenden, logischen und vollkommen falschen Verbindungen herstellte zwischen dem, was am Abend zuvor passiert war, und den vermißten Kindern.

Der Regen hatte am frühen Nachmittag des Vortags eingesetzt. Plötzlich hatte sich der heiße Tag verdunkelt, und der Himmel begann zu applaudieren und zu grollen. Kochu Maria, aus keinem besonderen Grund schlechtgelaunt, stand in der Küche auf ihrem Schemel und putzte wütend einen großen Fisch, entfesselte einen stinkenden Blizzard aus Fischschuppen. Ihre goldenen Ohrringe schwangen heftig. Silberne Fischschuppen flogen durch die Küche, landeten auf Kesseln, Wänden, Gemüseraspeln, Kühlschrankgriff. Sie ignorierte Vellya Paapen, als er durchnäßt und zitternd vor der Küchentür auftauchte. Sein echtes Auge war blutunterlaufen, und er sah aus, als hätte er getrunken. Zehn Minuten stand er da, wartete darauf, bemerkt zu werden. Als Kochu Maria mit dem Fisch fertig war und mit den Zwiebeln anfing, räusperte er sich und fragte nach Mammachi. Kochu Maria versuchte, ihn zu verscheuchen, aber er wollte einfach nicht gehen. Jedesmal, wenn er den Mund öffnete, um zu sprechen, traf der Arrakgeruch seines Atems Kochu Maria wie ein Hammer. Nie zuvor hatte sie ihn so gesehen, und sie bekam es mit der Angst. Sie hatte eine ziemlich genaue Vorstellung, worum es sich handelte, und so beschloß sie schließlich, daß es am besten wäre, Mammachi zu holen. Sie schloß die Küchentür, ließ Vellya Paapen draußen auf dem rückwärtigen *mittam* stehen, wo er betrunken im prasselnden Regen schwankte. Obwohl es Dezember war, regnete es wie im Juni. »Zyklonartige Störungen« nannten es die Zeitungen am nächsten Tag. Aber da war niemand mehr in der Lage, eine Zeitung zu lesen.

Vielleicht war es der Regen, der Vellya Paapen an die Küchentür trieb. Einem abergläubischen Mann mochte die Unnachgiebigkeit dieses nicht der Jahreszeit entsprechenden Wolkenbruchs wie ein schlechtes Omen erscheinen, gesandt von einem erzürnten Gott. Einem betrunkenen abergläubischen Mann erschien sie womöglich wie der Anfang vom Ende der Welt. Was sie auf gewisse Weise war.

Als Mammachi in Unterrock und blaßrosa Morgenmantel mit Zackenlitzenbesatz die Küche betrat, stieg Vellya Paapen die Treppe zur Küchentür hinauf und bot ihr sein mit einer Hypothek belastetes Auge an. Er hielt es ihr auf der flachen Hand hin. Er sagte, er verdiene es nicht und wolle, daß sie es zurücknehme. Sein linkes Lid hing über der leeren Augenhöhle wie ein unwandelbares, monströses Zwinkern. Als wäre alles, was er zu sagen hatte, Teil eines komplizierten Scherzes.

»Was ist das?« fragte Mammachi und streckte die Hand aus. Sie dachte, daß Vellya Paapen aus irgendeinem Grund vielleicht das Kilo roten Reis zurückbrachte, das sie ihm am Morgen gegeben hatte.

»Es ist sein Auge«, sagte Kochu Maria laut zu Mammachi. Ihre eigenen Augen schwammen in Zwiebeltränen.

Mittlerweile hatte Mammachi das Glasauge berührt. Sie zuckte vor seiner glitschigen Härte zurück. Vor seiner schleimig-steinernen Beschaffenheit.

»Bist du betrunken?« sagte Mammachi ärgerlich zum Prasseln des Regens. »Wie kannst du es wagen, in so einem Zustand hierherzukommen?«

Sie tastete sich zum Spülbecken und wusch die ekligen Augensäfte des triefnassen Paravans mit Seife ab. Nachdem sie fertig war, roch sie an ihren Händen. Kochu Maria reichte Vellya Paapen ein altes Küchentuch, damit er sich abtrocknen konnte, und sagte nichts, als er sich auf die oberste Stufe stellte, als er fast in ihrer berührbaren Küche stand und sich abwischte, unter dem überhängenden Dach vor dem Regen geschützt.

Als er sich etwas beruhigt hatte, setzte Vellya Paapen das Auge wieder in die ihm zukommende Höhle ein und begann zu sprechen. Er fing damit an, daß er Mammachi aufzählte, wieviel ihre Familie für seine getan hatte. Generation für Generation. Wie Reverend E. John Ipe, lange bevor die Kommunisten auf die Idee verfallen waren, seinem Vater Kelan das Land überschrieben hatte, auf dem ihre Hütte jetzt stand. Wie Mammachi sein Auge bezahlt hatte. Wie sie Velutha eine Ausbildung ermöglicht und ihm eine Stelle verschafft hatte …

Mammachi, wiewohl verärgert über seinen betrunkenen Zustand, war durchaus nicht abgeneigt, sich bardische Geschichten über sich selbst und die christliche Großzügigkeit ihrer Familie anzuhören. Nichts bereitete sie auf das vor, was sie gleich hören würde.

Vellya Paapen begann zu weinen. Eine Hälfte von ihm weinte. Tränen füllten sein echtes Auge und schimmerten auf seiner schwarzen Backe. Mit dem anderen Auge starrte er steinern geradeaus. Ein alter Paravan, der die Rückwärts-Kriech-Tage gesehen hatte, hin- und hergerissen zwischen Loyalität und Liebe.

Dann packte ihn das Grauen und schüttelte die Worte aus ihm heraus. Er erzählte Mammachi, was er gesehen hatte. Die Geschichte von dem kleinen Boot, das Nacht für Nacht den Fluß überquerte, und wer darin saß. Die Geschichte von einem Mann und einer Frau, die zusammen im Mondschein standen. Haut an Haut.

Sie gingen zu Kari Saipus Haus, sagte Vellya Paapen. Der Geist des weißen Mannes sei in sie gefahren. Es war Kari Saipus Rache für das, was er, Vellya Paapen, ihm angetan hatte. Das Boot (auf dem Estha gesessen und das Rahel gefunden hatte) banden sie an dem Baumstumpf neben dem steilen Pfad fest, der durch das Marschland zu der aufgegebenen Kautschukplantage führte. Dort hatte er es gesehen. Jede Nacht. Wie es auf dem Wasser schaukelte. Leer. Wie es darauf wartete, daß das

Liebespaar zurückkam. Stundenlang wartete es. Manchmal dämmerte es bereits, wenn sie aus dem hohen Gras traten. Vellya Paapen hatte sie mit dem eigenen Auge gesehen. Auch andere hatten sie gesehen. Das ganze Dorf wußte es. Es war nur eine Frage der Zeit, bis auch Mammachi es herausfand. Deswegen war Vellya Paapen gekommen, um es ihr selbst zu sagen. Als Paravan und als ein Mann, dessen Körperteile mit Hypotheken belastet waren, betrachtete er das als seine Pflicht.

Das Liebespaar. Seinen und ihren Lenden entsprungen. Sein Sohn und ihre Tochter. Sie hatten das Undenkbare denkbar und das Unmögliche möglich gemacht.

Vellya Paapen redete weiter. Weinend. Würgend. Seinen Mund bewegend. Mammachi hörte nicht, was er sagte. Das Prasseln des Regens wurde lauter und explodierte in ihrem Kopf. Sie hörte sich selbst nicht schreien.

Plötzlich trat die blinde alte Frau in ihrem Morgenmantel mit Zackenlitzenbesatz und mit ihrem zu einem Rattenschwanz geflochtenen, dünnen grauen Haar einen Schritt nach vorn und versetzte Vellya Paapen mit all ihrer Kraft einen Stoß. Er taumelte rückwärts, die Küchentreppe hinunter, und lag ausgestreckt auf der nassen Erde. Er war vollkommen entgeistert. Es war eine Faustregel der Unberührbarkeit, daß man nicht damit rechnete, berührt zu werden. Zumindest nicht unter diesen Umständen. Man war eingesperrt in einem physisch undurchdringlichen Kokon.

Baby Kochamma, die an der Küche vorbeiging, hörte den Lärm. Sie fand Mammachi in den Regen spuckend vor, *Ptt! Ptt! Ptt!,* und Vellya Paapen im Dreck liegend, naß, weinend, kriechend. Er bot an, seinen Sohn umzubringen. Ihn mit den eigenen Händen in Stücke zu reißen.

Mammachi schrie: »Betrunkener Hund! Betrunkener Paravan-Lügner!«

Kochu Maria schrie Baby Kochamma über den Krach Vellya Paapens Geschichte zu. Baby Kochamma erkannte augenblicklich das immense Potential, das in der Situation steckte, salbte ihre Gedanken jedoch sofort mit balsamischen Ölen. Sie blühte auf. Das war Gottes Art, Ammu für ihre Sünden zu bestrafen und gleichzeitig ihre (Baby Kochammas) Demütigung durch Velutha und die Männer des Protestmarsches – die *Modalali-Mariakutty*-Spötteleien, das erzwungene Fahnenschwenken – zu rächen. Sie setzte unverzüglich Segel. Ein Schiff der Rechtschaffenheit, das durch ein Meer der Sünde pflügte.

Baby Kochamma legte einen schweren Arm um Mammachi.

»Es muß stimmen«, sagte sie mit ruhiger Stimme. »Sie ist dazu imstande. Und er auch. Vellya Paapen würde sich so etwas nicht ausdenken.«

Sie bat Kochu Maria, Mammachi ein Glas Wasser und einen Stuhl zu bringen. Sie ließ Vellya Paapen die Geschichte wiederholen, unterbrach ihn hier und da und fragte ihn nach Einzelheiten: Wessen Boot? Wie oft? Seit wann?

Als Vellya Paapen geendet hatte, wandte sich Baby Kochamma an Mammachi.

»Er muß fort«, sagte sie. »Noch heute. Bevor es weitergeht. Bevor sie uns vollkommen ruinieren.«

Dann schauderte sie ihr Schulmädchenschaudern. Das war der Moment, als sie sagte: *Wie hat sie nur den Geruch ausgehalten? Hast du es nicht bemerkt? Sie riechen irgendwie sonderbar, diese Paravans.*

Mit dieser olfaktorischen Beobachtung, mit diesem spezifischen kleinen Detail nahm das Grauen seinen Lauf.

Mammachis Wut auf den alten, einäugigen Paravan, der betrunken, tropfend und dreckverschmiert im Regen stand, verwandelte sich in eine kalte Verachtung für ihre Tochter und was sie getan hatte. Sie stellte sie sich nackt vor, wie sie auf der Erde mit einem Mann kopulierte, der nichts weiter war als ein schmutziger Kuli. Sie stellte es sich in lebhaften Einzelheiten vor: die rauhe schwarze Hand eines Paravans auf der Brust ihrer Tochter. Sein Mund auf ihrem. Seine schwarzen Hüften, die sich zwischen ihren gespreizten Beinen auf und ab bewegten. Das Geräusch ihres Atems. Seinen sonderbaren Paravan-Geruch. *Wie die Tiere,* dachte Mammachi und mußte sich beinahe übergeben. *Wie ein Hund mit einer läufigen Hündin.* Ihre Toleranz der »Bedürfnisse eines Mannes«, soweit sie ihren Sohn betrafen, wurde zum Brennstoff für ihre unkontrollierbare Wut auf ihre Tochter. Sie hatte Generationen einer untadeligen Sippe verunreinigt (den Kleinen Gesegneten, persönlich vom Patriarchen von Antiochia gesegnet, einen Entomologen des britischen Empires, einen Rhodes-Stipendiaten aus Oxford) und die Familie in die Knie gezwungen. In Zukunft, für *immer und ewig* würden jetzt die Leute bei Hochzeiten und Beerdigungen mit dem Finger auf sie zeigen. Bei Taufen und Geburtstagspartys. Sie würden sich anstoßen und miteinander flüstern. Jetzt war alles zu Ende.

Mammachi verlor die Beherrschung.

Sie taten, was sie tun mußten – die beiden alten Damen. Mammachi stellte die Leidenschaft zur Verfügung. Baby Kochamma den Plan. Kochu Maria war ihr Liliputanerleutnant. Sie lockten Ammu in ihr Schlafzimmer und sperrten sie ein, bevor sie Velutha holen ließen. Sie wußten, daß sie ihn dazu bringen mußten, Ayemenem zu verlassen, bevor Chacko zurückkehrte. Auf Chakko war kein Verlaß, und seine Haltung in dieser Geschichte war nicht vorhersagbar.

Es war nicht allein ihre Schuld, daß die Sache außer Rand und Band geriet wie ein verrückter Kreisel. Daß sie auf jeden einschlug, der ihren Weg kreuzte. Daß es, als Chacko und Margaret Kochamma aus Cochin zurückkehrten, zu spät war.

Der Fischer hatte Sophie Mol bereits gefunden.

Man stelle ihn sich vor.

Bei Tagesanbruch in seinem Boot an der Mündung des Flusses, den er zeit seines Lebens kennt. Der Fluß strömt schnell, angeschwollen vom Regen der vergangenen Nacht. Etwas treibt im Wasser vorbei, und die Farben erregen die Aufmerksamkeit des Fischers. Mauve. Rotbraun. Strandsand. Es schwimmt mit der Strömung schnell in Richtung Meer. Er streckt seinen Bambusstab aus, um es anzuhalten und zum Boot zu ziehen. Es ist eine verrunzelte Meerjungfrau. Ein Meerkind.

Nicht mehr als ein Meerkind. Mit rotbraunem Haar und einer Haut von der Farbe des Strandsandes. Mit der Nase eines Entomologen des britischen Empires und einem silbernen Fingerhut in der Faust, des Glückes wegen. Er zieht sie aus dem Wasser in sein Boot. Er legt sie auf sein dünnes Baumwollhandtuch, sie liegt auf dem Boden seines Bootes neben seinem silbernen Fang kleiner Fische. Er rudert nach Hause – *thaiy thaiy thaka thaiy thaiy thome* – und denkt, wie sehr sich ein Fischer doch täuscht, wenn er glaubt, seinen Fluß zu kennen. *Niemand* kennt den Meenachal. Niemand weiß, was er plötzlich nimmt oder gibt. Oder wann. Deswegen beten Fischer.

Auf dem Polizeirevier von Kottayam wurde die zitternde Baby Kochamma in das Büro des verantwortlichen Polizeioffiziers geführt. Sie berichtete Inspektor Thomas Mathew von den Umständen, die zu der fristlosen Entlassung eines Fabrikarbeiters geführt hatten. Eines Paravans. Ein paar Tage zuvor habe er versucht, ihrer Nichte Ge... Ge... Gewalt anzutun, sagte sie. Einer geschiedenen Frau mit zwei Kindern.

Baby Kochamma stellte die Beziehung zwischen Ammu und Velutha falsch dar, nicht um Ammus willen, sondern um den Skandal zu begrenzen und den Ruf der Familie in Inspektor Thomas Mathews Augen zu retten. Ihr kam überhaupt nicht in den Sinn, daß Ammu später freiwillig Schande auf sich laden könnte – daß sie zur Polizei gehen und versuchen würde, die Dinge richtigzustellen. Während Baby Kochamma ihre Geschichte erzählte, begann sie, sie selbst zu glauben.

Warum die Angelegenheit der Polizei nicht früher gemeldet worden sei, wollte der Inspektor wissen.

»Wir sind eine alteingesessene Familie«, sagte Baby Kochamma. »Wir sprechen nicht gern über solche Dinge …«

Inspektor Thomas Mathew, der sich hinter seinen geschäftigen Air-India-Schnurrbart zurückzog, verstand vollkommen. Er hatte eine berührbare Frau, zwei berührbare Töchter – in deren berührbaren Bäuchen etliche berührbare Generationen warteten …

»Wo befindet sich die belästigte Person jetzt?«

»Zu Hause. Sie weiß nicht, daß ich hier bin. Sie hätte mich nicht kommen lassen. Selbstverständlich … ist sie außer sich vor Sorge um ihre Kinder. Sie ist hysterisch.«

Später, als Inspektor Thomas Mathew die wahre Geschichte erfuhr, beunruhigte ihn die Tatsache zutiefst, daß das, was sich der Paravan aus dem

Königreich der Berührbaren geholt hatte, freiwillig gegeben worden war. Und als Ammu nach Sophie Mols Beerdigung mit den Zwillingen zu ihm kam und ihm erzählte, daß ein Irrtum vorlag, und er mit seinem Schlagstock ihre Brüste berührte, war das keine Geste spontaner Brutalität seitens eines Polizisten. Er wußte haargenau, was er tat. Es war eine wohlgeplante kalkulierte Geste mit dem Ziel, sie zu demütigen und zu terrorisieren. Ein Versuch, einer aus der Bahn geratenen Welt Ordnung beizubringen.

Noch später, als Gras über die Geschichte gewachsen und die Papierarbeit erledigt war, beglückwünschte sich Inspektor Thomas Mathew zum Ausgang der Sache.

Aber jetzt hörte er gewissenhaft und höflich zu, wie Baby Kochamma ihre Geschichte konstruierte.

»Gestern abend, als es dunkel wurde – ungefähr um sieben –, kam er zu unserem Haus, um uns zu bedrohen. Es regnete sehr stark. Die Lichter waren ausgegangen, und wir zündeten gerade die Lampen an, als er kam«, erzählte sie. »Er wußte, daß der einzige Mann im Haus, mein Neffe Chacko Ipe, in Cochin war – ist. Wir waren drei Frauen allein im Haus.«

Sie hielt inne, damit sich der Inspektor die

Angst und den Schrecken vorstellen konnte, die ein sexbesessener Paravan über drei Frauen allein im Haus bringen konnte.

»Wir sagten zu ihm, daß wir die Polizei holen würden, wenn er Ayemenem nicht in aller Stille verlassen würde. Er erwiderte, daß meine Nichte *einverstanden* gewesen sei, können Sie sich das vorstellen? Er fragte uns, was für Beweise wir hätten für das, was wir ihm vorwarfen. Er sagte, gemäß den Arbeitsgesetzen gebe es keinen Grund, mit dem wir seine Entlassung rechtfertigen könnten. Er war vollkommen gelassen. ›Die Tage sind vorbei‹, sagte er zu uns, ›als ihr uns wie Hunde treten konntet ...‹«(Mittlerweile klang Baby Kochamma absolut überzeugend. Gekränkt. Ungläubig.

Dann ging ihre Phantasie mit ihr durch. Sie schilderte nicht, wie Mammachi die Beherrschung verloren hatte. Wie sie zu Velutha ging und ihm mitten ins Gesicht spuckte. Was sie zu ihm sagte. Was sie ihn nannte.

Statt dessen schilderte sie Inspektor Thomas Mathew, daß nicht nur das, was Velutha gesagt hatte, sondern *wie* er es sagte, sie veranlaßt hatte, zur Polizei zu gehen. Sein vollkommener Mangel an Reue war es gewesen, der sie am meisten schokkiert hatte. Als wäre er tatsächlich *stolz* auf das, was er getan hatte. Ohne es zu bemerken, übertrug sie das Auftreten des Mannes, der sie während der Demonstration gedemütigt hatte, auf Velutha. Sie beschrieb die höhnische Wut in seinen Zügen. Die volltönende Unverschämtheit in seiner Stimme, die ihr solche Angst eingejagt hatte. Die sie jetzt so sicher machte, daß seine Entlassung und das Verschwinden der Kinder etwas miteinander zu tun hatten, zu tun haben mußten.

Sie kenne den Paravan seit seiner Kindheit, sagte Baby Kochamma. Ihre Familie hatte ihm zu einer Ausbildung verholfen, zuerst in der Unberührbaren-Schule, die ihr Vater *Punnyan Kunju* gegründet hatte. (Mr. Thomas Mathew wisse doch bestimmt, wer er gewesen war? Ja doch, sicher.) Ihre Familie ermöglichte ihm eine Schreinerlehre, das Haus, in dem er lebte, hatte ihr Großvater seiner Familie überschrieben. Alles verdankte er ihrer Familie.

»Ihr seid gut«, sagte Inspektor Thomas Mathew, »erst verwöhnt ihr diese Leute, tragt sie auf euren Köpfen wie Trophäen, und wenn sie sich danebenbenehmen, dann kommt ihr angerannt und bittet uns um Hilfe.«

Baby Kochamma senkte die Augen wie ein gescholtenes Kind. Dann fuhr sie mit ihrer Geschichte fort. Sie erzählte Inspektor Thomas Mathew, daß sie in den letzten Wochen gewisse Vorzeichen bemerkt hätte, eine gewisse Dreistigkeit, eine gewisse Unhöflichkeit. Sie erwähnte, daß sie ihn auf dem Weg nach Cochin unter den Demonstranten gesehen hatte, und die Gerüchte, daß er ein Naxalit sei oder zumindest gewesen sei. Das leicht besorgte Runzeln, das diese Information auf der Stirn des Inspektors hervorrief, bemerkte sie nicht.

Sie habe ihren Neffen vor ihm gewarnt, sagte Baby Kochamma, aber in ihren wildesten Träumen hätte sie nicht gedacht, daß es soweit kommen würde. Ein wunderschönes Kind sei tot. Zwei Kinder würden vermißt.

Baby Kochamma brach zusammen.

Inspektor Thomas Mathew brachte ihr eine Tasse Polizeitee. Als sie sich etwas besser fühlte, half er ihr, alles, was sie ihm erzählt hatte, zu Papier zu bringen. Er sagte Baby Kochamma die volle Unterstützung der Polizei von Kottayam zu. Der Unhold würde ergriffen werden, noch bevor der Tag zu Ende wäre, sagte er. Ein Paravan mit einem Paar zweieiiger Zwillinge, gehetzt von der Geschichte – er wußte, daß es nicht viele Orte gab, wo er sich verstecken konnte.

Inspektor Thomas Mathew war ein umsichtiger Mann. Er ergriff eine Vorsichtsmaßnahme. Er schickte einen Jeep los, um den Genossen K. N.

M. Pillai ins Polizeirevier holen zu lassen. Er mußte unbedingt in Erfahrung bringen, ob der Paravan mit politischer Unterstützung rechnen konnte oder allein auf sich gestellt operierte. Mathew selbst war zwar Mitglied der Kongreßpartei, hatte aber nicht vor, Konfrontationen mit der marxistischen Regierung zu riskieren. Als Genosse Pillai eintraf, wurde er gebeten, auf dem Stuhl Platz zu nehmen, auf dem vor kurzem noch Baby Kochamma gesessen hatte. Inspektor Thomas Mathew zeigte ihm Baby Kochammas Aussage. Die zwei Männer sprachen miteinander. Kurz, kryptisch und doch zur Sache. Als würden sie Zahlen statt Worte austauschen. Erläuterungen schienen überflüssig. Sie waren keine Freunde, Genosse Pillai und Inspektor Thomas Mathew, und sie mißtrauten einander. Aber sie verstanden sich vollkommen. Sie waren beide Männer, die ihre Kindheit hinter sich gebracht hatten, ohne daß irgendwelche Spuren zurückgeblieben waren. Sie waren Männer, die nicht neugierig waren. Die nicht zweifelten. Beide auf ihre Art wahrlich und erschreckend erwachsen. Sie betrachteten die Welt, ohne sich jemals zu fragen, wie sie funktionierte, weil sie es bereits wußten. *Sie* hielten sie am Funktionieren. Sie waren Mechaniker, die unterschiedliche Teile derselben Maschine warteten.

Genosse Pillai sagte zu Inspektor Thomas Mathew, daß er Velutha kenne, ließ jedoch unerwähnt, daß Velutha Mitglied der Kommunistischen Partei war und daß er am Abend zuvor noch spät an seine Tür geklopft hatte, wodurch Genosse Pillai zur letzten Person wurde, die Velutha gesehen hatte, bevor er verschwand. Und obwohl er wußte, daß sie nicht der Wahrheit entsprach, stellte Genosse Pillai Baby Kochammas Behauptung, es liege eine versuchte Vergewaltigung vor, nicht richtig. Er versicherte Inspektor Thomas Mathew lediglich, daß Velutha, soweit es ihn betreffe, weder über die Unterstützung noch den Schutz der Kommunistischen Partei verfüge. Er stehe vielmehr allein.

Nachdem Genosse Pillai sich verabschiedet hatte, ging Inspektor Thomas Mathew ihre Unterhaltung noch einmal im Geiste durch, sezierte sie, überprüfte ihre Logik, suchte nach Schlupflöchern. Als er zufrieden war, instruierte er seine Männer.

Baby Kochamma kehrte nach Ayemenem zurück. Der Plymouth stand in der Einfahrt. Margaret Kochamma und Chacko waren zurück aus Cochin.

Sophie Mol lag aufgebahrt auf der Chaiselongue.

Als Margaret Kochamma die Leiche ihrer kleinen Tochter sah, stieg eine Schockwelle in ihr auf wie Phantomapplaus in einem leeren Konzertsaal. Sie floß als Erbrochenes aus ihr heraus und ließ sie stumm und mit leerem Blick zurück. Sie trauerte um zwei Tote, nicht um eine. Mit dem Verlust Sophies starb Joe ein zweites Mal. Und diesmal waren keine Hausaufgaben zu machen und kein Ei aufzuessen. Sie war nach Ayemenem gekommen, um ihre verletzte Welt zu heilen, und hatte statt dessen alles verloren. Sie zerbrach wie Glas.

Ihre Erinnerung an die nächsten Tage war verschwommen. Lange trübe Stunden dicker pelzzungiger Gelassenheit (medikamentös verabreicht von Dr. Verghese Verghese), aufgerissen von kantigen, harten Hieben der Hysterie, die so scharf und schneidend waren wie eine neue Rasierklinge.

Wie durch einen Nebel nahm sie Chacko wahr – besorgt und leise an ihrer Seite, ansonsten fegte er zornig wie ein blindwütiger Wind durch das Haus in Ayemenem. So anders als das zerknitterte Stachelschwein, das sie an einem weit zurückliegenden Morgen in einem Café in Oxford kennengelernt hatte.

Undeutlich erinnerte sie sich an die Beerdigung in der gelben Kirche. Den traurigen Gesang. Eine Fledermaus, die jemanden erschreckte. Sie erinnerte sich an die Geräusche einer Tür, die eingeschlagen wurde, und die Stimmen verängstigter Frauen. Und wie nachts die Urwaldgrillen klangen wie krächzende Sterne und die Angst und die Schwermut vergrößerten, die über dem Haus hingen.

Niemals vergaß sie ihren irrationalen Zorn auf die beiden jüngeren Kinder, die aus irgendeinem Grund verschont worden waren. Ihr fiebriger Geist klammerte sich wie eine Klette an die Vorstellung, daß Estha irgendwie für Sophie Mols Tod verantwortlich war. Merkwürdig angesichts der Tatsache, daß Margaret Kochamma nicht wußte, daß es Estha gewesen war – der rührende Hexenmeister mit Tolle –, der die Marmelade gerudert und zwei Gedanken gedacht hatte, Estha, der die Regeln gebrochen und Sophie Mol und Rahel nachmittags in einem kleinen Boot über den Fluß gerudert hatte, Estha, der einen festgesichelten Geruch befreit hatte, indem er ihm mit einer marxistischen Flagge zuwinkte, Estha, der die rückwärtige Veranda des Hauses der Geschichte zu ihrem Zuhause fern von zu Hause gemacht, es mit einer Strohmatte und dem Großteil ihrer Spielsachen – einer Steinschleuder, einer aufblasbaren Gans, einem Qantas-Koalabären mit lockeren Knopfaugen – eingerichtet hatte. Und daß es schließlich, an jenem entsetzlichen Abend, Estha gewesen war, der beschloß, daß trotz Dunkelheit und Regen die Zeit gekommen war, wegzulaufen, weil Ammu sie nicht mehr haben wollte.

Warum gab Margaret Kochamma Estha die Schuld an Sophie Mols Tod, da sie doch von alldem nichts wußte? Vielleicht hatte sie den Instinkt einer Mutter.

Drei- oder viermal tauchte sie aus tiefen Schichten chemisch herbeigeführten Schlafes auf, suchte nach Estha und schlug ihn, bis jemand sie beruhigte und fortführte. Später schrieb sie Ammu und entschuldigte sich. Als der Brief eintraf, war Estha bereits zurückgegeben worden, und Ammu hatte ihre Sachen packen und das Haus verlassen müssen. Nur Rahel war noch in Ayemenem, um an Esthas Statt Margaret Kochammas Entschuldigung anzunehmen. *Ich weiß nicht, was über mich gekommen ist,* schrieb sie. *Ich kann es nur auf die Wirkung der Beruhigungsmittel zurückführen. Ich hatte kein Recht, mich so zu verhalten, wie ich es getan habe, und ich möchte, daß Du weißt, daß ich mich schäme und daß es mir schrecklich, schrecklich leid tut.*

Merkwürdigerweise dachte Margaret Kochamma nie an Velutha. An ihn erinnerte sie sich überhaupt nicht. Nicht einmal, wie er aussah.

Möglicherweise lag das daran, daß sie ihn nicht wirklich kannte und nie erfuhr, was mit ihm geschehen war.

Der Gott des Verlustes.

Der Gott der kleinen Dinge.

Er hinterließ keine Spuren im Sand, keine Wellen im Wasser, kein Abbild in Spiegeln.

Schließlich und endlich war Margaret Kochamma nicht dabei, als der Trupp berührbarer Polizisten den angeschwollenen Fluß überquerte. Ihre weiten Khakishorts steif gestärkt.

In jemandes großer Tasche das metallische Klirren von Handschellen.

Es wäre unvernünftig, von einer Person zu erwarten, daß sie sich an etwas erinnert, von dem sie nicht weiß, daß es stattgefunden hat.

Das Leid war jedoch noch zwei Wochen entfernt an jenem blauen Kreuzstichnachmittag, als die unter Jet-lag leidende Margaret Kochamma schlief. Chacko, auf dem Weg zum Genossen K. N. M. Pillai, schlich verstohlen wie ein ängstlicher Wal zum Schlafzimmerfenster in der Absicht, hineinzuspähen und nachzusehen, ob seine Frau *(Exfrau, Chacko!)* und seine Tochter wach waren und irgend etwas brauchten. Im letzten Augenblick verließ ihn der Mut, und er schwamm dick und fett vorbei, ohne hineinzublicken. Sophie Mol (A ufgewacht, A m Leben, A ufmerksam) sah ihn.

Sie setzte sich auf ihrem Bett auf und schaute hinaus zu den Kautschukbäumen. Die Sonne war über den Himmel gewandert und warf jetzt einen langen Hausschatten auf die Plantage, verdunkelte die bereits dunkel belaubten Bäume. Jenseits des Schattens war das Licht glanzlos und mild. Über die fleckige Rinde eines jeden Baumes verlief ein diagonaler Schnitt, durch den milchiger Gummi sickerte wie weißes Blut aus einer Wunde und in eine dafür bestimmte halbe Kokosnußschale tropfte, die an den Baum gebunden war.

Sie stand auf und kramte in der Handtasche ihrer schlafenden Mutter. Sie fand, wonach sie suchte – den Schlüssel zu dem großen verschlossenen Koffer auf dem Boden, auf dem Aufkleber der Fluggesellschaft klebten und Gepäckzettel hingen. Sie öffnete ihn und durchwühlte den Inhalt mit dem Feingefühl eines Hundes, der ein Blumenbeet umbuddelt. Sie brachte Stapel von Unterwäsche, gebügelte Röcke und Blusen, Shampoos, Cremes, Schokolade, Heftpflaster, Regenschirme, Seife (und Fläschchen mit weiteren Londoner Gerüchen), Chinin, Aspirin, Breitband-Antibiotika durcheinander. *Nimm alles mit,* hatten die Kollegen Margaret Kochamma mit besorgten Stimmen geraten, *man kann nie wissen.* Das war ihre Art, einer Kollegin, die ins Herz der Finsternis reiste, zu sagen:

(a) Jedem kann alles passieren.

Also:

(b) Am besten, man ist darauf vorbereitet.

Sophie Mol fand schließlich, wonach sie suchte.

Geschenke für Cousin und Cousine. Dreieckige Toblerone-Schokolade (weich und biegsam in der Hitze). Socken mit einzelnen bunten Zehen. Und zwei Kugelschreiber, die obere Hälfte mit Wasser gefüllt, in dem eine Collage Londoner Straßenzüge schwamm. Buckingham Palace und Big Ben. Geschäfte und Passanten. Ein roter Doppeldekkerbus, angetrieben von einer Luftblase, schwebte auf der lautlosen Straße hin und her. Die Abwesenheit von Geräuschen auf der geschäftigen Kugelschreiberstraße hatte etwas Unheimliches.

Sophie Mol steckte die Geschenke in ihre Handtasche und spazierte hinaus in die Welt. Um hart zu feilschen. Um eine Freundschaft auszuhandeln.

Eine Freundschaft, die leider unterwegs stekkenblieb. Unvollständig. In der Luft flatterte, ohne Fuß zu fassen. Eine Freundschaft, die sich nie zu einer Geschichte schloß, weswegen sich Sophie Mol schneller, als es je der Fall hätte sein sollen, zur Erinnerung wandelte, während ihr Verlust kräftig und lebendig wurde. Wie eine Frucht zur rechten Zeit. Jederzeit.

Arbeit ist Kampf

Chacko nahm die Abkürzung durch die schräg stehenden Kautschukbäume, so daß er nur ein kurzes Stück auf der Hauptstraße zum Haus des Genossen K. N. M. Pillai gehen mußte. Er sah etwas absurd aus, wie er in seinem engen Flughafenanzug über den Teppich aus trockenem Laub schritt, die Krawatte über die Schulter nach hinten geweht.

Genosse Pillai war nicht da, als Chacko ankam. Seine Frau Kalyani – frische Sandelholzpaste auf der Stirn – forderte ihn auf, auf einem Klappstuhl aus Metall in ihrem kleinen vorderen Zimmer Platz zu nehmen, und verschwand durch den hellrosa Schnurvorhang aus Nylon in das dunkle Nebenzimmer, in dem in einer großen Öllampe aus Messing eine kleine Flamme flackerte. Der süßliche Geruch eines Räucherstäbchens zog durch die Tür, über der eine kleine hölzerne Tafel mit der Aufschrift *Arbeit ist Kampf-Kampf ist Arbeit* hing.

Chacko war zu wuchtig für das Zimmer. Die blauen Wände bedrängten ihn. Er sah sich um, angespannt und etwas beklommen. Ein Handtuch trocknete über den Gitterstäben vor dem kleinen grünen Fenster. Den Eßtisch bedeckte ein buntgeblümtes Wachstuch. Winzige Mücken umschwirrten die Bananen auf einem weißen Emailteller mit blauem Rand. In einer Ecke des Zimmers lagerte ein Haufen grüner ungeschälter Kokosnüsse. In dem hellen Parallelogramm aus vergittertem Sonnenlicht lagen die Gummilatschen eines Kindes auf dem Boden. Neben dem Tisch stand ein Glasschrank mit einem gemusterten Vorhang darin, der den Inhalt verbarg.

Die Mutter des Genossen Pillai, eine winzige alte Frau in brauner Bluse und weißlichem *mundu,* saß auf dem Rand des hohen hölzernen Bettes, das an der Wand stand. Ihre Füße baumelten hoch über dem Boden. Diagonal über ihre Brust und eine Schulter war ein dünnes weißes Handtuch geschlungen. Ein Trichter aus Moskitos summte über ihrem Kopf wie eine auf den Kopf gestellte Narrenkappe. Sie stützte eine Backe auf die Hand und schob alle Runzeln in dieser Gesichtshälfte zusammen. Jeder Zentimeter von ihr, sogar ihre Handgelenke und Knöchel waren verrunzelt. Nur die Haut an ihrem Hals war fest und glatt und spannte sich über einen enormen Adamsapfel. Ihr Jungbrunnen. Sie starrte ausdruckslos auf die Wand ihr gegenüber, schaukelte sacht vor und zurück und brummte dabei regelmäßig, ein rhythmisches leises Brummen, wie ein gelangweilter Fahrgast auf einer langen Busreise.

Die Abschlußzeugnisse und Diplome des Genossen Pillai hingen gerahmt an der Wand hinter ihr.

Auf dem gerahmten Foto an einer anderen Wand war Genosse Pillai abgebildet, der dem Genossen E. M. S. Namboodiripad eine Blumengirlande umhängte. Im Vordergrund ein Mikrofon mit einem Schildchen, auf dem *Ajantha* stand.

Der rotierende Tischventilator neben dem Bett verteilte seine mechanische Brise auf beispielhaft demokratische Weise: Zuerst hob er an, was vom Haar der alten Mrs. Pillai noch übrig war, dann das von Chacko. Der Moskitoschwarm löste sich auf und sammelte sich unermüdlich neu.

Durch das Fenster sah Chacko die Dächer und das Gepäck auf den Gepäckträgern der Busse, die vorbeidonnerten. Ein Jeep mit Lautsprecher fuhr vorüber und plärrte ein Lied der Marxistischen Partei zum Thema Arbeitslosigkeit. Der Refrain war in Englisch, der Rest in Malayalam.

Keine Stelle! Keine Stelle!
Wo immer in der Welt ein armer Mann hinkommt,
Keine, keine, keine Stelle!

Kalyani kehrte mit einem rostfreien Blechbecher voll Filterkaffee und einem rostfreien Blechteller mit Bananenchips (hellgelb mit kleinen schwarzen Samen in der Mitte) zurück.

»Er ist nach Olassa. Er muß jeden Moment zurückkommen«, sagte sie. Sie sprach von ihrem Mann als *Addeham,* was eine respektvolle Form des »Er« ist, während »Er« sie *Edi* nannte, was soviel heißt wie »He, du!«.

Sie war eine prächtige, schöne Frau mit goldbrauner Haut und riesengroßen Augen. Ihr langes krauses Haar war feucht und hing ihr lose über den Rücken, nur ganz am Ende war es zu einem Zopf geflochten. Es hatte ihre enge rote Bluse durchnäßt und sie noch enger gemacht und tiefer rot gefärbt. Wo die Ärmel aufhörten, schwoll das weiche Fleisch ihrer Arme an und hing üppig und rund über die Grübchen in ihren Ellbogen. Weißer *mundu* und *kavani* waren frisch gewaschen und gebügelt. Sie roch nach Sandelholz und den zerdrückten grünen Kichererbsen, die sie statt Seife benutzte. Zum erstenmal seit Jahren betrachtete Chacko sie, ohne daß sich das geringste sexuelle Begehren in ihm regte. Er hatte eine Frau *(Exfrau, Chacko!)* zu Hause. Mit Armsommersprossen und Rückensommersprossen. In einem blauen Kleid mit Beinen darunter.

Der junge Lenin in seinen roten Stretch-Shorts tauchte in der Tür auf. Er stand auf einem dünnen Bein da wie ein Storch, drehte den rosa Schnurvorhang zusammen und starrte Chacko mit den Augen seiner Mutter an. Er war jetzt sechs, weit hinaus über das Alter, sich Dinge in die Nase zu schieben.

»Mon, geh und hol Latha«, sagte Mrs. Pillai zu ihm.

Lenin blieb, wo er war, und ohne den Blick von Chacko zu wenden, kreischte er ohne jeden Kraftaufwand, wie es nur Kinder können: »Latha! Latha! Du sollst kommen!«

»Unsere Nichte aus Kottayam. Die Tochter seines älteren Bruders«, erklärte Mrs. Pillai. »Letzte Woche hat sie auf dem Jugendfest in Trivandrum den ersten Preis im freien Vortrag gewonnen.«

Ein ungefähr zwölf- oder dreizehnjähriges, kämpferisch wirkendes Mädchen trat durch den Schnurvorhang. Sie trug einen langen bedruckten Rock, der ihr bis zu den Knöcheln reichte, und eine taillenlange weiße Bluse mit Abnähern, die Platz für zukünftige Brüste ließen. Ihr geöltes Haar war in der Mitte gescheitelt. Die festen, glänzenden Zöpfe waren zu Affenschaukeln hochgebunden und mit Bändern befestigt, so daß sie zu beiden Seiten ihres Gesichts herunterhingen wie die

Umrisse großer langer Ohren, die noch nicht ausgemalt waren.

»Weißt du, wer das ist?« fragte Mrs. Pillai Latha.

Latha schüttelte den Kopf.

»Chacko *saar.* Unser Fabrik-Modalali.«

Latha starrte ihn gefaßt und mit einem für eine Dreizehnjährige ungewöhnlichen Mangel an Neugier an.

»Er hat in London Oxford studiert«, sagte Mrs. Pillai. »Willst du ihm das Gedicht vortragen?«

Latha gehorchte, ohne zu zögern. Sie stellte sich mit leicht gespreizten Beinen in Positur.

»Sehr verehrter Vorsitzender.« Sie verbeugte sich vor Chacko. »Verehrtes Schiedsgericht und ...« Sie blickte zu dem imaginären Publikum, das sich in den kleinen heißen Raum drängte. »... liebe Freunde.« Sie machte eine theatralische Pause. »Heute möchte ich Ihnen ein Gedicht von Sir Walter Scott mit dem Titel *Lochinvar* vortragen.«

Sie faltete die Hände auf dem Rücken. Ihre Augen verschleierten sich. Ihr Blick fixierte, ohne etwas zu sehen, eine Stelle knapp über Chackos Kopf. Sie schwankte leicht, während sie sprach. Zuerst dachte Chacko, es handelte sich um eine Malayalam-Übersetzung von *Lochinvar.* Die Wörter gingen fließend ineinander über. Oft hängte sie, wie es in Malayalam üblich ist, die letzte Silbe eines Wortes an die erste Silbe des nächsten. Sie rezitierte mit bemerkenswerter Geschwindigkeit.

»O junger Lochin varer kam ausd em Westen,
Durch das weitel And sein Roß waram besten;
Nund außer seinem Schwerte Waffe nhatter keine,
Eritt unbewaffnet tund für sich gan zalleine.«

Die Ballade war durchsetzt mit dem Brummen der alten Dame auf dem Bett, was niemand außer Chacko zu bemerken schien.

»Er schwamm durchd enEske, doch Furt gab es-keine;
und dort saße rabam Tor von Netherby,
Die Braut war vergeben, de Redle weinteum sie.«

In der Mitte des Gedichts kam Genosse Pillai. Ein Schweißfilm überzog seine Haut, sein *mundu* war oberhalb der Knie geschürzt, dunkle Schweißflekken breiteten sich in den Achseln seines Nylonhemds aus. Mit Ende Dreißig war er ein unathletischer, bläßlicher kleiner Mann. Seine Beine waren bereits spindeldürr, und sein fester, geblähter Bauch paßte wie der Adamsapfel seiner winzigen Mutter überhaupt nicht zum Rest seines mageren, schmalen Körpers und zu seinem wachen Gesicht. Als würde irgendein Gen der Familie zwangsweise Ausbuchtungen aufdrängen, die willkürlich an unterschiedlichen Körperteilen in Erscheinung traten.

Sein ordentlicher, bleistiftdünner Schnurrbart teilte seine Oberlippe horizontal in zwei Hälften und endete genau in einer Linie mit seinen Mundwinkeln. Sein Haaransatz ging bereits zurück, und er unternahm keinen Versuch, das zu verbergen. Sein Haar war geölt und aus der Stirn gekämmt. Was er definitiv nicht wollte, war, jugendlich zu erscheinen. Er strahlte die Autorität des unumstrittenen Hausherrn aus. Er lächelte und nickte Chacko zur Begrüßung zu, die Anwesenheit seiner Frau und seiner Mutter nahm er dagegen nicht zur Kenntnis.

Lathas Blick huschte zu ihm und bat um Erlaubnis, mit dem Vortrag fortfahren zu dürfen. Es wurde ihr gestattet. Genosse Pillai zog sein Hemd aus, formte einen Ball daraus und trocknete sich damit die Achselhöhlen. Als er damit fertig war, nahm Kalyani das Hemd entgegen und hielt es, als wäre es ein Geschenk. Ein Blumenstrauß. Genosse Pillai, jetzt in ärmellosem Unterhemd, setzte sich auf einen Klappstuhl und hob den linken Fuß auf den rechten Oberschenkel. Während seine Nichte ihren Vortrag beendete, saß er da, starrte nachdenklich vor sich hin, das Kinn auf eine Hand gestützt, und klopfte mit dem rechten Fuß zu Versmaß und Rhythmus des Gedichts auf den Boden. Mit der anderen Hand massierte er die exquisite Wölbung seines linken Fußes.

Als Latha geendet hatte, applaudierte Chacko, weil er sich aufrichtig freute. Sie nahm seinen Applaus ohne die leiseste Andeutung eines Lächelns entgegen. Sie war wie eine ostdeutsche Schwimmerin bei einem Qualifikationswettkampf. Ihr Blick fest fixiert auf olympisches Gold. Jedes schlechtere Abschneiden hätte sie nur sich selbst zuzuschreiben. Sie sah zu ihrem Onkel, damit er ihr gestatte, den Raum zu verlassen. Genosse Pillai winkte sie zu sich und flüsterte ihr etwas ins Ohr. »Geh und sag Pothachen und Mathukutty, wenn sie mich sprechen wollen, sollen sie jetzt kommen.«

»Nein, Genosse, wirklich ... ich will nichts mehr«, sagte Chacko in der Annahme, daß Genosse Pillai Latha losschickte, um mehr Snacks zu holen. Dankbar für dieses Mißverständnis tat Genosse Pillai nichts, um es auszuräumen.

»Nein, nein, nein. Ha! Was ist los? Edi Kalyani, bring einen Teller mit *avalose oondas.*«

Für ihn als Politiker mit Ambitionen war es unerläßlich, daß er in seinem Wahlkreis als einflußreicher Mann galt. Er wollte Chackos Besuch benutzen, um Bittsteller und Parteimitglieder aus dem Ort zu beeindrucken. Pothachen und Mathukutty, die Männer, nach denen er geschickt hatte, waren Dörfler, die ihn gebeten hatten, seine Kontakte zum Krankenhaus in Kottayam zu nutzen, um ihren Töchtern Stellen als Krankenschwestern zu verschaffen. Genosse Pillai wollte unbedingt, daß sie *gesehen* wurden, wie sie vor seinem Haus auf ihren Termin bei ihm warteten. Je mehr Menschen gesehen wurden, die auf ihn warteten, um so geschäftiger wirkte er, um so besser der Eindruck, den er machte. Und wenn die Wartenden sahen, daß der Fabrik-Modalali höchstpersönlich zu *ihm* gekommen war, so würde das alle möglichen nützlichen Signale aussenden.

»Also, Genosse!« sagte Genosse Pillai, nachdem Latha fortgeschickt und die *avalose oondas* eingetroffen waren. »Was gibt's Neues? Wie gewöhnt sich deine Tochter ein?« Er bestand darauf, mit Chacko Englisch zu sprechen.

»Gut. Im Augenblick schläft sie fest.«

»Aha. Jet-lag, vermute ich«, sagte Genosse Pillai zufrieden mit sich selbst, da er ein, zwei Dinge über Reisen im internationalen Maßstab wußte.

»Was war los in Olassa? Eine Parteiversammlung?« fragte Chacko.

»Ach, nichts Besonderes. Meine Schwester Sudha hat vor einiger Zeit Bekanntschaft mit einem Bruch gemacht«, sagte Genosse Pillai, als ob Bruch ein Würdenträger auf Besuch wäre. »Deshalb habe ich sie nach Olassa Moos begleitet, wegen Arzneimitteln. Öle und so. Ihr Mann ist in Patna, und sie lebt allein bei den Schwiegereltern.«

Lenin gab seinen Posten in der Tür auf, stellte sich zwischen die Knie seines Vaters und bohrte in der Nase.

»Wie wär's, wenn du uns ein Gedicht aufsagst, junger Mann?« fragte Chacko ihn. »Hat dir dein Vater keins beigebracht?«

Lenin starrte Chacko an und gab mit nichts zu erkennen, ob er ihn gehört oder verstanden hatte.

»Er weiß alles«, sagte Genosse Pillai. »Er ist ein Genie. Aber vor Besuchern ist er schüchtern.«

Genosse Pillai schüttelte Lenin mit den Knien.

»Lenin Mon, sag dem Genossen Onkel das Gedicht auf, das Papa dir beigebracht hat. *Mitbürger, Freunde, Römer! ...«*

Lenin fuhr mit seiner nasalen Schatzsuche fort.

»Na los, Mon, es ist ja nur Genosse Onkel –«

Genosse Pillai versuchte, Shakespeare zu kickstarten.

»Mitbürger, Freunde, Römer! Hört mich –?«

Lenin starrte unverwandt und ohne zu blinzeln

zu Chacko. Genosse Pillai versuchte es noch einmal.

»Hört mich –?«

Lenin grapschte sich eine Handvoll Bananenchips und schoß damit zur Vordertür hinaus. Er begann, auf dem schmalen Streifen Hof zwischen Haus und Straße hin und her zu rasen, und schrie mit einer Aufregung, die er selbst nicht verstehen konnte. Als er einen Teil davon hinausgeschrien hatte, wechselte er über zu einem atemlosen, hoch ausschreitenden Galopp.

»Hört michAN«,

schrie Lenin im Hof über den Lärm eines vorbeifahrenden Busses,

»Begrabenwillich Cäsarn, nicht ihn preisen.
WasMenschen Üblestun, das überlebt sie,
Das Gute wird mitihnen oft begraben …«

Er schrie es heraus, ohne auch nur ein einziges Mal zu stocken. Bemerkenswert in Anbetracht der Tatsache, daß er erst sechs war und kein Wort von dem verstand, was er sagte. Genosse Pillai saß im Haus, sah hinaus auf den kleinen Staubteufel (und zukünftigen Hausmeister mit Baby und Bajaj-Motorroller) und lächelte stolz.

»Er ist Klassenbester. Die nächste Klasse wird er überspringen.«

Das kleine heiße Zimmer war vollgepackt mit einer Menge Ehrgeiz.

Was immer Genosse Pillai hinter den Vorhängen in seinem Schrank aufbewahrte, es waren keine zerbrochenen Flugzeuge aus Balsaholz.

Von dem Augenblick an, als er das Haus betreten hatte, oder vielleicht von dem Augenblick an, als Genosse Pillai gekommen war, hatte Chakko einen merkwürdigen Prozeß der Entkräftung durchgemacht. Wie bei einem General, dem man die Sterne abgerissen hatte, wurde sein Lächeln kleiner. Zog er den Bauch ein. Jeder, der ihm dort zum erstenmal begegnet wäre, hätte ihn als zurückhaltend empfunden. Als nahezu ängstlich.

Mit den unfehlbaren Instinkten eines Straßenkämpfers wußte Genosse Pillai, daß ihm seine beschränkten Verhältnisse (sein kleines heißes Haus, seine brummende Mutter, seine unübersehbare Nähe zu den werktätigen Massen) eine Macht über Chacko verliehen, die in jenen revolutionären Zeiten keine noch so lange Ausbildung in Oxford aufwiegen konnte.

Er hielt seine Armut wie einen Revolver an Chackos Schläfe.

Chacko zog ein zerknittertes Stück Papier heraus, auf dem er versucht hatte, eine ungefähre Skizze für ein neues Etikett anzufertigen, das Genosse Pillai drucken sollte. Das Etikett war für ein neues Produkt, das Paradise Pickles & Konserven im Frühjahr auf den Markt bringen wollte. Synthetischer Kochessig. Zeichnen gehörte nicht zu Chakkos Stärken, aber Genosse Pillai erkannte im wesentlichen, worauf es ankam. Der Kathakali-Tänzer war ihm vertraut, ebenso der Slogan unterhalb seines Rockes, *Kaiser im Reich des Geschmacks* (seine Idee), und der Schrifttyp, den sie für Paradise Pickles & Konserven gewählt hatten.

»Gestaltung ist die gleiche. Einziger Unterschied besteht im Text, vermute ich«, sagte Genosse Pillai.

»Und in der Farbe der Umrandung«, sagte Chacko. »Senfgelb statt Rot.«

Genosse Pillai schob sich die Brille aufs Haupthaar, um den Text laut vorzulesen. Sofort bedeckte ein Film aus Haaröl die Brillengläser. *»Synthetischer Kochessig«,* las er. »Großbuchstaben, vermute ich.«

»Preußischblau«, sagte Chacko.

»Hergestellt aus Essigsäure?«

»Königsblau«, sagte Chacko. »Wie bei den grünen Paprika in Salzlake.«

»Nettogewicht, Partie-Nr., Abfülldatum, Halt-

barkeitsdatum, Empf. Ladenpreis Rs … alles im selben Königsblau, aber Groß- und Kleinbuchstaben?«

Chacko nickte.

»*Wir garantieren hiermit, daß der Essig in dieser Flasche aus den u. a. Zutaten besteht und höchsten Ansprüchen genügt. Zutaten: Wasser und Essigsäure.* Das soll in roter Farbe sein, vermute ich.«

Genosse Pillai sagte »vermute ich«, um Fragen als Behauptungen zu umschreiben. Er haßte es, Fragen zu stellen, außer es handelte sich um persönliche. Fragen waren eine vulgäre Zurschaustellung von Unwissenheit.

Als sie das Gespräch über das Essigetikett beendeten, hatten sowohl Chacko als auch Genosse Pillai einen persönlichen Moskitotrichter erworben.

Sie trafen eine Übereinkunft bezüglich des Liefertermins.

»Und der Marsch gestern war ein Erfolg?« sagte Chacko und schnitt endlich den wahren Grund seines Besuches an.

»Wenn Forderungen erfüllt werden, Genosse, nur dann können wir von Erfolg oder Nichterfolg sprechen.« Ein agitatorischer Tonfall schlich sich in die Stimme des Genossen Pillai. »Bis dahin muß der Kampf weitergehen.«

»Aber Zulauf war gut«, soufflierte Chacko und versuchte, idiomatisch gleichzuziehen.

»Der war natürlich da«, sagte Genosse Pillai. »Die Genossen haben dem Oberkommando der Partei ein Memorandum übergeben. Jetzt müssen wir sehen. Wir müssen nur abwarten und zuschauen.«

»Wir sind gestern daran vorbeigekommen«, sagte Chacko. »Am Protestmarsch.«

»Auf dem Weg nach Cochin, vermute ich«, sagte Genosse Pillai. »Aber gemäß Parteiquellen war Zulauf in Trivandrum viel besser.«

»Auch in Cochin waren Tausende von Genossen«, sagte Chacko. »Meine Nichte hat sogar unseren jungen Velutha unter ihnen gesehen.«

»Aha. Ich verstehe.« Genosse Pillai war überrumpelt. Velutha war ein Thema, über das er mit Chacko sprechen wollte. Irgendwann. Eventuell. Aber nicht auf diese direkte Art. Seine Gedanken schwirrten wie der Tischventilator. Er überlegte, ob er auf die Eröffnung, die ihm angeboten worden war, jetzt eingehen oder das Thema ein andermal anschneiden sollte. Er beschloß, die Gelegenheit beim Schopf zu packen.

»Ja. Er ist ein guter Arbeiter«, sagte er nachdenklich. »Sehr intelligent.«

»Das ist er«, sagte Chacko. »Ein ausgezeichneter

Schreiner mit den Kenntnissen eines Ingenieurs. Wenn er nur nicht –«

»Nicht diese Art Arbeiter, Genosse«, sagte Genosse Pillai. *»Parteiarbeiter.«*

Genosse Pillais Mutter schaukelte und brummte unermüdlich. Der Rhythmus ihres Brummens hatte etwas Beruhigendes. Wie das Ticken einer Uhr. Ein Geräusch, das man kaum wahrnahm, das man jedoch vermißt hätte, wäre es verstummt.

»Aha. Ich verstehe. Er ist also offizielles Parteimitglied?«

»O ja«, sagte Genosse Pillai leise. »O ja.«

Schweiß rann durch Chackos Haar. Es fühlte sich an, als würde eine Kolonne Ameisen über seinen Schädel wandern. Eine Zeitlang kratzte er sich den Kopf mit beiden Händen. Schob die gesamte Kopfhaut vor und zurück.

»Oru kaaryam chodikattey?« Genosse Pillai wechselte zu Malayalam und einem vertraulichen, verschwörerischen Tonfall über. »Ich spreche als Freund, *keto.* Inoffiziell.«

Bevor er fortfuhr, musterte Genosse Pillai Chakko, versuchte seine Reaktion abzuwägen. Chakko betrachtete die graue Paste aus Schweiß und Schuppen, die sich unter seinen Fingernägeln gesammelt hatte.

»Dieser Paravan wird dir noch Schwierigkeiten

machen«, sagte Genosse Pillai. »Verlaß dich drauf … Verschaff ihm woanders eine Arbeit. Schick ihn fort.«

Chacko wunderte sich über die Wendung, die das Gespräch genommen hatte. Er hatte nur herausfinden wollen, was los war, wie die Dinge standen. Er hatte mit Widerstand gerechnet, sogar Streit, und statt dessen wurde ihm eine heimliche, unangebrachte Absprache offeriert.

»Ihn fortschicken? Aber warum? Ich habe nichts dagegen, daß er Parteimitglied ist. Ich war nur neugierig, das ist alles … Ich dachte, du hättest vielleicht mit ihm gesprochen …«, sagte Chacko. »Ich bin sicher, daß er nur herumexperimentiert, daß er auf eigenen Beinen zu stehen versucht, er ist ein empfindsamer Kerl, Genosse … Ich vertraue ihm.«

»So meine ich es nicht«, sagte Genosse Pillai. »Als Mensch mag er okay sein. Aber andere Arbeiter sind nicht glücklich mit ihm. Sie kommen zu mir und beschweren sich … Versteh doch, Genosse, von lokalem Standpunkt aus sind diese Kastendinge tief verwurzelt.«

Kalyani stellte eine Blechkanne mit dampfendem Kaffee für ihren Mann auf den Tisch.

»Sie zum Beispiel. Herrin des Hauses. Selbst sie wird niemals Paravans und dergleichen in ihr Haus lassen. Nie und nimmer. Nicht einmal *ich* kann sie dazu bringen. Meine eigene Frau. Im Haus ist selbstverständlich sie der Boß.« Er wandte sich ihr mit einem liebevollen, ungezogenen Lächeln zu. »*Allay edi,* Kalyani?«

Kalyani senkte den Blick und lächelte, gestand schüchtern ihre Bigotterie ein.

»Siehst du?« sagte Genosse Pillai triumphierend. »Sie versteht Englisch sehr gut. Spricht es nur nicht.«

Chacko lächelte halbherzig.

»Du sagst, daß meine Arbeiter zu dir kommen und sich beschweren ...«

»O ja, korrekt«, sagte Genosse Pillai.

»Worüber genau?«

»Nichts Genaues als solches«, sagte Genosse K. N. M. Pillai. »Aber schau mal, Genosse, alle Vergünstigungen, die du ihm gibst, natürlicherweise haben die anderen was dagegen. Für sie ist das Parteilichkeit. Schließlich ist er für sie, was immer er arbeitet, Schreiner oder Elektriiiker oder wasimmeresist, nur ein Paravan. So sind sie von Geburt an konditioniiiert worden. Das, habe ich selbst ihnen gesagt, ist falsch. Aber offen gestanden, Genosse, Veränderung ist eine Sache. Akzeptanz eine andere. Du solltest vorsichtig sein. Besser für ihn, du schickst ihn weg.«

»Mein lieber Freund«, sagte Chacko. »Das ist unmöglich. Er ist von unschätzbarem Wert. Er leitet praktisch die Fabrik … Und wir können das Problem nicht lösen, indem wir alle Paravans wegschicken. Wir müssen lernen, mit diesem Unsinn fertig zu werden.«

Genosse Pillai gefiel es nicht, mit »Mein lieber Freund« angesprochen zu werden. In seinen Ohren klang das wie eine Beleidigung, verbrämt in gutes Englisch, was es selbstverständlich zu einer doppelten Beleidigung machte – die Beleidigung selbst und die Tatsache, daß Chacko meinte, er würde sie nicht verstehen. Das verdarb ihm gründlich die Laune.

»Das vielleicht«, sagte er beißend. »Aber Rom wurde nicht an einem Tag erbaut. Vergiß nicht, Genosse, daß du hier nicht in deinem Oxford-College bist. Für dich ist Unsinn, was für die Massen was anderes ist.«

Lenin, dünn wie der Vater, Augen wie die Mutter, erschien in der Tür, außer Atem. Er hatte die gesamte Rede des Antonius geschrien und fast den ganzen *Lochinvar,* bevor er merkte, daß er sein Publikum verloren hatte. Er stellte sich wieder zwischen die gespreizten Knie des Genossen Pillai.

Er klatschte die Hände über dem Kopf seines Vaters zusammen und richtete ein Chaos im Moskitotrichter an. Er zählte die zerquetschten Leichen auf seinen Handflächen. Aus manchen sikkerte frisches Blut. Er zeigte sie seinem Vater, der ihn seiner Mutter übergab, damit sie ihm die Hände wusch.

Wieder wurde das Schweigen zwischen ihnen von dem Brummen der alten Mrs. Pillai interpunktiert. Latha kam mit Pothachen und Mathukutty zurück. Die Männer mußten draußen warten. Die Tür blieb einen Spaltbreit offen. Als Genosse Pillai erneut das Wort ergriff, sprach er in Malayalam und laut genug, damit ihn auch die Zuhörer draußen hörten.

»Natürlich ist das richtige Forum für Klagen der Arbeiter die Gewerkschaft. Und in diesem Fall, wo Modalali selbst Genosse ist, ist es eine Schande, daß sie nicht organisiert sind und sich dem Parteikampf anschließen.«

»Daran habe ich auch schon gedacht«, sagte Chacko. »Ich werde sie offiziell in einer Gewerkschaft organisieren. Sie werden ihre eigenen Vertreter wählen.«

»Aber Genosse, du kannst nicht für sie die Revolution durchführen. Du kannst nur Bewußtsein schaffen. Sie erziehen. Sie müssen ihren *eigenen* Kampf kämpfen. *Sie* müssen ihre Ängste überwinden.«

»Angst vor wem?« Chacko lächelte. »Vor mir?«

»Nicht vor dir, mein lieber Genosse. Vor Jahrhunderten der Unterdrückung.«

Dann zitierte Genosse Pillai mit der Stimme eines Tyrannen den Vorsitzenden Mao. In Malayalam. Seine Miene entsprach kurioserweise der seiner Nichte.

»Eine Revolution ist kein Gastmahl ... Die Revolution ist ein Aufstand, ein Gewaltakt, durch den eine Klasse eine andere stürzt.«

Und so, mit dem Auftrag für die Kochessigetiketten in der Tasche, verbannte er Chacko geschickt aus den kämpfenden Reihen der Umstürzler in die verräterischen Reihen derjenigen, die umgestürzt werden sollten.

Sie saßen nebeneinander auf Klappstühlen aus Metall, am Nachmittag des Tages, an dem Sophie Mol ankam, schlürften Kaffee und kauten Bananenchips. Mit den Zungen lösten sie den nassen gelben Mulch, der an ihren Gaumen klebte.

Der kleine, dünne Mann und der große, dicke Mann. Comicsheftgegner in einem Krieg, der erst noch stattfinden sollte.

Er stellte sich als ein Krieg heraus, der zum Leidwesen des Genossen Pillai zu Ende war, noch bevor er richtig begonnen hatte. Der Sieg wurde ihm, in Geschenkpapier gewickelt und mit einer Schleife versehen, auf einem silbernen Tablett serviert. Erst als es zu spät war und Paradise Pickles leise zu Boden sank, ohne einen Laut von sich zu geben oder Widerstand auch nur vorzutäuschen, wurde dem Genossen Pillai klar, daß er das Kriegsgeschehen mehr brauchte als den Triumph des Sieges. Krieg hätte der Hengst sein können, auf dem er den Weg ins Parlament hätte zurücklegen können, teilweise, wenn nicht ganz, wohingegen der Sieg ihn dort zurückließ, wo er aufgebrochen war.

Er hobelte und zerbrach dabei das Holz.

Niemand fand je die genaue Beschaffenheit der Rolle heraus, die Genosse Pillai bei den folgenden Ereignissen spielte. Auch Chacko – der wußte, daß die feurigen, exaltierten Reden über die Rechte der Unberührbaren (»Kaste ist Klasse, Genossen«), die Genosse Pillai während der Belagerung von Paradise Pickles durch die Marxistische Partei hielt, pharisäerhaft waren – erfuhr nie die ganze Geschichte. Nicht, daß er sich darum bemüht hätte. Zu diesem Zeitpunkt, betäubt vom Verlust Sophie Mols, war seine Sicht der Dinge durch Schmerz getrübt. Wie ein Kind, das eine Tragödie erlebt, plötzlich erwachsen wird und seine Spielsachen aufgibt, warf Chacko sein Spielzeug fort. Pickles-Baron-Träume und der Volkskrieg wurden zu den kaputten Flugzeugen in den Glasschrank gestellt. Nachdem Paradise Pickles geschlossen war, verkaufte die Familie ein paar Reisfelder (zusammen mit den Hypotheken, die sie belasteten), um die Bankkredite zurückzuzahlen. Weitere Reisfelder wurden verkauft, damit die Familie etwas zum Essen und zum Anziehen hatte. Als Chacko nach Kanada emigrierte, bezog sie ihr Einkommen nur noch aus der Kautschukplantage neben dem Haus und den wenigen Kokosnüssen auf dem Anwesen. Davon lebten Baby Kochamma und Kochu Maria, nachdem alle anderen entweder gestorben, weggegangen oder zurückgegeben worden waren.

Der Gerechtigkeit halber muß man sagen, daß Genosse Pillai den Verlauf, den die folgenden Ereignisse nehmen sollten, nicht plante. Er steckte lediglich seine allzeit bereiten Finger in den Handschuh, den die Geschichte ihm hinhielt.

Es war nicht ausschließlich sein Fehler, daß er in einer Gesellschaft lebte, in der der Tod eines Mannes mehr Gewinn abwerfen konnte als sein Leben.

Veluthas letzter Besuch beim Genossen Pillai – nach seiner Auseinandersetzung mit Mammachi und Baby Kochamma – und was zwischen ihnen gesprochen wurde, blieben ein Geheimnis. Der letzte Verrat, der Velutha dazu veranlaßte, den Fluß zu überqueren und in der Dunkelheit und im Regen gegen die Strömung anzuschwimmen, so daß er, ohne es zu wissen, beizeiten zu seinem Rendezvous mit der Geschichte kam.

Velutha fuhr mit dem letzten Bus von Kottayam zurück, wohin er die Konservenmaschine zur Reparatur gebracht hatte. An der Bushaltestelle traf er einen Fabrikarbeiter, der ihm hämisch grinsend mitteilte, daß Mammachi ihn zu sprechen wünsche. Velutha hatte keine Ahnung, was geschehen war, und wußte nicht, daß sein betrunkener Vater das Haus in Ayemenem aufgesucht hatte. Ebensowenig wußte er, daß Vellya Paapen, immer noch betrunken, seit Stunden vor der Tür ihrer Hütte saß und auf Veluthas Rückkehr wartete, sein Glasauge und die Schneide seiner Axt glitzerten im Schein der Lampe. Er wußte auch nicht, daß der arme gelähmte Kuttappen, halbtot vor Angst, seit zwei Stunden ununterbrochen auf seinen Vater einredete und versuchte, ihn zu beruhigen, während er angestrengt auf Schritte oder das Rascheln des Unterholzes horchte, damit er seinem ahnungslosen Bruder eine Warnung zurufen konnte.

Velutha ging nicht nach Hause. Er ging geradewegs zu Mammachis Haus. Obwohl er einerseits überrascht war, wußte er andererseits, hatte er es aus einem uralten Instinkt heraus immer gewußt, daß die Geschichte ihn eines Tages heimsuchen würde. Während Mammachis Ausbruch blieb er beherrscht und merkwürdig gefaßt. Es war eine Gefaßtheit, die einer extremen Provokation entsprang. Sie entstammte einer Klarheit jenseits der Wut.

Als Velutha eintraf, verlor Mammachi die Orientierung und verspritzte blindlings ihr Gift, richtete ihre krassen, unerträglichen Beleidigungen an eine Lamelle der Schiebefalttür, bis Baby Kochamma sie taktvoll herumdrehte und die Wut in die richtige Richtung lenkte, auf Velutha, der vollkommen reglos in der Dämmerung stand. Mammachi setzte ihre Tirade fort, ihre Augen leer, ihr Gesicht verzerrt und häßlich. Ihr Zorn trieb sie immer näher an Velutha heran, bis sie ihm direkt ins Gesicht schrie und er ihre Spucke fühlen und den schalen Tee in ihrem Atem riechen konnte. Baby Kochamma wich nicht von Mammachis Seite. Sie sagte kein Wort, modulierte jedoch mit den Händen Mammachis Wut, um sie immer wieder neu zu entfachen. Ein aufmunterndes Tätscheln des Rückens. Ein bestärkender Arm um die Schultern. Mammachi war sich dieser Manipulation überhaupt nicht bewußt.

Wo eine alte Dame wie Mammachi – die steife,

gebügelte Saris trug und abends die *Nußknacker-suite* auf der Geige spielte – die unflätige Sprache gelernt hatte, deren sie sich an diesem Tag befleißigte, war allen, die sie hörten (Baby Kochamma, Kochu Maria, der in ihrem Zimmer eingesperrten Ammu), ein Rätsel.

»Raus!« kreischte sie schließlich. »Wenn ich dich morgen auf meinem Grund und Boden sehe, werde ich dich kastrieren lassen wie den Pariahund, der du bist! Ich werde dich umbringen lassen!«

»Das werden wir schon sehen«, sagte Velutha ruhig.

Das war alles, was er sagte. Und das war es, was Baby Kochamma in Inspektor Thomas Mathews Büro ausschmückte und zu Mord- und Entführungsdrohungen erweiterte.

Mammachi spuckte Velutha ins Gesicht. Zähflüssigen Speichel. Verteilt über sein Gesicht. Seinen Mund und seine Augen.

Er stand da. Vor den Kopf gestoßen. Dann wandte er sich um und ging.

Während er sich von dem Haus entfernte, hatte er das Gefühl, seine Sinne seien geschliffen und geschärft. Als sei alles um ihn herum stumpf und flach wie eine gefällige Illustration. Eine maschinell hergestellte Zeichnung und ein Handbuch, das ihm sagte, was zu tun war. Sein Geist, der sich verzweifelt nach irgend etwas sehnte, woran er sich festhalten konnte, klammerte sich an Einzelheiten. Er benannte jedes Ding, dem er begegnete.

Tor, dachte er, als er durch das Tor ging. *Tor. Straße. Steine. Himmel. Regen.*

Tor.
Straße.
Steine.
Himmel.
Regen.

Der Regen auf seiner Haut war warm. Die Lateritsteine unter seinen Füßen waren rauh. Er wußte, wohin er ging. Er sah alles. Jedes Blatt. Jeden Baum. Jede Wolke am sternlosen Himmel. Jeden Schritt, den er ging.

Koo-koo kookum theevandi.
Kooki paadum theevandi.
Rapakal odum theevandi.
Thalannu nilkum theevandi.

Das war die erste Lektion, die er in der Schule gelernt hatte. Ein Gedicht über einen Zug.

Er begann zu zählen. Irgend etwas. Alles. *Eins, zwei, drei, vier, fünf, sechs, sieben, acht, neun, zehn, elf, zwölf, dreizehn, vierzehn, fünfzehn, sechzehn, siebzehn, achtzehn, neunzehn, zwanzig, einundzwanzig, zweiundzwanzig, dreiundzwanzig, vierundzwanzig, fünfundzwanzig, sechsundzwanzig, siebenundzwanzig, achtundzwanzig, neunundzwanzig …*

Die maschinell hergestellte Zeichnung verschwamm. Die klaren Linien verschmierten. Die Instruktionen ergaben keinen Sinn mehr. Die Straße kam ihm entgegen, und die Dunkelheit wurde dichter. Klebrig. Sich durch sie hindurchzudrängen war anstrengend. Wie unter Wasser zu schwimmen.

Es ist soweit, informierte ihn eine Stimme. *Es hat angefangen.*

Sein Geist, der plötzlich unwahrscheinlich alt geworden war, schwebte aus seinem Körper heraus und hoch über ihn in die Luft, von wo er nutzlose Warnungen herunterschwatzte.

Er blickte hinunter und sah den Körper eines jungen Mannes, der durch die Dunkelheit und den strömenden Regen ging. Mehr als alles andere wollte dieser Körper schlafen. Schlafen und in einer anderen Welt aufwachen. *Mit dem Duft ihrer Haut in der Luft, die er atmete. Ihrem Körper auf seinem. Vielleicht würde er sie nie wiedersehen. Wo war sie? Was hatten sie mit ihr gemacht? Hatten sie ihr weh getan?*

Er ging weiter. Sein Gesicht war dem Regen weder zu- noch abgewandt. Er hieß ihn nicht willkommen, noch wehrte er ihn ab.

Der Regen wusch zwar Mammachis Speichel von seinem Gesicht, nahm ihm jedoch nicht das Gefühl, daß jemand ihm den Kopf abgetrennt und in seinen Körper hineingekotzt hatte. Klumpige Kotze tröpfelte in seinem Inneren herunter. Über sein Herz. Seine Lunge. Langsam, dick tropfte sie in seinen Bauch. Alle seine Organe schwammen in Kotze. Dagegen war der Regen machtlos.

Er wußte, was er tun mußte. Das Handbuch wies ihm die Richtung. Er mußte zum Genossen Pillai. Er hatte vergessen, warum. Die Füße trugen ihn zu Lucky Press, die verschlossen war, und dann über den kleinen Hof zum Haus des Genossen Pillai.

Allein die Anstrengung, den Arm zu heben und zu klopfen, erschöpfte ihn.

Genosse Pillai hatte sein *avial* aufgegessen und zerdrückte eine reife Banane, preßte den Matsch durch seine Faust auf den Teller mit Joghurt, als Velutha klopfte. Er schickte seine Frau an die Tür. Sie kehrte schmollend und, so dachte Genosse Pillai, auf einmal sehr sexy zurück. Er wollte ihr auf der Stelle an den Busen fassen. Aber er hatte Joghurt an den Fingern, und jemand wartete an der Tür. Sie setzte sich aufs Bett und tätschelte gedankenverloren Lenin, der neben seiner winzigen Großmutter schlief und am Daumen lutschte.

»Wer ist es?«

»Der Sohn dieses Paapen-Paravans. Er sagt, es ist dringend.«

Genosse Pillai aß ohne Eile den Joghurt auf. Er bewegte die Finger über dem Teller. Kalyani brachte ihm Wasser in einem kleinen rostfreien Behälter und goß es für ihn aus. Die Essensreste auf dem Teller (eine getrocknete rote Chilischote, harte kantige Stücke von abgenagten und ausgespuckten Hühnerflügeln) lösten sich vom Tellerboden und schwammen. Sie brachte ihm ein Handtuch. Er trocknete sich die Hände, rülpste seine Zufriedenheit heraus und ging zur Tür.

»Enda? So spät noch?«

Während er sprach, spürte Velutha, wie seine Stimme auf ihn zurückschlug, als wäre sie auf eine Wand getroffen und abgeprallt. Er versuchte zu erklären, was geschehen war, aber er hörte, wie er immer unzusammenhängender wurde. Der Mann, mit dem er redete, war klein und weit weg, hinter einer Wand aus Glas.

»Das ist ein kleines Dorf«, sagte Genosse Pillai. »Die Leute reden. Ich höre, was sie sagen.

Es ist nicht so, als wüßte ich nicht, was vor sich geht.«

Wieder hörte sich Velutha etwas sagen, das dem Mann, zu dem er sprach, gleichgültig war. Seine eigene Stimme wand sich um ihn wie eine Schlange.

»Vielleicht ...«, sagte Genosse Pillai. »Aber Genosse, du solltest wissen, daß die Partei nicht dafür da ist, private Disziplinlosigkeit eines Arbeiters zu unterstützen.«

Velutha sah, wie der Körper des Genossen Pillai in der Tür immer mehr verblaßte. Seine körperlose pfeifende Stimme blieb da und gab Slogans von sich. Fähnchen, die in der leeren Tür flatterten.

Es ist nicht im Interesse der Partei, sich um solche Dinge zu kümmern.

Das Interesse des einzelnen ist dem Interesse der Organisation untergeordnet.

Sich nicht an die Parteidisziplin zu halten heißt, die Einheit der Partei zu untergraben.

Die Stimme sprach weiter. Sätze lösten sich auf in Satzteile. Wörter.

Fortschritt der Revolution.
Vernichtung des Klassenfeindes.
Comprador-Kapitalisten.
Frühlingsgewitter.

Und da war es wieder. Eine weitere Religion, die

sich gegen sich selbst wandte. Ein weiteres Gedankengebäude, errichtet vom menschlichen Geist, ausgehöhlt von der menschlichen Natur.

Genosse Pillai schloß die Tür und kehrte zu Frau und Abendessen zurück. Er beschloß, noch eine Banane zu essen.

»Was wollte er?« fragte ihn seine Frau und reichte ihm eine Banane.

»Sie haben's herausgefunden. Irgend jemand muß es ihnen gesagt haben. Sie haben ihn gefeuert.«

»Das ist alles? Er kann von Glück reden, daß sie ihn nicht am nächsten Baum aufgeknüpft haben.«

»Mir ist etwas Merkwürdiges aufgefallen ...«, sagte Genosse Pillai und schälte die Banane. »Der Kerl hatte rotlackierte Fingernägel ...«

Velutha stand draußen im Regen, im kalten nassen Licht der einzigen Straßenlampe, und wurde plötzlich vom Schlaf überwältigt. Er mußte sich dazu zwingen, die Augen offenzuhalten.

Morgen, sagte er sich. *Morgen, wenn es aufhört zu regnen.*

Seine Füße trugen ihn zum Fluß. Als wären sie die Leine und er der Hund.

Geschichte, die den Hund ausführt.

Über den Fluß

Es war nach Mitternacht. Der Fluß führte Hochwasser, schnell und schwarz schlängelte er sich dem Meer entgegen. Mit sich trug er den wolkigen Nachthimmel, einen Palmwedel, ein Stück von einem Strohzaun und andere Geschenke, die er vom Wind bekommen hatte.

Nach einer Weile wurde aus dem Regen Niesel, und dann hörte er ganz auf. Die Brise schüttelte Wasser aus den Bäumen, und eine Zeitlang regnete es noch unter den Bäumen, die zuvor Schutz geboten hatten.

Ein blasser, wäßriger Mond schien durch die Wolken und fiel auf einen jungen Mann, der auf der obersten von dreizehn Steinstufen saß. Er saß da, sehr still, sehr naß. Sehr jung. Nach einer Weile stand er auf, zog den weißen *mundu,* den er anhatte, aus, wrang ihn aus und wickelte sich ihn wie einen Turban um den Kopf. Nackt ging er die dreizehn Stufen hinunter ins Wasser und weiter, bis ihm der Fluß bis zur Brust reichte. Dann begann er mit mühelosen kräftigen Zügen zu schwimmen, schwamm hinaus, wo die Strömung schnell und unbeirrbar floß, wo die wirkliche Tiefe anfing. Der mondbeschienene Fluß glitt von seinen schwimmenden Armen ab wie Ärmel aus Silber. Er brauchte nur ein paar Minuten, um den Fluß zu überqueren. Als er auf der anderen Seite anlangte, stand er schimmernd auf und kletterte ans Ufer, schwarz wie die Nacht, die ihn umgab, schwarz wie das Wasser, das er durchschwommen hatte.

Er trat auf den Pfad, der durch den Sumpf zum Haus der Geschichte führte.

Er hinterließ keine Wellen im Wasser.

Keine Spuren am Ufer.

Er hielt den *mundu* ausgebreitet über seinem Kopf, damit er trocknete. Der Wind hob ihn an wie ein Segel. Plötzlich fühlte er sich glücklich. *Es wird noch schlimmer werden,* dachte er. *Und dann besser.* Er schritt jetzt rasch aus, ging zum Herzen der Finsternis. Einsam wie ein Wolf.

Der Gott des Verlustes.

Der Gott der kleinen Dinge.

Nackt bis auf den Nagellack.

Ein paar Stunden später

Drei Kinder am Flußufer. Ein Paar Zwillinge und ein anderes Kind, auf dessen mauvefarbenem Kordsamtkittel in schräger, fröhlicher Schrift *Ferien!* stand.

Nasses Laub in den Bäumen funkelte wie gehämmertes Metall. Dichte Büschel von gelbem Bambus hingen in den Fluß, als trauerten sie im voraus um das, was, wie sie wußten, geschehen würde. Der Fluß war dunkel und ruhig. Mehr eine Abwesenheit als eine Anwesenheit, gab er durch nichts preis, wie hoch und stark er wirklich war.

Estha und Rahel zerrten das Boot aus den Büschen, wo sie es wie üblich versteckt hatten. Die Ruder, die Velutha gemacht hatte, steckten in einem hohlen Baum. Sie setzten das Boot aufs Wasser und hielten es fest, damit Sophie Mol einsteigen konnte. Sie schienen der Dunkelheit zu vertrauen und liefen die glitzernden Steinstufen so sicheren Fußes hinauf und hinunter wie junge Ziegen.

Sophie Mol war vorsichtiger. Das, was in den Schatten um sie herum lauerte, machte ihr ein bißchen angst. Auf ihrem Bauch hing eine Stofftasche mit Lebensmitteln, die sie aus dem Kühlschrank entwendet hatte. Brot, Kuchen, Kekse. Die Zwillinge, auf denen die Worte ihrer Mutter lasteten – *Wenn ihr nicht wärt, wäre ich frei. Ich hätte euch an dem Tag, an dem ihr geboren seid, ins Waisenhaus bringen sollen. Ihr seid die Mühlsteine um meinen Hals* –, trugen nichts. Dank dessen, was der Orangenlimo-Zitronenlimo-Mann Estha angetan hatte, war ihr Zuhause fern von zu Hause bereits ausgestattet. In den zwei Wochen, seit Estha die scharlachrote Marmelade gerudert und zwei Gedanken gedacht hatte, hatten sie unentbehrliche Vorräte gehamstert: Streichhölzer, Kartoffeln, eine verbeulte Bratpfanne, eine aufblasbare Gans, Socken mit bunten Zehen, Kugelschreiber mit Londoner Bussen und den Qantas-Koala mit den lockeren Knopfaugen.

»Und wenn Ammu uns findet und uns *bittet*, zurückzukommen?«

»Dann werden wir zurückkommen. Aber nur, wenn sie uns darum bittet.«

Estha-der-Mitfühlende.

Sophie Mol hatte die Zwillinge davon überzeugt, daß es ganz *wesentlich* war, sie mitzunehmen. Daß die Abwesenheit der Kinder, aller Kinder, die Reue der Erwachsenen vergrößern würde. Es würde ihnen wirklich leid tun, wie den Erwachsenen in Hameln, nachdem der Rattenfänger alle ihre Kinder fortgelockt hatte. Überall würden sie suchen, und wenn sie sicher wären, daß alle drei Kinder tot waren, würden sie triumphierend nach Hause zurückkehren. Geschätzter, geliebter und gebrauchter als je zuvor. Ihr ausschlaggebendes Argument war, daß sie, sollten sie sie zurücklassen, womöglich gefoltert und gezwungen würde, ihr Versteck zu verraten.

Estha wartete, bis Rahel eingestiegen war, dann nahm er seinen Platz ein, setzte sich rittlings auf das Boot, als wäre es eine Wippe. Mit den Füßen stieß er das Boot vom Ufer ab. Als sie ins tiefe Wasser kamen, begannen sie schräg flußaufwärts gegen die Strömung zu rudern, wie es Velutha ihnen beigebracht hatte. (Wenn ihr dorthin wollt, müßt ihr *dorthin* steuern.)

In der Dunkelheit sahen sie nicht, daß sie sich auf der falschen Spur einer lautlosen Autobahn voll nahezu lautlosem Verkehr befanden. Daß Äste, Baumstämme, ganze Bäume mit nicht unerheblicher Geschwindigkeit auf sie zutrieben.

Sie waren an der wirklichen Tiefe vorbei, nur noch ein paar Meter von der anderen Seite entfernt, als sie mit einem dahertreibenden Stamm zusammenstießen und das kleine Boot umkippte. Das war auf früheren Expeditionen über den Fluß oft genug passiert, und dann waren sie jedesmal dem Boot nachgeschwommen, hatten sich daran festgehalten und waren wie Hunde zum Ufer gepaddelt. Diesmal, in der Dunkelheit, sahen sie das Boot nicht. Die Strömung hatte es mit sich fortgetragen. Sie schwammen an Land, überrascht, wie anstrengend es war, die kurze Distanz zu überwinden.

Estha griff nach einem niedrigen Ast, der ins Wasser hing. Er spähte durch die Dunkelheit flußabwärts und hielt Ausschau nach dem Boot.

»Ich kann nichts sehen. Es ist weg.«

Rahel, schlammbedeckt, kletterte ans Ufer und hielt Estha die Hand hin, um ihm aus dem Wasser zu helfen. Sie brauchten ein paar Minuten, um Atem zu schöpfen und den Verlust des Bootes zu begreifen. Sein Dahinscheiden zu betrauern.

»Und unser Essen ist kaputt«, sagte Rahel zu Sophie Mol und erhielt zur Antwort Schweigen. Ein reißendes, strömendes Schweigen, in dem Fische schwammen.

»Sophie Mol?« flüsterte sie dem reißenden Fluß zu. »Wir sind hier! Hier! Neben dem Illimbabaum!«

Nichts.

Auf Rahels Herzen öffnete Pappachis Falter die düsteren Flügel.

Breitete sie aus.

Faltete sie zusammen.

Und hob die Beine.

Auf.

Ab.

Sie liefen das Ufer entlang und riefen ihren Namen. Aber sie war verschwunden. Fortgetragen auf der lautlosen Autobahn. Graugrün. Mit Fischen darin. Mit dem Himmel und den Bäumen darin. Und nachts der zerbrochene gelbe Mond darin.

Keine stürmische Musik erklang. Kein Strudel tat sich auf in den tintigen Tiefen des Meenachal. Kein Hai überwachte die Tragödie.

Es war eine stille Übergabezeremonie. Ein Boot leerte seine Fracht aus. Ein Fluß nahm das Opfer an. Ein kleines Leben. Ein flüchtiger Sonnenstrahl. Mit einem silbernen Fingerhut in der kleinen Faust, des Glückes wegen.

Es war vier Uhr morgens und noch dunkel, als die Zwillinge, erschöpft, verzweifelt und dreckverschmiert, sich einen Weg durch den Sumpf zum Haus der Geschichte bahnten. Hänsel und Gretel in einem Schauermärchen, in dem ihre Träume gefangengenommen und wiedergeträumt wurden.

Sie legten sich auf der rückwärtigen Veranda zusammen mit einer aufblasbaren Gans und einem Qantas-Koalabären auf eine Grasmatte. Ein Paar feuchter Zwerge, wahnsinnig vor Angst, die auf das Ende der Welt warteten.

»Meinst du, daß sie jetzt tot ist?«

Estha antwortete nicht.

»Was wird jetzt passieren?«

»Wir kommen ins Gefängnis.«

Er wußte es sehr wohl. Der kleine Mann. Er lebte in einem Caravan. Dum dum.

Sie sahen nicht, daß in den Schatten noch jemand schlief. Einsam wie ein Wolf.

Ein braunes Blatt auf seinem schwarzen Rükken. Das dafür sorgte, daß der Monsun rechtzeitig einsetzte.

Der Bahnhof von Cochin

In seinem ordentlich aufgeräumten Zimmer in dem Haus in Ayemenem saß Estha (nicht alt, nicht jung) in der Dunkelheit auf seinem Bett. Er saß sehr gerade. Schultern nach hinten. Die Hände im Schoß. Als wäre er der nächste in der Schlange, der untersucht würde. Oder darauf wartete, verhaftet zu werden.

Er hatte alles gebügelt. Die Wäsche lag in einem Stapel auf dem Bügelbrett. Er hatte auch Rahels Sachen gebügelt.

Es regnete anhaltend. Nachtregen. Dieser einsame Trommler, der seinen Wirbel noch übte, lange nachdem der Rest der Band ins Bett gegangen war.

Auf dem seitlichen *mittam,* neben dem Extraeingang für die »Bedürfnisse eines Mannes«, leuchteten im Blitzlicht einen Augenblick lang die Heckflossen des alten Plymouth auf. Jahrelang, nachdem Chacko nach Kanada gegangen war, ließ Baby Kochamma den Wagen regelmäßig waschen. Zweimal in der Woche kam Kochu Marias Schwager, der das gelbe Müllauto der Gemeindeverwaltung von Kottayam fuhr, nach Ayemenem (angekündigt vom Gestank der Abfälle von Kottayam, der auch noch in der Luft hing, nachdem er wieder weg war), um das Gehalt seiner Schwägerin in Empfang zu nehmen und gegen ein kleines Entgelt den Plymouth auszufahren, damit die Batterie geladen blieb. Als sie mit dem Fernsehen anfing, hatte Baby Kochamma gleichzeitig den Wagen und den Garten aufgegeben. Tuttifrutti.

Mit jedem Monsum versank das alte Auto tiefer im Boden. Wie eine viereckige arthritische Henne, die sich steif auf ihren Eiern niederläßt. Ohne die Absicht, je wieder aufzustehen. Um die platten Reifen herum wuchs Gras. Die Paradise-Pickles-&-Konserven-Reklametafel war verrottet und wie eine Krone in sich selbst kollabiert.

Eine Kriechpflanze warf in der übriggebliebenen fleckigen Hälfte des zersprungenen Außenspiegels einen Blick auf sich.

Auf dem Rücksitz lag ein toter Spatz. Er war durch ein Loch in der Windschutzscheibe hineingeflogen, vom Schaumgummi zum Nestbau angelockt. Und hatte nie wieder den Weg hinaus gefunden. Niemand bemerkte sein panisches Flehen an den Wagenfenstern. Er verendete auf dem

Rücksitz, die Beine in die Luft gereckt. Wie ein Witz.

Kochu Maria schlief auf dem Wohnzimmerboden, lag zum Komma geformt im flackernden Licht des eingeschalteten Fernsehgeräts. Amerikanische Polizisten verfrachteten einen Jugendlichen in Handschellen in ein Polizeiauto. Auf der Straße waren Blutflecken. Das Blaulicht des Polizeiautos blinkte, und eine Sirene heulte warnend. Eine ausgemergelte Frau, vielleicht die Mutter des Jungen, beobachtete die Szene ängstlich aus dem Schatten. Der Junge wehrte sich. Seine obere Gesichtshälfte war von einem verschwommenen Mosaik verdeckt, damit er nicht gerichtlich gegen die Fernsehanstalt vorgehen konnte. Geronnenes Blut verklebte seinen Mund und bedeckte sein T-Shirt wie ein rotes Lätzchen. Er zog die babyrosa Lippen breit, als würde er knurren. Er sah aus wie ein Werwolf. Durch das Autofenster schrie er in Richtung der Kamera.

»Ich bin fünfzehn Jahre alt und wünschte, ich wäre ein besserer Mensch. Aber ich bin es nicht. Wollt ihr meine erbärmliche Geschichte hören?«

Er spuckte in die Kamera, und ein Speichelgeschoß landete auf der Linse und rann herab.

Baby Kochamma saß in ihrem Zimmer im Bett und füllte einen Listerine-Coupon aus, der einen Preisnachlaß von zwei Rupien auf die neue 500-ml-Flasche und den glücklichen Gewinnern der Lotterie Geschenkgutscheine im Wert von zweitausend Rupien versprach.

Gigantische Schatten winziger Insekten hüpften über Wände und Decke. Um sie loszuwerden, hatte Baby Kochamma die Lichter ausgemacht und eine große Kerze in einer Schale mit Wasser angezündet. Das Wasser war bedeckt mit versengten Leichen. Das Kerzenlicht hob ihre mit Rouge geschminkten Wangen und den lippenstiftroten Mund hervor. Ihre Wimperntusche war verschmiert. Ihr Schmuck funkelte.

Sie hielt den Coupon schräg ins Kerzenlicht.

Welches Mundwasser benutzen Sie für gewöhnlich?

Listerine, schrieb Baby Kochamma in einer Schrift, die im Alter spinnwebartig geworden war.

Nennen Sie die Gründe für Ihre Wahl.

Sie zögerte nicht. *Pikanter Geschmack. Frischer Atem.* Sie hatte die smarte, flotte Sprache der Fernsehwerbespots gelernt.

Sie setzte ihren Namen ein und gab ein falsches Alter an.

In die Rubrik *Beruf* schrieb sie: *Ziergärtnerin (Dipl.) Roch. U. S. A.*

Sie steckte den Coupon in einen Umschlag, auf dem stand: ACHTBARE ÄRZTE, KOTTAYAM. Kochu Maria würde ihn am nächsten Morgen mitnehmen, wenn sie in die Stadt zur Bestbakery ging, um die Butterbrötchen zu holen.

Baby Kochamma griff nach ihrem kastanienbraunen Kalender mit dem dazugehörigen Stift. Sie schlug den 19. Juni auf und machte einen Eintrag. Der Vorgang war Routine. Sie schrieb: *Ich liebe Dich. Ich liebe Dich.*

Auf jeder Seite ihres Kalenders fand sich dieser Eintrag. Sie hatte eine ganze Schachtel voll Kalender mit identischen Einträgen. Manchmal schrieb sie mehr. Die Ereignisse des Tages, Listen mit Dingen, die zu erledigen waren, Bruchstücke ihrer Lieblingsdialoge aus ihren Lieblingsseifenopern. Aber auch diese Einträge begannen mit den gleichen Worten: *Ich liebe Dich. Ich liebe Dich.*

Pater Mulligan war vier Jahre zuvor an einer Virus-Hepatitis in einem Aschram nördlich von Rishikesh gestorben. Das jahrelange Studium der Hinduschriften hatte anfänglich zu theologischer Neugier und schließlich zu einem Glaubenswechsel geführt. Fünfzehn Jahre zuvor war Pater Mulligan zu einem Anhänger von Lord Vishnu geworden. Auch nachdem er in den Aschram eintrat, blieb er in Kontakt mit Baby Kochamma. Jedes Jahr an Diwali schrieb er ihr, und an Neujahr sandte er eine Glückwunschkarte. Vor ein paar Jahren hatte er ihr ein Foto von sich geschickt, auf dem er zu sehen war, wie er auf einer spirituellen Versammlung zu Mittelklassewitwen aus dem Pandschab sprach. Die Frauen waren alle weiß gekleidet, die *pallus* ihrer Saris über die Köpfe gezogen. Pater Mulligan trug safrangelb. Ein Dotter, der zu einem Meer gekochter Eier sprach. Sein weißes Haar und sein weißer Bart waren lang, aber gekämmt und gepflegt. Ein safrangelber Weihnachtsmann mit Votivasche auf der Stirn. Baby Kochamma wollte es nicht glauben. Das Foto war das einzige von den Dingen gewesen, die er ihr schickte, das sie nicht aufhob. Sie war zutiefst betroffen von der Tatsache, daß er tatsächlich seine Gelübde doch noch gebrochen hatte, aber nicht für sie. Für andere Gelübde. Es war, als würde man jemanden mit offenen Armen willkommen heißen, aber dieser Jemand würde schnurstracks an einem vorbei in die Arme von jemand anders eilen.

Pater Mulligans Tod änderte nichts am Text von Baby Kochammas Tagebucheinträgen, denn soweit er sie betraf, änderte er nichts an Pater Mulligans Verfügbarkeit. Wenn überhaupt, so besaß sie ihn im Tod auf eine Art, wie sie ihn zu seinen Lebzeiten nie besessen hatte. Zumindest gehörten ihre Erinnerungen an ihn ihr. Ausschließlich ihr. Auf wilde, leidenschaftliche Art ihr. Sie mußte sie nicht teilen mit einem Glauben, mit konkurrierenden Ko-Nonnen und Ko-Sadhus oder wie immer sie sich nannten. Ko-Swamis.

Die Tatsache, daß er sie im Leben zurückgewiesen hatte (wiewohl sanft und voll Mitgefühl), wurde durch seinen Tod neutralisiert. In ihrer Erinnerung umarmte er sie. Nur sie. Auf die Art, wie ein Mann eine Frau umarmt. Kaum war er tot, zog Baby Kochamma Pater Mulligan das lächerliche safrangelbe Gewand aus und die cocacolabraune Kutte an, die sie so liebte. (Ihre Sinne taten sich zwischen dem Aus- und dem Anziehen an seinem schlanken, konkaven, christusähnlichen Körper gütlich.) Sie entriß ihm seine Bettelschale, pedikürte die Hornhaut an seinen Hindusohlen und gab ihm die bequemen Sandalen zurück. Sie rekonvertierte ihn zu dem hochausschreitenden Kamel, das donnerstags stets zum Mittagessen kam.

Und jeden Abend, Abend für Abend, Jahr für Jahr, in Tagebuch über Tagebuch über Tagebuch schrieb sie: *Ich liebe Dich. Ich liebe Dich.*

Sie steckte den Kugelschreiber in die Schlaufe

und schloß den Kalender. Sie nahm die Brille ab, löste ihr Gebiß mit der Zunge, durchtrennte dabei die Speichelfäden, die es am Zahnfleisch festhielten wie die durchhängenden Saiten einer Harfe, und warf es in ein Glas mit Listerine. Es sank zu Boden und schickte kleine Blasen an die Oberfläche, wie Gebete. Ihr Schlummertrunk. Ein Soda mit zusammengebissenem Lächeln. Pikante Zähne am Morgen.

Baby Kochamma lehnte sich in ihr Kissen zurück und wartete darauf, Rahel aus Esthas Zimmer kommen zu hören. Sie machten sie allmählich nervös, alle beide. Vor ein paar Tagen hatte sie morgens das Fenster geöffnet (um frische Luft zu schnappen) und sie auf frischer Tat dabei ertappt, wie sie von irgendwo zurückkehrten. Sie hatten eindeutig die ganze Nacht außer Haus verbracht. Zusammen. Wo konnten sie gewesen sein? Woran und an wieviel erinnerten sie sich? Wann würden sie abreisen? Was taten sie, wenn sie so lange in der Dunkelheit zusammensaßen? Sie schlief ein, an die Kissen gelehnt, und dachte dabei, daß sie vielleicht wegen der Geräusche des Regens und des Fernsehapparats nicht gehört hatte, wie Esthas Tür geöffnet wurde. Wie Rahel schon vor einer Weile ins Bett gegangen war.

War sie nicht.

Rahel lag auf Esthas Bett. Liegend sah sie dünner aus. Jünger. Kleiner. Das Gesicht hatte sie dem Fenster neben dem Bett zugewandt. Schräg fallender Regen traf auf das Fenstergitter und versprühte feine Tropfen auf ihrem Gesicht und ihrem glatten nackten Arm. Ihr weiches ärmelloses T-Shirt glühte gelb im Dunkeln. Ihre untere Hälfte in Bluejeans verschmolz mit der Dunkelheit.

Sie war ein bißchen kalt. Ein bißchen naß. Ein bißchen still. Die Atmosphäre.

Aber was gab es zu sagen?

Dort, wo er saß, am Ende des Bettes, konnte Estha sie sehen, ohne den Kopf zu drehen. Ihre Umrisse im Dunkeln. Die klare Linie ihres Kiefers. Ihre Schlüsselbeine, die sich wie Flügel vom Halsansatz zu den Schultern erstreckten. Ein von Haut festgehaltener Vogel.

Sie wandte den Kopf und sah ihn an. Er saß sehr aufrecht. Wartete auf die Untersuchung. Er war mit dem Bügeln fertig.

Sie schien ihm wunderschön. Ihr Haar. Ihre Wangen. Ihre kleinen, geschickten Hände. Seine Schwester.

In seinem Kopf setzte ein nagendes Geräusch ein. Das Geräusch vorbeifahrender Züge. Das Licht und der Schatten und das Licht und der

Schatten, die auf einen fallen, wenn man am Zugfenster sitzt.

Er setzte sich noch aufrechter. Noch immer konnte er sie sehen. Sie war in die Haut ihrer Mutter gewachsen. Das feuchte Schimmern ihrer Augen im Dunkeln. Ihre kleine gerade Nase. Ihr Mund mit den vollen Lippen. Etwas daran sah verletzt aus. Als würde er vor etwas zurückzucken. Als hätte vor langer Zeit jemand – ein Mann mit Ringen – daraufgeschlagen. Ein wunderschöner verletzter Mund.

Der Mund ihrer schönen Mutter, dachte Estha. Ammus Mund.

Der seine Hand durch das vergitterte Zugfenster geküßt hatte. Erster Klasse im Madras-Expreß nach Madras.

Wiedersehen, Estha. Gottschützedich, hatte Ammus Mund gesagt. Ammus Mund, der versuchte, nicht zu weinen.

Das letzte Mal, als er sie gesehen hatte.

Sie stand auf dem Bahngleis im Bahnhof von Cochin, das Gesicht dem Zugfenster zugewandt. Ihre Haut grau, fahl, ihres leuchtenden Schimmers beraubt vom Neonlicht des Bahnhofs. Das Tageslicht zu beiden Seiten von Zügen abgehalten. Lange Korken, die die Dunkelheit in der Flasche festhielten. Der Madras-Expreß. *Die Fliegende Rani.*

Ammu hielt Rahels Hand. Eine Mücke an der Leine. Ein Flüchtlingsstechinsekt in Bata-Sandalen. Eine Flughafenfee in einem Bahnhof. Stampfte mit den Füßen auf dem Bahnsteig auf, wirbelte Wolken von niedergelassenem Bahnhofsstaub auf. Bis Ammu sie schüttelte und ihr sagte, sie solle aufhören, und sie aufhörte. Um sie herum die drängelnde, rempelnde Menge.

Flitzen eilen kaufen verkaufen Gepäck schleppen Gepäckträger zahlen Kinder scheißen Menschen spucken aus kommen gehen betteln feilschen überprüfen Reservierungen.

Widerhallende Bahnhofsgeräusche.

Händler, die Kaffee verkaufen. Tee.

Ausgezehrte Kinder, blond vor Unterernährung, die obszöne Zeitschriften verkaufen und Dinge zum Essen, die sie sich nicht leisten können, selbst zu essen.

Weiche Schokolade. Schokoladezigaretten.

Orangenlimo.

Zitronenlimo.

Cocacolafantaeisrosemilk.

Puppen mit rosa Haut. Rasseln. Love-in-Tokyos.

Hohle Sittiche aus Plastik mit abschraubbarem Kopf, gefüllt mit Süßigkeiten.

Gelbe Sonnenbrillen mit roten Gläsern.

Spielzeuguhren mit aufgemalter Uhrzeit.

Ein Karren voll kaputter Zahnbürsten.

Der Bahnhof von Cochin.

Grau im Bahnhofslicht. Hohle Menschen. Obdachlos. Hungrig. Gezeichnet von der Hungersnot im Jahr zuvor. Ihre Revolution fürs erste aufgeschoben vom Genossen E. M. S. Namboodiripad *(der Handlanger der Sowjets, der dressierte Hund).* Der frühere Apfel von Pekings Auge. Die Luft schwirrte vor Fliegen.

Ein blinder Mann ohne Lider und mit Augen so blau wie ausgewaschene Jeans, seine Haut überzogen von kleinen Pockennarben, plauderte mit einem Aussätzigen ohne Finger, der geschickt an aufgeklaubten Zigarettenkippen zog, die in einem Häufchen neben ihm lagen.

»Und du? Wann bist du hierhergezogen?«

Als ob sie die Wahl gehabt hätten. Als ob sie sich den Bahnhof unter einer immensen Vielzahl schicker Häuser in einer Hochglanzbroschüre als ihr Zuhause *ausgesucht* hätten.

Ein Mann, der auf einer roten Waage saß, schnallte sein künstliches Bein (vom Knie abwärts) ab, auf das ein Stiefel und eine hübsche weiße Sokke aufgemalt waren. Der hohle, mit Knötchen überzogene Unterschenkel war rosa, wie richtige Unterschenkel sein sollten. (Wenn man das Abbild eines Menschen erschafft, warum sollte man dann Gottes Fehler wiederholen?) Darin bewahrte er seine Fahrkarte auf. Sein Handtuch. Seinen rostfreien Trinkbecher. Seine Gerüche. Seine Geheimnisse. Seine Liebe. Seine Hoffnung. Seinen Irrsinn. Seine grenzenlose Freude. Sein echter Fuß war nackt.

Er kaufte Tee für seinen Becher.

Eine alte Dame übergab sich. Eine klumpige Pfütze. Und lebte ihr Leben weiter.

Die Bahnhofswelt. Der Zirkus der Gesellschaft. In dem, unter dem Ansturm des Handels, die Verzweiflung auf sich selbst zurückfiel und langsam zu Resignation versteinerte.

Aber diesmal gab es für Ammu und ihre zweieiigen Zwillinge kein Plymouth-Fenster, durch das sie hätten zuschauen können. Kein Netz, das sie auffing, als sie durch die Zirkuskuppel flogen.

Pack deine Sachen und verschwinde, hatte Chakko gesagt. Und war über eine zerbrochene Tür gestiegen. Eine Klinke in der Hand. Und obwohl ihre Hände zitterten, hatte Ammu nicht aufgeblickt von ihrem unnötigen Säumen. Eine Blechdose mit Bändern stand offen auf ihrem Schoß.

Aber Rahel hatte. Aufgeblickt. Und gesehen, daß Chacko verschwunden war und an seiner Stelle ein Ungeheuer zurückgelassen hatte.

Ein dicklippiger Mann mit Ringen, kühl in Weiß, kaufte Zigaretten der Marke Scissors von einem Händler auf dem Bahnsteig. Drei Packungen. Um sie im Flur des Zuges zu rauchen.

Für Männer der Aktion
Satis-fAktion.

Er war Esthas Begleiter. Ein Freund der Familie, der zufällig nach Madras fuhr. Mr. Kurien Maathen.

Da sowieso ein Erwachsener Estha begleiten würde, sagte Mammachi, sei es nicht nötig, Geld für eine zweite Fahrkarte zu verschwenden. Baba kaufte die Fahrkarte von Madras nach Kalkutta. Ammu kaufte Zeit. Auch sie mußte ihre Sachen packen und verschwinden. Um ein neues Leben zu beginnen, in dem sie es sich leisten konnte, ihre Kinder bei sich zu haben. Bis dahin, so war beschlossen worden, konnte ein Zwilling in Ayemenem bleiben. Nicht beide. Zusammen machten sie nur Ärger. neguA nerhi ni nataS. Sie mußten getrennt werden.

Vielleicht haben sie ja recht, besagte Ammus Flüstern, als sie seinen Koffer und seine Tasche packte. *Vielleicht braucht ein Junge wirklich einen Baba.*

Der dicklippige Mann saß in dem Abteil neben Esthas. Er sagte, er wolle versuchen, mit jemandem den Sitzplatz zu tauschen, sobald der Zug losgefahren sei.

Im Augenblick ließ er die kleine Familie allein.

Er wußte, daß ein Höllenengel über ihnen schwebte. Ging, wohin sie gingen. Stehenblieb, wo sie stehenblieben. Und Wachs von einer krummen Kerze vertropfte.

Alle wußten es.

Es hatte in den Zeitungen gestanden. Die Nachricht von Sophie Mols Tod, von dem »Zusammenstoß« der Polizei mit einem Paravan, der der Entführung und des Mordes angeklagt war. Von der darauffolgenden Belagerung von Paradise Pickles & Konserven durch die Kommunistische Partei, angeführt von Ayemenems ureigenem Kreuzritter der Gerechtigkeit und Sprachrohr der Unterdrückten. Genosse K. N. M. Pillai behauptete, daß das Management den Paravan fälschlich bei der Polizei angezeigt habe, weil er aktives Mitglied der Kommunistischen Partei gewesen sei. Daß sie ihn hätten eliminieren wollen, weil er sich an »gesetzlich zulässigen gewerkschaftlichen Aktivitäten« beteiligt habe.

All das hatte in den Zeitungen gestanden. Die offizielle Version.

Natürlich hatte der dicklippige Mann mit den Ringen keine Ahnung von der anderen Version.

In der ein Trupp berührbarer Polizisten den Meenachal überquerte, der träge floß und vom Regen angeschwollen war, sich einen Weg durch das nasse Unterholz bahnte und ins Herz der Finsternis stiefelte.

Das Haus der Geschichte

Ein Trupp berührbarer Polizisten überquerte den Meenachal, der träge floß und vom Regen angeschwollen war, bahnte sich einen Weg durch das nasse Unterholz, das Klirren von Handschellen in jemandes großer Tasche.

Die weiten Khakishorts waren starr vor Stärke und hüpften über das hohe Gras wie eine Reihe steifer Röcke, als wären sie unabhängig von den Beinen, die sich darin bewegten.

Es waren sechs. Staatsdiener.

P flichtbewußtsein
O rdnungsliebe
L oyalität
I nformation
Z ucht
E ffizienz
I ntegrität

Die Polizei von Kottayam. Ein Comicaufgebot.

New-Age-Prinzen mit ulkigen spitzen Helmen. Aus mit Baumwolle gefüttertem Pappkarton. Voll Haarölflecken. Ihre schäbigen Khakikronen.

Finsternis im Herzen.

Mit tödlichen Absichten.

Sie hoben die dünnen Beine, während sie durch das hohe Gras stiefelten. Kriechpflanzen schnappten nach ihrer taufeuchten Beinbehaarung. Kletten und Disteln klebten an ihren rauhen Socken. Braune Tausendfüßler schliefen in den Sohlen ihrer beschlagenen, berührbaren Stiefel. Scharfkantiges Gras überzog ihre Beinhaut kreuz und quer mit blutenden Schnitten. Nasser Schlamm furzte unter ihren Füßen, während sie durch den Sumpf patschten.

Sie marschierten an Stoßtauchern vorbei, die auf den Wipfeln der Bäume ihre durchnäßten Flügel trockneten, sie wie Wäsche vor dem Himmel ausbreiteten. An Silberreihern. Kormoranen. Adjutanten. Sarus-Kranichen, die nach einem Platz zum Tanzen suchten. Purpurroten Reihern mit unerbittlichem Blick. Ohrenbetäubend ihr *Raark, Raark, Raark.* An Muttervögeln und ihren Eiern.

Die frühmorgendliche Hitze versprach Schlimmeres.

Jenseits des Sumpfes, der nach Brackwasser roch, kamen sie an uralten, mit Kletterpflanzen ummantelten Bäumen vorbei. An gigantischen Manipflanzen. Wildem Pfeffer. Kaskadenartig herabhängendem roten Acuminus.

An einem tiefblauen Käfer, der auf einem unbeugsamen Grashalm balancierte.

An riesigen Spinnweben, die dem Regen standgehalten hatten und sich wie leise geflüsterter Klatsch von Baum zu Baum ausbreiteten.

Eine Bananenblüte mit weinroten Blütenblättern hing von einem schmuddeligen Baum mit zerfetzten Blättern. Ein Juwel, dargereicht von einem schlampigen Schuljungen. Ein Schmuckstück in einem Dschungel aus Samt.

Blutrote Libellen paarten sich im Flug. Doppelstöckig. Derb. Ein Polizist sah voll Bewunderung zu und wunderte sich kurzzeitig über die Dynamik des Libellen-Sexes und was wo hineingesteckt wurde. Dann nahm sein Verstand wieder Habtachtstellung ein und dachte erneut Polizeigedanken.

Weiter.

Vorbei an großen, im Regen verklumpten Ameisenhügeln. Zusammengesackt wie berauschte Wachtposten, die vor den Pforten des Paradieses schliefen.

Vorbei an Schmetterlingen, die wie freudige Nachrichten durch die Luft segelten.

An hohen Farnen.

Einem Chamäleon.

Einem auffälligen Frauenschuh.

Dem Gewusel von grauem Urwaldfedervieh, das Deckung suchte.

Dem Muskatnußbaum, den Vellya Paapen nicht gefunden hatte.

Einem Kanal, der sich gabelte. Reglos. Erstickt von Wasserlinsen. Wie eine tote grüne Schlange. Ein Baumstamm war darübergefallen. Die berührbaren Polizisten trippelten darüber. Wirbelten Schlagstöcke aus poliertem Bambus.

Haarige Feen mit todbringenden Zauberstäben.

Dann wurde das Sonnenlicht von den dünnen Stämmen schräg stehender Bäume gebrochen. Die Finsternis im Herzen schlich auf Zehenspitzen in das Herz der Finsternis. Der Lärm zirpender Grillen schwoll an.

Graue Streifenhörnchen liefen die fleckigen Stämme von Kautschukbäumen hinunter, die sich der Sonne zuneigten. Alte Schnittnarben auf der Rinde. Versiegelt. Verheilt. Unangezapft.

Weite Flächen davon, und dann eine grasbewachsene Lichtung. Ein Haus.

Das Haus der Geschichte.

Dessen Türen verschlossen und dessen Fenster

offen waren. Mit kalten Steinböden und sich bauschenden, schiffsförmigen Schatten an den Wänden.

In dem wächserne Vorfahren mit harten Zehennägeln und einem Atem, der nach vergilbten Landkarten roch, in einem papierenen Flüsterton wisperten.

In dem durchscheinende Eidechsen hinter alten Gemälden lebten.

In dem Träume gefangengenommen und wiedergeträumt wurden.

In dem der Geist eines alten Engländers, festgesichelt an einen Baum, von einem Paar zweieiiger Zwillinge befreit wurde – von einer mobilen Republik mit Tolle, die eine marxistische Fahne neben ihm in den Boden gesteckt hatte. Als das Aufgebot an Polizisten an ihm vorbeitrippelte, hörten sie ihn nicht betteln. Mit einer Stimme wie ein freundlicher Missionar. *Entschuldigen Sie, hätten Sie, hmmm … Sie haben nicht zufällig, hmm … vermutlich haben Sie nicht zufällig eine Zigarre dabei? Nein? … Nein, das habe ich mir schon gedacht.*

Das Haus der Geschichte.

In dem in den folgenden Jahren das Grauen (das noch bevorstand) in einem flachen Grab begraben lag. Verborgen unter dem fröhlichen Summen der Hotelköche. Unter der Demütigung alter Kommunisten. Dem langsamen Tod der Tänzer. Der Spielzeuggeschichte, mit der reiche Touristen spielen sollten.

Es war ein schönes Haus.

Einst mit weißen Wänden. Rotem Dach. Jetzt jedoch mit Wetterfarben gestrichen. Mit Pinseln, eingetaucht in die Farbpalette der Natur. Moosgrün. Erdbraun. Bröckelschwarz. Deswegen sah es älter aus, als es tatsächlich war. Wie ein versunkener Schatz, der vom Grund des Ozeans gehoben worden war. Von Walen geküßt und mit Krustentieren überzogen. Umwickelt von Schweigen. Durch seine zerbrochenen Fenster Blasen atmend.

Eine tiefe Veranda verlief rundherum. Die Zimmer waren zurückgesetzt, vergraben im Schatten. Das mit Dachziegeln gedeckte Dach fiel zu den Seiten hin ab wie ein riesiges, auf den Kopf gestelltes Boot. Faulende Balken, die von einst weißen Säulen gestützt worden waren, hatten in der Mitte nachgegeben und ein gähnendes klaffendes Loch hinterlassen. Ein Geschichtsloch. Ein geschichtsförmiges Loch im Universum, durch das in der Dämmerung dicke Wolken lautloser Fledermäuse zogen wie Fabrikrauch und in die Nacht davonflatterten.

Im Morgengrauen kehrten sie mit Nachrichten aus der Welt zurück. Ein grauer Dunstschleier in der rosigen Ferne, der sich über dem Haus plötzlich verfestigte und schwarz wurde, bevor er durch das Geschichtsloch stürzte wie Rauch in einem rückwärts abgespielten Film.

Tagsüber schliefen sie, die Fledermäuse. Fütterten das Dach mit Pelz. Verschmutzten den Boden mit Scheiße.

Die Polizisten hielten an und schwärmten aus. Das war nicht wirklich nötig, aber sie mochten diese Berührbarenspiele.

Sie bezogen strategisch Position. Duckten sich neben die abbröckelnde niedrige Grenzmauer aus Stein.

Schnell noch gepißt.

Heißer Schaum auf warmem Stein. Polizistenpisse.

Ertrunkene Ameisen in einer gelben Pfütze.

Tief Luft geholt.

Dann krochen sie auf Händen und Füßen gemeinsam zum Haus. Wie Polizisten im Film. Leise, leise durch das Gras. Schlagstöcke in der Hand. Maschinengewehre im Kopf. Die Verantwortung für die Berührbarenzukunft auf ihren schmalen, aber qualifizierten Schultern.

Sie fanden ihre Beute auf der rückwärtigen Veranda. Eine zerzauste Tolle. Eine Fontäne in einem Love-in-Tokyo. Und in einer anderen Ecke (einsam wie ein Wolf) einen Schreiner mit blutroten Fingernägeln.

Schlafend. Führte er die ganze Berührbarenschlauheit ad absurdum.

Den Überraschungscoup.

Die Überschriften in ihren Köpfen.

DESPERADO GING DER POLIZEI INS NETZ.

Für diese Unbotmäßigkeit, für dieses Spaßverderben mußte ihre Beute zahlen. O ja.

Sie weckten Velutha mit den Stiefeln.

Esthappen und Rahel erwachten vom Aufschrei des von zerbrochenen Kniescheiben überraschten Schlafes.

Schreie erstarben in ihnen und trieben auf dem Rücken dahin wie tote Fische. Auf den Boden gekauert, hin- und hergerissen zwischen Entsetzen und Ungläubigkeit, wurde ihnen klar, daß der Mann, der geschlagen wurde, Velutha war. Woher war er gekommen? Was hatte er getan? Warum hatten ihn die Polizisten hergebracht?

Sie hörten, wie Holzstöcke auf Fleisch trafen. Stiefel auf Knochen. Auf Zähne. Das gedämpfte Ächzen bei einem Tritt in den Bauch. Das dumpfe Knirschen eines Schädels auf Beton. Das Gurgeln des Blutes im Atem eines Mannes, wenn seine Lunge vom spitzen Ende einer gebrochenen Rippe zerrissen wird.

Mit blauen Lippen und tellergroßen Augen sahen sie zu, hypnotisiert von etwas, was sie spürten, aber nicht verstanden: die Absenz von Launenhaftigkeit in dem, was die Polizisten taten. Den Abgrund, wo Zorn hätte sein sollen. Die sachliche, beharrliche Brutalität, die Ökonomie des Ganzen.

Sie machten eine Flasche auf.

Oder drehten einen Wasserhahn zu.

Sie hobelten, und es fielen Späne.

Die Zwillinge waren zu jung, um zu wissen, daß die Polizisten lediglich die Handlanger der Geschichte waren. Ausgeschickt, um abzurechnen und die Schulden einzutreiben bei denjenigen, die ihre Gesetze gebrochen hatten. Angetrieben von Gefühlen, die urzeitlich und paradoxerweise zugleich völlig unpersönlich waren. Gefühle der Verachtung, geboren aus einer formlosen, uneingestandenen Angst – der Angst der Zivilisation vor der Natur, der Angst der Männer vor den Frauen, der Angst der Macht vor der Machtlosigkeit.

Aus dem Drang des Menschen, zu zerstören, was er weder unterdrücken noch vergöttlichen kar

Wovon Esthappen und Rahel an jenem Morgen Zeugen wurden, obwohl sie es damals nicht wußten, war eine klinische Demonstration – unter kontrollierten Bedingungen (schließlich war es kein Krieg und auch kein Genozid) – des Strebens der menschlichen Natur nach Überlegenheit. Nach Struktur. Nach Ordnung. Nach einem unangefochtenen Monopol. Es war die menschliche Geschichte, maskiert als Gottes Wille, die sich einem minderjährigen Publikum offenbarte.

Nichts von dem, was an jenem Morgen geschah, war ein Versehen. Oder ein *Zufall.* Es war kein irrtümlicher Überfall und keine persönliche Abrechnung. Es war eine Ära, die sich denen aufprägte, die in ihr lebten.

Geschichte, die einen Live-Auftritt absolvierte.

Wenn sie Velutha schwerer verletzten, als sie beabsichtigten, dann nur weil jede Verwandtschaft, jede Verbindung zwischen ihnen und ihm, jeder Verweis darauf, daß er, wenn schon nichts anderes, so doch zumindest ein biologisch vergleichbares Geschöpf war, bereits vor langer Zeit ausgemerzt worden waren. Sie verhafteten nicht einen Mann, sie exorzierten Angst. Sie hatten kein Instrumentarium, um abzuwägen, wieviel Strafe er aushalten würde. Kein Mittel, um abzuschätzen, wie großen oder wie dauerhaften Schaden sie ihm zufügten.

Im Gegensatz zu wild gewordenen, religiös motivierten Meuten oder siegreichen Armeen, die sich austoben, handelte der Trupp berührbarer Polizisten an jenem Morgen im Herzen der Finsternis ökonomisch, nicht besessen. Effizient, nicht anarchisch. Verantwortlich, nicht hysterisch. Sie rissen ihm nicht die Haare aus oder verbrannten ihn bei lebendigem Leibe. Sie hackten ihm nicht die Genitalien ab und stopften sie ihm in den Mund. Sie vergewaltigten ihn nicht. Sie köpften ihn nicht.

Schließlich bekämpften sie keine Epidemie. Sie impften eine Gemeinschaft gegen den Umsturz.

Auf der rückwärtigen Veranda des Hauses der Geschichte, während der Mann, den sie liebten, zerschlagen und zerbrochen wurde, lernten Mrs. Eapen und Mrs. Rajagopalan, Zwillingsbotschafter von Gott-weiß-was, zwei neue Lektionen.

Lektion Nummer eins:

Blut ist auf einem schwarzen Mann kaum zu sehen. (Dum dum.)

Und Lektion Nummer zwei:

Aber es riecht.

Faulig-süß.

Wie verblühte Rosen im Wind. (Dum dum.)

»*Madiyo?*« fragte einer der Handlanger der Geschichte.

»Madi aayirikkum«, antwortete ein anderer.

Reicht es?

Sollte reichen.

Sie traten zurück. Künstler, die ihr Werk begutachteten. Nach ästhetischer Distanz suchten.

Ihr Werk, verlassen von Gott und der Geschichte, von Marx, Mann, Frau und (in ein paar Stunden) Kindern, lag zusammengekrümmt auf dem Boden. Er war nur halb bewußtlos, aber er rührte sich nicht.

Sein Schädel war an drei Stellen gebrochen. Seine Nase und beide Backenknochen waren zerschmettert, sein Gesicht ein formloser Brei. Der Hieb auf den Mund hatte seine Oberlippe gespalten und sechs Zähne abgeschlagen, wovon drei in seiner Unterlippe steckten und sein schönes Lächeln auf bösartige Weise auf den Kopf stellten. Vier Rippen waren gesplittert, eine davon hatte seinen linken Lungenflügel durchstoßen, weswegen er aus dem Mund blutete. Das Blut war hellrot. Frisch. Schaumig. Sein Dünndarm war zerrissen und blutete, das Blut sammelte sich in seiner Bauchhöhle. Sein Rückgrat war an zwei Stellen verletzt, der Schlag hatte seinen rechten Arm gelähmt und zu einem Kontrollverlust über Blase und Mastdarm geführt. Beide Kniescheiben waren zertrümmert.

Trotzdem holten sie die Handschellen heraus.

Kalt. Mit einem säuerlichen Metallgeruch. Wie die eisernen Haltestangen im Bus und die Hände des Busschaffners, der sich daran festgehalten hatte. Da bemerkten sie seine lackierten Fingernägel. Einer hielt sie hoch und winkte mit den Fingern kokett den anderen zu. Die anderen lachten.

»Was soll das?« Mit hoher Falsettstimme. »Bist du bi?«

Einer von ihnen schlug mit seinem Stock leicht auf seinen Penis. »Na los, zeig uns dein ganz besonderes Geheimnis. Zeig uns, wie groß er wird, wenn du ihn aufbläst.« Dann hob er den Stiefel (Tausendfüßler ringelten sich in der Sohle) und ließ ihn mit einem leisen, dumpfen Aufschlag niedersausen.

Sie brachten seine Arme auf den Rücken und legten ihm die Handschellen an.

Klick.

Und klick.

Unter dem Glücksblatt. Ein Herbstblatt bei Nacht. Das dafür sorgte, daß der Monsun rechtzeitig einsetzte.

Wo die Handschellen seine Arme berührten, hatte er eine Gänsehaut.

»Das ist nicht er«, flüsterte Rahel Estha zu. »Das seh ich. Es ist sein Zwillingsbruder. Urumban. Aus Kochi.«

Nicht willens, in einem Märchen Zuflucht zu suchen, schwieg Estha.

Jemand sprach mit ihnen. Ein freundlicher berührbarer Polizist. Freundlich zu seinesgleichen.

»Mon, Mol, alles in Ordnung? Hat er euch weh getan?«

Und nicht ganz gleichzeitig, aber fast, antworteten die Zwillinge flüsternd. »Ja. Nein.«

»Macht euch keine Sorgen. Bei uns seid ihr in Sicherheit.«

Dann sahen sich die Polizisten um und entdeckten die Grasmatte.

Die Töpfe und Pfannen.

Die aufblasbare Gans.

Den Qantas-Koala mit den lockeren Augen.

Die Kugelschreiber mit den Londoner Bussen.

Die Socken mit den bunten Zehen.

Die gelbe Sonnenbrille mit den roten Gläsern.

Eine Armbanduhr mit aufgemalter Uhrzeit.

»Wem gehören die Sachen? Woher stammen sie? Wer hat sie hierhergebracht?« Eine Spur Besorgnis in der Stimme.

Estha und Rahel, voller Fische, starrten sie an.

Die Polizisten sahen einander an. Sie wußten, was zu tun war.

Den Qantas-Koala nahmen sie mit für ihre Kinder.

Und die Kugelschreiber und die Socken. Polizistenkinder mit bunten Zehen.

Die Gans brachten sie mit einer Zigarette zum Platzen. *Peng.* Und verscharrten die Überreste.

Gänslich nutzlose Gans. Zu leicht wiederzuerkennen.

Einer setzte die Sonnenbrille auf. Die anderen lachten, deswegen behielt er sie eine Weile auf. Die Armbanduhr vergaßen sie. Sie blieb zurück im Haus der Geschichte. Auf der rückwärtigen Veranda. Mit fehlerhafter Zeitangabe. Zehn vor zwei.

Sie brachen auf.

Sechs Prinzen, ihre Taschen vollgestopft mit Spielzeug.

Ein Paar zweieiige Zwillinge.

Und der Gott des Verlustes.

Er konnte nicht gehen. Deswegen zogen sie ihn.

Niemand sah sie.

Fledermäuse sind selbstverständlich blind.

Ammu retten

Auf dem Polizeirevier ließ Inspektor Thomas Mathew zwei Coca-Cola holen. Mit Strohhalmen. Ein dienstbeflissener Wachtmeister trug sie auf einem Plastiktablett herein und bot sie den zwei dreckverschmierten Kindern an, die dem Inspektor gegenüber am Tisch saßen. Ihre Köpfe überragten das Durcheinander von Akten und Papieren auf seinem Schreibtisch nur ein kleines Stück.

Nun also zum zweitenmal innerhalb von zwei Wochen Angst in der Flasche für Estha. Eisgekühlt. Prickelnd. Manchmal geht mit Coke alles schlechter.

Die Kohlensäure stieg ihm in die Nase. Er rülpste. Rahel kicherte. Sie blies in ihren Strohhalm, bis die Flüssigkeit über ihr Kleid sprudelte. Auf den Boden. Estha las laut von dem Schild an der Wand vor.

»niestßuwebthcilf**P**«, sagte er. »niestßuwebthcilf**P**, ebeilsgnundr**O**.«

»tätilayo**L**, noitamrofn**I**«, sagte Rahel.

»thcu**Z**.«

»zneiziff**E**, tätirgetn**I**.«

»**I E Z I L O P**«, sagten alle beide.

Zu seinen Gunsten sei gesagt, daß Inspektor Thomas Mathew die Ruhe bewahrte. Er spürte, daß die Kinder zunehmend den Zusammenhang verloren. Er bemerkte die erweiterten Pupillen. Er hatte es schon so oft gesehen … das Sicherheitsventil des menschlichen Geistes. Seine Art, mit einem Trauma fertig zu werden. Er berücksichtigte das und bettete seine Fragen geschickt ein. So daß sie harmlos schienen. Zwischen »Wann hast du Geburtstag, Mon?« und »Was ist deine Lieblingsfarbe, Mol?«.

Schrittweise und auf inkohärente, wirre Art paßten die Dinge zusammen. Seine Männer hatten ihm von den Töpfen und Pfannen erzählt. Von der Grasmatte. Den unmöglich-zu-vergessenden Spielsachen. Jetzt ergab alles einen Sinn. Inspektor Thomas Mathew war nicht erfreut. Er schickte einen Jeep und ließ Baby Kochamma holen. Sorgte dafür, daß die Kinder nicht im Zimmer waren, als sie eintraf. Er grüßte sie nicht.

»Setzen Sie sich«, sagte er.

Baby Kochamma spürte, daß etwas ganz und gar nicht stimmte.

»Haben Sie sie gefunden? Ist alles in Ordnung?«

»Nichts ist in Ordnung«, versicherte ihr der Inspektor.

Aufgrund seines Blickes und seines Tonfalls wurde Baby Kochamma klar, daß sie es diesmal mit einer anderen Person zu tun hatte. Nicht mehr mit dem zuvorkommenden Polizeibeamten von ihrem ersten Besuch. Sie ließ sich auf einen Stuhl nieder. Inspektor Thomas Mathew nahm kein Blatt vor den Mund.

Die Polizei war aufgrund *ihrer* Anzeige aktiv geworden. Der Paravan war festgenommen worden. Bedauerlicherweise war er bei seiner Festnahme schwer verletzt worden und würde aller Wahrscheinlichkeit nach die Nacht nicht überleben. Aber die Kinder behaupteten, aus freien Stücken weggelaufen zu sein. Ihr Boot war gekentert, und das englische Kind war ertrunken. Ein Unfall. Infolgedessen konnte der Polizei der Tod eines technisch unschuldigen Mannes zur Last gelegt werden. Wohl wahr, er war ein Paravan. Wohl wahr, er hatte sich fehlverhalten. Aber es waren schwierige Zeiten, und technisch betrachtet, was die Gesetze betraf, war er ein unschuldiger Mann. Es gab keinen *Fall.*

»Versuchte Vergewaltigung?« schlug Baby Kochamma kleinlaut vor.

»*Wo* ist die Anzeige des Vergewaltigungsopfers?

Liegt sie vor? Gibt es eine schriftliche Aussage? Haben Sie sie mitgebracht?« Der Ton des Inspektors war aggressiv. Nahezu feindselig.

Baby Kochamma sah aus, als wäre sie geschrumpft. Fleischsäcke hingen unter ihren Augen und von ihren Backen. Angst gärte in ihr, und der Speichel in ihrem Mund wurde sauer. Der Inspektor stieß ein Glas Wasser in ihre Richtung.

»Die Sachlage ist sehr einfach. Entweder erstattet das Vergewaltigungsopfer Anzeige. Oder die Kinder identifizieren den Paravan in Gegenwart eines Polizisten als ihren Entführer. Oder –« Er wartete, bis Baby Kochamma ihn ansah. »Oder ich muß gegen Sie vorgehen, weil Sie wissentlich falsch ausgesagt haben. Das ist juristisch gesehen ein Vergehen.«

Schweiß fleckte Baby Kochammas hellblaue Bluse dunkelblau. Inspektor Thomas Mathew drängte sie nicht zur Eile. Er wußte, daß er angesichts des herrschenden politischen Klimas selbst in ernsthafte Schwierigkeiten geraten könnte. Er war sich im klaren darüber, daß sich Genosse K. N. M. Pillai diese Gelegenheit nicht würde entgehen lassen. Am liebsten hätte er sich in den Hintern gebissen, weil er so impulsiv gehandelt hatte. Er griff nach seinem bedruckten Handtuch, langte damit unter sein Hemd und trocknete sich Brust und Achselhöhlen. In seinem Büro war es still. Die Geräusche der Aktivitäten im Revier, das Stapfen der Stiefel, die gelegentlichen Schmerzensschreie von jemandem, der verhört wurde, schienen weit weg, als kämen sie von woanders her.

»Die Kinder werden tun, was man ihnen sagt«, sagte Baby Kochamma. »Wenn ich ein paar Minuten mit ihnen allein sein könnte.«

»Wie Sie wünschen.« Der Inspektor stand auf, um sein Büro zu verlassen.

»Bitte, geben Sie mir fünf Minuten, bevor Sie sie hereinschicken.«

Inspektor Thomas Mathew nickte zustimmend und ging.

Baby Kochamma wischte sich über das schweißglänzende Gesicht. Sie reckte den Hals, blickte hinauf zur Decke, um sich mit dem Ende ihres *pallus* den Schweiß aus den Falten zwischen den Wülsten ihres fetten Halses zu wischen. Sie küßte ihr Kruzifix.

Heilige Maria, Mutter Gottes …

Die Worte des Gebets fielen ihr nicht mehr ein.

Die Tür wurde geöffnet. Estha und Rahel kamen herein. Dreckverkrustet. Getränkt in Coca-Cola. Der Anblick Baby Kochammas ernüchterte sie auf der Stelle. Der Falter mit den ungewöhnlich dicht geschuppten Hinterflügeln breitete seine Flügel über ihre Herzen aus. *Warum war sie gekommen? Wo war Ammu? War sie immer noch eingesperrt?*

Baby Kochamma sah sie streng an. Lange Zeit sagte sie kein Wort. Als sie sprach, klang ihre Stimme heiser und fremd.

»Wessen Boot war es? Woher hattet ihr es?«

»Unseres. Wir haben es gefunden. Velutha hat es gerichtet«, flüsterte Rahel.

»Seit wann habt ihr es?«

»Wir haben es an dem Tag gefunden, als Sophie Mol kam.«

»Und ihr habt Sachen aus dem Haus gestohlen und sie darin über den Fluß gebracht?«

»Wir haben gespielt ...«

»*Gespielt?* Das nennt ihr Spielen?«

Baby Kochamma sah sie lange an, bevor sie wieder sprach.

»Die Leiche eurer hübschen, kleinen Cousine liegt im Wohnzimmer. Die Fische haben ihre Augen gefressen. Ihre Mutter kann nicht mehr aufhören zu weinen. Und das nennt ihr *Spielen?*«

Eine plötzliche Brise bauschte den Blümchenvorhang am Fenster. Rahel sah, daß draußen Jeeps geparkt waren. Und Leute vorbeigingen. Ein Mann versuchte, sein Motorrad anzulassen. Jedesmal, wenn er auf den Kickstarter sprang, rutschte sein Helm zur Seite.

Im Büro des Inspektors flatterte Pappachis Falter.

»Es ist etwas ganz Schreckliches, jemandem das Leben zu nehmen«, sagte Baby Kochamma. »Es ist das Schlimmste, was man tun kann. Nicht einmal *Gott* verzeiht es. Das ist euch doch klar, oder?«

Zwei Köpfe nickten zweimal.

»Und doch« – sie blickte sie traurig an – »habt ihr es getan.« Sie sah ihnen in die Augen. »Ihr seid Mörder.« Sie wartete und ließ den Satz seine Wirkung tun.

»Ihr wißt, daß ich weiß, daß es kein Unfall war. Ich weiß, wie eifersüchtig ihr auf sie wart. Und wenn die Richter mich vor Gericht fragen, werde ich ihnen das erzählen müssen, nicht wahr? Ich kann doch nicht lügen, oder?«

Sie klopfte auf den Stuhl neben ihrem. »Kommt und setzt euch.«

Vier Backen von zwei gehorsamen Pos quetschten sich darauf.

»Ich werde ihnen erzählen müssen, daß es euch absolut verboten war, allein zum Fluß zu gehen. Wie ihr sie gezwungen habt mitzukommen, obwohl ihr wußtet, daß sie nicht schwimmen konnte. Wie ihr sie in der Mitte des Flusses aus dem Boot gestoßen habt. Es war kein Unfall, nicht wahr?«

Vier Untertassen starrten sie an. Fasziniert von der Geschichte, die sie ihnen erzählte. *Und was geschah dann?*

»Jetzt müßt ihr also ins Gefängnis«, sagte Baby Kochamma liebenswürdig. »Und eure Mutter muß wegen euch auch ins Gefängnis. Wollt ihr das?«

Angsterfüllte Augen und eine Fontäne sahen sie an.

»Ihr drei in drei verschiedenen Gefängnissen. Wißt ihr, wie es in indischen Gefängnissen zugeht?«

Zwei Köpfe wurden zweimal geschüttelt.

Baby Kochamma trug Material zusammen. Sie entwarf (dank ihrer lebhaften Phantasie) anschauliche Bilder des Gefängnislebens. Das kakerlakenknackige Essen. Die *chhi-chhi,* die sich in den Toiletten zu weichen braunen Bergen auftürmte. Die Wanzen. Die Schläge. Sie erwähnte mehrmals die langen Jahre, die Ammu ihretwegen eingesperrt würde. Daß sie eine alte, kranke Frau mit Läusen im Haar wäre, wenn sie wieder herauskäme – das heißt, wenn sie nicht im Gefängnis sterben würde. Systematisch beschwor sie mit ihrer liebenswürdigen, besorgten Stimme die makabre Zukunft herauf, die auf sie wartete. Und nachdem sie jeden

Hoffnungsstrahl zertreten, ihr Leben vollkommen zerstört hatte, präsentierte sie ihnen wie die gute Patentante in einem Märchen einen Ausweg. Gott würde ihnen nie verzeihen, was sie getan hatten, aber hier auf Erden gäbe es eine Möglichkeit, den Schaden zu begrenzen. Ihrer Mutter Demütigung und Leiden zu ersparen. Vorausgesetzt, sie wären bereit, praktisch zu handeln.

»Zum Glück«, sagte Baby Kochamma, »zum Glück für euch hat die Polizei einen Fehler gemacht. Einen Fehler, der Glück bringt.« Sie hielt inne. »Ihr wißt, was ich meine, nicht wahr?«

Auf dem Schreibtisch des Polizisten stand ein gläserner Briefbeschwerer, in dem zwei Menschen eingeschlossen waren. Estha sah sie. Ein Mann und eine Frau, die Walzer tanzten. Sie trug ein weißes Kleid mit Beinen darunter.

»Nicht wahr?«

Es erklang Briefbeschwerer-Walzermusik. Mammachi spielte sie auf ihrer Geige.

Ra-Ra-Ra-Ra-rum.

Parum-parum.

»Die Sache ist die«, sagte Baby Kochammas Stimme, »was passiert ist, ist passiert. Der Inspektor sagt, er wird sowieso sterben. Deswegen spielt es für ihn keine Rolle mehr, was die Polizei denkt. Was eine Rolle spielt, ist, ob ihr ins Gefängnis wollt und ob Ammu wegen *euch* auch ins Gefängnis muß. Das müßt ihr entscheiden.«

In dem Briefbeschwerer waren Blasen, so daß der Mann und die Frau aussahen, als würden sie unter Wasser Walzer tanzen. Sie wirkten glücklich. Vielleicht wollten sie heiraten. Sie in ihrem weißen Kleid. Er in seinem schwarzen Anzug und mit seiner Fliege. Sie blickten einander tief in die Augen.

»Wenn ihr sie retten wollt, müßt ihr nichts weiter tun, als mit dem Onkel mit den großen *meeshas* mitzugehen. Er wird euch eine Frage stellen. Eine einzige Frage. Ihr müßt dann einfach nur mit Ja antworten. Dann können wir nach Hause gehen. So einfach ist das. Das ist der kleine Preis, den ihr zahlen müßt.«

Baby Kochamma folgte Esthas Blick. Am liebsten hätte sie den Briefbeschwerer genommen und aus dem Fenster geschleudert. Ihr Herz hämmerte.

»Also!« sagte sie mit einem breiten, brüchigen Lächeln. Die Anspannung war ihrer Stimme anzuhören. »Was soll ich dem Onkel Inspektor sagen? Wie habt ihr entschieden? Wollt ihr Ammu retten, oder sollen wir sie ins Gefängnis schicken?«

Als böte sie ihnen die Wahl zwischen zwei Vergnügen. Angeln oder Schweine baden? Schweine baden oder angeln?

Die Zwillinge sahen sie an. Nicht gleichzeitig (aber fast) flüsterten zwei ängstliche Stimmen: »Ammu retten.«

In den kommenden Jahren spielten sie diese Szene in ihren Köpfen immer wieder durch. Als Kinder. Als Jugendliche. Als Erwachsene. Wurden sie dazu verleitet zu tun, was sie taten? Wurden sie mit einem Trick in die Verdammnis geschickt?

Auf gewisse Weise, ja. Aber so einfach war es nicht. Beide wußten, daß sie die Wahl gehabt hatten. Und wie schnell sie sich entschieden hatten! Sie überlegten nicht länger als eine Sekunde, bevor sie aufblickten und sagten (nicht gleichzeitig, aber fast): »Ammu retten.« Uns retten. Unsere Mutter retten.

Baby Kochamma strahlte. Die Erleichterung wirkte wie ein Abführmittel. Sie mußte auf die Toilette. Dringend. Sie öffnete die Tür und fragte nach dem Inspektor.

»Es sind brave kleine Kinder«, sagte sie zu ihm, als er hereinkam. »Sie werden mit Ihnen gehen.«

»Nicht nötig, daß beide mitgehen. Einer reicht«, sagte Inspektor Thomas Mathew. »Irgendeiner. Mon. Mol. Wer will mit mir kommen?«

»Estha«, entschied Baby Kochamma. Sie wußte, daß er der Praktischere der beiden war. Der

Fügsamere. Der Weitsichtigere. Der Verantwortungsvollere. »Du gehst. Braver Junge.«

Kleiner Mann. Er lebte in einem Caravan. Dum dum.

Estha ging mit.

Botschafter E. Pelvis. Mit untertassengroßen Augen und einer zerzausten Tolle. Ein kleiner Botschafter, flankiert von einem großen Polizisten, auf einer grauenhaften Mission tief in die Eingeweide des Polizeireviers von Kottayam. Ihre Schritte hallten auf dem Steinboden wider.

Rahel blieb im Büro des Inspektors zurück und horchte auf die ordinären Geräusche, als Baby Kochammas Darmausscheidung in der Toilette, die zum Büro des Inspektors gehörte, die Wände der Schüssel hinunterrann.

»Die Spülung funktioniert nicht«, sagte sie, als sie wieder herauskam. »Wie ärgerlich.«

Es war ihr peinlich, daß der Inspektor Farbe und Konsistenz ihres Stuhlgangs sehen würde.

Die Zelle war rabenschwarz. Estha konnte nichts sehen, aber er hörte ein krächzendes, mühsames Atmen. Der Geruch nach Scheiße brachte ihn zum Würgen. Jemand schaltete das Licht ein. Hell. Blendend. Velutha tauchte auf dem schmierigen, rutschigen Boden auf. Ein verstümmelter Dschinn, herbeibeschworen von einer modernen Lampe. Er war nackt, man hatte ihm den schmutzigen *mundu* ausgezogen. Blut sickerte aus seinem Schädel wie ein Geheimnis. Sein Gesicht war geschwollen, und sein Kopf sah aus wie ein Kürbis, zu groß und schwer für den schlanken Stiel, aus dem er wuchs. Ein Kürbis mit einem monströsen, auf den Kopf gestellten Lächeln. Polizeistiefel traten vom Rand der Urinlache zurück, die sich vor ihm ausbreitete, die helle nackte Glühbirne spiegelte sich darin.

Tote Fische stiegen in Estha auf. Ein Polizist stieß Velutha mit dem Fuß an. Es erfolgte keine Reaktion. Inspektor Thomas Mathew ging in die Knie und kratzte mit seinem Jeepschlüssel über Veluthas Fußsohle. Geschwollene Augen wurden aufgeschlagen. Sahen sich um. Und dann blieb sein Blick durch einen Film aus Blut auf einem geliebten Kind hängen. Estha stellte sich vor, daß etwas von ihm lächelte. Nicht sein Mund, sondern ein anderer, nicht verletzter Teil von ihm. Sein Ellbogen vielleicht. Oder seine Schulter.

Der Inspektor stellte seine Frage. Esthas Mund sagte ja.

Die Kindheit schlich auf Zehenspitzen hinaus.

Stille fuhr herein wie ein Blitz.

Jemand schaltete das Licht aus, und Velutha verschwand.

Auf dem Nachhauseweg ließ Baby Kochamma den Polizeijeep bei den ACHTBAREN ÄRZTEN anhalten und kaufte Schlaftabletten. Sie ließ jeden zwei davon schlucken. Als sie über die Chungam Bridge fuhren, fielen ihnen die Augen zu. Estha flüsterte Rahel etwas ins Ohr.

»Du hast recht gehabt. Es war nicht er. Es war Urumban.«

»Gott sei Dank«, erwiderte Rahel flüsternd.

»Wo glaubst, daß er ist?«

»Nach Afrika geflüchtet.«

Sie wurden ihrer Mutter fest schlafend übergeben, auf diesem Märchen schwebend.

Bis zum nächsten Morgen, als Ammu es aus ihnen herausschüttelte. Aber da war es zu spät.

Inspektor Thomas Mathew, ein in diesen Dingen erfahrener Mann, hatte recht. Velutha überlebte die Nacht nicht.

Eine halbe Stunde nach Mitternacht kam der Tod.

Und zu der kleinen Familie, die zusammengerollt auf der blauen Kreuzstichtagesdecke schlief? Wer kam zu ihr?

Nicht der Tod. Nur das Ende des Lebens.

Nach Sophie Mols Beerdigung, als Ammu mit ihnen aufs Polizeirevier fuhr und der Inspektor seine Mangos auswählte *(tapp, tapp),* war die Leiche bereits beseitigt worden. In die *themmady kuzhy* – die Armengrube – geworfen, wohin die Polizei ihre Toten routinemäßig warf.

Als Baby Kochamma von Ammus Besuch auf dem Polizeirevier hörte, war sie entsetzt. Bei allem, was sie, Baby Kochamma, getan hatte, war sie von einer Prämisse ausgegangen. Sie hatte darauf gesetzt, daß Ammu, was immer sie tun würde, wie wütend sie auch sein mochte, ihr Verhältnis mit Velutha nie und nimmer öffentlich zugeben würde. Denn gemäß Baby Kochamma käme das der Vernichtung ihrer selbst und ihrer Familie gleich. Für immer und ewig. Aber Baby Kochamma hatte nicht mit der gefährlich scharfen Kante in Ammu gerechnet. Mit der nicht mixbaren Mixtur – der unendlichen Zärtlichkeit der Mutter und der rücksichtslosen Wut eines Kamikazefliegers.

Ammus Reaktion schmetterte Baby Kochamma nieder. Sie verlor den Boden unter den Füßen. Sie wußte, daß sie in Inspektor Thomas Mathew einen Verbündeten hatte. Aber wie lange würde die Allianz halten? Was, wenn er versetzt und der Fall neu aufgerollt würde? Das war durchaus möglich – in Anbetracht der lauten, Slogans schreienden Menge von Parteimitgliedern, die Genosse

K. N. M. Pillai vor dem Tor versammelt hatte. Die die Arbeiter an der Arbeit hinderte und riesige Mengen Mangos, Bananen, Ananas, Knoblauch und Ingwer auf dem Gelände von Paradise Pickles langsam verrotten ließ.

Baby Kochamma wußte, daß sie Ammu so schnell wie möglich aus Ayemenem entfernen mußte.

Sie schaffte es, indem sie tat, was sie am besten konnte. Ihre Felder bewässern, ihre Früchte mit den Leidenschaften anderer Leute düngen.

Sie nagte sich wie eine Ratte in das Lagerhaus von Chackos Schmerz. Einmal darin, pflanzte sie eine schlichte, leicht verfügbare Zielscheibe für seinen wahnsinnigen Zorn auf. Es fiel ihr nicht schwer, Ammu als die eigentlich Verantwortliche für Sophie Mols Tod darzustellen. Ammu und ihre zweieiigen Zwillinge.

Der Türen zerschlagende Chacko war nur der traurige Bulle, der am Ende von Baby Kochammas Leine tobte. Es war *ihre* Idee, daß Ammu ihre Koffer packen und verschwinden mußte. Daß Estha zurückgegeben wurde.

Der Madras-Expreß

Und so stand Estha Allein im Bahnhof von Cochin am vergitterten Fenster des Zuges. Botschafter E. Pelvis. Ein Mühlstein mit Tolle. Und einem grün schwankenden, zähflüssigen, klumpigen, schlingernden, wabbligen, bodenlos-bangen Gefühl. Der Koffer mit seinem Namen darauf lag unter seinem Sitz. Sein Tiffinbehälter mit den Tomatensandwiches und seine Eagle-Thermoskanne mit dem Adler darauf standen auf dem herausklappbaren Tischchen vor ihm.

Neben ihm saß eine essende Dame in einem grünroten Kanjeevaram-Sari und mit Diamanten, die wie Bienenschwärme funkelten, in beiden Nasenflügeln und bot ihm gelbe *laddoos* in einer Schachtel an. Estha schüttelte den Kopf. Sie lächelte und forderte ihn nochmals auf, ihre freundlichen Augen wurden zu Schlitzen hinter den Brillengläsern. Sie gab Kußlaute von sich.

»Versuch eins. Sehrrr süß«, sagte sie in Tamil. *Rombo maduram.*

»Süß«, sagte ihre älteste Tochter, die ungefähr in Esthas Alter war, auf englisch.

Wieder schüttelte Estha den Kopf. Die Dame fuhr ihm durchs Haar und zerzauste seine Tolle. Ihre Familie (Mann und drei Kinder) aß bereits. Große, runde gelbe *laddoo*-Krümel auf den Sitzen. Zuggepolter unter ihren Füßen. Das blaue Nachtlicht brannte noch nicht.

Der kleine Sohn der essenden Dame schaltete es ein. Die essende Dame schaltete es wieder aus. Sie erklärte dem Kind, daß es ein schlafendes Licht sei. Kein waches Licht.

Alles in der ersten Klasse war grün. Die Sitze. Die Schlafkojen. Der Boden. Die Ketten. Dunkelgrün. Hellgrün.

NOTBREMSE NUR IM GEFAHRENFALL ZIEHEN, stand in Grün da.

NEHEIZ LLAFNERHAFEG MI RUN ESMERBTON, dachte Estha in Grün.

Durch das Gitter hielt Ammu seine Hand.

»Paß gut auf deine Fahrkarte auf«, sagte Ammus Mund. Ammus Mund, der versuchte, nicht zu weinen. »Sie werden sie kontrollieren.«

Estha nickte zu Ammus Gesicht hinunter, das zum Zugfenster heraufsah. Zu Rahel, klein und voll Bahnhofsdreck. Alle drei verband das sichere Wissen, und jeder einzelne von ihnen wußte es, daß sie einen Mann zu Tode geliebt hatten.

Das stand nicht in den Zeitungen.

Die Zwillinge brauchten Jahre, bis sie Ammus Rolle in den Ereignissen verstanden. Bei Sophie Mols Beerdigung und während der Tage, bevor Estha zurückgegeben wurde, sahen sie ihre geschwollenen Augen und schrieben die Schuld an ihrem Unglück mit der für Kinder typischen Egozentrik einzig und allein sich selbst zu.

»Iß die Sandwiches, bevor sie durchweichen«, sagte Ammu. »Und vergiß nicht zu schreiben.«

Sie betrachtete prüfend die Fingernägel der kleinen Hand, die sie hielt, und entfernte eine schwarze Schmutzsichel unter dem Daumennagel.

»Und paß für mich auf meinen Liebling auf. Bis ich komme und ihn zurückhole.«

»Wann, Ammu? Wann wirst du ihn holen kommen?«

»Bald.«

»Aber wann? Wann genau?«

»Bald, Liebling. Sobald ich kann.«

»Übernächsten Monat? Ammu?« Er nannte absichtlich einen sehr langen Zeitraum, damit Ammu sagen würde: *Früher, Estha. Denk praktisch. Was ist mit der Schule?*

»Sobald ich eine Arbeit gefunden habe. Sobald ich hier wegkann und eine Arbeit finde«, sagte Ammu.

»Aber dann holst du mich ja nie!« Eine Welle der Panik. Ein bodenlos-banges Gefühl.

Die essende Dame hörte nachsichtig zu.

»Hört nur, wie nett er Englisch spricht«, sagte sie zu ihren Kindern in Tamil.

»Aber dann holst du mich ja nie«, sagte ihre älteste Tochter kampfbereit. »En ii ee. Nie.«

Mit »nie« hatte Estha nur gemeint, daß es zu weit weg war. Daß es nicht *jetzt* war, nicht *bald.*

Mit »nie« hatte er nicht »nie mehr« gemeint.

Aber so waren die Worte herausgepurzelt.

Aber dann holst du mich ja nie!

Sie sagten einfach »nie«.

Sie?

Die Regierung.

Wohin die Leute geschickt wurden, um sich sehr wohl zu betragen.

Und so kam es.

Nie. Nie mehr.

Und es war *seine* Schuld, daß der Mann in Ammus Brust aufhörte zu rufen wie aus weiter Ferne. *Seine* Schuld, daß sie allein in einer Absteige starb, ohne daß jemand an ihrem Rücken lag und mit ihr redete.

Weil er es gewesen war, der es *ausgesprochen* hatte. *Aber Ammu, dann holst du mich ja nie!*

»Sei nicht albern, Estha. Ich hol dich bald«, sagte Ammus Mund. »Ich werde Lehrerin werden. Eine Schule gründen. Und du und Rahel, ihr werdet in diese Schule gehen.«

»Und wir werden sie uns leisten können, weil sie uns gehört!« sagte Estha mit seinem unverwüstlichen Pragmatismus. Sein Augenmerk immer auf den materiellen Vorteilen. Kostenlose Busfahrten. Kostenlose Beerdigungen. Kostenloser Unterricht. Kleiner Mann. Er lebte in einem Cara-van. Dum dum.

»Wir werden in einem eigenen Haus wohnen«, sagte Ammu.

»Ein kleines Haus«, sagte Rahel.

»Und in unserer Schule gibt es Klassenzimmer und Tafeln«, sagte Estha.

»Und Kreide.«

»Und richtige Lehrer unterrichten.«

»Und richtige Strafen«, sagte Rahel.

Das war der Stoff, aus dem ihre Träume waren. An dem Tag, an dem Estha zurückgegeben wurde. Kreide. Tafeln. Richtige Strafen.

Sie baten nicht darum, ungeschoren davonkommen zu dürfen. Sie baten lediglich um Strafen, die ihren Delikten angemessen waren. Nicht um Strafen, die als Schränke mit eingebauten Schlafzimmern daherkamen. In denen man sein ganzes Leben verbrachte und durch ein Labyrinth aus Fächern irrte.

Ohne Vorwarnung setzte sich der Zug in Bewegung. Ganz langsam.

Esthas Pupillen weiteten sich. Er grub die Nägel in Ammus Hand, als sie den Bahnsteig entlangging. Aus Gehen wurde Laufen, als der Madras-Expreß beschleunigte.

Gottschützedich, mein Kind. Mein Liebling. Ich werde dich bald holen!

»Ammu!« sagte Estha, als sie seine Hand losließ. Einen kleinen Finger nach dem anderen. »Ammu! Mir ist schlecht!«

Esthas Stimme wurde zu einem Heulen.

Der kleine Elvis-the-Pelvis mit einer zerzausten, speziellen Ausgehtolle. Und beigefarbenen, spitzen Schuhen. Er ließ seine Stimme zurück.

Im Bahnhof, auf dem Bahnsteig, krümmte sich Rahel zusammen und schrie und schrie.

Der Zug fuhr hinaus. Das Licht kam herein.

Dreiundzwanzig Jahre später dreht sich Rahel, eine dunkle Frau in einem gelben T-Shirt, im Dunkeln zu Estha um.

»Esthappappychachen Kuttappen Peter Mon«, sagt sie.

Sie flüstert.

Sie bewegt den Mund.

Den schönen Mund ihrer Mutter.

Estha, der sehr aufrecht sitzt, der darauf wartet, verhaftet zu werden, berührt ihn mit den Fingern. Um die Worte zu berühren, die er formt. Um das Flüstern aufzubewahren. Seine Finger folgen den Umrissen. Berühren die Zähne. Seine Hand wird genommen und geküßt.

Gegen die Kühle einer Wange gedrückt, die naß ist von verspritztem Regen.

Dann setzte sie sich auf und legte die Arme um ihn. Zog ihn neben sich nieder.

So lagen sie für lange Zeit. Wach in der Dunkelheit. Stille und Leere.

Nicht alt. Nicht jung.

Aber in einem lebensfähigen, sterbensfähigen Alter.

Sie waren Fremde, die sich zufällig begegnet waren.

Sie hatten einander schon gekannt, bevor das Leben begann. Es gibt sehr wenig, was irgend jemand sagen könnte, um zu klären, was als nächstes geschah. Nichts, was (in Mammachis Raster) Sex von Liebe abgekoppelt hätte. Oder Bedürfnisse von Gefühlen.

Außer vielleicht, daß niemand anders durch Rahels Augen beobachtete. Niemand aus dem Fenster aufs Meer sah. Oder auf ein Boot auf dem Fluß. Oder auf einen Passanten im Nebel, der einen Hut aufhatte.

Außer vielleicht, daß sie ein bißchen kalt war. Ein bißchen naß. Und sehr still. Die Atmosphäre.

Aber was gab es zu sagen?

Nur daß Tränen flossen. Nur daß Stille und Leere zueinander paßten wie aufeinanderliegende Löffel. Nur daß in der Mulde am Ansatz eines wunderschönen Halses geschnüffelt wurde. Nur daß sich in einer harten honigfarbenen Schulter ein halbkreisförmiger Abdruck von Zähnen befand. Nur daß sie einander festhielten, lange nachdem es vorbei war. Nur daß das, was sie in dieser Nacht miteinander teilten, nicht Glück war, sondern entsetzliches Unglück.

Nur daß sie noch einmal die Gesetze der Liebe brachen. Die festlegten, wer geliebt werden durfte. Und wie. Und wie sehr.

Auf dem Dach der aufgegebenen Fabrik trommelte der einsame Trommler. Eine Fliegentür schlug zu. Eine Maus lief eilig über den Fabrikboden. Spinnweben versiegelten alte Picklesströge. Sie waren alle leer bis auf einen – in dem ein kleines Häufchen verklumpten weißen Staubes lag. Knochenstaub von einer Schleie-Reule. Sie war seit langem tot. Eine sauer eingemachte Eule.

Die Antwort auf Sophie Mols Frage: *Chacko, wohin fliegen alte Vögel, um zu sterben? Warum fallen tote Vögel nicht wie Steine vom Himmel?*

Gestellt am Abend des Tages, an dem sie ankam. Sie stand am Rand von Baby Kochammas Zierteich und sah hinauf zu den Geiern, die am Himmel kreisten: Sophie Mol. Mit Hut, Schlaghosen und geliebt von Anfang an.

Margaret Kochamma (weil sie wußte: Wenn man ins Herz der Finsternis reiste, (a) konnte jedem alles passieren) rief sie ins Haus, damit sie ihre Pillen nahm. Gegen Filaria. Malaria. Durchfall. Leider hatte sie keine Prophylaxe gegen Tod durch Ertrinken.

Dann war es Zeit zum Abendessen.

Albernes Abendessen, sagte Sophie Mol, als Estha sie holte.

Beim *albernen Abendessen* saßen die Kinder an einem Extratisch. Sophie Mol, mit dem Rücken zu den Erwachsenen, schnitt grausige Grimassen angesichts des Essens. Jeder Mundvoll, den sie aß, wurde ihren bewundernden jungen Cousins halb gekaut, breiig, auf ihrer Zunge liegend vorgeführt wie frische Kotze.

Als Rahel es ihr nachtat, sah Ammu sie und brachte sie ins Bett.

Ammu deckte ihre ungezogene Tochter zu und schaltete das Licht aus. Ihr Gutenachtkuß hinterließ keine Spucke auf Rahels Backe, und deshalb wußte Rahel, daß sie nicht wirklich böse war.

»Du bist nicht böse, Ammu«, flüsterte sie glücklich. *Ihre Mutter liebte sie ein bißchen mehr.*

»Nein.«

Ammu küßte sie noch einmal.

»Gute Nacht, Liebling. Gottschützedich.«

»Gute Nacht, Ammu. Schick bald Estha.«

Und als Ammu ging, hörte sie ihre Tochter flüstern: »Ammu!«

»Was ist?«

»Wir sind von einem Blut, du und ich.«

Ammu lehnte im Dunkeln an der Schlafzimmertür, wollte nicht an den Eßtisch zurückkehren, wo die Unterhaltung wie eine Motte um das weiße Kind und seine Mutter kreiste, als wären sie die einzigen Lichtquellen. Ammu hatte das Gefühl, daß sie sterben, verwelken und sterben würde, wenn sie noch ein weiteres Wort hörte. Wenn sie Chackos stolzes Tennistrophäen-Lächeln noch eine Minute länger ertragen müßte. Oder die unterschwellige Strömung sexueller Eifersucht, die von Mammachi ausging. Oder Baby Kochammas Gerede, das darauf abzielte, Ammu und ihre Kinder auszuschließen, sie über ihren Platz in der Hierarchie der Dinge zu informieren.

Während sie im Dunkeln an der Tür lehnte, spürte sie, wie ihr Traum, ihr Nachmittagsmahr, sich in ihr bewegte wie Wasser, das im Ozean aufstieg und zu einer Welle wurde. Der gutgelaunte einarmige Mann mit der salzigen Haut und einer Schulter, die so abrupt endete wie eine Klippe, trat aus den Schatten des ausgefransten Strandes und kam auf sie zu.

Wer war er?

Wer konnte er gewesen sein?

Der Gott des Verlustes.

Der Gott der kleinen Dinge.

Der Gott der Gänsehaut und des überraschenden Lächelns. Er konnte immer nur eine Sache auf einmal tun.

Wenn er sie berührte, konnte er nicht mit ihr reden, wenn er sie liebte, konnte er nicht weggehen, wenn er sprach, konnte er nicht zuhören, wenn er kämpfte, konnte er nicht gewinnen.

Ammu sehnte sich nach ihm. Begehrte ihn mit ihrer ganzen Biologie.

Sie kehrte an den Eßtisch zurück.

Der Preis des Lebens

Als das alte Haus seine trüben Augen geschlossen hatte und eingeschlafen war, ging Ammu, die ein altes Hemd von Chacko über einem langen weißen Unterrock trug, hinaus auf die vordere Veranda. Eine Weile schritt sie auf und ab. Ruhelos. Wie ein wildes Tier. Dann setzte sie sich in den Rohrstuhl unter dem schimmligen, knopfäugigen Büffelkopf und der Porträts von dem Kleinen Gesegneten und Aleyooty Ammachi, die zu seinen Seiten hingen. Ihre Zwillinge schliefen, wie sie schliefen, wenn sie erschöpft waren – mit halboffenen Augen, zwei kleine Ungeheuer. Das hatten sie von ihrem Vater.

Ammu schaltete ihr Mandarinenradio ein. Eine Männerstimme knisterte. Ein englisches Lied, das sie noch nie gehört hatte.

Sie saß im Dunkeln. Eine einsame, funkelnde Frau, die auf den Ziergarten ihrer verbitterten Tante blickte und auf eine Mandarine horchte. Auf eine Stimme, die rief wie aus weiter Ferne. Die durch die Nacht schwebte. Über Seen und Flüsse segelte. Über dichte Baumwipfel. Vorbei an der gelben Kirche. An der Schule. Die unbefestigte Straße entlangholperte. Die Treppe zur Veranda herauf. Zu ihr.

Sie hörte kaum auf die Musik, sah dem wahnsinnigen Treiben der Insekten zu, die das Licht umschwirrten, darum wetteiferten, sich umzubringen.

Die Worte des Liedes explodierten in ihrem Kopf:

There's no time to lose
I heard her say
Cash your dreams before
They slip away
Dying all the time
Lose your dreams and you
Will lose your mind.

Ammu zog die Knie an und legte die Arme darum. Sie konnte es nicht glauben. Der billige Zufall dieser Worte. Sie starrte entschlossen hinaus in den Garten. Ousa die Schleie-Reule flog auf einer lautlosen nächtlichen Patrouille vorbei. Die fleischigen Flamingoblumen schimmerten wie Rotguß.

Sie blieb eine Weile sitzen. Lange nachdem das Lied geendet hatte. Dann stand sie plötzlich von ihrem Stuhl auf und ging hinaus aus ihrer Welt wie eine Hexe. An einen besseren, glücklicheren Ort.

Sie bewegte sich rasch durch die Dunkelheit, wie ein Insekt, das einer chemischen Spur folgt. Sie kannte den Pfad zum Fluß so gut wie ihre Kinder und hätte den Weg blind gefunden. Sie wußte nicht, was es war, das sie eilig durchs Unterholz gehen ließ. Das sie schließlich laufen ließ. Das sie atemlos am Ufer des Meenachal ankommen ließ. Schluchzend. Als wäre sie spät dran. Als hinge ihr Leben davon ab, rechtzeitig einzutreffen. Als wüßte sie, daß er dort war. Auf sie wartete. Als *wüßte* er, daß sie käme.

Er tat es.

Er wußte es.

Das Wissen war an diesem Nachmittag in ihn hineingeglitten. Widerstandslos. Wie die scharfe Schneide eines Messers. Als die Geschichte ausgerutscht war. Als er ihre kleine Tochter in den Armen gehalten hatte. Als ihre Augen ihm gesagt hatten, daß er nicht der einzige war, der etwas zu verschenken hatte. Daß auch sie ihm etwas schenken wollte, daß sie gegen seine Boote, Schachteln, kleinen Windmühlen die tiefen Grübchen ihres

Lächelns eintauschen würde. Ihre weiche braune Haut. Ihre schimmernden Schultern. Ihre Augen, die immer woanders waren.

Er war nicht da.

Ammu setzte sich auf die Steintreppe, die ins Wasser führte. Sie vergrub den Kopf in den Armen, kam sich dumm vor, weil sie so sicher gewesen war. So *sicher.*

Weiter flußabwärts, in der Mitte des Flusses, trieb Velutha auf dem Rücken und sah empor zu den Sternen. Sein gelähmter Bruder und sein einäugiger Vater hatten das Abendessen gegessen, das er gekocht hatte, und schliefen. Und so war er frei, zu baden und sich langsam von der Strömung treiben zu lassen. Wie ein Baumstamm. Ein gutgelauntes Krokodil. Kokosnußbäume neigten sich ins Wasser und sahen ihm nach. Gelber Bambus weinte. Kleine Fische nahmen sich kokette Freiheiten mit ihm heraus. Knabberten an ihm.

Er drehte sich um und begann zu schwimmen. Flußaufwärts. Gegen die Strömung. Er blickte noch einmal zum Ufer, trat Wasser, kam sich dumm vor, weil er so sicher gewesen war. So *sicher.*

Als er sie sah, hätte ihn die Detonation beinahe ertränkt. Er brauchte seine ganze Kraft, um nicht unterzugehen. Er trat Wasser, stand in der Mitte des dunklen Flusses.

Sie sah die Kugel seines Kopfes nicht über den dunklen Fluß hüpfen. Er hätte alles mögliche sein können. Eine dahintreibende Kokosnuß. Jedenfalls sah sie gar nicht hin. Ihr Kopf war in den Armen vergraben.

Er beobachtete sie. Ließ sich Zeit.

Hätte er gewußt, daß er dabei war, einen Tunnel zu betreten, dessen einziger Ausgang sein Untergang war, hätte er sich abgewandt?

Vielleicht.

Vielleicht nicht.

Wer weiß?

Er schwamm auf sie zu. Ruhig. Glitt zielstrebig durch das Wasser. Er hatte das Ufer fast erreicht, als sie den Kopf hob und ihn sah. Seine Füße berührten den schlammigen Boden des Flusses. Als er dem dunklen Fluß entstieg und die Steintreppen hinaufging, begriff sie, daß die Welt, in der sie standen, seine Welt war. Daß er zu dieser Welt gehörte. Daß diese Welt zu ihm gehörte. Das Wasser. Der Schlamm. Die Bäume. Die Fische. Die Sterne. Er bewegte sich so mühelos in ihr. Während sie ihn beobachtete, verstand sie die Eigenart seiner Schönheit. Wie seine Arbeit ihn geformt hatte. Wie das Holz, das er gestaltete, ihn gestaltete. Jedes Brett, das er hobelte, jeder Nagel, den er einschlug, jedes Ding, das er machte, hatten ihn geprägt. Hatte ihm seinen Stempel aufgedrückt. Hatten ihm Kraft und geschmeidige Eleganz verliehen.

Er hatte ein dünnes weißes Tuch um den Unterkörper und zwischen seinen dunklen Beinen hindurch geschlungen. Er schüttelte das Wasser aus seinem Haar. In der Dunkelheit sah sie sein Lächeln. Sein weißes überraschendes Lächeln, das er von der Kindheit mit ins Erwachsenenalter genommen hatte. Sein einziges Gepäckstück.

Sie blickten einander an. Hatten aufgehört zu denken. Die Zeit dafür war gekommen und wieder gegangen. Zerschlagene Lächeln lagen vor ihnen. Aber das war erst später.

Spä. Ter.

Er stand vor ihr, der Fluß tropfte von ihm ab. Sie blieb auf der Treppe sitzen, sah ihn an. Ihr Gesicht blaß im Mondlicht. Ein Frösteln kroch über ihn. Sein Herz hämmerte. Es war alles ein schrecklicher Fehler. Er hatte sie mißverstanden. Das Ganze war seiner Einbildung entsprungen. Es war eine Falle. In den Büschen versteckten sich Leute. Beobachteten sie. Sie war der köstliche Köder. Wie sollte es anders sein? Sie hatten ihn bei der Demonstration gesehen. Er versuchte, beiläufig zu sprechen. Normal. Heraus kam ein Krächzen.

»Ammukutty … was ist?«

Sie ging zu ihm und schmiegte ihren Körper an seinen. Er stand da. Er berührte sie nicht. Er zitterte. Zum Teil vor Kälte. Zum Teil vor Schrecken. Zum Teil vor schmerzhaftem Begehren. Trotz seiner Angst war sein Körper bereit, den Köder zu schlucken. Er wollte sie. Seine Nässe machte sie naß. Sie legte die Arme um ihn.

Er versuchte, rational zu denken. *Was ist das Schlimmste, was passieren kann?*

Ich könnte alles verlieren. Meine Arbeit. Meine Familie. Meinen Lebensunterhalt. Alles.

Sie hörte das wilde Hämmern seines Herzens.

Sie hielt ihn fest, bis es sich beruhigt hatte. Etwas.

Sie knöpfte ihr Hemd auf. Sie standen da. Haut an Haut. Ihre Bräune an seiner Schwärze. Ihre Weichheit an seiner Härte. Ihre nußbraunen Brüste (die keine Zahnbürste festhielten) an seiner glatten Ebenholzbrust. Sie roch den Fluß an ihm. Seinen sonderbaren Paravan-Geruch, vor dem sich Baby Kochamma so ekelte. Ammu streckte die Zunge heraus und schmeckte ihn, in der Mulde an seinem Halsansatz. An seinem Ohrläppchen. Sie zog seinen Kopf zu sich herunter und küßte seinen Mund. Ein wolkiger Kuß. Ein Kuß, der einen Kuß zurückforderte. Er küßte sie. Zuerst vorsichtig. Dann verlangend. Langsam legte er ihr die Arme auf den Rücken. Er streichelte ihren Rükken. Sehr sanft. Sie spürte die Haut seiner Handflächen. Rauh. Schwielig. Sandpapier. Er achtete darauf, ihr nicht weh zu tun. Sie spürte, wie weich sie sich für ihn anfühlte. Sie spürte sich durch ihn. Ihre Haut. Wie ihr Körper nur existierte, wo er sie berührte. Der Rest von ihr war Rauch. Sie spürte, wie er bebte. Seine Hände waren auf ihren Pobacken (die jede Menge Zahnbürsten festhielten), zogen ihre Hüften an seine, damit sie wußte, wie sehr er sie begehrte.

Die Biologie choreographierte den Tanz. Das Grauen bestimmte den zeitlichen Verlauf. Diktierte den Rhythmus, in dem ihre Körper aufeinander reagierten. Als ob sie bereits wüßten, daß sie für jedes Beben der Lust mit einem gleichen Maß an Schmerz würden zahlen müssen. Als wüßten sie, daß man ihnen, je weiter sie gingen, um so mehr abverlangen würde. So hielten sie sich zurück. Quälten einander. Gaben sich nur langsam hin. Aber das machte es nur schlimmer. Es erhöhte nur den Einsatz. Es kostete sie nur mehr. Weil es die Falten glättete, das Gefummel und Gehetze unvertrauter Liebe, und sie in ein Fieber trieb.

Hinter ihnen pulsierte der Fluß durch die Nacht, schimmernd wie Wildseide. Gelber Bambus weinte.

Die Nacht stützte die Ellbogen auf das Wasser und sah ihnen zu.

Sie lagen unter dem Mangostanbaum, wo noch vor kurzem eine graue alte Bootpflanze mit Bootblumen und Bootfrüchten von einer mobilen Republik entwurzelt worden war. Von einer Wespe. Einer Fahne. Einer verblüfften Tolle. Einer Fontäne in einem Love-in-Tokyo.

Die wuselnde flitzende Bootwelt war bereits verschwunden.

Die weißen Termiten auf dem Weg zur Arbeit.

Die weißen Marienkäfer auf dem Weg nach Hause.

Die weißen Käfer, die sich vom Licht fortbuddelten.

Die weißen Heuschrecken mit Violinen aus weißem Holz.

Die traurige weiße Musik.

Alle fort.

Zurückgelassen hatten sie einen bootförmigen Fleck nackter trockener Erde, gesäubert und bereit für die Liebe. Als ob ihnen Esthappen und Rahel den Boden bereitet hätten. Als ob sie es gewollt hätten. Die Zwillingshebammen von Ammus Traum.

Ammu, nackt jetzt, beugte sich über Velutha, ihr Mund auf seinem. Er zog ihr Haar um sie wie ein Zelt. Wie es ihre Kinder taten, wenn sie die Außenwelt ausschließen wollten. Sie glitt weiter an ihm nach unten, machte sich mit dem Rest von ihm bekannt. Seinem Hals. Seinen Brustwarzen. Seinem Schokoladenbauch. Sie schlürfte den letzten Tropfen Fluß aus seinem Nabel. Sie preßte die Hitze seiner Erektion an ihre Augenlider. Sie schmeckte ihn, salzig, in ihrem Mund. Er setzte sich auf und zog sie zu sich. Sie spürte, wie sich sein Bauch unter ihr anspannte, hart wie ein Brett. Sie spürte, wie ihre Nässe seine Haut benetzte. Er nahm eine Brustwarze in den Mund und ihre andere Brust in seine schwielige Hand. Samt in einem Handschuh aus Sandpapier.

In dem Augenblick, als sie ihn in sich einführte, erhaschte sie einen flüchtigen Blick auf seine Jugend, sein Jungsein, das Staunen in seinen Augen über das Geheimnis, das er ausgegraben hatte, und sie lächelte zu ihm hinunter, als wäre er ihr Kind.

Als er in ihr war, entgleiste die Angst, und die Biologie übernahm. Der Preis des Lebens stieg auf unbezahlbare Höhen; obwohl Baby Kochamma später sagen würde, es sei ein kleiner Preis, den sie zahlen müßten.

War es das?

Zwei Leben. Die Kindheit zweier Kinder.

Und eine Geschichtslektion für künftige Täter.

Umwölkte Augen hielten umwölkte Augen in einem festen Blick, und eine strahlende Frau öffnete sich einem strahlenden Mann. Sie war so weit und tief wie ein Fluß, der Hochwasser führt. Er segelte auf ihren Wassern. Sie spürte, wie er sich tiefer und tiefer in sie hineinbewegte. Rasend. Wahnsinnig. Darum bat, weiter eingelassen zu werden. Weiter. Aufgehalten nur von der Form ihres Körpers. Der Form seines Körpers. Und als er abgewiesen wurde, als er ihr tiefstes Innerstes berührt hatte, ertrank er mit einem schluchzenden, schaudernden Seufzer.

Sie lehnte an ihm. Ihre Körper schweißbedeckt. Sie spürte, wie sein Körper von ihr abfiel. Sein Atem wurde regelmäßiger. Sie sah seine klaren Augen. Er streichelte ihr Haar, spürte, daß der Knoten, der sich in ihm gelöst hatte, in ihr noch fest war und zitterte. Behutsam legte er sie auf den Rücken. Mit seinem nassen Tuch wischte er Schweiß und Schmutz von ihr ab. Er legte sich auf sie, darauf bedacht, sie nicht mit seinem Gewicht zu belasten. Kleine Steine drückten sich in die Haut seiner Unterarme. Er küßte ihre Augen. Ihre Ohren. Ihre Brüste. Ihren Bauch. Die sieben silbernen Schwangerschaftsstreifen von ihren Zwillingen. Die Linie aus Flaum, die von ihrem Nabel zu ihrem dunklen Dreieck führte, die ihm zeigte, wohin sie wollte, daß er ging. Die Innenseite ihrer Beine, wo ihre Haut am weichsten war. Dann hoben Schreinerhände ihre Hüften an, und eine unberührbare Zunge berührte den innersten Teil von ihr. Trank lange und tief aus ihr.

Sie tanzte für ihn. Auf dem bootförmigen Fleck Erde. Sie lebte.

Er hielt sie fest, lehnte mit dem Rücken am Mangostanbaum, während sie gleichzeitig lachte und weinte. Und an ihn gelehnt, ihr Rücken an seiner Brust, schlief sie; es schien wie eine Ewigkeit, aber es waren tatsächlich nicht mehr als fünf Minuten. Sieben Jahre des Vergessenseins fielen von ihr ab und flogen auf schweren zitternden Flügeln in die Schatten. Wie ein träges stählernes Pfauenweibchen. Und auf Ammus Weg (ins Alter und in den Tod) tauchte eine kleine sonnige Wiese auf. Kupferrotes Gras übersät mit blauen Schmetterlingen. Jenseits davon ein Abgrund.

Langsam kroch das Grauen in ihn zurück. Vor dem, was er getan hatte. Und von dem er wußte, daß er es wieder tun würde. Und wieder.

Sie erwachte von dem Geräusch seines Herzens, das gegen seine Brust schlug. Als ob es nach einem Weg hinaus suchte. Nach dieser beweglichen Rippe. Nach einem geheimen Faltschiebebrett. Seine Arme hielten sie noch immer, sie spürte die Bewegung seiner Muskeln, während seine Hände mit einem vertrockneten Palmblatt spielten. In der Dunkelheit lächelte Ammu und dachte, wie sehr sie seine Arme liebte, ihre Form und ihre Kraft, und wie sicher sie sich in ihnen fühlte, obwohl sie tatsächlich der gefährlichste Ort waren, an dem sie sich aufhalten konnte.

Er faltete seine Angst in eine vollkommene Rose. Er hielt sie ihr auf der Handfläche hin. Sie nahm sie und steckte sie sich ins Haar.

Sie rückte näher, wollte in ihm sein, mehr von ihm berühren. Er holte sie in die Wölbung seines Körpers. Vom Fluß wehte eine Brise heran und kühlte ihre warmen Körper.

Sie war ein bißchen kalt. Ein bißchen naß. Ein bißchen still. Die Atmosphäre.

Aber was gab es zu sagen?

Eine Stunde später stand Ammu vorsichtig auf.

Ich muß gehen.

Er sagte nichts, rührte sich nicht. Er sah zu, wie sie sich anzog.

Nur eines war jetzt wichtig. Sie wußten, daß es alles war, was sie voneinander verlangen konnten. Nur dieses eine. Jemals. Sie wußten es beide.

Auch später, in den dreizehn Nächten, die auf die erste Nacht folgten, hielten sie sich instinktiv an die kleinen Dinge. Die großen Dinge lauerten allzeit in ihrem Inneren. Sie wußten, daß sie nirgendwo hingehen konnten. Sie hatten nichts. Keine Zukunft. Deswegen hielten sie sich an die kleinen Dinge.

Sie lachten über Ameisenbisse auf dem Po des anderen. Über behäbige Raupen, die vom Blattrand rutschten, über auf dem Rücken liegende Käfer, die sich nicht allein umdrehen konnten. Über zwei kleine Fische, die sich im Fluß stets Velutha aussuchten und ihn bissen. Über eine besonders fromm betende Gottesanbeterin. Über den winzigen Spinnenmann, der in einem Mauerriß auf der rückwärtigen Veranda des Hauses der Geschichte lebte und sich tarnte, indem er seinen Körper mit Unrat bedeckte. Einem Streifen von einem Wespenflügel. Einem Stück Spinnennetz. Staub. Verwelktem Laub. Dem leeren Brustkorb einer toten Biene. *Chappu Thamburan* nannte Velutha ihn. Lord Unrat. Eines Abends trugen sie zu seiner Garderobe bei – mit einem Stückchen Knoblauchschale – und waren zutiefst beleidigt, als er sie zurückwies und es zusammen mit dem Rest seiner Rüstung abwarf und schließlich verärgert, nackt, rotzfarben dastand. Als würde er ihren Geschmack in puncto Kleidung verabscheuen. Ein paar Tage lang behielt er diesen selbstmörderischen Zustand geringschätziger Nacktheit bei. Die abgeworfene Schale aus Abfall blieb stehen wie eine außer Mode geratene Weltsicht. Eine antiquierte Philosophie. Dann zerfiel sie. Schritt für Schritt erwarb *Chappu Thamburan* ein neues Ensemble.

Ohne es sich selbst und einander einzugestehen, verbanden sie ihr Schicksal, ihre Zukunft (ihre Liebe, ihren Irrsinn, ihre Hoffnung, ihre grenzenlose Freude) mit seiner. Jede Nacht sahen sie nach ihm (im Lauf der Zeit mit zunehmender Panik), um zu kontrollieren, ob er den Tag überlebt hatte. Sie machten sich Sorgen wegen seiner Zerbrechlichkeit. Seiner Kleinheit. Der Tauglichkeit seiner Tarnung. Seines scheinbar selbstzerstörerischen Stolzes. Sie liebten seinen eklektischen Geschmack. Seine tapsige Würde.

Sie suchten sich ihn aus, weil sie wußten, daß sie ihr Vertrauen in Zerbrechlichkeit setzen mußten. Sich an Kleinheit halten mußten. Jedesmal, wenn sie sich trennten, gaben sie sich ein einziges kleines Versprechen:

»Morgen?«

»Morgen.«

Sie wußten, daß sich die Dinge an einem einzigen Tag verändern konnten. Sie hatten recht.

Sie täuschten sich jedoch, was *Chappu Thamburan* anbelangte. Er überlebte Velutha. Er zeugte zukünftige Generationen. Und starb eines natürlichen Todes.

In jener ersten Nacht, am Tag, als Sophie Mol ankam, sah Velutha zu, wie sich seine Geliebte anzog. Als sie fertig war, ging sie vor ihm in die Hokke. Sie berührte ihn zärtlich mit den Fingern und hinterließ eine Spur Gänsehaut auf seiner Haut. Wie Kreide auf einer Tafel. Wie eine Brise in einem Reisfeld. Wie Kondensstreifen auf einem blauen Kirchenhimmel. Er nahm ihr Gesicht in die Hände und zog es zu sich. Er schloß die Augen und roch an ihrer Haut. Ammu lachte.

Ja, Margaret, dachte sie, *wir tun es auch.*

Sie küßte seine geschlossenen Augen und stand auf. Velutha, den Rücken an den Mangostanbaum gelehnt, sah zu, wie sie ging.

Sie hatte eine vertrocknete Rose im Haar.

Sie drehte sich um und sagte es noch einmal: *»Naaley.«*

Morgen.

Dank

An Pradip Krishen, meinen strengsten Kritiker, meinen besten Freund, meine Liebe. Ohne Dich wäre dieses Buch nicht *dieses* Buch.

An Pia und Mithva, weil sie zu mir gehören.

An Aradhana, Arjun, Bete, Chandu, Golak, Indu, Joanna, Philip, Sanju, Veena und Viveka, weil sie mir durch die Jahre halfen, die ich brauchte, um dieses Buch zu schreiben.

An Pankaj Mishra, weil er es auf seine Reise in die Welt schickte.

An Alok Rai und Shomit Mitter, weil sie die Leser waren, von denen Schriftsteller träumen.

An David Godwin, den fliegenden Agenten, Berater und Freund. Weil er kurz entschlossen nach Indien kam. Weil er mir den Weg ebnete.

An Neelu, Sushma und Krishnan, weil sie mich bei Laune und meine Sehnen arbeitsfähig hielten.

Und schließlich und von ganzem Herzen an Dadi und Dada. Für ihre Liebe und Unterstützung.

Die Autorin

Die Inderin Arundhati Roy studierte Architektur und schrieb mehrere preisgekrönte Drehbücher. Ihr Erstlingsroman »Der Gott der kleinen Dinge« sorgte für eine internationale literarische Sensation und wurde mit dem renommierten Booker Prize ausgezeichnet.

»Der Gott der kleinen Dinge« ist in 18 Ländern erschienen. Arundhati Roy lebt in New Delhi.

Genussvoll lesen
Bücher in großer Schrift

Lieferbare Titel in Großdruck

Wahre Liebe und große Gefühle

JANET EVANOVICH, Kussfest
416 S., ISBN 978-3-8000-9265-9

JULIE GARWOOD, Auf Befehl des Königs
496 S., ISBN 978-3-8000-9238-3

JULIE GARWOOD, Geliebter Barbar
616 S., ISBN 978-3-8000-9266-6

CHARLOTTE LINK, Sturmzeit
848 S., ISBN 978-3-8000-9212-3

CHARLOTTE LINK, Wilde Lupinen
928 S., ISBN 978-3-8000-9239-0

CHARLOTTE LINK, Die Stunde der Erben
880 S., ISBN 978-3-8000-9267-3

SUSAN E. PHILLIPS, Bleib nicht zum Frühstück! 640 S., ISBN 978-3-8000-9213-0

AMANDA QUICK, Geheimnis der Nacht
584 S., ISBN 978-3-8000-9268-0

UEBERREUTER

AMANDA QUICK, Liebe um Mitternacht
528 S., ISBN 978-3-8000-9214-7

NORA ROBERTS, Töchter des Feuers
624 S., ISBN 978-3-8000-9223-9

NORA ROBERTS, Töchter des Windes
720 S., ISBN 978-3-8000-9240-6

NORA ROBERTS, Töchter der See
608 S., ISBN 978-3-8000-9269-7

NICHOLAS SPARKS, Weit wie das Meer
448 S., ISBN 978-3-8000-9241-3

NICHOLAS SPARKS, Wie ein einziger Tag
272 S., ISBN 978-3-8000-9229-1

NICHOLAS SPARKS, Zeit im Wind
256 S., ISBN 978-3-8000-9270-3

DANIELLE STEEL, Die Liebe eines Sommers
512 S., ISBN 978-3-8000-9228-4

DANIELLE STEEL, Fünf Tage in Paris
384 S., ISBN 978-3-8000-9242-0

ROBERT JAMES WALLER, Die Brücken am Fluss. 224 S., ISBN 978-3-8000-9215-4

BARBARA WOOD, Lockruf der Vergangenheit
432 S., ISBN 978-3-8000-9216-1

UEBERREUTER

BARBARA WOOD, Himmelsfeuer
704 S., ISBN 978-3-8000-9243-7

BARBARA WOOD, Spur der Flammen
720 S., ISBN 978-3-8000-9271-0

Spannung pur!

DAVID BALDACCI, Das Labyrinth
1008 S., ISBN 978-3-8000-9272-7

DAVID BALDACCI, Der Präsident
896 S., ISBN 978-3-8000-9217-8

SANDRA BROWN, Betrogen
816 S., ISBN 978-3-8000-9244-4

SANDRA BROWN, Ein Hauch von Skandal
816 S., ISBN 978-3-8000-9273-4

MICHAEL CONNELLY, Der Poet
864 S., ISBN 978-3-8000-9224-6

MICHAEL CONNELLY, Die Rückkehr des Poeten. 640 S., ISBN 978-3-8000-9245-1

MICHAEL CONNELLY, Schwarzes Eis
600 S., ISBN 978-3-8000-9274-1

KEN FOLLETT, Die Brücken der Freiheit
832 S., ISBN 978-3-8000-9222-2

KEN FOLLETT, Die Pfeiler der Macht
1040 S., ISBN 978-3-8000-9246-8

ELIZABETH GEORGE, Auf Ehre und Gewissen. 680 S., ISBN 978-3-8000-9275-8

ELIZABETH GEORGE, Gott schütze dieses Haus. 592 S., ISBN 978-3-8000-9218-5

JOHN GRISHAM, Der Klient
872 S., ISBN 978-3-8000-9276-5

JOHN GRISHAM, Die Akte
704 S., ISBN 978-3-8000-9227-7

JOHN GRISHAM, Die Firma
832 S., ISBN 978-3-8000-9247-5

LINDA HOWARD, Mister Perfekt
592 S., ISBN 978-3-8000-9248-2

P. D. JAMES, Ein Spiel zu viel
416 S., ISBN 978-3-8000-9225-3

STEPHEN KING, Atlantis
1072 S., ISBN 978-3-8000-9219-2

JAMES PATTERSON, Der 1. Mord
512 S., ISBN 978-3-8000-9220-8

IAN RANKIN, So soll er sterben
816 S., ISBN 978-3-8000-9253-6

JOANNE K. ROWLING, Harry Potter und der Stein der Weisen
472 S., ISBN 978-3-8000-9249-9

JOANNE K. ROWLING, Harry Potter und die Kammer des Schreckens
512 S., ISBN 978-3-8000-9277-2

MINETTE WALTERS, Die Bildhauerin
592 S., ISBN 978-3-8000-9278-9

MINETTE WALTERS, Die Schandmaske
624 S., ISBN 978-3-8000-9250-5

MINETTE WALTERS, Im Eishaus
512 S., ISBN 978-3-8000-9221-5

Aufmunterndes und Motivierendes

DIE BIBEL – Das Neue Testament
1048 S., ISBN 978-3-8000-9202-4

JACK CANFIELD & MARK V. HANSEN, Hühnersuppe für die Seele
336 S., ISBN 978-3-8000-9231-4

JACK CANFIELD & MARK V. HANSEN,
Noch mehr Hühnersuppe für die Seele
392 S., ISBN 978-3-8000-9259-8

DALE CARNEGIE, Sorge dich nicht – lebe!
608 S., ISBN 978-3-8000-9200-0

DALE CARNEGIE, Wie man Freunde gewinnt
448 S., ISBN 978-3-8000-9258-1

ERICH FROMM, Haben oder Sein
400 S., ISBN 978-3-8000-9226-0

KHALIL GIBRAN, Der Prophet
96 S., ISBN 978-3-8000-9201-7

LAOTSE , Tao Te King
96 S., ISBN 978-3-8000-9232-1

SENECA, Vom glücklichen Leben
416 S., ISBN 978-3-8000-9203-1

NEALE DONALD WALSCH, Gespräche mit Gott. Bd. I
400 S., ISBN 978-3-8000-9204-8

NEALE DONALD WALSCH, Gespräche mit Gott. Bd. II
496 S., ISBN 978-3-8000-9233-8

UEBERREUTER

Bestseller & Klassiker

JANE AUSTEN, Stolz und Vorurteil
640 S., ISBN 978-3-8000-9205-5

DONNA W. CROSS, Die Päpstin
1040 S., ISBN 978-3-8000-9251-2

ARTHUR CONAN DOYLE, Die vergessene Welt. 416 S., ISBN 978-3-8000-9206-2

ALEXANDRE DUMAS, Der Graf von Monte Christo. 480 S., ISBN 978-3-8000-9236-9

UMBERTO ECO, Der Name der Rose
1120 S., ISBN 978-3-8000-9207-9

JOSTEIN GAARDER, Sofies Welt
992 S., ISBN 978-3-8000-9252-9

ARNO GEIGER, Es geht uns gut
592 S., ISBN 978-3-8000-9261-1

NOAH GORDON, Der Medicus
1280 S., ISBN 978-3-8000-9208-6

ROBERT HARRIS, Pompeji
544 S., ISBN 978-3-8000-9254-3

MILAN KUNDERA, Die unerträgliche Leichtigkeit des Seins
488 S., ISBN 978-3-8000-9234-5